蘇丽文化

# 莽荒纪

御剑神杀 11

我吃西红柿 著

时代出版传媒股份有限公司
北京时代华文书局

图书在版编目（CIP）数据

莽荒纪．11，御剑神杀 / 我吃西红柿著．-- 北京：
北京时代华文书局，2014.9

ISBN 978-7-80769-829-6

Ⅰ．①莽… Ⅱ．①我… Ⅲ．①长篇小说－中国－当代
Ⅳ．① I247.5

中国版本图书馆 CIP 数据核字 (2014) 第 200936 号

# 莽荒纪 11　御剑神杀

**著　者** | 我吃西红柿

**出 版 人** | 田海明　朱智润

**选题策划** | 邹立勋

**责任编辑** | 曾　丽　高　丽

**责任校对** | 曾　一　阿　黛

**装帧设计** | 刘　艳　陈　佳

**责任印制** | 罗艳平

**营销推广** | 魅丽文化

**出版发行** | 时代出版传媒股份有限公司 http://www.press-mart.com

　　　　　　北京时代华文书局http://www.bjsdsj.com.cn

　　　　　　北京市东城区安定门外大街136号皇城国际大厦A座8楼

　　　　　　邮编：100011　　电话：010-64267397

**印　　刷** | 湖南新华精品印务有限公司　0731-88387575

　　　　　　（如发现印装质量问题，请与印刷厂联系调换）

**开　　本** | 710×1000　1/16

**字　　数** | 330 千字

**印　　张** | 19

**版　　次** | 2014 年 9 月第 1 版，2014 年 9 月第 1 次印刷

**书　　号** | ISBN 978-7-80769-829-6

**定　　价** | 25.00 元

# Contents
## 目录

# Contents
## 目录

# 莽荒纪

## 第一章
## 镇族阵法

"无间门。"

轩辕黄帝的声音响彻无尽的虚空，回荡在每一名仙魔的耳边："当初我们收容你们进入三界，你们不感恩便罢了，竟然兴风作浪，掀起了这一场大浩劫，甚至卑劣无耻地刺杀诸多大能、天神真仙的亲人好友……要战，我方岂会惧怕。当年杀得你们大败，这次你们还是会大败。"

"说什么废话！"远处无间门的大能者阵营传来冷笑声，"成王败寇，赢了就是三界之主宰。此次，我们无间门和你们女娲阵营只有一方能存活。"

"那你们就去死吧！"轩辕黄帝冰冷的声音响彻虚空。

"杀！"轩辕黄帝直接下令。

"杀——"八荒六合，亿万计仙魔尽皆齐声怒喝，整个三界都为之震动。

双方浩浩荡荡的仙魔大军朝对方杀去，就仿佛两股洪流碰撞在一起。主动冲上去厮杀的当然都是那些擅长近战的，那些古老的大阵则是在远处施展一些大规模的法术。一时间旌旗遮天蔽日，虚空也一次次碎裂。

轩辕黄帝郑重地仔细调遣大军。

佛祖如来、三清道人、燧人氏、神农氏、伏羲氏、纪宁、后羿和一个佝偻着身形的灰袍人在旁边观战，同时他们也在注意无间门的大能者们的一举一动，防止那些大能者们的突然袭击，因为气运之争已经开始，无间门的大能者随时会发动最后的决战。

"我们现在占有优势，不会急着发动最终决战。"三清道人清冷地道，"可是无间门却有所不同。他们现在稍微处于弱势，一旦看到胜利无望，他们就会动手。燧人氏、纪宁，你们俩速度最快，关键时刻你们俩要多加注意，要防止无间门的偷袭。"

"嗯。"燧人氏点头。

"好。"纪宁也点头。

他们俩都是有九角电蛇遁术的。就算无间门要动手，他们俩一旦发现，也能后发先至。

"我们这边开始出现伤亡了。"如来轻声道。

"伤亡是难以避免的。"燧人氏眼中迸发神光，战意滔天。他低沉地道，"有时候，胜利必须得靠鲜血来铸就。"当年的人族从微末中崛起，就是燧人氏率领的，正是用无数鲜血和白骨铸就了现如今人族的辉煌。

纪宁也默默地看着。

"邈遍师兄。"纪宁忽然看到远处一座女娲补天阵中有个不起眼的邈遍道人，正是自己在黑白学宫时的大师兄。

"没想到他也成了纯阳真仙。"纪宁暗叹，"这时候他不突破成真仙，或许还能躲避这一战。"

大能者们的弟子或者亲人，如果是实力不强的天仙，一般都可以不参战。像纪宁的女儿明月和赤明道祖的弟子木传真人，都属于天仙层次，他们参加也没意义，女娲阵营也要给己方留点火种，这些天才就无须参战了。至于秋叶、青崖小雨等一个个连天仙都不是，就更加无须参战了。

可是如果达到天神真仙这一级别就不同了，像邈遍师兄、东吉菩萨等这些称得上天才的，都是必须参战的。

除非是女娲阵营中地位极高的大能硬要保他们，比如三清道人、如来、燧人氏、纪宁他们这一层次，硬是要保某个天神真仙。假设纪宁的女儿成了纯阳真仙，纪宁不想女儿冒险，女娲阵营完全会满足纪宁的私心。

可即便是大能者，也很少这么做，就算这么做，也最多保至亲的一两人罢了。

像菩提道祖，麾下的弟子他一个都没保，皆上了战场。

"当年耀眼的天才，如今也只是战场上的一个不起眼的小棋子。"纪宁感觉到个人力量在浩浩荡荡的战争中的无力，就算是一般的真神道祖，在这气运之争面前也都显得很是无力。

因为双方的一些大规模阵法，随意一击都超乎了一般真神道祖，甚至近乎顶尖道祖层次了。

双方大军的第一次交锋厮杀持续了半个时辰，便停战退兵，因为这种竭力的厮杀，对法力和神力消耗都非常大。由于整个三界的仙魔几乎都参战了，不管是女娲阵营还是无间门，都供应不了海量的仙丹，所以只能把战斗分为多场。

每场战斗双方都显得小心翼翼，尽量在对方身上撕下一块肉，努力地寻找着对方的破绽。双方竭力琢磨着对方的破绽，死伤都算是比较轻微的，毕竟此次参战的是整个三界几乎所有的实力者。

战争第六十九天。这天的交锋明显就狂暴激烈了许多，身死的天神真仙比前面所有战争加起来都多，因为无间门和女娲阵营同时将自己暗中培养的虫兽一前一后显露了出来，虫兽大军威势滔滔，立即影响了战局的平衡，出现了大规模的杀戮。

"退。"轩辕黄帝开始下令。

女娲阵营和无间门都开始退兵。场上气氛变得更加残酷，无数仙魔的眼神疯狂无比。这些能修炼成仙魔的，也明白没有退路，个个都想要杀死对方。

"他们的虫兽竟然比我们还多些。"伏羲氏皱眉。

"他们得到万物之主的傀儡法门，得到培养虫兽法门本在情理之中。"三清道人冰冷地道，"他们的虫兽虽然比我们略多，但是一切还在掌控之中。"

"长青剑仙……"纪宁摇头。

那个叛徒长青，纪宁一直想要将其斩杀。

可是没想到就在刚才那场厮杀中，因为双方大规模虫兽的突然加入，破坏了平衡，长青剑仙面临险境，竟然突破了。他甚至引起了天道感应，悟透了一条天道。长青剑仙当时就吞服了大罗仙丹，所以很快提升到大罗金仙（道祖）层次。

他突破后立即遭到了女娲阵营的疯狂进攻，一时成为焦点。被疯狂围攻后，长青剑仙反而死得更快。成了道祖才几个呼吸的工夫，长青剑仙就被十余个大阵围攻，当场被灭杀。

在几乎汇集三界全部仙魔的战争中，谁最耀眼，谁就吸引了大量的火力，除非是有近乎领袖的实力，否则真的离死不远了。

"这一场死得太多了。"神农氏轻声叹息。

"没有办法。"燧人氏强忍心痛。

纪宁心中也很难受。

这看似普普通通的死亡数字，却代表了无数的生命。

因为这一场战斗死得太多了……

纪宁认识的许多好友，都在这场战斗中死了。

"斐游老哥、岫轲……"纪宁心中暗自叹息。当年被自己救出的那些天神们，就在刚刚的那场战斗中死了十余位，其中就有和自己关系很好的斐游天神、岫轲天神。

"东吉。"

纪宁暗叹。

当初那个懵懂的皇子东吉，在磨掉了浮躁之气后，显现出了惊人的才华。他在佛门中突飞猛进，连佛祖如来也注意到了。在这次战斗中，东吉菩萨单独统领一座大阵，可是在刚才那一战中，天才绝艳的东吉菩萨也身死魂灭。

纪宁坚信只要给东吉菩萨足够长的时间，佛门就会多一位佛祖。

这就是命运。

任凭再厉害的天资、再妖孽的天赋，如果没有足够的时间成长，依旧算不上强者。在这种浩浩荡荡的大规模战争中，死了，也就像泛起一朵浪花，跟着就悄无声息，再无痕迹了。

战争很残酷。

天神真仙们组织了一座座大阵，他们统领大批的天仙、海量的散仙神魔。此时一旦阵法被破，就代表着大批量的仙魔被屠杀，只有少数运气好的能够逃脱，能够被己方其他大阵用一些洞天法宝、仙府法宝给收起，从而逃过一命。

纪宁看得眼红，看得内心杀意奔腾，他都想要冲上去。

可他知道自己必须冷静，因为前期看似女娲阵营死的比无间门多，那是因为无间门折损的有些是傀儡。随着傀儡不断折损，无间门的仙魔死亡人数也在逐渐增加。

"嗯？"纪宁心中暗暗一松。

他一直在窥天太皓塔内参悟的第二元神，终于将三绝神剑的第四重禁制给炼化了。因为他的第二元神已经成了祖仙，在窥天太皓塔内想要时间加速，消耗法力的暴涨幅度太过惊人，所以第二元神仅仅维持着三十倍的时间流速。

二十倍的时间流速，法力的消耗和自然补充是相当的。三十倍的时间流速，则偶尔需要一些灵丹补充，还是能维持的。

外界过去了大概三个月，窥天太皓塔中过去了大概近八年时间，他终于炼化了第四重禁制。

"三绝神剑在我手里的威力，比在那三绝剑主手里都要强些。"纪宁暗暗点头。能在关键时刻让实力再增加一分，纪宁自然感到兴奋。

气运之争还在继续。随着除掉的傀儡越来越多，女娲阵营大军的优势逐渐明显，可无间门也非常果断，宁可断尾求生，也根本不给女娲阵营丝毫结束战争的机会。

随着一场场战争持续，死去的人数还在不断上升……

战争第一百七十九天，也就是战争大概进行了半年的时间，女娲阵营死去的天神真仙已经突破两万，无间门死去的天神真仙也同样突破了两万。如果是凡人军队厮杀，单单死去的就这么多，即便不引起大崩溃，也会引起恐慌。

可是两方的大军，依旧杀意奔腾。

"差不多了。"

昏暗的虚空中，万魔之主、桓木主人、魔手道祖、血鸮魔祖、源老人等一个个大能者都站在那里，看着战争进行。

"准备最终决战吧！"万魔之主传音道。

"最终决战？"在场个个心中悚然。

魔手道祖更是焦急地传音："风魔，气运之争我们现在还没有败，我们损失的天神真仙和他们相差无几，我们还可以继续斗下去……"

"能赢吗？"万魔之主反问。

魔手道祖顿时不吭声了。

万魔之主的目光一扫，传音道："刚开始我们的形势还算好，是因为我们有大量的傀儡，可是傀儡在不断折损，半年下来，我们的傀儡大军消耗掉了几乎九成。但是女娲阵营的那一个个阵法，威力太强，已经完全压制了我们。在天神真仙的配合上，我们是不如他们的。"

无间门的大能者们也承认这点。

女娲阵营的阵法是女娲娘娘留下的，阵法更厉害，使得天神真仙们配合后形成阵法的威力更大。

"或许我们靠着一些战争指挥，能扭转部分局势，可是对方的统帅轩辕指挥大军是滴水不漏，不求有功但求无过。他以堂堂正正之军和我们对耗，仗的就是天神真仙更多，仗的就是阵法更厉害。"万魔之主摇头，"靠阴谋诡计对其他人或许有效，可面对轩辕的大军，根本没什么希望了。"

"可是我们现在气运较弱，不利于我们。"黑袍神王也担心道。

之前一场场重要的界域战争，无间门输得多。

他们气运本就弱了。

这一场还处于下风……

气运弱，一旦最终决战开始，形成大阵引动天地之力都会困难得多。而女娲阵营形成大阵，引动天地之力却容易得多，就仿佛天地都在帮女娲阵营。

"现在我们仅仅是弱一些，如果再斗下去，恐怕我们的气运会完全被夺走。"万魔之主道。

"桓木？"魔手道祖看向一旁一直沉默的桓木主人。

"我赞同。"桓木主人缓缓地说道，"不管怎么样，这最终一战还是要开始的。虽然气运之争看起来我们还有点指望，可正是因为有点指望，现在突然动手，或许还能将女娲阵营杀得措手不及。等我们真的败局已定，不但气运更弱，连女娲阵营都会准备好的。"

"那就最后一战吧！"

"我孩儿的死，还没找那女娲阵营讨要！"

"这三界，本就是我们无间混沌世界和盘古混沌世界碰撞形成的，为何他们总是一副三界之主的样子，我早就看他们不顺眼了！"

无间门的大能者们都将一切抛到脑后！他们眼前只剩下一条路——战！

万魔之主也传音道："源道人，到时候你可别心慈手软。"

"放心。"源老人淡然笑道。

"刺修。"万魔之主传音给隐藏在远处黑暗虚空中的一座暗金色堡垒。

堡垒内的刺修大魔神依旧坐在王座上，也冷笑地回应道："万魔，放心吧……如果我不出手，恐怕你们最终决战赢下的把握小得可怜。我会出手的。"

"那就好。"万魔之主淡然地看着前方正在厮杀的浩浩荡荡的两方大军，"听我命令！"

无间门一方所有大能者个个肃然，准备听令而战。


仙魔们的厮杀更加惨烈。

纪宁他们一个个看得屏住呼吸。看着熟悉的好友死去，心痛得很，可是女娲阵营的大能者们却只是在看着。

纪宁隐隐感应着自己的神体，修炼着枯寂世界神的法门，欲要寻找神体的一点灵光，找到突破成为祖神的路。如果能成为祖神，以自己的陶吴十八神魔和唯一本尊两大神通，那就算是半步世界神了。那时放眼整个三界，恐怕也就是神秘莫测的万魔之主能和自己相比了。

可惜……

虽然纪宁一直想要突破，也感悟了一条天道——水行天道，可是感悟一条天道仅仅是成为祖神的一个条件。放眼三界，悟出一条天道的真神有很多，得到女娲娘娘赐予的内观自在祖神卷的也有很多，却只有燧人氏一人突破了，可见，成为祖神之难！

纪宁一直没能感受到神体的一点灵光。可即便如此，纪宁也没放弃过，时时刻刻都在竭力寻找那一点灵光。是融入到无间门当中

"雪蝎！"忽然在纪宁身后传来一声痛呼，露出焦急痛苦之色的正是红雪。

纪宁征战上古废墟时，红雪就已经出关，他已经突破成真神。此刻红雪正盯着远处的一座盘古开天阵，那座盘古开天阵已经破散，阵内的雪蝎天神遭到了一名傀儡的利爪攻击，当场身死魂灭。

"雪蝎……"纪宁也心中一痛。当初在摘星大世界跟随自己的七天神，雪蝎天神死了。

相比纪宁，红雪更伤心。

当初红雪和雪蝎，乃是三寿道人的左膀右臂，红雪忘不了他们俩一同征战的岁月。三寿道人当年魔下的一些天神真仙树倒猢狲散，一个个地走了，也就少数几个没走。红雪和雪蝎也没走，他们俩早就惺惺相惜，虽然没结为道侣，但无尽岁月都在一起生活，早已宛如亲人。

"该死。"红雪的眼中隐隐有着泪花。

"轰——"忽然远处出现了一道黑光，快得完全超过天道极限，直接杀向了女娲阵营的仙魔大军。突然出手的正是无间门中实力最可怕的万魔之主，他出招的速度太快了，不过女娲阵营早已时刻在提防。

"杀！"三清道人脸色一变，当即怒喝。

"杀！"所有大能者一直压抑在心底的愤怒和杀意尽皆爆发。红雪真神他们一个个眼睛泛红，一瞬间每个大能者都疯狂了。

"万魔！"纪宁和燧人氏同时怒喝。

他们俩速度最快，不过面对万魔之主的突然袭击，学会伍宝剑术的纪宁是最有望拦截住他的。

纪宁直接施展出三头六臂，同时也施展出了第六转的摘星手。一时间六个巨大的手掌上神纹显现，威能令虚空战栗，仿佛六片巨大的乌云瞬间划过长空，个个都超乎了天道极限，直接拍向无间门一方的大军。

纪宁很清楚，论速度他比万魔之主还是差些，所以纪宁围魏救赵，六个巨大的手掌直接拍击无间门大军，逼迫万魔之主回身防备。

"不好！"

"小心！"

"挡住！"

无间门大军个个色变，抬头看着遮盖了视野的巨大的六片乌云降临。万魔之主只是一柄利刃飞出，宛如一道黑光。纪宁出手却是六个巨大的手掌，这一次拍击，得死多少仙魔？

"哼。"万魔之主一皱眉，那道黑光当即一转，便化作数十万里长、直接抽向纪宁的数个手掌。

"嘭——"一声巨响。

那雄浑无比的抽打令纪宁不由自主地往后倒飞。

万魔之主也被震得停顿了一下。原来他手中持着的乃是一根奇异的黑色尖梭。

代表各自阵营的北冥剑仙和万魔之主一交手，两方的其他大能者一一入局。有些开始去驾驭己方的万物使者，有些则迅速地统帅己方的天神真仙结成镇族大阵……场上的局势瞬间从之前的气运之争，升级为真正的最终之战。

"好强！"纪宁看着遥远虚空中的万魔之主，"不愧是祖神，仅仅凭借摘星手，我完全处于下风。"这个在上古破灭之战就能从世界神女娲娘娘的眼皮下救走无间门一大群人的万魔之主，是女娲阵营这边最忌惮的。

"布阵！"

"布阵！"

"布阵！"

"布阵！"

三清道人、佛祖如来、神农氏、伏羲氏则分别开始统帅己方的天神真仙，还有夸父、玉鼎道人、刑天、逍遥天尊等一个个真神道祖，也迅速统领大批的天神真仙。

"决战！"轩辕黄帝的声音，在女娲阵营响起。

所有的天仙立即挥手，将自己统帅的一些散仙、神魔收起，一眨眼，原本战场上无数的仙魔身影变得稀稀拉拉了，数量最多的普通仙魔已经全部消失了。天神真仙们也迅速将麾下成千上万的天仙瞬间收入仙府法宝和洞天法宝中。

战场上，瞬间只剩下真神道祖和天神真仙。

"轰隆——"

三清道人周围聚集了三千六百名纯阳真仙。只见浩浩荡荡的法力涌动，吸引着大量的天地元力。在三清道人疯狂的汲取下，瞬间就形成了巨大的大阵，大阵上空则显现出巨大的三清道人虚影，虚影的脚下是巨大的深青色图卷，在虚影的四周悬浮着四柄混沌神剑，气息滔天。

"女娲补天阵！"无间门这边的大能者也忙着统领阵法，忙着驾驭万物使者。他们看到远处三清道人所形成的大阵，不由得心中发寒。

女娲娘娘留下的三大镇族阵法。

何谓镇族？

女娲娘娘担心将来有混沌异族入侵，耗费无尽心力创出这三大镇族阵法，这才安心地离开！

当初逐鹿大世界那一战，三大镇族阵法之一的盘古开天阵也曾出场过。可那仅仅是真仙季珉统领，他统领的天神真仙也才五百多人，属于简略化的盘古开大阵。

现以三清道人为核心，三千六百位纯阳真仙辅助，结成的却是完完整整的女娲补天阵。

大阵一举一动所引起的天地之力，不亚于一等祖仙。

以三清道人本身境界之高、诛仙剑阵之厉害，可以想象他的可怕。

"起！"佛祖如来双手合十，周围则是五千八百名天神，引动同样浩瀚的天地之力，迅速凝聚成一具庞大的神体，不过却依旧是如来的模样。

此大阵正是三大镇族阵法中的盘古开天阵。

凝聚五千八百天神之力，以如来为核心所化身的盘古，丝毫不亚于祖神。以如来境界之高、掌法之厉害，人人恐惧。

"布阵！"伏羲氏同样率领三千六百位纯阳真仙，形成了女娲补天阵。

"布阵！"神农氏则率领五千八百位天神，形成盘古开天阵。

"凝！"逍遥道祖则率领两千两百位天神真仙，形成一元两仪阵。

三大镇族阵法。

盘古开天阵，统领天神，化身盘古，擅长近战。

女娲补天阵，统领真仙，凝聚滔天法力，擅长远攻。

一元两仪阵，韧性十足，在战场上哪里危险上哪里，哪里需要它，它就要顶上，可以远攻，也可以整个大阵顶上去。

三大镇族阵法，实力滔天。

就算混沌异族入侵，就算是祖神、祖仙入侵，仗此大阵，再加上女娲阵营大能者境界之高，也完全可以抵御外敌。


女娲阵营那边在布阵。

无间门这边同样也在布阵。他们也统领大批的天神真仙，有些还驾驭万物使者。可是当看到女娲阵营的三大镇族阵法第一次完全显露声威时，不由得个个胆寒。

"魔主，我们气运弱，女娲阵营的气运强，我们的大阵能吸纳的天地元力比他们少很多了。"

"我们气运又弱，阵法又弱……差距太大了。"

"怎么办？"

无间门几乎个个都慌了。

他们知道女娲阵营有三大镇族阵法，可是毕竟女娲阵营从来没展露过三大镇族阵法真正的威能。之前都是些简化手段，毕竟三清道人、如来他们没有真正亲自统领过。这次他们亲自统帅，看了就让无间门心寒。

别说是无间门了，就算见多识广的刺修大魔神，也脸色大变。

"准备动手！"刺修大魔神率领麾下仆从，以及上古废墟的一众异族真神们，正在远处随时准备杀过来。可当他们看到女娲阵营形成的大阵时，也都惊呆了。

"这阵法……"刺修大魔神一直很淡定的表情，却再也淡定不了，他惊愕道，"那个女娲，不就是土著吗？而且刚刚成为世界神没多久就离开三界了。刚成为世界神没多久，眼界也不广，创出的这三大镇族阵法怎么会厉害成这样？"

"麻烦了！"一旁的刀尊低沉地道，"主人，这些土著比我们弱，就是因为都是真神和三等祖仙，可是这所谓的镇族阵法令他们实力大增。看那如来，他现在形成的盘古之躯绝对能媲美祖神之体，再以他的掌法……我们俩联手，恐怕也奈何不了如来。"

"嗯！"刺修大魔神点头。

如来擅长防守。

当初他们俩联手偶尔能够伤到如来，却没能擒下如来。现在如来有盘古之躯，再配合那掌法，绝对是纵横无敌的。

"这些土著领袖的境界都很高，他们的弱点……也被这阵法给补上了。"刀尊皱眉，"很不好惹。"

"我就知道，诞生过世界神的混沌世界……不是那么好侵占的。"刺修大魔神一咬牙，"看着吧！看那无间门怎么应对。如果无间门输得一塌糊涂，我们就放弃三界，赶紧离开。"

"嗯。"刀尊点头。

刺修大魔神和刀尊，虽说都有拼命手段还没施展，可看女娲阵营的底蕴，就算他们拼命也侵占不了三界，还是看无间门的手段吧。

无间门虽然惊慌，可是他们没有选择。

"如来、三清、伏羲、神农，他们统领的四座大阵，你们无须应对，你们去挡住其他真神道祖的大阵。"万魔之主当即吩咐下去。

"遵命！"

无间门的一众大能者个个松了口气。他们这群大能者数量也不少，像源老人带领的源河四祖，如今也是融入无间门当中了。

这一大群大能者也在统领两座大阵。

有些是三位真神统领三千九百位天神，形成无量魔神阵。

有些是六位道祖统领五千一百位真仙，形成大破灭阵。

这是桓木主人耗尽无数心力创出的两大阵法，可是比女娲娘娘的阵法差多了。像大破灭阵，虽然足足有六位道祖、五千一百位真仙，而女娲阵营的女娲补天阵只需要一名道祖和三千六百位真仙。可论威能，依旧是女娲阵营比较强。

当然……

统领者越强，阵法威力就越强。三清道人统领的大阵，和一个普通道祖统领的女娲补天阵威力差不多。

现在三清、伏羲、神农、如来他们四个统领的大阵，无须他们去抵挡。无间门的大能者也个个底气足了起来。

"最狠的几个我们无须抵挡。"

"我们还有九个万物使者，和这女娲阵营至少还能斗上一斗。"

"只是不知道魔主他们到底怎么去应对女娲阵营的那几个可怕存在。"无间门的其他大能者也忧心忡忡。

女娲阵营可不会手下留情。

阵法一成，就直接率先发动了攻击。

"杀！"三清道人统领女娲补天阵，威势滔天，遥遥一指，顿时诛仙四剑凝结为一柄巨大的神剑，直接破空杀向了无间门阵营大军。剑锋所指，虚空都直接裂开，那可怕的威能让所有的大能者感到心寒。

"好可怕的杀阵！"刺修大魔神和刀尊看得脸色都有些发白。

纪宁看了也惊叹不已。

自己第二元神虽然是一等祖仙，施展三绝剑阵威力也很强，可是三清道人得到诛仙剑阵太久了，连诛仙剑图都是他自创的，而且在境界上，三清道人也比纪宁高些，所以施展出的诛仙剑阵威能，在攻击方面几乎可以说是三界第一。

"三清！"一声大喝传来。

只见一条木尺迅速变长，仿佛横亘在天地间。

"当——"神剑和木尺碰撞，虚空湮灭。

三清道人遥看远处那抹紫衣身影，冰冷地道："桓木，无间门我看不透的一个是万魔之主，另一个就是你。你果真藏得够深，竟然已经成了祖神。"

桓木主人却是脸色隐隐发白，刚才的诛仙剑阵太强了。

"何必废话！"桓木主人当即杀了过去。

"杀！"三清道人再度操纵诛仙剑阵，杀向桓木主人。

桓木主人对各个方面似乎都擅长，炼器、布阵、攻击、防守……他的风华是当初的心魔之主都佩服的。当初的无间混沌世界，最耀眼的就是心魔之主和桓木主人，只是桓木主人不喜争霸。经过上古破灭一战后，桓木的确突破了，突破到了祖神。

桓木主人没有前人指导。

就像女娲娘娘也在没有前人指导的情况下，修炼成了世界神。桓木主人也一样，也是厚积薄发，境界太高。他不是某一方面境界高，他是许多方面境界都很高，积累浑厚，经历上古破灭一战的磨炼后，最终成了祖神。只是他一直未曾暴露，在这最终决战时他才显露出手段来。

三清道人的诛仙剑阵太凶猛了，桓木主人即便是祖神之身，拼了命，才勉强挡下。

"水火灭世阴阳生灭！"

伏羲氏统领女娲补天阵，施展出了他的最强手段。

"轰隆隆——"亿万里虚空瞬间就成了水火的海洋，无尽的太阴玄水、不灭薪火纵横广阔虚空。无间门的一座座大阵和万物使者顿时都感觉身陷泥沼，行动都受到影响，速度也大大减缓了。

而且这些水火，在万魔之主周围形成了一个巨大的太极图。

水为阴，火为阳。

水为生，火为灭。

毕竟伏羲氏的前世乃是祖神伏羲，生而执掌毁灭天道，而且他今生也一直竭力想要悟透生命天道，好恢复前世记忆，所以他在生命天道、毁灭天道上都颇有感悟，何况他早就悟透了阴阳两大天道。

所以这水火灭世阵，真正的最终杀招就是这"水火灭世阴阳生灭"这一招。如果他悟透了生命、毁灭两大天道，那么这一招的威力就要大得多。可即便如此，在他统帅女娲补天阵的情况下，这一招威能也非同小可。

"嗯？"万魔之主衣袍猎猎，周围自然形成一圈圈空间波纹，抵挡住了太极图的绞杀。

"杀啊！"

统领盘古开天阵、化身盘古的神农氏也大步飞奔，杀向无间门。他悟透了金木水火土五大天道，近身厮杀同样极为强大。

"冲啊！"

燧人氏气息滔天，也不再隐藏了。他完全暴露出了祖神之力的气息，杀向无间门大军。

"是祖神！燧人氏是祖神！"

"他竟然是祖神！"

无间门这边震惊了。他们这边万魔之主是祖神，其他的，也就是桓木主人天才横溢，历经无尽岁月成为祖神。在无间门看来，从真神到祖神太难了。毕竟，没有法门而硬生生突破，也就桓木主人积累浑厚，最终做到了。他们认为女娲阵营做不到，可是他们错了。

"杀！"一直佝偻着身子的灰袍身影忽然直起身子，抬起头，露出了一张大胡子面孔，他的眼神中饱含着无尽的杀意。

他气息滔天，杀向无间门。

"是共工。"

"是祖神共工！他竟然没有死？"无间门那边一下子就认出来了。毕竟，当初的祖神共工在上古破灭之战可是有很多手段的。但是三界中一直在传共工死了，是被混沌异族杀死的，加上无尽的岁月中共工一直没出现，无间门也以为祖神共工真的死了。

没想到祖神共工还活着！

"除了燧人氏，竟然又多出个共工。女娲阵营竟然有两名祖神。"

手持着斧头的后羿也不再低调了，他的气息完全爆发，席卷天地，那雄浑的气息丝毫不亚于共工和燧人氏。

是的。

这位上古时代最耀眼最妖孽的绝世人物，在得到女娲娘娘的内观自在祖神卷后，也同样修炼成了祖神。整个女娲阵营，凭借女娲娘娘的内观自在祖神卷修炼成祖神的一共有两位：一个是燧人氏，另一个就是后羿。

"神王，受死吧。"

纪宁周围悬浮着三十六诸天冰莲，诸天冰莲冻结着周围的对手。伏羲氏的水火灭世阵毕竟追求的是范围大，所以对单个敌人的束缚并不算太强。而纪宁也是一等祖仙，施展出三十六诸天冰莲，在小范围内的束缚要比伏羲氏强得多。

纪宁所过之处，冰莲飘飘。他手持神剑紫光琼，剑气纵横虚空，让无间门胆寒。

"祖仙？一等祖仙吗？"远处的刺修大魔神看得脸色大变。

"他竟然是一等祖仙！"刀尊也吃惊。

"这女娲阵营的底蕴也太深了，不是说没什么祖神吗？怎么一下子除了镇族阵法，冒出了这么多祖神，甚至还有一个祖仙。"刺修大魔神感到了压力。刚开始看到三大镇族阵法，只是让他觉得很难缠，现在他却感觉，对手根本就是块铁板。

"等！"刺修大魔神低沉地道，"我们慢慢等待，我们的力量恐怕很难对付他们任何一方，现在只能等待，希望无间门够强。如果他们两方能够两败俱伤，或者无间门给女娲阵营带来重创，那样我们还有机会。"

刀尊轻轻点头。

在无尽混沌中趁乱夺取好处，这才是较为常见的，因为想要以绝对的实力碾压对手太难了。刺修大魔神之前还觉得自己的杀招一出，这三界恐怕没谁能挡。可现在看来，他太自大了。

女娲阵营这边气势如虹。己方阵法了得，一个个祖神祖仙纷纷现身。

"觉明，还不入阵？"

女娲阵营的大能者也一一入阵，分别统领天神真仙。弱一些的道祖，甚至三五个联手一道统领一座大阵。一座女娲补天阵，三清道人能够轻易统领，可如果是普通道祖，虽然也能统领，却没法发挥完美实力。这时候如果有两三个道祖辅助，就能完美发挥了。

"阿弥陀佛。"觉明道祖双手合十念道。

"轰隆"一声！

雄浑的丝毫不亚于纪宁、燧人氏、共工、后羿他们的气息席卷虚空。觉明佛祖漫步虚空，每一步都是空间变幻，走向了远处的无间门："无间贼子，应当入无间地狱！"他的眼中没有丝毫慈悲，有的只是金刚怒意。

"觉明也是祖神？"女娲阵营的大能者和天神真仙们也是吃了一惊。

"好。"三清道人、如来、伏羲、燧人氏他们个个都露出喜色。

"果然。"纪宁看了一眼，露出了一丝笑容。

女娲阵营的大军，一时间尽皆杀向无间门。

共工、后羿、纪宁、觉明、燧人氏，五大祖神祖仙，再加上统领大阵的三清道人、如来、伏羲氏、神农氏……他们一道碾压而来，无间门这边一时间人心惶惶。

# 莽荒纪

## 第二章

## 脱离三界

无间门这边的领袖大能个个脸色铁青。

他们对这一战准备得非常充分，可女娲阵营展露出的力量太强了，竟然一下子冒出五个祖神祖仙来。如果冒出一两个祖神祖仙，还在他们的承受范围内，他们还算有点把握，可现在是真的到了悬崖边上。

"唉！"源老人却是叹息一声，传音道，"万魔，答应你们的我会做到。不过如此情势，我也没什么办法……共工交给我。其他的，你们自己想办法吧。"

"嗖——"源老人当即化作流光，直接杀向了共工。

祖神共工眼神中满是杀气，他看着源老人，怒喝道："源道人，你……你这叛徒……快来受死！"

"就你？"源老人手持拂尘迎了上去，跟着就是漫天拂尘白丝笼罩向祖神共工。

刺修大魔神和独臂金甲男子都在远处观看着。这时候万魔之主的声音也在他们俩的耳边响起："现在形势很恶劣，你们是放弃呢，还是帮我们无间门？"

"帮！当然帮！"刺修大魔神回应道。

"后羿、纪宁、觉明、燧人氏，这四个中你们挑两个。"万魔之主传音道。

刺修大魔神和刀尊却是瞬间就做出了决定。

纪宁？太难缠。

燧人氏？竟然也有九角电蛇遁术，也难缠。

后羿？有点意思，还没斗过呢！

觉明？藏得够深啊！

"后羿和觉明归我们俩。"刺修大魔神回应道。随即他们俩化作流光，杀向了女娲阵营。他们俩在无尽混沌中厮杀惯了，和一些祖神祖仙层次交手，一点压力都没有。不过他们既然要掺和进来，还是得出点力气的。

"我去挡神农氏。"墨竹道祖传音，随即便迈步过去。

"小心！"万魔之主暗暗感慨。

从上古破灭到如今，无间门也诞生了些领袖大能。

像血鹄、墨竹都是如此。桓木更是突破成了祖神……当然这一切之前都是保密的。墨竹道祖过去一直很低调，当年是一直跟随心魔之主，是心魔之主忠诚的属下。后来黑袍神王成了名义上的领袖，他也为黑袍神王办事。

谁都没意识到这个勤勤恳恳、没什么怨言、普普通通的墨竹道祖，竟然已经拥有了领袖实力。

像如来，是悟透金木水火土五大天道。像伏羲氏，是悟透阴阳两大天道。

可墨竹道祖不同。

他是结合了无间混沌世界的天道感悟中的地、水以及三界中的木之天道，而后彼此结合，在木之天道上达到了极为高深的境界。就像纪宁在剑之天道上达到惊人境界一样，墨竹道祖也拥有了领袖实力。

"哗——"一根根竹子漫天显现，拦截向统领盘古开天阵的神农氏。

"血鹄和魔手，你们去挡如来！"万魔之主吩咐道。

"遵命！"

血鹄魔祖和魔手道祖没有犹豫，直接杀了过去。如果让他们单独去挡，他们也没信心。

墨竹道祖之所以敢挡神农氏，一来神农氏本身厮杀就不算强，二来墨竹道祖擅长的就是防守。

"呼！"血鹄道祖飞行时，旁边显现出了另一尊分身。

一个黑衣，一个血袍。

两大分身皆是领袖层次。加上一旁的魔手道祖，他们三个联手迎向如来。

万魔之主则是神体忽然分裂，一分为二，变为了两个万魔之主。而后，这两个万魔之主分别杀向了纪宁和燧人氏。

这些说来缓慢，实则仅仅一瞬。

桓木主人、源老人、刺修大魔神、刀尊、墨竹道祖、血鹄道祖、魔手道祖、万魔之主都已经杀了上去。

桓木主人、刺修大魔神、刀尊、万魔之主……那都是祖神。

源老人、墨竹道祖都属于极为擅长防守的，这类擅长防守的，就算实力差些，也是能抵挡住对方。就像当初在上古废墟时的佛祖如来，面对刺修大魔神和刀尊围攻，一样撑了许久。

血鹄道祖的本尊和分身，与魔手道祖联合起来，实力也非同小可。

"死吧！去死吧！"祖神共工头发飞舞，状若疯魔，手持长杖狂攻源老人。

源老人则是不断地抵挡。

"你该知道，我最恨的就是你这种叛徒。"祖神共工怒骂着。

"哼。"源老人淡然冷笑，不屑多说。

"听说你的弓箭之术很厉害？"刺修大魔神站在虚空中，笑眯眯地看着前方手持斧头的后羿，"让我瞧瞧吧！"

"就你？"后羿猛然上前，气势暴涨，高高举起了斧头。

这幕场景让刺修大魔神一阵恍惚，仿佛看到了一位可怕的世界神在挥舞斧头似的。虽然有一丝恍惚，可刺修大魔神还是很清醒的。他那尾巴猛地暴涨，仿佛一条巨大的长鞭，直接抽打了过去，和高高劈下的斧头撞击在了一起。

"砰"的一声。

刺修大魔神略微倒飞了一下，后羿也停顿了下来。

"真强！"刺修大魔神笑着感慨，"有点意思。你在心力上真是厉害，我差点就中招了，幸好我见识够多。"

"哼。"后羿冷然，却继续上前挥出斧头。

独臂金甲人和觉明佛祖也厮杀在一起。

只见耀眼的金色手掌笼罩而来。

刀尊直接被往后震得倒飞，眼睛放光地看着觉明佛祖。他带着一丝兴奋说："你们三界有佛门一说，你们佛门的领袖如来，我和他交过手。你的掌法和他的掌法非常像，可是你的掌法比他的更强，威力更大。"

"我只是仗着神力够强而已。"觉明佛祖神情淡然，眼神却冰冷，依旧一掌掌笼罩而下。

佛门本就擅长掌法。

觉明佛祖成了佛祖后，如来他们当然给了他许多佛门神通秘法。觉明佛祖参悟这些秘法神通，又结合九元灭，耗费漫长时间推演出了不亚于佛祖如来的掌法神通，甚至在神力爆发上更加厉害。如今他身为祖神，凭此掌法神通完全能爆发出顶尖祖神的实力。他也就道的境界上及不上如来，所以掌法的圆满程度上还差些。可一力降十会，祖神施展掌法，且神力爆发又猛，自然威能滔天。

一时间刀尊都隐隐处于下风。

三清道人统领女娲补天阵，施展出诛仙剑阵，杀得祖神桓木主人也是艰难地抵挡。

佛祖如来统领盘古开天阵，血鹄魔祖和魔手道祖能勉强对抗。

神农氏统领盘古开天阵，也被墨竹道祖挡下。

燧人氏持着木杖，气势滔天，凶猛异常，每一道木杖劈出，便是无尽火焰在熊熊燃烧。气势之威猛，威力之大，就算是万魔之主也只能避让。

"万魔，总是靠着身法躲，你也就只敢躲而已。"燧人氏怒吼。

他速度是很快，可万魔之主速度更快。

"若是一对一，我当然会和你交手。可现在我实力毕竟只剩部分，不适合硬拼。"万魔之主身影飘忽不定，却一直围绕在燧人氏周围，令燧人氏丝毫不敢大意。万魔之主神体一分为二，令两个神体实力都有些衰减。

可即便衰减，那也勉强能算顶尖祖神实力的，燧人氏若是大意，便有丧命之危。当然，在如此关键的时刻，神体竟然还敢一分为二，也就是速度冠绝三界的万魔之主敢这么干。

纪宁也面向着万魔之主。

"万魔之主，你神体一分为二，两个神体实力恐怕都只剩一部分。"纪宁摇头，"你太小瞧我了。"

"哗——"白衣纪宁的旁边又出现了一个黑色道袍纪宁。

"嗖！嗖！"

白衣纪宁朝墨竹道祖方向杀去，黑色道袍纪宁朝魔手道祖方向杀去。

"该死！"万魔之主脸色一变，当即身体宛如一阵风，一闪便迅速追向了黑色道袍纪宁。他很清楚纪宁本尊的厉害，纪宁本尊的神体媲美先天极品灵宝，根本奈何不了。相反这第二元神乃是炼气流的，身体是最脆弱的。

"去吧！"

黑色道袍纪宁转头冰冷地看去。

"咻，咻，咻——"

他的眉心接连飞出了三道剑光。三道剑光鬼魅无比，且个个超越天道极限，环绕在周围，拦截住了万魔之主。

"嗯？"万魔之主尝试一番就头疼了。一等祖仙驾驭的混沌神剑——纪宁在速度上早就超越天道极限了——就像一个圆。纪宁是在圆心，他的三柄神剑只需要拦截周围一个小圆圈的范围。万魔之主却是在外围的大圆圈范围，他需要比混沌神剑快得多，可混沌神剑足足有三柄之多。

最恶心的是——

三十六朵诸天冰莲飘飘，寒冷气流环绕周围，令万魔之主也很受影响。万魔之主就算具备巅峰实力，也难以在这种情况下进入圆圈。其实纪宁的黑云链还没施展，黑云链一旦施展，可以将周围包围得密不透风。

"哪里来的这套神剑？威能强成这样？"万魔之主尝试了数次，感觉到这一套神剑的锋芒。

"嗖——"他拦不住黑色道袍纪宁！黑色道袍纪宁却继续杀向魔手道祖！

白衣纪宁则化作九角电蛇杀过去。

"只能拦他的本尊了！"万魔之主迅速朝驾驭九角电蛇的白衣纪宁追过去。二者距离原本遥远得很，可肉眼可见的距离正不断缩小。白衣纪宁还没杀到墨竹道祖那里，万魔之主就再度拦住了白衣纪宁。

"你挡不住的。"纪宁冷笑着，"你们无间门这次输定了。"

万魔之主也是心中叹息：是啊！他在发现女娲阵营暴露出这么可怕的实力后，想尽了办法。他甚至将神体一分为二，来拦截速度最快的燧人氏和纪宁，可是他终究还是差了一招。纪宁还有一个分身，一个可怕的拥有顶尖祖神战力的分身。

这个分身，就是压死骆驼的最后一根稻草。

无间门已经没办法分出其他力量来抵挡了……

"现在就撤退？"万魔之主心头掠过这一念头。

如果现在就大撤退，他虽然速度快，可也要一个个去救，这是需要时间的。女娲阵营会趁乱杀戮，无间门肯定要死一批仙魔。可这样一来，估计也就损失一小部分。但是如果再拖延下去，恐怕死得会更多。

"不急！"

"这背后的一切还没显现！"万魔之主暗暗道。

这场浩劫的源头，现在都还没揭开。那混沌异族刺修大魔神到现在都没什么大动静，一切都很诡异。万魔之主想要再看看。

"嘭嘭——"

鏖战中的双方道祖、天神真仙大军中，无间门的一座无量魔神阵崩溃了。一时间，统领那大阵的三名真神和三千九百名天神一片混乱。女娲阵营则趁机展开屠戮。

大阵一旦崩溃，便是大规模的屠戮。

这最终决战持续的时间越长，死的大能者、天神真仙就会越多。

"死！"黑色道袍纪宁遥遥地看着远处。

"咻！咻！咻——"

两柄冰晶神剑、一柄金色神剑宛如品字状，迅速杀向远处正在和佛祖如来鏖战的血鹄魔祖和魔手道祖。这三柄神剑在飞行途中，剑身上的剑纹开始浮现，开始迅速变化，竟然仿佛雾气一般融合在一起，化作一柄半透明的金色神剑。

这柄半透明的金色神剑一出，隐隐的剑气便纵横百万里，让整个战场都为之一惊。

这锋芒！这威势！

完全能和三清道人的诛仙剑阵媲美。三清道人的诛仙剑阵，令擅长防守的祖神桓木主人都吃力无比。纪宁的这三绝剑阵却是直接杀向了血鹄魔祖和魔手道祖。

"不好！退！"血鹄魔祖和魔手道祖同时脸色大变。他们也看出来了，纪宁是直接针对他们俩的。

"别想走！"佛祖如来却掌法降临，欲要阻拦他们俩。

可血鹄魔祖和魔手道祖哪里还顾得了其他，看到远处的三绝剑阵的威势，他们就没了抵抗之心。放眼整个战场，进攻最凶猛的就是统领女娲补天阵的三清道人的诛仙剑阵，还有一个就是现在黑色道袍纪宁施展出的另一个可怕的未知剑阵。

"分开逃！"血鹄魔祖和魔手道祖瞬间就分成三个方向。血鹄魔祖的本尊和分身也是完全分开逃的。

"咻"的一声——

半透明的金色神剑直接杀向魔手道祖。斩草要除根，魔手道祖可没分身，杀了她，她便真死了。

"来吧！"逃跑中的魔手道祖也明白，论速度，她根本逃不过那可怕的神剑。于是她当即转身，面容平静地看着那纵横虚空的剑光。

一身紫衣，面容绝美，宛如仙子。

却是整个无间混沌世界里最可怕的魔头。她此刻非常平静地挥出了那两个白皙的手掌，挡向那剑光。

"不！"远处逃跑的血鹄魔祖看到这一幕，脸色都变了。

"魔手！"桓木主人也焦急起来。

万魔之主看着这一幕，只是轻轻叹息。

"噗！"挡住了！

居然挡住了！那戴着混沌奇宝手套的双掌挡住了那半透明金色神剑的剑尖，可是神剑内蕴含了不可思议的冲击力，却瞬间就令魔手道祖身体一颤，情不自禁地吐出了一口鲜血。跟着，那透明的金色神剑宛如鬼魅，接连呼啸着劈过来。

魔手道祖在死亡面前接连挥出了八掌，挡住了八剑。可是第九道剑光依旧掠过了她的脖颈，跟着无量剑光扫荡，完全摧毁了她的身躯。她的身躯就仿佛雪花消融一般，皆化为齑粉。双方的差距太明显了。

这幕场景让战场上的无间门的大能者心中都颤了一下。

死了吗？

想到纪宁刚才施展的剑阵，无间门每个大能者都开始心颤。

太强了！

单单论威能，或许诛仙剑阵能和他一比，甚至诛仙剑阵可能还略强些，但是纪宁的三绝剑阵不但威能和诛仙剑阵属于同一层次，而且速度更快。这三绝剑阵施展的是纪宁冠绝三界的剑术，经过两万年的磨炼，纪宁的剑术已经达到了不可思议的境界。

"魔主，我们挡不住了！"

"我们撑不住了！"

无间门本来就气运弱，大阵所能引动的天地之力也少。魔手道祖身死，黑色道袍纪宁又没人牵制，无间门一时间士气大减，竟然接连被攻破了两座大阵。两座大阵共九名真神道祖，近万名天神真仙，一时间遭到疯狂屠戮，而纪宁则继续杀向血鹄魔祖。场上局势不断恶化。

"就这么败了？"万魔之主真的不愿承认。

魔手的死，他早就预料到了。

他没能拦截住黑色道袍纪宁，也就注定了魔手道祖的死。可现在场上局势不断恶化，让万魔之主万分心焦。

"这场浩劫的源头到底是什么？"万魔之主感应到了一股很微弱的波动，他忽然脸色一变。

"这是……"

女娲阵营气势如虹。

他们有五大祖神祖仙，还有三大镇族阵法，且气运更强。虽说无间门挖空心思，拉拢到了源老人，拉拢到了混沌异族的两名祖神，可是这一战仅仅交锋片刻，无间门便已经有崩溃的迹象。

佛祖如来和纪宁他们一个个要继续大开杀戒，扩大战果。

可就在这时——

"嗡——"一股很微弱的波动传来。

在场的每个大能者和天神真仙都感受到了，因为这股波动源自天道。接着这股波动迅速变强，三界的天道都开始震颤起来。

"要敢阻拦我？三界，你阻拦不了我！"一声怒吼在三界每一处响起，整个三界运行的天道都在震颤。

"刚才的声音好像是老天发出的。"三界内无数的人和妖都疑惑地看着天空。实力弱的疑惑，实力强的修仙者、大妖则显得万分震惊。

在无尽虚空中，正在交战的两大阵营的强者们也是个个吃惊。

"这是……"纪宁他们都感到心中一悸。

"轰隆隆——"

整个三界都在震颤。天地轰鸣，虚空轰鸣，仿佛什么无形之物要撕裂三界似的，这股威势让原本占据上风的女娲阵营的大能者们感到不妙。

"别管其他，先杀无间门。"三清道人喝道。

"先杀了再说！"

黑色道袍纪宁也是遥遥一指，那半透明的金色神剑迅速飞向远处的无间门大军。剑气贯穿百万里，目标正是离得最近的一座六位道祖和五千一百位真仙组成的大破灭阵。那大破灭阵形成一圈圈黑光，欲要竭力抵挡。

"噗！"半透明的金色神剑只是一剑，便让大破灭阵摇摇欲坠。

"噗！"紧跟着，这三绝剑阵又是一次袭击，施展的正是明月剑术中的滴血式，动作迅猛异常。

"嘭"——整个大破灭阵完全溃散。随着剑气扫荡，大量真仙们化为齑粉。那六名道祖和数千名真仙仓皇要逃，可是那半透明的金色神剑在空中一旋转，竟然化为了一个巨大的黑洞。

黑洞疯狂地吞噬绞杀着一切仙魔，躲进仙府的，连整个仙府都被绞杀得粉碎。数千名仙魔最后只有八位活下来，他们都躲进了厉害的洞天法宝或者仙府内。

这八位中有三位道祖和五位真仙。

"收！"黑色道袍纪宁已经飞了过来，一挥手就收起了那八件法宝，镇压了起来。

"尘归尘，土归土。"

统领盘古开天阵的佛祖如来也踏着虚空，杀向了无间门大阵。无间门的一座座大阵迅速地开始逃跑。他们这些大阵，虽然布阵的仙魔很多，可哪里能和佛祖如来硬碰硬。之前一座大破灭阵不就是被纪宁摧枯拉朽般地灭杀了吗？

"给我破吧！"响彻三界的怒吼，让无尽虚空都在震颤摇晃。

"嗡——"远处虚空的尽头出现了耀眼的金光，就仿佛虚空中出现了一道巨大的金光裂缝。

这让女娲阵营和无间门的大能者非常不安，他们虽然还在厮杀，可个个注意着这幕场景。那足足亿万里长的金光裂缝，就仿佛整个三界裂开了。

金光裂缝内隐隐有着汹涌的河流翻滚。

"轰——"汹涌的河流中流出了金光裂缝，跟着便迅速穿越了虚空，流到了女娲阵营和无间门的虚空战场中。

河流滚滚！远处的金光裂缝却已经愈合消失。

"心魔！"万魔之主开口了。

"哈哈哈……哈哈哈……我终于回来了！我终于回来了！哈哈哈……"疯狂的笑声响彻虚空。只见那滚滚的河流迅速地凝结，很快就化为一名穿着黑袍的高瘦身影。他有着浓黑如墨的眉毛，有着一双让人迷醉的眼睛。他的英姿让人看了不由自主地迷醉和臣服！

黑袍猎猎，气势滔天。

"如来！"黑袍的高瘦身影一挥手，手掌便化为滚滚河流，直接拍向了佛祖如来。

原本杀向无间门大阵的佛祖如来，只能转身抵挡这一掌。

"嘭——"只见整个盘古开天阵都猛地震颤了一下。如来脸色都变了。可是那滚滚河流紧跟着又是一次拍击，速度太快了，在场没有一个人来得及阻挡。

盘古开天阵轰然崩溃，佛祖如来倒飞开去。他连忙惊慌地挥手，施展掌中佛国收了一些天神，可是超过九成的天神瞬间皆被湮灭。

"死吧！"

纪宁在这黑袍的高瘦身影对如来动手的时候，就已经施展出了三绝剑阵，直接杀了过去。浩浩荡荡的半透明的金色神剑，威能滔天。

黑袍高瘦身影又拍出了一掌。

他的手掌化为滚滚河流，拍击在了半透明的金色神剑上。神剑发出了剑吟之声，河流也是震颤着溃散了些许，可很快神剑就被抛飞开去。


整个战场都安静了下来。

原本四处追杀的女娲阵营开始迅速收拢。纪宁的本尊、第二元神也合在一起，佛祖如来也飞了回去。他们都看着那黑袍高瘦身影。

他一出现，就拍击出了两掌。

一掌，轻易压制了三绝剑阵。

一掌，两次冲击便湮灭一座盘古开天阵，还是佛祖如来统领的。

无间门的大军也在迅速收拢，连刺修大魔神和刀尊都先退了下来。刺修大魔神退的时候，还死死盯着黑袍高瘦身影。他和一旁的刀尊传音交谈"他就是心魔之主？实力太强了！就算放在无尽混沌中，也是祖神祖仙中真正的最顶尖存在，他已经无限接近世界境了。"

"对，祖神祖仙中的超绝存在。"刀尊也感到一阵心颤。

普通祖神，就是领袖层次实力，就是刚刚诞生的祖神们的实力。

顶尖祖神，就是现在纪宁、桓木主人的实力。三清道人他们借助阵法也是这一实力。在无尽混沌中，经过足够的磨炼，祖仙和一等祖仙们一般都能达到这个实力。可是上千个祖神祖仙中恐怕才有一个。就是这种顶尖存在，已经无限接近世界神、混沌仙人的存在！

"大家小心，他就是心魔之主。"三清道人传音道，"当年他身融天道，没想到现在竟然从天道中脱离了。"看到刚才的那一幕，谁都能猜测到心魔之主应该是脱离了天道。不脱离天道，怎么可能对他们动手，杀了那么多天神。

"竟然脱离了。"纪宁也感到忌惮。

太可怕了！

自己的三绝剑阵，是自己最强的手段了，竟然被直接正面碾压击溃。这心魔之主的实力太强了！

当年上古破灭一战，盘古混沌世界最强的是女娲娘娘，无间混沌世界最强的就是心魔之主了。他们俩是同一层次的，而女娲娘娘早就成了世界神，离开了三界，心魔之主却身融天道，困了漫长岁月，如今更脱离了天道。

"心魔。"无间门中的万魔之主也将两大神体融合为一，他淡然地看着心魔之主，"你欠一个交代。"

"交代？"

心魔之主黑袍猎猎作响，周围荡起一圈圈水流涟漪。他笑呵呵地说："是啊，欠一个交代。风魔你是真聪明，当年我就看出……虽然在我们无间混沌世界，桓木的声名仅次于我，可实际上你才是真正能当我的对手的人。上次的两大混沌世界的交战，我还得谢谢你。要不是你，我这次出来，也看不到什么徒子徒孙了。"

"交代！"万魔之主继续看着他。

"哦。"心魔之主笑了，"你猜得没错，这一切的背后都是因为我。"

心魔之主那动人心魄的眸子打视了一遍女娲阵营，声音回荡在虚空中："这一切都是因为我，我要脱离三界，所以我才想办法引动这一场浩劫。”

“你脱离三界和引动浩劫又有什么关系？”万魔之主皱眉。

“哈哈哈，我会告诉你们的。你们都会知道的，特别是你们。”心魔之主目光扫过女娲阵营，“你们死前，我也会让你们死得明明白白的。”

女娲阵营的大能者个个心中杀意奔腾。

这心魔之主太狂了。

竟然完全不将他们放在眼里。不过纪宁他们也都明白，心魔之主虽然没有世界神那般逆天，能够做到绝对横扫，可是他刚才展露出的实力，恐怕女娲阵营这边需要好几个联手拼命，才阻拦得住。

“纪宁你的本尊之身，还有觉明，你们俩和我等会儿一同出手，阻挡住心魔之主。”燧人氏传音道。

“嗯。”纪宁和觉明佛祖也都应道。

纪宁本尊媲美先天极品灵宝，觉明佛祖透过九元灭参悟出了佛祖如来的掌法玄妙，甚至更厉害些。他不但手掌媲美先天极品灵宝，全身都媲美先天极品灵宝。而燧人氏，在火焰上成就太高，早就修炼出化身为火焰的手段，就像心魔之主化身为滔天河流一样。

所以纪宁的本尊、觉明、燧人氏三个都是敢和心魔之主拼杀的。


心魔之主却根本没将女娲阵营放在眼里。他嘻嘘说道“当年女娲临阵突破成了世界神，开始追杀我。当时我没有其他办法，我感应到正在形成的三界天道本身是蕴含心魔的，于是立即身融天道，躲过一劫。这样一来，要杀我，除非毁掉三界。女娲显然舍不得毁掉三界。

“我虽然躲过一劫，可也被困在天道中，成了天道的一分子。连我自己都以为，我将永远是天道的一分子，直至这方混沌世界破灭，我也会跟着身死。可是我不甘心，真的不甘心。我一直在寻找脱离天道的机会。

心魔之主目光扫过女娲阵营的大能者。

“三界运行的天道，是由金、木、水、火、土、阴、阳、生命、毁灭、混沌，还有剑道、太极、无极、雷电、心魔等许多的道组成，无数的道混合，形成了三界完整的运行天道。”

“后来我发现，天道并非一直是平衡的。

“比如很多世界都在伐木，令三界中的木逐渐减少。那么在三界运行的天道中，木之天道就会逐渐变弱。”心魔之主笑着。

听到这话，远处的纪宁一惊。

对，没错！

通过北休世界神的传承记载，纪宁知道，混沌世界是有区别的。比如某个混沌世界内火焰极多，那就是火焰混沌世界。这个混沌世界最强的就是火之天道，火之天道的完善甚至能够媲美混沌天道。

剑之天道，能有第六层次，媲美混沌天道。

木之天道、火之天道……都能够继续发展，同样能媲美混沌天道。

比如某个火焰混沌世界在衍变过程中，因为一些意外，令整个混沌世界变得破败，到处充斥着毁灭意境，这时甚至能够衍变成毁灭混沌世界。原本强大的火之天道会衰弱，毁灭天道会变强，成为这个混沌世界最主要的天道。

"各个天道都有起有伏。"心魔之主微笑着，"当三界陷入混乱之中，就会杀戮变多。很多生灵心中的心魔也会变强，整个三界的心魔之道也会随之不断变强。

"当心魔之道变强时，我发现，我对整个三界的影响就能更大。甚至我感觉，只要心魔之道够强，我就能脱离三界。如果心魔之道成为三界中最强的道，我就会成为三界的主宰，我的意志就是三界的意志。

"不过三界也就是一个混沌世界。我岂能束缚在一个混沌世界内？我只需要心魔之道足够强，能脱离三道即可。

"可是，三界的运行天道，本能地会保持平衡，我根本没有机会。

"终于，机会来了。"

心魔之主得意地说道："三界经过无尽岁月繁衍，生灵越来越多，修仙者和妖怪也越来越多。一个个天仙和天神真仙诞生，甚至有大能者诞生，这让三界的负担越来越大。如果你们不内战不内耗，只会诞生越来越多的强者，使得三界的负担越大越大。负担大到一定程度，甚至可能会令三界破灭。"

"什么？"在场的个个惊愕。

生灵足够多？会让三界破灭？

"还不明白吗？这就像一艘船，本来能坐二十人，你却让两百人上船，船就会沉掉。三界也一样，它也只是一个混沌世界而已。你们看看，女娲阵营和无间门有多少大能者？有多少仙魔？特别是天仙，数量又有多少？"心魔之主冷笑。

女娲阵营和无间门都承认了这点。

他们之前还在感叹，这次大战规模超越上古破灭一战。可上古破灭一战的强者是来自两个混沌世界，这次仅一个混沌世界，三界内的强者就这么多。就算三界是两个混沌世界碰撞形成的，有些特殊，但承载这么多生灵的压力，确实也很大。

"三界的运行天道，它一直在本能地寻找办法，减少三界内生灵数量的办法。它降下灾祸，可是没用，仙魔们的生存能力太强了。它降下的灾祸只能杀死些凡间生灵，仙魔们甚至还能布置大阵，保护凡人。

"凡人繁衍，充斥了三界。无数修仙者和妖怪还在不断修炼，强者越来越多，这样下去，三界迟早会被硬生生压迫得溃散。

"所以我知道，机会来了。

"我告诉三界，只要能引起女娲阵营和无间门的大战，让他们内耗，肯定会死掉大批大批的仙魔。三界的负担一下子就轻了下来。"心魔之主笑着，"引起他们大战的方法很简单，只要让他们感应命运时，发现冥冥中的命运指引他们，女娲阵营和无间门只有一方能活，要想活就必须灭掉另一方。

"三界的生灵不会怀疑命运。

"哈哈哈……可三界的命运河流，仅仅是三界运行天道的一部分而已。"心魔之主哈哈地笑着，"过去，三界的运行天道，自然很公平。可是当它发现，你们的繁衍影响到三界的存在，它自然会引导你们自相残杀，我在其中只是一个推动者罢了。"

女娲阵营和无间门的众人个个听得色变。

竟然……

是个阴谋！是三界的运行天道在引诱他们自相残杀！

"我让无间门到处挑拨，令三界内烽火不断，厮杀不断。一时间，无数生灵心中的心魔滋生。"心魔之主笑着，"我甚至让无间门大规模刺杀女娲阵营强者的亲人和好友，令诸多强者的心魔滋生，甚至有些因为心魔太强，而直接毙命。

"三界混乱，心魔滋生。

"心魔天道不断变强。我感觉到把握已经越来越大，可我一直在等。因为我知道，只要我一旦尝试脱离三界的努力失败，那么三界运行天道肯定会想办法压制我，就很难再有第二次好的机会了。

"经过上千年的三界混乱，心魔之道已经非常强了。

"终于，你们开战了。

"杀得真好啊！仙魔一个个死去。

"你们杀意滔天，恨意滔天，都对对方恨之入骨。你们却不知，在恨意滔天时，心魔就自然而然地滋生了！三界中的心魔之道也更加强大！"心魔之主微笑着，"女娲留下三大镇族阵法，估计也留下了修炼成祖神的法门吧？这竟然让你们出了好几个祖神，阵法又这么厉害，战斗才刚开始，无间门就要开始崩溃了。所以我决定趁机脱离三界。"

"哈哈哈……积蓄了无尽岁月的力量，我的境界本就比上古破灭一战高得多。再加上我是突然出手，结果就一举脱离了三界。

"从此，我真正逍遥自在，不受束缚。"

心魔之主哈哈笑着，笑声回荡在周围的无尽虚空中。在场的，不管是女娲阵营还是无间门，个个都能够感觉到心魔之主内心的无尽狂喜。

一个被关押束缚了无尽岁月的存在，想尽了办法，才找到了逃脱之道，且逃脱机会就那么一次……

结果，逃脱成功了！

心魔之主，该何等激动！

"既然你们都明白了。"心魔之主目光扫过远处虚空中的女娲阵营大军，"那你们也就可以死了。"

# 莽荒纪

## 第三章
## 薪火不灭

女娲阵营和无间门还没开始再次厮杀。站在边沿的刺修大魔神和刀尊却是彼此相视一眼，"嗖"的一声，就躲进了暗金色堡垒中。

躲在堡垒内的刺修大魔神和刀尊，以及他们麾下的仆从们，悠闲得很。

"没想到这个土著世界，竟然冒出个祖神中的巅峰存在。"刺修大魔神啧啧感叹，"这种祖神巅峰存在，在无尽混沌中都是高手了。"

普通祖神，是最弱的祖神。

顶尖祖神，是一些资深的祖神祖仙。神通较为厉害的和感悟较为高的大多都能达到这一境界。

祖神巅峰存在，是接近世界神的实力，是属于真正的大高手。在无尽混沌中，这种实力也能混得很好。

一些祖神祖仙层次就能媲美世界神的妖孽，传说都有击败世界神的故事。可那都是传说，那样的妖孽，要比世界神、混沌仙人罕见得多，怕是数以千万计的祖神祖仙中都难寻一个。

很显然，三界并没有这样的妖孽。因为必须际遇、神通、法门、宝物等诸多结合，才能造就出那样的存在来。

刺修大魔神和刀尊突然退去，两大阵营此刻已经是箭在弦上，不得不发了。

"杀啊！"

"纪宁、觉明，上！"

觉明佛祖、纪宁同时杀向心魔之主。

"还是我陪你们俩玩吧！"万魔之主身体一幻，分裂成两个神体，分别拦向了黑色道袍纪宁和佛祖如来。

黑色道袍纪宁刚才因为没人阻止，已经大开杀戒了。

佛祖如来也是再度统领了一座盘古开天阵，也同样没人牵制。

两个万魔之主和黑色道袍纪宁、佛祖如来厮杀起来。这万魔之主的速度太快了，他的速度比纪宁的三绝剑阵速度还快！纪宁和如来完全被牵制住了！

"桓木，我有的是仙丹，我看你的神力能撑到几时。"三清道人也统帅大阵，和桓木主人厮杀着。

三清道人消耗的是法力。

桓木主人消耗的却是神力，神力消耗是没法补充的。严格来说，有些奇物能补充神力，比如混沌灵液能够补充神力，可是混沌灵液虽然神奇，但数量非常稀少。一瓶混沌灵液也仅仅能恢复十几个天神之体，都不够恢复一具真神神体的。

要恢复祖神之体，就算上百瓶混沌灵液都不够。很显然，在三界没谁能拿出几百瓶混沌灵液。就算在无尽混沌中，也没谁能奢侈到用混沌灵液单纯地恢复神力。

"放心！我的神力还能撑很久，而且心魔的实力比过去强多了，你们很快就会崩溃。"桓木主人冰冷地道。

过去的两位好友，此刻却在搏杀。

明知是心魔之主引起了这一切，可现在已经是骑虎难下，无间门和女娲阵营早就有了深仇大恨。

"源道人！"共工愤怒地怒吼着。可面对铺天盖地、无穷无尽的拂尘，他的攻击皆被拦下。

源老人的防御太厉害了。

共工完全被牵制住了。

"嘭嘭嘭！"神农氏统领着盘古开天阵，和墨竹道祖搏杀着。

血鸹魔祖的本尊和分身，则是飞入己方大军，帮助己方大军和女娲阵营搏杀起来。

这时候一眼看去，两大阵营只有一位领袖存在是自由的，那就是——后羿！

原本是异族刺修大魔神和后羿搏杀的。不过，那两名异族都退了。后羿现在有两个选择：一是帮助己方大军去对付无间门大军；另一个就是掺和到顶尖层次的厮杀中。后羿也明白，这场战争输赢的关键，还是和心魔之主的交战。

两方大军的交战，无间门即便有血鸮魔祖，己方也有伏羲氏，水火灭世阵完全掌控了战局，无间门依旧是处于下风。

　　"心魔！"后羿想到此处，目标锁定了心魔之主。


　　"心魔，受死！"纪宁三头六臂，手持六柄神剑，近身搏杀，剑术惊人。

　　"阿弥陀佛！"觉明佛祖站在远处，一个个金色手掌拍向心魔之主。

　　燧人氏挥出木杖，化为滔天火焰，拍击而来。

　　"哈哈哈……就凭你们也想要挡我？不自量力！"刚刚逃出束缚恢复自由的心魔之主正憋着一股劲。此刻纪宁、觉明、燧人氏等杀来，他一晃身，同样显现出了三头六臂。只见他的六条手臂，化作了六条汹涌的河流。

　　嘭——河流汹涌，纪宁即便竭力阻挡，依旧被撞击得倒飞开去！那是碾压性的力量。

　　嘭——觉明佛祖也被震得往后倒飞。

　　嘭——燧人氏更是跟跄着后退。

　　他们三个都是护体神通了得，没有殒命之危。可是心魔之主足足显现出六条手臂，变化成六条河流。仅仅三条河流就能压制他们，也就是说，需要足足六个媲美纪宁他们实力的顶尖祖神存在，且神体还要够强，才能够勉强牵制住祖神巅峰存在的心魔之主，可女娲阵营显然没这样的实力。

　　三条河流压制了纪宁他们，还有三条河流正汹涌地围杀向燧人氏。

　　"燧人氏，死吧！"心魔之主冰冷地道。

　　纪宁和觉明，都是神体媲美先天极品灵宝，想杀他们很难。

　　燧人氏是神体能化火焰，虽然也难杀，可比杀纪宁和觉明要容易些。

　　就在这时——

　　"嗯？"心魔之主忽然隐隐有一种惊颤感，他连忙转头看去。

　　他一眼就看到遥远处虚空中站着的后羿。

　　后羿正冰冷地看着他，手中握着一张古朴的神弓，另一只手中则是握着一支黑色箭矢。

　　"后羿？"心魔之主跟着冷笑起来，笑声震动虚空，"后羿，哈哈哈，我最不怕的就是箭术了。来吧！来吧！"

　　后羿却沉默平静，一只手持弓，另一只手则搭箭拉开弓弦。

　　嗡——弓成满圆。

　　箭尖遥遥射向心魔之主。

　　整个战场竟然陷入了一种诡异的平静，在场所有的仙魔都感到了无形的压力，那是对他们心灵的一种压制。

"这是……"远处观战的刺修大魔神和刀尊都面色微变。

"这种弓箭术，好可怕！"刺修大魔神喃喃道，"这个后羿，好厉害！这个土著混沌世界也太强了。"

"真厉害！"刀尊也感到了压力。

正和共工厮杀着的源老人也转头看向后羿。他也是达到心力第五层次的，他能够感觉到后羿也只是心力第五层次，可是当后羿拉开弓弦这一刻，那无形的威压连他的心灵都被压制了。这是一种心力、神力、魂魄完美结合后形成的无比可怕的箭术。

"比当年射杀金乌妖皇的那箭要可怕多了。"伏羲氏也看着这一幕，暗暗慨叹。

"这箭……"纪宁也感到了心中的惊悸。虽然弓箭的目标不是自己，可就像白兔看到老虎，老虎即便睡着了，白兔依旧会心颤一样。

"这箭……"万魔之主也为之色变。在上古破灭一战时，他还没将后羿放在眼里，后羿的箭是追不上他的。可现在面对这一箭，就算是他万魔之主也没法逃避。他必须先挡下一箭，才能赶紧逃。

在场个个都感觉到了可怕的威胁。

连实力最强的心魔之主都有惊颤感，可是他对自己有着绝对自信。

"死吧！"心魔之主依旧分出四条手臂杀向燧人氏，四条奔腾的河流开始围攻。

"咻——"轻轻的弓弦弹击声。

只见一道箭光立即划过虚空。原本箭光是悄无声息的，可在划过虚空的过程中，立即开始疯狂地汲取一切力量，天地元力以及混沌之力都疯狂汇聚，令这一箭的声势迅速暴涨。很快，箭矢流光就足足有万丈长、百万丈长、百万里长……

仿佛巨大的虹光，划过虚空。

整个战场，其他大能者都感到了压力。

"哈哈哈……"心魔之主却在狂笑，依旧围攻燧人氏，四条奔腾的河流围攻下，燧人氏化作的火焰开始不断被消耗。消耗殆尽时，就是燧人氏身死时。

"咻——"巨大虹光中的那支箭矢终于到了心魔之主面前。

这一箭的速度不容心魔之主逃避，但心魔之主也不屑逃避。他的目光终于落在了那道虹光内的那支箭上。对他而言，那声威滔天的虹光都是虚的，唯一有威胁的是里面看似不起眼的箭。

心魔之主心中的惊颤感令他不敢有一丝大意，他表面上嚣张狂放，可箭矢到来时，他还是谨慎得很。

"哼！"心魔之主一声冷哼，整个神体开始化为了无数的流动的水流，仿佛无数水滴凝聚成的神体。

"噗！"箭矢瞬间射到心魔之主面前。

心魔之主没有做任何抵挡，任由箭矢贯穿了他的身体。水流在流动着，箭矢轻易就穿入其中，跟着从心魔之主的后背穿出，远远地飞离开去。

抽刀断水水更流，箭矢穿水也是毫无痕迹。

"刺刺刺——"

心魔之主却脸色大变。他露出惊恐，看着他胸口处被贯穿的位置正疯狂地被侵蚀，原本的水滴，一滴滴凭空化作虚无。

"不可能！不可能！"心魔之主露出惊恐之色，"我乃旋河大成，不死之身。不可能！不可能伤得了我！"

无间门这边的大能者也都惶恐起来。

而女娲阵营的纪宁和三清道人则个个露出了喜色。

可他们都不懂这是怎么回事。就算是纪宁也不明白，毕竟北休世界神虽然传授了些常识，可依旧有许多是纪宁未知的。

"这是……灭神？"远处观战的独臂刀尊此刻喃喃自语，"灭神吗？"

"什么？灭神？"一旁的刺修大魔神则是吃惊地传音连问，"什么是灭神？"

"灭神，是神秘的心力修行者中一种奇特的进攻手段。"独臂刀尊传音道，"他们能将神力和心力融合，而后进攻。他们的神力会和敌人的神力彼此消耗，就仿佛对耗一样。心力修行者消耗自身的神力，而敌人也会消耗神力，且消耗得更多。"

"这是杀敌一千自损八百的战斗方式，也是极为可怕的手段。"独臂刀尊传音道，"心力修行者一旦使用这样的手段，在祖神祖仙当中就几乎是无敌的。可在杀死敌人的同时，他们自己也会重伤，变得没什么战斗力了。不到真正的绝境，他们一般不会施展这种手段。而且会这样手段的，在心力修行者中也属罕见。"

"哦？"刺修大魔神听得暗暗吃惊。

他虽然到处冒险，也只在较为熟悉的疆域冒险。可刀尊实际上内心更疯狂，冒险去过的地方比他多得多，见识也比他多得多。

"这个心魔之主要完了。"刀尊看着远处惊恐的心魔之主，"竟然碰到了这么可怕的心力修行者，而且这心力修行者还不惜一切要杀他。"

"按照你说的，杀了心魔之主后，那个后羿恐怕也不行了吧？"刺修大魔神露出笑容，"那样我还有机会。"

"这后羿怕是得到了心力修行者的法门吧。"刀尊看着远处的后羿，"我实在不敢相信，他自己能悟出这样的手段。"

心力运用的法门有千万种。

同样是心力第五层，有些心力修行者的威胁性却很一般。

可有些心力修行者，却足以让无数祖神祖仙都闻之色变。后羿的这种灭神秘术，就是一种能让祖神祖仙恐惧的秘术。

"果然有用！"看到心魔之主受损，后羿眼中的杀意变得更重，"还以为你强大得能够无视我的箭。"

"嗡——"后羿迅速地再度拉弓射箭。

"咻——"闪电般的，一根支黑色的箭便再度射出。

"嗡——"后羿丝毫不停，又拿出一支箭，再度拉弓射箭。

只见一支支箭接连被他射出，尽皆划过虚空，形成了一道道仿佛排成队列般的耀眼的可怕虹光。这是他在方寸山上砍树的无尽岁月中参悟出的一种奇异的秘术，虽然施展它需要消耗巨大的神力，可是此刻他丝毫不管自身安危，疯狂地射出一支支箭矢。

他一口气接连射出了九箭。

九根箭都在虚空中化作虹光，杀向心魔之主。以后羿的实力，也只能同时控制九支箭。

"不！不！"心魔之主看到远处虚空中一道道巨大的虹光，接连而来，他惊恐了。

一箭就让自己伤成那样，眼前接连的九箭如果都射中，那自己还能活命吗？

箭太快了！

就连万魔之主的速度都比不上那箭，更别谈他心魔之主了。

"我不会死的！不会！"

心魔之主眼中露出疯狂之色。

"呼——"只见在半空中的心魔之主忽然分裂开来，一下子就化作了上百个心魔之主，疯狂地朝四面八方逃窜。

一道虹光瞬间射穿了其中一位心魔之主，箭矢穿过后威能虽然弱了些，可依旧袭击向其他的心魔之主。第一个被射中的，却"刺刺刺"地响着，很快湮灭了。

九道虹光，都快得很，在虚空中飞行着，射向一个个心魔之主。

"没用的！"在远处看着的刀尊摇摇头，"每一支箭上都灌输了后羿大量的神力。后羿的神力不消耗殆尽，那箭矢就会不停地攻击，所以分裂神体，根本无法躲开这么可怕的秘术。"

灭神，如果这么好躲，就不会有那么大的威名了。

心魔之主也发现这样的方式不行。他连忙念头一动，只见还完好的一百零六个心魔之主尽皆咆哮一声，化为了滔天的河流。这些汹涌河流化作了巨大的手掌，直接拍向其中一支箭矢。

"嘭——"正面拍击。

箭被拍击得倒飞开去。可箭中蕴含的诡异神力却瞬间侵蚀了那巨大的手掌，大量神力不断地被消耗。

"躲也不行，挡也不行，怎么办？怎么办？"心魔之主猛然一声怒吼。只见那浩浩荡荡的河流猛地撕裂虚空，撕裂出了一道巨大的虚空裂痕。这些河流迅速缩小，同时朝虚空的裂缝中钻去。

"噗——"箭矢接连追到虚空裂缝中去。

"嘭——"虚空炸裂。滚滚河流被炸裂了出来，又凝聚成了心魔之主。

"啊啊啊啊……我不甘心！我不甘心！我不甘心！啊啊啊啊！"心魔之主已经完全疯了。他看着远处依旧追着他的那一支支箭矢，心中的绝望令他疯狂。他等待了无尽岁月，耗费了无尽心思，终于得到了自由。

终于从天道中脱离出来！

他原本以为，他能轻易地征服女娲阵营。他打算随后将三界留给无间门的其他大能者，他会带些人去闯荡更加浩瀚的无尽世界，他觉得那才是他的天地。女娲都能成世界神，心魔之主觉得，自己也能成世界神。

心魔之主对未来有着很多的想法，他有着很多的野心和渴望。

可现在……

他要死了！

这可怕的没有任何办法抵挡的箭矢，真的让他绝望了。

"我不甘心！真的不甘心啊！"心魔之主的呢喃声，响彻了无尽虚空，"既然如此，那就死吧！死吧！都去死吧！"

"轰！轰！轰！轰！轰！轰！"

心魔之主瞬间就又化为了汹涌的河流，每一道河流都闪耀着白光，足足分化出六道河流，疯狂地袭向女娲阵营。这一刻他也不管什么后羿的箭矢了，他要杀！杀！既然自己要死，那你们也一道去死吧！


万魔之主看着这一切发生，却没有办法阻止。

他和后羿的距离足有数百万里。他的速度虽然很快，光速能达到瞬间六十万里，可他再厉害也就百万里左右。后羿在远处就可以从容地射出箭……

随着箭矢一支支地消耗。

后羿再度射出新的箭矢，他要以最快的速度杀死心魔之主。

"撑住！"

"再撑住一会儿！这是心魔之主最后的疯狂！"

"挡住！"

神体了得的纪宁和觉明佛祖更是悍勇地冲在最前面，竭力想要拦截心魔之主，可仅仅两道汹涌的河流就完全缠住了他们俩。纪宁感觉到现在的心魔之主的实力似乎上涨了些，他明白这是心魔之主最后疯狂之下，歇斯底里地施展了一些拼命手段。

"燧人氏！"纪宁忽然发现，远处的燧人氏处境极为恶劣，已经被两道河流包裹了。燧人氏怒吼着，全身燃烧着火焰，挥舞着木杖，气息雄浑滔天。可他在河流的压制下，气息却依旧开始逐渐变弱。

"保护燧人氏！"三清道人甚至焦急地施展出了诛仙剑阵。毕竟桓木主人和他距离较远，他完全能暂时撇开桓木主人。他耀眼的森冷剑光划过长空，直接斩杀向燧人氏周围浩浩荡荡的河流。

"轰——"一道汹涌的河流立即迎头而上，和诛仙剑阵正面碰撞。

剑光破碎，诛仙剑阵也倒飞开去。

"救燧人氏！"纪宁和觉明佛祖也拼了命地想要往里闯，可周围河流滔滔，完全压制住了他们俩，他们根本没法前进。

"别想走！"万魔之主也轻易拦截住了黑色道袍纪宁和佛祖如来。

女娲阵营的大能者们想要救燧人氏，却没有一个能靠近。

"神农，小心！"伏羲氏焦急地喊道。

"轰——"汹涌的河流席卷而来。

须知那心魔之主化为六条河流，两条河流压制住了纪宁和觉明佛祖，两条河流在绞杀燧人氏，还有最后的两条河流正杀向其他方向。神农氏统领盘古开天阵，是近身战，所以冲杀在前，离心魔之主最近。

河流滚滚！神农氏欲要后退，可无边的竹林不停地阻拦着，很快，那河流就包围住了神农氏。

"嘭！嘭！"——随着汹涌河流的冲击，神农氏统领的盘古开天阵立即摇摇欲坠，即将要崩溃。

"不好！"

女娲阵营个个色变。

燧人氏是祖神，神体又能化为火焰，面对心魔之主还能撑很久，虽然看似危险，却还能撑些时间。可是神农氏实力要弱些，盘古开天阵面对心魔之主，也撑不了几下，恐怕很快就会死去。

"三清、伏羲，保护好三界！"燧人氏的声音忽然响彻虚空，跟着就是仿佛无尽平静的声音，"薪火不灭……"

声音虽然平静，却让人感到心悸。

原本全身火焰微弱却还能撑着的燧人氏，忽然光芒大涨，跟着全身光芒便凝聚成了一朵朵火苗。燧人氏完全消失了，只剩下那八朵火苗。

"刺刺刺——"

八朵看似微弱的火苗，在河流中起伏。

这奇异的火苗，仿佛带着无尽的生命力。虽然周围河流汹涌依旧，却无法浇灭它们，它们反而让河流不断消耗。河流不断地减少，变得稀薄。而这一朵朵火苗漂浮在河流上，渐渐地，一朵湮灭、两朵湮灭……随着一条半的河流被消耗尽，这些火苗也尽皆湮灭了。

燧人氏的气息完全消失了。

燧人氏，死了！

"噗！噗！噗！"

在燧人氏化身火苗的同时，一支支箭也接连落在河流上。首先进攻那缠绕神农氏的河流，随着河流变弱，便无法再威胁到神农氏了。

箭矢速度极快。

虽然心魔之主趁着最后的疯狂，攻击速度也快，可在燧人氏的爆发下，心魔之主死亡得更快了。

"我不甘心！不甘心！不甘心啊……"汹涌的河流中，依旧回荡着心魔之主那饱含无尽怨气的声音。在后羿的箭矢下，他的河流在不断地消耗，不断地锐减，直至完全消失在虚空中。


整个虚空一片安静。

无间门和女娲阵营都安静了。

所有人都感到有些发蒙。这一场浩劫是心魔之主在背后引发，为的就是能够让他从天道中脱离。作为当年无间混沌世界的王，心魔之主的威名在场的谁人不知？女娲阵营都是有些焦急胆寒的，心魔之主展露的实力也可怕得很。

可是……

就这么死了？

"怎么会这样？"黑袍神王愣愣地看着眼前这一幕。看到师父出来，他格外高兴。毕竟如今的无间门，名义上他是领袖，可实际上的领袖是万魔之主。那些个老家伙，很多都不怎么在意他，他还在想依靠着师父这棵大树。可是……他的师父心魔之主就这么死了！

"这就是命！"万魔之主轻轻叹息。

心魔之主暗中挑起一切，让与世无争的万魔之主怒火中烧，可毕竟现在和女娲阵营已经势同水火，他们已经后退不得，只能跟随心魔之主灭杀女娲阵营。

可现在心魔死了！真的死了！上古破灭之战都没死的心魔，这次却死了。

上次还能融入天道，可这次从天道逃脱后，天道不可能再让心魔融入了，所以这次他面对后羿的箭，也无路可逃。


"燧人氏！"

女娲阵营却没有丝毫喜意，有的只是悲痛。他们看到燧人氏化为那一朵朵火苗时，三清道人、如来、纪宁、伏羲氏等，一个个都心中悲伤。

"大哥！"神农氏眼中却有着泪水，"为了我，何必呢！"

六道河流相当于心魔之主的神体。

神体越少，威力就越弱。在燧人氏最后的拼命之下，足足燃烧掉一条半的河流，使得心魔之主神体大减，实力更弱。再加上后羿的箭，神农氏这才逃过一劫。

"别想太多了！燧人氏当时已经陷入绝境，他不拼命，也会被心魔之主杀死。"三清道人叹息地安慰道，"他只是不想你和他都死去……能活一个是一个吧！"

"嗯。"神农氏轻轻地点头，只是难掩悲伤。

女娲阵营的大能者们一个个汇聚起来。

"后羿！"大家转头看向远处飞来的后羿。后羿脸色苍白，可依旧很平静。

"还好吧？"统帅盘古开天阵的夸父连忙问道。

"死不了的。"后羿点头一笑。他很快飞到了纪宁和觉明身旁。

"后羿师兄。"纪宁看着后羿，"多亏有你。"

"若无后羿，我们女娲阵营难逃这场浩劫。"一旁的觉明佛祖也感叹道，"真没想到这场浩劫的始作俑者竟然是心魔之主。他的实力的确可怕，比当初上古破灭之战还要可怕。"

纪宁却感觉到后羿气息虚弱。他虽然不懂后羿之前的箭代表什么，可他能感觉到，后羿付出了很大的代价。

"可惜了燧人氏！"后羿轻声叹息。

"身化薪火，不灭相传，用生命燃烧的火焰……才是真正的不灭薪火。"觉明佛祖双手合十，"阿弥陀佛！"

纪宁也轻轻点头。

燧人氏在上古微末时带领人族一步步崛起，他看惯了人族英雄们的死亡，所以能悟出不灭薪火。只是这不灭薪火只有真正存着牺牲之念的人，才能施展出最可怕的火焰。

女娲阵营虽然悲伤，可此刻个个都有着十足的信心，他们已经掌控了整个大局。他们没看到源老人和墨竹道祖以及桓木主人，他们一个个都暂时撤退了吗？没了心魔之主，无间门已经没有了丝毫信心。

"三清、如来。"万魔之主的两个神体也凝聚为一，站在虚空中淡然开口道，"这一战到现在，形势已经非常明朗。这场浩劫是心魔为了从天道中逃脱，所掀起的一场浩劫。而三界的天道，之所以故意引诱我们，也是因为生灵太多。这一战，我们死伤也不少，对三界的负担恐怕也小些。我看，我们还是罢战吧！"

"罢战？"女娲阵营中的神农氏面带悲伤，低喝道，"难不成你们无间门还想回三界？"

"三界也是我无间门的家。"万魔之主叹息。

"哈哈哈……"三清道人冰冷笑道，"真是笑话！我们当年给过你们机会。在这场浩劫之前，我们女娲阵营也并不想开战。是你们一直在挑衅，一直在疯狂地挑衅。你们甚至祸乱三界，刺杀了诸多大能的亲人好友，难道这些事就这么一笔勾销？更何况……我们愚蠢过一次，难道还要让我们愚蠢第二次？"

两大阵营遥遥相对，三清道人、如来、伏羲氏、神农氏、纪宁、后羿、觉明和共工等人也在传音商谈。

"诸位，现在是继续战，还是逼他们离开三界？"三清道人传音问道。

"杀！将他们杀光！永绝后患！"共工传音，满含杀气。

"谁杀万魔？"如来问道。

众人一时间安静下来。如来又问道："后羿，你有把握杀死万魔？"

"杀不了。他的速度太快，我的箭虽然比他快，可也只是稍微快一些。恐怕只射中他一两箭，他就已经逃到超出箭的范围了。而且为了对付心魔，我已元气大伤，没法再杀死一个祖神了。"后羿道。

纪宁他们也暗叹，他们都看得出来，后羿受伤很严重。其实他能杀死心魔，已经是惊喜了。

"没人能杀死万魔。"如来传音道，"真的厮杀下去，万魔速度太快……恐怕会有一个疯狂的反扑。我们最后肯定能赢，可损失也会很惨重。特别是万魔，恐怕还会逃走。"

"嗯。"个个赞同。

"依我看，逼他们离开三界吧！"如来传音道，"这样让我们的损失也尽量少些……如果他们以后胆敢再回来，再战也不迟。"

"也好。"三清道人表示赞同，传音道，"纪宁，你呢？"

其他几位大能者也都等待纪宁的意见。他们很清楚纪宁和无间门的恩怨，可以说，纪宁的成长，也多亏了无间门的一路折磨。

"让他们离开吧。不过，他们需要交出黑袍神王。"纪宁说出自己的意见。他永远忘不了神王杀死师姐的一幕。不管怎样，他都不可能饶过那黑袍神王。刚才战斗的时候为了大局，他没来得及去杀黑袍神王，现在更加不可能让他活着离开。

"嗯，许多祸乱三界的事都是黑袍神王干的，的确不能轻易放走他。"

"赞同。"

"好的。"

女娲阵营的大能者们迅速暗中交流了意见，统一了想法。

"我无间门愿意离开三界。"万魔之主开口了，"此战就此结束吧！"

无间门一片骚动。

无间门的大能者和仙魔们都看向了他们的首领，眼中几乎都有着不甘。他们大多都是在三界出生和修炼的，真的不想离开三界，前往未知的可怕的混沌中。如果是祖神实力，自然能遨游混沌，信心十足。可仙魔们的实力太弱了，就算是真神道祖在混沌中，都只是小人物罢了。

可是他们也清楚，再战下去就是死亡了。与死亡相比，离开三界虽然很危险，可相对而言也要好些。

"就这么安然离开？"三清道人冰冷地道，"想得真好！"

"那你们要怎样？"万魔之主低沉地道，"要继续战下去？"他救人也是需要时间的，无间门的大能者太多了，一旦真的厮杀起来，恐怕他也只能救出一部分，另外一部分会被女娲阵营杀死。他当然希望救走的人越多越好。

"万魔。"三清道人开口，"我们也不为难你们，交出你们名义上的领袖黑袍神王，算是你们的赔礼，而后你们就滚出三界，再也别回来。你若是答应，那就罢战。若是不答应，那就继续战吧。"

万魔之主看向女娲阵营。

站在虚空中的女娲阵营的一众大能者都遥遥看过来。实在是因为万魔之主难以击杀，所以才逼无间门的人离开。否则的话，他们完全会趁机灭杀无间门。

万魔之主看向后方的无间门大军，原本心情还很复杂的黑袍神王听到三清道人的要求后，脸色已经变了。当万魔之主看向他时，他更是惶恐。

"魔主！"黑袍神王连忙惶恐地喊道。

"布髡。"万魔之主道，"为了无间门，你就牺牲吧！"

"不可，魔主！不可！"黑袍神王连忙道，"我是无间门领袖，把我献出去，无间门还有脸面吗？宁可死战，也不可如此啊！"

万魔之主听到这话眉头一皱，冷然道："你和你师父心魔果真是同类。"他一声冷哼，一挥手，一道青色绳索飞出，化作了一条青色神龙。黑袍神王仓皇而逃，可周围空间变幻，黑袍神王还没反应过来呢，就已经被绳索捆住了。以他的实力，哪里逃得过万魔之主的手段。

"不能，魔主！不能啊！不能将我交出去……"黑袍神王被捆着，挣扎着。

无间门的大能者看着黑袍神王。他们有些人虽然不喜欢黑袍神王，可终究是他们无间门名义上的领袖。献出己方的名义领袖，这也让他们感到了耻辱。可是这一战他们的确败了，连心魔之主都死了，他们也输得无话可说。

万魔之主随手一扔，被捆着的黑袍神王翻滚着，飞向女娲阵营。

白衣纪宁化作一道黑色电蛇迅速飞去。很快，纪宁停了下来，看着飘飞过来的黑袍神王，不知道为何，这一刻，纪宁心中颇为复杂。他的脑海中掠过一幕幕场景，有当初为了师姐在神王面前跪下的场景，有神王杀死师姐的场景……

"神王！"纪宁轻声低语。

"你、你、你……"被捆着的黑袍神王，惊恐地看着纪宁。

"别急，你不会死得这么容易的。"白衣纪宁轻声说道。

黑袍神王听得心慌，他最不想的就是落到纪宁手里，可是他却没有自杀的勇气，他还有着强烈的求生念头。他想："只要活着就有机会，如果真的熬不下去，我再自杀也不迟。"

纪宁一伸手就抓住了黑袍神王，冷笑了下，就收了起来。

他能猜出黑袍神王的想法……

让一位大能者没法自杀很难，可是得到北休世界神传承的诸多秘法的纪宁，却有这样的手段。

"你让师姐在炼狱中受尽苦难，这一切我都会在你身上慢慢找回来的。"纪宁收了黑袍神王，遥遥看向远处的无间门阵营。无间门的一座座阵法已经解散，那些天神真仙，眼中有着伤心、不舍、失望和痛苦，可一个个只能任由大能者将他们收起。

他们绝大多数都是在三界中出生的,他们早就将三界当成了家。

一想到前往未知的无尽混沌,他们就感到惶恐不安。可他们既然站在无间门的阵营中,此刻也没得选择。

无间门的天神真仙都开始被大量收起。女娲阵营也开始解散阵法,毕竟维持阵法是要消耗大量法力的。不过为了谨慎起见,女娲阵营的天神真仙依旧在虚空中,只要一个念头,就可以随时再度布置阵法,再度征战。

"看源道人。"后羿站在纪宁身旁,看着远处的无间门阵营中显得有些落寞的源老人,"真不知道他在想什么,竟然最终走到了无间门阵营。"

"嗯。"纪宁点头。

源老人站错了队伍,所以现在也只有一条路可以选——随无间门一道离开三界。

他们没追杀源老人,而是让源老人滚出三界,女娲阵营的大能者们已经很讲情面了。他们根本不可能再让源老人待在三界中。

"他在无间门,恐怕也会受到排挤。"纪宁轻声道,"也好。他本来就想进入无尽混沌,也算满足了他。"

源老人落寞地站在无间门大能者的角落中,看着眼前发生的一切,眼中有着一丝失望。他暗暗叹息:"唉,没想到就这么结束了。引起这一切的心魔之主,竟然就这么被杀了。出现一个后羿还真让我大吃一惊啊!不过后羿的灭神箭施展下来,也定是元气大伤了。"

忽然以源老人为中心,一股波动瞬间弥漫开来,笼罩了整个虚空战场。

"孩儿们,动手吧!"源老人的声音,在一些生灵的心中响起。

# 莽荒纪

## 第四章
## 夺命花开

白衣纪宁和黑色道袍纪宁并肩而立，遥看着无间门方向。虽然说无间门正在撤退，可纪宁的心力还是仿佛涟漪一般，一圈圈荡开，小心地探查着一切动静。现在这个时候，怎么小心都不为过，毕竟对方阵营中有一个万魔之主。

"嗯？"纪宁眉头微皱。

刚才似乎有什么波动，可那波动太隐晦了，他也没能完全查知。

纪宁疑惑地朝四周看了一眼，同时不由得更加小心谨慎。

"轰——"忽然汹涌的滔天火焰和无尽水浪汲取了天地之力，迅速显现，直接淹没向女娲阵营的大军和无间门的大能者们。

"伏羲，你干什么？"三清、如来、神农氏他们都大吃一惊。

"不要——"

毫无防备的女娲阵营，大量的天神真仙原本还没当回事，因为伏羲氏是己方的。之前他操纵水火灭世阵，这些水火都会自动避让开己方的人。可是这一次，这些水火却是直接笼罩向了这些天神真仙们，当天神真仙们察觉不对时，却已经晚了。

"为什么？"

"伏羲氏！"各种凄厉的呼喊声响起，在汹涌的无尽水火下，大量仙魔死去。

"哗——"忽然冰冷的寒冷气流一圈圈地环绕开去，疯狂抵御着水火灭世阵，将那些水火皆阻拦住。

只见一朵朵冰莲漂浮在虚空中，同时大量的寒冷气流，完全将水火灭世阵抵挡在外。

纪宁毕竟是一等祖仙，而伏羲氏则仅仅只是三等祖仙。

即便伏羲氏的阵法很了得，纪宁还是能挡下的。

"怎么会这样……"纪宁虽然挡住了，可依旧觉得难以置信。他之前察觉到一股隐晦的波动时就变得小心了，可当伏羲氏出手时，他还是惊呆了。虽然他已经用最快速度阻止，可还是死了大批大批的天神真仙。

"姜君师兄！君五师兄……"纪宁又是心痛，又是发蒙。

就在那短短的刹那。

在可怕的不灭薪火和太阴玄水之下，死的天神真仙超过三万。这比之前的连番厮杀死得要多得多。纪宁的许多好友，当年行走三界结识的一起喝酒论道的许多好友死了，甚至连方寸山一脉的许多弟子都死了。

"呼呼呼——"三十六朵诸天冰莲漂浮着，寒冷气流一圈圈环绕在女娲阵营大军周围，外面便是滔天的水火灭世阵。

女娲阵营个个都蒙了。

死了这么多天神真仙，令他们蒙了。

出手的竟然是伏羲氏，更令他们蒙了。

"共工！"随着一声凄厉的吼声，神农氏正难以置信地看着一旁的共工。共工此刻眼神冰冷，他的右手已经刺穿了神农氏的胸膛。

神农氏整个神体湮灭。只是死前，神农氏的眼中还有着悲痛和伤心，他发出了最后的呢喃声："共工死了……"

"死吧！"共工冰冷地道。

"杀啊！"

"夸父，你……"

"是雷神先对我动手的！"

女娲阵营的大能者中忽然出现了大规模的骚乱，疯狂的厮杀。

这一切来得太突然了。纪宁、佛祖如来、三清道人、觉明佛祖和后羿等人，一个个都惊呆了。先是伏羲氏突然施展水火灭世阵，以一种无比残忍的灭绝手段，要杀光所有天神真仙，跟着就是祖神共工等一些大能者突然发动偷袭。

"住手！"

"停下！"

纪宁、觉明佛祖、三清道人、佛祖如来等一个个都动了。他们之前也查看着四周，所以很清楚是哪些大能者先动手的。所以他们直扑向一些先动手的大能者。

"快走！"

"赶紧撤！"

偷袭刚刚开始，跟着这些偷袭的大能者迅速地开始撤退。

"停下吧！"祖神共工站在虚空中，神体化为百万里巨大，全身水浪滔滔地环绕着周围。他的手掌挥舞而出，便是无尽的水浪。

"嘭——"纪宁的三绝剑阵化作半透明的金色神剑，和那滔天水浪撞击在一起，发出轰隆隆的巨响。

剑阵竟然被阻挡下了！

"共工竟然这么强！"纪宁震惊了。之前共工和源老人厮杀那么久，在纪宁看来，共工的实力似乎不是很强，应该比自己还弱些。可现在看来，共工的实力绝对是顶尖祖神级的，甚至整个虚空战场上，两大阵营中没有一个敢说自己比共工强。

也就是死去的心魔之主，能比共工强。

后羿此刻重伤，已经杀不了祖神。

"墨竹。"桓木主人难以置信地看着远处的墨竹道祖，"你、你……"

"藏得够深的。"墨竹道祖冰冷地看了他一眼，转头就遁逃了。

"死吧！"

"师兄，你……"

无间门的大能者中也突然开始了偷袭杀戮，令万魔之主也蒙了。

"追！"万魔之主很快就反应过来。他眼中满是疯狂和杀机，直接追向那些先出手的大能者。

"停下吧！"无间门阵营中的源老人却是轻声说道。他挥出了拂尘。

"哗哗哗——"无数的拂尘白丝飞舞，仿佛一阵阵浪涛，一时间遮天蔽日，保护着大批背叛的大能者。

"死！"万魔之主眼中满是杀机。他手持长梭，从来没有这么想杀一个人。之前的两大阵营厮杀也就死掉那么些大能者，可是刚才的突然偷袭，却是让他们损失了超过二十位大能者。这种损失几乎让万魔之主发狂！

要保护这些背叛者的源老人，却让万魔之主更想杀之。

"哗哗哗——"拂尘白丝滚滚而动，任凭万魔之主竭力进攻，都没法前进一步。

万魔之主终于停了下来，因为己方的叛徒一个个都溜光了。他冰冷地看着远处的源老人，源老人手持拂尘，阻挡了一切。无间门的叛徒和女娲阵营的叛徒，一个个都仿佛孩儿跑到父母身边一样，飞到了源老人那里。

整个虚空战场一片安静。

女娲阵营受到重创，死的天神真仙超过三万，大能者也死了超过二十位。幸亏纪宁挡住了水火灭世阵，否则损失会更大。

无间门，天神真仙虽然早早收起，可那是被大能者们收起的。大能者也死了二十多位，无间门的大能者毕竟比女娲阵营少，按照比例算，他们死得更多。大能者都死了，他们收的那些天神真仙也被那些叛徒带走了，结局可想而知。

两大阵营都怒视远处。

远处。

源老人手持拂尘，面带微笑，身后则是一群巍峨的大能者。共工、伏羲、墨竹道祖，以及其他三十余位真神道祖。

一时间源老人手下的力量，丝毫不亚于两大阵营的任何一方。

"你们女娲阵营死了三万多天神真仙。"源老人微笑着，"我也公平点。孩儿们，将无间门的天神真仙都放出来。"

"遵命。"

那群来自无间门的叛徒大能者，顿时放出了大量的天神真仙。

无间门被杀的大能者有二十多位，叛徒也有十余位，所以放出的天神真仙的数量足足将近三万位。须知之前的大战，无间门的损失已经很大了，三万位已经是无间门大半的天神真仙了。

"都去死吧！"源老人淡然笑着。他的拂尘白丝早就缠绕住了每个天神真仙，这些天神真仙还没反应过来呢，刺刺刺刺……尽皆被绞碎身死。

"不要！"

"停下！"

桓木主人和万魔之主他们一个个眼睛都红了。可是没用的，将近三万位天神真仙尽皆被灭。

谈笑间就屠杀掉近三万天神真仙，这让无间门和女娲阵营都感到心寒和愤怒。他们一个个都看着远处的源老人，以及他身后的大批大能者。

"他们都死了！"佛祖如来面带痛楚，轻声道，"这些叛徒，他们都死了！"

"怎么可以说他们死了呢？"源老人手持拂尘，微笑着，"他们可都还活着，一个个活得都挺好。共工，你说是吧？"

"是，主人。"共工低沉地恭敬道。

听到主人这一称呼，女娲阵营和无间门都是一片骚动。纪宁、三清道人他们一个个眼中迸发着痛苦和无尽杀机，他们都恨不得杀死源老人。他们都不是傻子，他们都猜出来，这一切的背后都是这个源老人搞的鬼。

"让他们背叛自己的亲友，都是你源老人做的？"万魔之主低沉地道。

"他们都是我的孩儿，说什么背叛。"源老人微笑道。

不管是女娲阵营的纪宁、三清道人等人，还是无间门的万魔之主和桓木主人他们，个个心中怒火滔天。可他们再愤怒，也要保持冷静。他们很清楚，在这关键时刻需要更加小心。因为源老人野心这么大，控制了这么多大能者，一旦发动，比那心魔之主还要可怕。

"你是将他们控制了？"纪宁忽然开口。

灵魂控制？这是让任何修行者都惊惧的一件事。

被控制的人将不再自主，从内心深处都绝对地服从主人。主人就是要他死，他也会面带微笑，心甘情愿地自杀。这就是灵魂控制的可怕！一旦你被控制，看似还活着，可实际上早就没有了自主，等于已经死了。

在无尽混沌中，一些顶尖大能者都会一些灵魂控制的法门，不过一般是对一些弱者才有效。

像源老人这样，竟然能够控制住伏羲、共工他们，这源老人很可能就是在心力方面极为擅长，是一个非常可怕的心力修行者。


"绝对是心力修行者。"在远处看着这一切的刺修大魔神和刀尊都惊呆了，刀尊道，"能够悄无声息地控制这么多大能者，一直都没露出破绽，这个源老人……绝对是一个很可怕的心力修行者，比那后羿还可怕。"

"这土著混沌世界，冒出个后羿就算了，怎么又冒出一个心力修行者？不是说心力修行者很罕见很神秘吗？传承很少吗？"刺修大魔神感到有些发寒。

任何一个心力修行者，都不可小觑。

心力，虚无缥缈，太诡异了。

混沌中的修行，主要分成三大派系，神魔修行者、炼气修行者，以及最神秘的心力修行者。神魔修行者，修炼的是神体。炼气修行者，修炼的是法力。而心力修行者，却是虚无缥缈的心力。


"你当初投靠无间门之前，专门来找我。"纪宁道，"当时突然用心力偷袭我，你应该是想要控制我吧？"

"对！"源老人微笑道，"你崛起得太突然，超乎我的意料。加上浩劫将至，我也没时间慢慢地渗透了。所以那次对你动手，太过粗糙野蛮了，成功的把握也就相对低很多。我当初对付共工、伏羲他们，都是慢慢地渗透，耗费了漫长的时间，不知不觉就将他们控制住的。我也对三清、如来他们用心力逐渐渗透过。他们这些土著，自然也察觉不了。可是三清和如来的心力太厉害，我没法真正控制他们。"

"什么？"三清道人和佛祖如来大惊。

原来源老人竟然对他们悄然下手了，只是他们都抵挡住了。可他们却都一无所知。

这也太可怕了！

"哈哈哈，你们这些土著，哪里懂得心力的真正厉害！"源老人冷笑地看向远处的后羿，露出赞叹的神色，"土著中竟然能冒出后羿这样的妖孽，佩服佩服！你没有任何传承，竟然自己悟出了心力的一些用法。虽然和真正的心力修行者比起来，还很稚嫩，可是也很厉害了。"

"心力修行者？"佛祖如来脸色一变，"你是心力修行者？"

他们在混沌异族留下的一些资料中，看过介绍心力修行者的一鳞半爪，明白心力修行者是何等可怕。

"对。"源老人微笑着点头，继续看着远处的后羿，"后羿，其实我一直很想控制你，因为你的心灵有明显的破绽。破绽就是她……"源老人一挥手，身旁就出现了一名容貌绝美的女子。这女子此刻正面带崇拜之色，看着源老人。

"嫦娥！"后羿脸色大变。

"你的破绽很明显。虽然你心力很强，可我完全有希望控制你。可惜啊！上古破灭之战后，我就再也没找到你，想要控制你都没机会。"源老人摇头，"原来你藏在菩提那里，藏得还真深。"

"你对嫦娥……"后羿怒了。

"哈哈哈……"源老人看向一旁的嫦娥。

嫦娥温柔地喊道："主人。"

这一幕让后羿更加难受。可是很快他就恢复了冷静，只是他的眼神却仿佛冰冷的刀锋，让人胆寒。他盯着源老人。

"别吓我！你的眼神可杀不死我。"源老人摇头，"如果你在巅峰时期，我对付你还需要些手段。至于现在，哼，杀死了心魔之主——虽说我瞧不起他是个土著，可他一个土著却能够有巅峰祖神的实力——你也是元气大伤，我就是站在这儿任你攻击，你消耗光了神力也杀不死我。更何况，我根本不可能让你攻击到我。你的那些手段，对付其他大能者有用，对我还稚嫩了些。"

三清道人冰冷地道："听你的意思，上古破灭时你就已经参战了？"

"对。"源老人道，"上古时我就来到了这儿，那时候还是盘古混沌世界。当时我受重伤，便夺舍了源老人。当初源老人实力一般，也很孤僻，我夺舍后实力开始逐渐提升，开始渐渐控制了一些大能者。其实我一直留在这儿，一是想要世界之心，二是想要得到菩提的时空法门。"

"你真瞧得起老道。"纪宁的身侧凝聚出了一具须发皆白的道袍老者身影，正是菩提的化身，"看来当初你不顾生命危险救我，也是你刻意安排的。"

"哈哈哈……小小的盘古混沌世界，谁能奈何得了我？一切都是我安排的。"源老人摇头说道，"时空一道，何等了得，一旦真正达到极高境界，轻易穿梭时空，敌人想要杀都杀不死。你这份能耐是我一直渴望的。我真想要从你这儿学到手，可惜你一直秘而不传。"

"你没那天赋。"菩提摇头。

"可你悟出的法门却一直没有给我。"源老人冰冷地说。在外界，时空法门是极珍贵的法门，比许多神通还要珍贵得多。

就像菩提。

达到菩提这一境界，他想走就走。他和万魔之主不同。万魔之主是风和空间结合，令速度达到不可思议的地步。可是菩提却已经超越了速度的范畴，他是时空的范畴，完全可以穿梭到另一个时间维度，令敌人追都没法追。

这是非常可怕的能力，用来刺杀、逃匿，都是很逆天的。这一法门的价值比世界之心还珍贵。

"不过我有的是耐心。"源老人笑着，"我从不心急，等到最后我才会行动。上古破灭一战，我同样很有耐心。幸亏我有耐心，眼看着万物之主、心魔之主、女娲他们厮杀。女娲最后逆天突破，横扫一切，我也算逃过一劫啊。"

"这次你们都停战了，我就不得不行动了。"源老人道，"可惜到现在，我还是没有得到菩提的时空法门，真让我失望。"

纪宁暗松一口气。

师父传授时空法门给红雪的事，一直没外传，知道的人仅仅是菩提、纪宁和济癫。否则的话，源老人恐怕会对红雪下手了。

"时空法门竟然这么珍贵？"女娲阵营内的红雪真神也吃了一惊。刚才在混乱中，他也损失了一具分身，幸好他有十八分身。他之前只当时空法门是极厉害的法门，没想过有这么厉害。现在听起来，让无数混沌异族疯狂的世界之心的吸引力，似乎都不一定及得上这时空法门。

"算了！不可强求，得不到就得不到吧！"源老人转头看向遥远处的暗金色堡垒，"刺修，你可还记得那一朵黑莲？若是记得，这次便帮我一把，我定有重谢。"

远处暗金色堡垒内的刺修大魔神和刀尊听得脸色都是大变。

刺修大魔神脸色都发白了。一开始他以为源老人是土著，后来听老人说了那番话，他就觉得不对劲。此刻他终于明白了。

"是他！"刺修大魔神震惊地道，"是黑莲神帝座下九神将之一的心神将！他怎么会出现在这样的土著世界？走！赶紧走！我们赶紧走！"

"黑莲神帝座下的九神将？"刀尊也脸色发白。

那九神将，个个都是祖神祖仙中的绝世存在，可怕无比。他们这些在外冒险闯荡的，算什么。

"离开！"

"嗖——"暗金色堡垒瞬间化作流光，溜走了。

"真是没用！"源老人看着远处化作一道流光溜走的暗金色堡垒，摇摇头，"这等小家伙就是滑溜，见势不妙，就知道溜。"


遥远的虚空中，暗金色堡垒虽然遁逃了，却留下了刺修大魔神的一尊化身。

"竟然是黑莲神帝座下的九神将……"刺修大魔神遥遥地看着，"哼，本尊是得逃远点，不过这场大战还是得好好看看的，说不定我就有机会呢。"刺修大魔神仅仅留下一具化身，也就非常轻松，没有任何压力。

"九神将威名赫赫，其中心神将更是一个极为厉害的心力修行者。"刺修大魔神眼睛一亮，"动手了！"

虚空中。

"女娲留下的镇族阵法也就一般。"源老人淡然下令，"布阵！"

祖神共工、墨竹道祖、伏羲氏以及其他一个个大能者迅速布阵，汲取着混沌力量，以源老人为核心，自然而然就形成了一座大阵。只见一朵巨大的黑色莲花开始显现，这朵黑色莲花一共有三片莲叶。

源老人手持拂尘，站在黑色莲花的莲心上。他身旁则站着广寒宫的嫦娥仙子，而三片巨大的黑色莲叶上分别站着祖神共工、墨竹道祖和伏羲氏统领的三支大能者队伍。

"嗡——"混沌力量涌动。

源老人和麾下一众大能者此时力量完全结合，气息滚滚，比之前心魔之主要强盛得多。

"杀！"源老人眼神中满是高高在上的神情，仿佛看着蝼蚁般冷漠。这才是他心神将的真正模样。

远处女娲阵营和无间门个个早就眼红了，之前突然的背叛，使他们损失太惨重了，他们心中都有着仇恨。之前只是想要探查清楚这源老人的底细，现在他们听出来了，源老人乃是一名可怕的混沌异族。

这混沌异族潜伏得够久，而且不声不响就控制了好些大能者，比当年的万物之主更加可怕。

"咻！咻！咻！"

三道耀眼的光芒划过长空。

分别是纪宁的三绝剑阵、三清道人的诛仙剑阵，以及万魔之主的那一根长梭。他们是出手速度最快的三个。因为源老人之前就在无间门阵营当中，源老人他们离无间门更近些，万魔之主反而是最快的一个。

"一群土著！"源老人淡然地心意一动，莲叶轻轻摆动。

"嘭——"锋利的长梭刺在了缓缓荡漾着的巨大的黑色莲花上。莲叶摆动，挡下了长梭。

三绝剑阵和诛仙剑阵也轰击在黑色莲花上。莲花轻轻摇曳，虽然震荡了一下，也同样抵挡住了进攻。

一片巨大的莲叶轻轻一个拍击，近身战的万魔之主便倒飞开去，吐出了一口鲜血。

"不能硬挡莲叶。莲叶之威，不亚于心魔。"万魔之主连忙传音。他之前完全可以凭借速度避让，可他想看看这黑色莲花大阵的威势。

这一幕让两大阵营都是心中一凉。

纪宁、三清和万魔之主，他们三个全力出手，几乎代表了两大阵营最强的三大攻击了。他们虽然也轰击得那黑色莲花摇曳，可是它显然还很稳定，离攻破还很远。

那黑色莲花仅仅莲叶的一个拍击，就媲美心魔之主的威势。

巨大的黑色莲花飞行着，首先碾压向了无间门阵营。

"怎么办？"

"怎么对付他？"

女娲阵营和无间门的大能者都急了。经过之前的连番重创，两大阵营的力量已经弱了许多。纪宁、三清和万魔之主的攻击都没能奈何得了，恐怕他们两大阵营一起杀上去，要破开这黑色莲花也非常艰难。

"我有一法，或许有可能杀死那源老人。"一道声音忽然在女娲阵营和无间门阵营几位领袖大能的脑海中响起。

"菩提！"三清和如来他们个个心中一动。

"师父？"纪宁也一怔。


斜月大世界。

菩提正站在云层上，看着云卷云舒。三界虚空中正发生的战争他也尽皆看得清清楚楚。

"神农，到了这份儿上，还是要用这朵花了。"菩提眼中有着一丝悲伤，看着手中一朵含苞待放的火红色花朵，"只可惜，你再也看不到了。"

六年前。

混沌中有一片药田，药田旁有间草屋，仿佛田间老农的神农氏正面带微笑地指着药田：
"菩提，看到了吗？"

药田内的禁制已经撤去，显现出药田的真正场景。内有溪水潺潺，还有一块块药田，在正中央，有一朵已经成花骨朵的火红色花朵。

"那是……"菩提疑惑，面色微变，"我……我怎么感应到它有你的气息？"

"嗯！"神农氏轻声道，"我用自己的血液和魂魄去喂养它，总算在最终决战前将它培育成功。它是我无尽岁月里培养出的最可怕的花草……本来我喜欢救人之药草。可这次浩劫，我总是感觉不妙。这一场浩劫，总感觉是一只黑手在背后操纵。"

"对！到底谁掀起这一场浩劫？"菩提也皱眉说道，"无间门之前也和我们相处无尽岁月，怎么突然就有冥冥中的命运告诉我们……我们和无间门只能活一个……这到底发生了什么……"

"我的无尽岁月和心血都耗费在花花草草上。"神农氏笑着，"到时候大战爆发，我恐怕发挥的用途有限。这一朵花，也是唯一能做出的贡献吧。"

"这花，你来用。"神农氏看着菩提。

"我？"菩提一怔。

"女娲信你，我也信你。"神农氏点头，"这朵花的名字很简单，叫夺命花，花开夺命。现在它是花骨朵还未曾开放，只要有神力引动，就能令它开放。一旦它花开，十丈之内，皆遭到攻击，即便祖神也得魂飞魄散，甚至真灵泯灭。"

菩提听得大惊。

"可这必须要靠近十丈才行。"神农氏道，"我担心这一战背后的黑手出现后，实力太强大。我的实力相对太弱了些，恐怕根本没法靠近敌人。而菩提你在时空上的成就极高，可以悄无声息地靠近敌人，到时候你恐怕需要牺牲些神力了。"

"好。"菩提听得点头。这绝对是撒手锏。

"菩提，记着，这撒手锏不可轻用！毕竟只能用一次！"神农氏道。

"我懂！"菩提点头。

神农氏轻轻点头："我又想看到这花开的美丽场景，又不想看到它花开。"

花开，则代表真的是到了最危险最绝望的时候。

"你或许过于担心了。"菩提笑道，"我们这边的实力你也是知道的，有三大镇族阵法，整体实力上完全碾压无间门。"

"未来没人知道，还是谨慎为好。"神农氏看着眼前潺潺的溪水，溪水流淌，卷起一个个旋涡，"你和我不同。当初我和燧人氏一个个看着人族从微末中崛起，许许多多的同伴死去，所以我感觉到生死无常，每一场大战都可能有意外发生。你看溪水中的这一个个旋涡，就像一个个死去的人族英雄。他们一个个拼死，为的就是人族后辈能安然生活。这场大劫，是三界众生的大劫。也希望一切安然度过，三界能够再度恢复和平。"

"嗯。"菩提也感到担忧。

上古破灭之战，那是两大混沌世界破碎。

这一次呢？

"战吧！谁要夺走我们的家园，破坏我们的家园，那就战！"神农氏一招手，那一朵花飘飞过来落在他手。他低头看了看，便递给了菩提："交给你了。"

"嗯。"菩提点头。

"我有一法，或许有可能杀死那源老人。"菩提的声音在纪宁、觉明、三清、如来、后羿、桓木和万魔的脑海响起。

"我只要能靠近源老人十丈，便有极大可能杀死他。即便杀不死他，他也定会重伤。"菩提说道，"可关键的问题是，那黑莲阵法令周围的时空凝结，我无法靠近。我需要你们的帮忙，只要你们破开那黑莲阵法，没了阵法压制时空，我就能瞬间出现在源老人的身边，对他下手。"

"菩提，你真的有把握？"

"即便阵法能在短时间破开，可源老人身边有一群手下，而且源老人本身实力也深不可测。"一个个询问道。

斜月大世界内站在云层上的菩提，神体忽然分开，分成了两个菩提："有把握。"

他不是对自己有信心。

他是对神农有信心。

神农说过，就算是祖神也会魂飞魄散，甚至真灵泯灭。

"好。"桓木主人传音道，"菩提老友，我相信你。没想到我们还能并肩作战。"

"我信。"

"也没别的办法了。"

"诸位说说，怎么破开黑莲大阵？"

几位领袖大能传音交谈。

一直沉默的后羿忽然传音道："我需要你们的帮忙。你们全部出手攻击黑莲阵法，让黑莲阵法受到足够的压迫。而后我会施展箭术，一举破开大阵。"

听后羿这么说，纪宁他们个个都是一惊。

他们相信后羿，因为之前心魔之主就是后羿杀的。可是后羿明显已经重伤在身。

"这一箭，是我最强的一箭，比之前杀心魔之主那些箭要强得多。"后羿又补充了句，"好，就这么办！"

"诸位，我们已经没有退路了。"佛祖如来一声低喝。他周围的天神们看向遥远处正杀向无间门阵营的黑莲阵法，个个眼中满是恨意。随即天地之力涌动，迅速开始以佛祖如来为核心，形成了盘古开天阵。

"哈哈哈……已经被逼到这份儿上了，诸位道友，我等一同战吧！"三清道人笑着，周围的纯阳真仙迅速开始形成女娲补天阵。

"妖族诸位兄弟，杀了那源道人，我们再一起大口喝酒，大口吃肉。"孙悟空大喝道。周围跟随他的大群妖族天神，个个嗷嗷地叫着，随即形成了一座盘古开天阵。孙悟空更是化身盘古，身高百万丈，也踏着虚空杀向前方。

"源道人，今日你就该一死。"阿弥陀佛也统领一座女娲补天阵……

夸父……

玉鼎道人……

弥勒佛祖……

一个个接近领袖的存在统领大阵。大阵内的天神真仙没有一个胆怯，个个毫无畏惧地跟随大能一同杀上去。

"阿弥陀佛，能和众友一同迎战，乃觉明之幸。"觉明佛祖微笑着，踏着虚空，直接飞向了那黑莲大阵。

"明月！"纪宁这一刻脑海中浮现的却是女儿明月。

"没谁能伤害你！"

"没有！"

只见一道黑色电蛇，瞬间划过虚空，杀向了黑莲阵法。

看着远处的三界强者一个个前赴后继地杀向黑莲阵法，遥远处，只留下一尊化身观战的刺修大魔神却愣了愣。他不由得回忆起了过去，轻声道："虽然感觉这些土著很愚蠢，心神将是他们能匹敌的吗？可是看到他们这样，还是忍不住有些希望他们能赢，就像希望当年我的家乡能赢一样。可这世间，终究是强者为尊。"

"杀！杀！杀！"

源老人没有丝毫怜悯，黑色莲叶旋转着拍击，仿佛绞肉机一样。很快就有大能者死去，有阵法溃散。

纪宁、觉明佛祖、桓木主人和万魔冲在最前面，他们尽量帮助其他大能者。他们或是仗着神体厉害，或是仗着防御手段了得，冲杀在最危险的前方，为了减少己方损失，疯狂地攻击着那黑色莲花大阵。

三绝剑阵、诛仙剑阵，还有其他一道道剑光、碧光、血光，各种混沌神兵，斩杀向那大阵。

两大阵营拼命地围攻源老人，没有一个后退。

远处。后羿遥遥看着这一幕："诸位，后羿定不让诸位失望！"他拉开了弓弦。

这让远处黑莲阵法内一直淡然面对一切的源老人面色一变。他连忙盯着后羿，他自己很清楚心力修行者的厉害。虽说后羿是自己琢磨了一些手段，可之前他就凭借琢磨出的手段杀了心魔之主。他根本不敢小瞧他，他早早就将嫦娥仙子控制住，就是为了影响后羿，阻止后羿。

"后羿！"源老人心意一动，一旁的嫦娥仙子便飞到了源老人的正前方。

"要对付我，先杀了嫦娥吧！"源老人虽然有信心接下这一箭，可还是很谨慎。


"后羿！"

后羿在拉开弓弦时，仿佛回到了久远的过去，那段生命中最美好的回忆。

"羿，你尝尝！好吃不好吃？"

"嫦娥做的当然好吃。"

虽然后面发生的一切让他伤心，可那美好的记忆却永远没有褪色。后羿面带微笑地拉开了弓。

"轰——"虚空震荡，混沌汹涌，无尽混沌之力涌来，灌输在神弓上。

"嗡——"神弓的弓弦也隐隐震荡。

后羿的神体更是化作了耀眼的光芒，这耀眼的光芒完全灌输在了那根箭上。

以无尽混沌力量为弓，以心力为弦，以自身生命为箭……

这是后羿在黯然神伤的无尽岁月中悟出的一箭，那是以生命为代价的一箭……

弦响！

箭飞！

虚空中留下的后羿神弓仿佛在哭泣。

箭划过长空，无尽混沌之力和天地之力涌入，令这一箭就仿佛一颗流星划过长空，越来越耀眼。这一刻，整个虚空都仿佛安静了，所有的大能者，所有的天神真仙们都在关注着这一箭。他们拼命厮杀，攻击黑莲阵法，就是为了这一箭。

他们明白，后羿付出生命发出了这一箭。

他们虽然伤心，可却依旧期盼着能成功。如果让他们来，他们也同样毫不犹豫地付出生命。

"绝命一箭？"黑莲阵法上的源老人看了却皱眉道，"这个后羿真是疯子！一个土著，在心力上天赋极高，可悟出的法门怎么都是拼命的？杀心魔之主算是拼命。现在这一招，更是完全不要命了。"

箭太快了。

没法躲。

"这些疯子！"源老人皱眉。整个大阵正遭到两大阵营的疯狂围攻，虽然每次攻击都比较弱，可是当他们联手的时候，就算是心魔之主怕也难以抵挡，黑莲阵法的确承受着很大的压力。

"轰——"仿佛巨大流星般的箭，轰击在了黑莲阵法上，阵法发出轰然的巨响。

原本就承受着巨大压力的阵法，此刻再也撑不住了，砰的一声便碎裂开来，莲叶崩溃。那一道流星也变得暗淡，露出其中的那根箭，直接射向了源老人。

源老人站在那儿，手持拂尘，周围拂尘一层层环绕，同时还让嫦娥仙子挡在前面。

"噗！"箭一闪而逝。

穿过了嫦娥仙子的身躯，穿过了层层拂尘。源老人一掌拍出，拍击在箭上——

"嘭——"源老人在莲心上往后连退数步，嘴角有鲜血。

他却笑了："劈开阵法，已经势头尽矣，仅耗费了我少许神力而已。"他最忌惮的也就是那后羿了。

嫦娥仙子却跪坐在那儿，捂着胸口。

"哗——"一道蒙蒙的光影显现，正是后羿的模样。那是后羿的真灵。

"嫦娥。"后羿的光影看着嫦娥。他轻轻伸出了手，去触摸嫦娥的脸，多久了，多久没有这么近地看嫦娥了！后羿轻声低语："我，从来，没有恨你！"

嫦娥看着他，眼神依旧冰冷。

只是，两行泪水悄悄滑落。她心痛，周围发生的一切她都知道，可是她什么都做不了。

看到嫦娥脸上两行泪水，后羿光影却笑了。

"哗——"光影消散。

"他施展了绝命一箭，竟然因为执念，真灵竟然还维持了刹那。"源老人冰冷地看着那软倒下去的嫦娥仙子，气息已经非常微弱。被那可怕的箭贯穿，嫦娥仙子哪还能活下去！

"哼！"源老人一挥手，一股神力涌动，直接拍击在嫦娥仙子的尸体上。嫦娥化为了灰烬，消失不见。

然而就在这时。

"嗯？"源老人脸色一变，他看到身旁出现了一名须发皆白的道袍老者。

一朵鲜艳无比、娇艳欲滴的花朵从菩提的手中飞出，同时绽放了开来。一片片花瓣绽放，真是三界中堪称最美丽的花了。

这一刻纪宁、觉明佛祖、三清道人、佛祖如来、万魔之主、桓木主人，以及夸父、孙悟空、济癫、玉鼎、弥勒佛祖、阿弥陀佛等一个个大能者都在看着，看着那一朵花开。他们之前拼上一切，甚至后羿拼了性命，为的就是这一刻的花开。

# 莽荒纪

## 第五章

## 半步世界神

花开了。

菩提道人看着花开，跟着眼神暗淡下去。虽然他依旧有神力波动，可生命气息已经完全消失了。

纪宁他们一个个都遥遥看着，期盼地望着远处那黑莲莲心上的源老人。源老人露出了惊恐的神色，他的气息明显剧烈震颤，而后衰弱了些。

"没死！"

"他没死！"

纪宁他们一个个都愣住了，三界的一位位仙魔都愣住了。

"竟然没有死！"斜月大世界中的菩提道人轻声叹息。菩提的神力分身瞬间就覆灭了！他很清楚那朵夺命花是何等厉害，可是源老人竟然扛住了。

"神农氏说，即便是祖神，也会魂飞魄散，甚至真灵泯灭。可是源老人比一般的祖神要强得多。"菩提道人眼中有着悲痛之色。他明白，夺命花没能夺走源老人的性命，那么接下来就更加残酷了。如果三清道人、佛祖如来、觉明佛祖、济癫和纪宁他们一个个都挡不住，那么三界众生将迎来真正的大灭绝！

"那朵花……"遥远的虚空中，刺修大魔神的化身遥遥看着，暗暗点头，"那个菩提分身倒在那儿再无气息，可神体却完好。看来那朵花应该是不分敌我，应该是对付魂魄真灵的。唉，或许这花朵威力很大，可那是心神将，是强大的心力修行者，心力修行者在魂魄真灵的保护上是最厉害的。不过看样子，心神将受伤也不轻，生命气息已经不稳了。"

"杀啊！"

"杀死他！"

"一定要杀死他！"

三清道人、佛祖如来、万魔之主、桓木主人、纪宁、觉明佛祖等先是一阵失望，跟着个个红着眼发出了怒吼，尽皆拼命开始围攻。

源老人脸色难看，冰冷喝道："杀！"

他也清楚现在到了最后关头。他一声令下，被他灵魂控制的那一群大能者立即组成一个个小阵法，与女娲阵营和无间门搏杀在一起。特别是女娲阵营有三大镇族阵法，在弥勒佛祖、阿弥陀佛、玉鼎道人等几位的带领下反而占据着上风，借助阵法他们甚至将祖神共工都纠缠住了。

"黑莲护体！"源老人盘膝而坐，施展秘术。

"哗哗哗——"

顿时，他周围形成了一片片的莲花。他盘坐在莲花宝座上，周围的黑色莲花笼罩了周围近万里区域，周围时空镇压，抵挡了一切。

"杀！"三清道人、佛祖如来、万魔之主、桓木主人、纪宁和觉明佛祖，这六位实力明显很强的大能，或是驾驭阵法，或是独自搏杀，都在疯狂围攻源老人。

说是六位，其实纪宁还有本尊和第二元神。

这就好比七名顶尖祖神在围攻。两大阵营的最顶尖存在的合力围攻，就算是心魔之主巅峰时也会被压制。可是明显已经重伤的源老人，却借助黑莲护体这一秘术，将一切攻击尽皆挡下。只见一瓣瓣莲花瓣旋转着，将周围万里虚空守护得滴水不漏。

源老人本是黑莲神帝座下的九神将之一，本就是巅峰祖神，而且还不是一般的巅峰祖神。他在心力上更强，并且他会多种秘术，黑莲神帝所传的黑莲一脉秘术他自然也会。

凭借黑莲护体……

纪宁他们根本没法攻破。

"死！"盘膝坐在莲座上的源老人脸色难看，他伸出了右手。右手一出，瞬间暴涨，散发出蒙蒙黑光，暴涨数十万里后直接探向了那三清道人。三清道人需要驾驭诛仙剑阵攻击，距离自然不会离得太远，也就像后羿射箭的距离那般遥远。

源老人那仿佛天柱般的食指轻轻点出。

"不好！"黑色道袍纪宁心意一动，三绝剑阵立即划着流光，直接刺向了那手掌。

"哼！"三清道人也是操纵诛仙剑阵迎了上去。

"正愁他躲在里面不出来呢！"万魔之主速度快得很，瞬间逼近源老人那暴涨的右臂，挥舞着手中长梭，抽打向源老人的右臂。

"嘭！轰！轰！"

三位大能的攻击，令源老人的右臂收了回去。

"什么？他的神体也媲美先天极品法宝？"这次交手让三清道人、纪宁他们个个心中一紧，因为他们的攻击落在源老人的手臂上，仅仅溅起些许火花。

"没想到杀你们这些三界土著，都要我全力以赴。那朵花应该是神农氏培育的吧？够厉害啊！"源老人脸色铁青。他收起了拂尘，身体忽然显现出了六条手臂，六条手臂尽皆暴涨，朝一位位大能杀了过来。

源老人就这么坐在黑莲宝座上，六条手臂攻击四面八方。他的手指施展出了一门门精妙的指法、掌法。

"他已经受了重伤，魂魄也受伤严重。我们只要消耗他的神力，每消耗一份神力，他的魂魄就少上一分。"佛祖如来传音道，"诸位要坚持，坚持得越久，他越扛不住的。"

"都去死吧！"源老人也清楚自己现在不能打持久战。

因为面对六条手臂，纪宁他们只能各自应付各自的。

"噗——"源老人巨大的手掌和桓木主人的木尺撞击在了一起。

一股无形的力量瞬间冲击着桓木主人的魂魄。桓木主人操纵木尺的手顿时停滞了一下，那手掌立即避开木尺，拍向了桓木主人的身躯。

"桓木！"万魔之主脸色大变。他没想到最擅长防御的桓木主人竟然会最先出现危险情况。

"逃不了了！"桓木主人瞬间明悟，自知难逃一死。

这一刻他脑海中浮现的，却是在无间混沌世界凡间游历的场景。

那是一座木屋。

桓木在木屋前吹着桓木做的笛子，一旁有一女子正在翩翩起舞。

"真想回到过去啊！再也回不去了……"

"噗——"那巨大的手掌直接硬生生地刺穿了桓木主人的身躯。桓木主人却笑着。

"轰——"他的神体发出轰然巨响，却是他在那手掌快接近时毫不犹豫地选择了自爆。

一名祖神大能的自爆，令整个虚空战场都震荡了起来，强烈的冲击令原本受伤的源老人都是脸色一白。

"这些土著！"源老人也明白，现在到了生死关头，他杀不了眼前这些仙魔，他就会死。

他也没想到会沦落到这一步，都是那一朵花！

不，都是因为后羿。

如果不是后羿，之前的黑莲阵法就不会破。

"死！"源老人越发疯狂。这次他的两个手掌同时袭向了三清道人。三清道人的诛仙剑阵每次袭击都有着一股可怕的穿透性，对他的伤害最大。

"诸位道友，随我赴死可否？"三清道人也自知难逃一劫。他统领的女娲补天阵，论防御，比祖神之躯要差多了。

"随同道祖是我等之幸！"

"快哉！"

三清道人和三千六百名纯阳真仙面对那巨大手掌，都面带微笑。

"轰——"化为了无比绚烂的太阳，却比太阳光更耀眼。

"老友，先走一步！"佛祖如来轻轻自语。

"誓杀这异族！"纪宁眼睛也红了。

"阿弥陀佛！"觉明佛祖更加疯狂。


"这些土著！"源老人也气得发疯了。桓木主人选择自爆，连三清道人和几千名仙人都选择自爆。体内所有法力一瞬间完全爆发，这股冲击太强了。源老人也受到了一波波冲击。

"死！死！"源老人的三个手掌袭向了纪宁。纪宁三绝剑阵的威能是仅次于诛仙剑阵的。源老人最想杀的就是三清道人和纪宁。

一个手掌被纪宁本尊挡住。

可另外两个手掌袭向了纪宁的第二元神。黑色道袍纪宁毕竟身体比较弱，只要一被近身肯定挡不住。之前纪宁本尊一直在旁边帮忙，可现在面对三只手掌，便只有灭亡一途了。

"异族！"黑色道袍纪宁也闭上了眼睛。

"轰——"巨大的耀眼的太阳亮起。

遥远处的刺修大魔神化身观看着那一轮轮太阳接连显现。他感觉到其中的悲壮，更触动了他久远的回忆。他不由得轻声叹息："连我都希望心神将死了……或许，心神将真的可能会栽在这群土著的手里。"


桓木主人，死。

三清道人和三千六百名纯阳真仙，死。

黑色道袍纪宁，死。

"你们这些土著全部都要死！都要死！"源老人无比愤怒。就算他能赢下战斗，可是他魂魄的重伤不知道多久才能恢复。他的三条巨大手臂伸向了那佛祖如来。

佛祖如来轻声道："我不入地狱谁入地狱。诸位，可愿和我一同入那地狱？"

"愿从！"

"愿从！"

一个个天神都平静无比。他们的脑海中都浮现了这一生难忘的记忆，他们也有着心中的一些守护。为了那些守护，他们无所畏惧，即便是死亡。

那巨大的手掌降临。

佛祖如来和五千八百名天神都平静无比。

"轰！"一轮耀眼的太阳再度显现。

佛祖如来虽然有不坏金身，可他毕竟只是真神，如果不自爆就会被源老人镇压并擒拿。那样一来，他依旧难逃一死，且无法伤到源老人，所以佛祖如来也同样没有犹豫。那可怕的爆炸冲击把源老人的手掌震得缩了回去。

源老人脸色更难看了。

"杀！"源老人已经铁了心，再度杀向觉明佛祖。觉明佛祖的神通太厉害了，他凭借祖神之身再加上他的神通，也让源老人很不舒服。

"阿弥陀佛！北休施主，和尚我怕是没法去那天苍宫了。"觉明佛祖心中默默念叨，面带微笑，看着那杀来的三个巨大手掌。

"轰——"觉明佛祖同样化为了耀眼的太阳，疯狂地消耗着源老人的神力。

可实际上，在心力方面修炼到源老人这种境界，就算只剩下真灵，他还是能活着。就像北休世界神当年逃跑的时候，魂魄早就溃散了，仅剩下真灵，甚至后来真灵都开始溃散，依旧活了那么久。

源老人没那么厉害。他的神力虽然消耗了很多，可依旧能够继续维持着强大的攻击。

这就是他和心魔之主的区别。

他毕竟是黑莲神帝座下的九神将之一。

"还没死！"

"他还没死！"

女娲阵营和无间门阵营的大能者和仙魔们都心痛无比。可源老人还依旧活着。

"纪宁，死吧！"源老人的五条手臂遮天蔽日地杀向了纪宁。纪宁的本尊有九角电蛇遁术，一两条手臂很难杀之。不过源老人手臂的速度同样达到了天道极限，且五条手臂围攻，加上纪宁之前一直是近身战，此刻也没法逃。

而且纪宁没想过逃。

其他的大能者没有分身，都选择了自爆，想尽量消耗源老人更多的神力。自己有分身，岂能逃避？

这一刻，其他一切都抛之脑后。

纪宁只有一个想法：尽量伤害源老人。或许只差一点，源老人就撑不住了。


桓木主人，死。

三清道人和三千六百名纯阳真仙，死。

黑色道袍纪宁，死。

佛祖如来和五千八百名天神，死。

觉明佛祖，死。

现在连纪宁本尊也要死了。

"诸位道友，并非我惧怕一死。只是我无间门还需传承，不能灭，若是无间门完全灭了，死去的仙魔们也不会安息的。"万魔之主见状，却是选择了逃走。

"走！离开三界吧！"

万魔之主收起了无间门正在拼杀的一些大能者。

这些大能者和仙魔在拼杀前都将一些亲人、一些关心的人让万魔之主保护好。他们个个都相信万魔之主的逃命能力。他们一个个慨然赴死，都是因为希望心中要守护的人可以活下去，可以传下去。

"走吧！都走吧！"菩提道祖也出现了，出现在女娲阵营的那些大能者的阵法旁边。

"走！"孙悟空他们一个个红着眼。

他们都明白，现在拼也没意义了。他们之前拦截住这些被灵魂控制的大能者，是为了不让他们去帮源老人。现在已经没意义了，就看纪宁的了。

他们这些真神道祖，实力太弱了，根本无法困住源老人，源老人想走就走。也就纪宁、万魔之主和三清道人他们才能逼迫源老人必须迎战。

万魔之主带着无间门，菩提带着女娲阵营，他们已经做好了准备。

如果纪宁本尊自爆后依旧不能让源老人神力消耗殆尽，那么他们将离开三界，前往无尽混沌中漂泊。

如果纪宁自爆，成功地让源老人的神力消耗殆尽，没了反抗之力，那么这一次他们就真的赢了！

一切……看纪宁了！

突然，仿佛五片巨大的乌云般的手掌，从五个方向同时笼罩过来，且个个速度达到天道极限，纪宁本尊也没法逃。

"三界覆灭？"

"不要……"

"还有一线希望！"

纪宁是前所未有的平静。之前一位位大能慨然赴死，就是为了那一线希望。

"来吧！"纪宁心静如止水。

轰轰轰轰轰——

源老人的五个手掌毫不留情地落下。只要斩杀了纪宁本尊，万魔之主已经逃了，整个三界已经再无威胁。至于弥勒佛祖、孙悟空等大能，和他的差距太大了，他要走就走，想杀就杀。

这已经是最后一个了。

"死吧！"源老人眼中满是杀机，他做好迎接纪宁自爆的准备，"这一次能撑住！我还能撑住！"

万魔之主逃到了远处，遥遥地看着。

菩提道祖也在远处，一旁还站着弥勒佛祖、阿弥陀佛、孙悟空、玉鼎道人等大能者。

刺修大魔神的化身也在远处看着。

整个三界都在等待决定命运的一刻。连三界天道都隐隐震颤，它也明白到了最关键时刻了，可是它没有任何办法。而三界中的亿万生灵们却依旧过着平常的生活，他们有的在争权夺利、有的在追求爱人、有的在嗷嗷待哺、有的埋头苦读、有的征战沙场……

他们不知道……

整个三界面临最终决定命运的一刻。

"怎么回事？"远处观看的万魔之主、菩提道祖、刺修大魔神化身一个个都疑惑了。

因为源老人那巨大的手掌落下，抓住了纪宁。

可是……

没有自爆！

"没有自爆？"万魔之主一愣。

菩提道祖等女娲阵营的幸存大能者也是一愣。刺修大魔神化身也愣住了。

他们没有人认为纪宁是怕死。因为被源老人抓住镇压了，那么很快迎接的也是死亡。而且还是白白死去，都伤不到源老人。

他们吃惊，源老人也吃惊。源老人都做好了承受纪宁自爆的准备，可是他的手掌最终却抓住了纪宁。纪宁没有自爆。

"三界命运，就在这一刻。"

纪宁面对逼迫而来的手掌时，也决定自爆。

这一刻，他的心是前所未有的平静，前所未有的空灵，竟然……感觉到了神体内的一点灵光。

"无尽枯寂中的一点灵光？"纪宁面临这生死一刻，立即放弃了自爆，同时运转起了枯寂世界神法门。修炼这枯寂世界神需要在枯寂中，寻求神体的灵光。上一次他突破为真神，是因为在参悟诸天星金珠。

而这一次，却是在决定三界命运的这一刻。他的心格外空灵，感受到了那一点灵光。

"哗！"源老人的手掌抓住了纪宁。

纪宁没有自爆。

"完了！"万魔之主摇头。

"完了！"女娲阵营中的大能者个个摇头露出了绝望之色。拼到了这一步，纪宁不知为何竟然没有自爆，整个三界众生，连最后一点希望都没有了。

"不！"菩提道祖却看着远处。他不相信！他不相信他的弟子是贪生怕死之辈！

轰隆隆——无尽的混沌之力忽然涌现，甚至形成了巨大的混沌旋涡。旋涡的下方就是那被手掌抓住的纪宁。

"没有完！三界没有完！"菩提道祖看着那突然出现的混沌旋涡，嘶声喊道，"三界没有完！"

"那是……"

万魔之主、女娲阵营的大能者，以及刺修大魔神的化身都遥遥看着那突然形成的混沌旋涡，个个都紧张起来。同时，他们感觉到一股强大的气息在迅速地上涨，那强大气息的源头……就在源老人巨大手掌之中。

"不可能！这不可能！"源老人盘膝坐在莲座上，脸色大变。他的手掌明显觉察到了纪宁散发出的强大力量，显然在竭力反抗。

"突破了？"

源老人经历过上古破灭一战。上古破灭之战中，女娲娘娘就是在战斗中突破为世界神，汲取了滔天的混沌力量，而后横扫一切。现在那突然出现的混沌旋涡……源老人一眼就看出纪宁也开始突破了。可是纪宁修炼才过千年。

"他才过千年，根本不可能这么快成世界神！"

"而且看这混沌旋涡的动静，也不像是世界神……"

"只要不是世界神，这纪宁就不是我的对手。"源老人已经受了重伤，他很清楚现在是生死时刻。他不想败，不想死在这些土著手中，所以他竭力安慰着自己。

"给我过来！"

源老人的手掌竭力要抓住纪宁。

轰——纪宁站在虚空中，显现出三头六臂，接着六臂一震，便将源老人的手掌给震开了。

汹涌的混沌之力不断涌入纪宁体内。纪宁的神体正在不断地进行着转化，一份份真神神力开始转化为祖神神力。纪宁的气息越来越强，他反抗的力量也越来越强。

"该死！"只见巨大的六个大手掌一同袭击。

"嘭！""轰！"

纪宁时而反抗，时而被震得后退。他仅仅稍微分出点心思抵挡源老人的进攻，更多心思都在尽快地转化神力。

他的神体越来越强……

"怎么会这样？他的力量怎么会那么强？就算成为祖神，也不应该强成这样？"源老人急了。此时纪宁展现出的力量已经超越了祖神的范畴，源老人的六只手根本压制不了纪宁。他哪里知道，纪宁因为修炼了陶吴十八神魔和唯一本尊两大神通。他一旦成为祖神，就等于是十七个祖神神体完美地结合在一起，比利用阵法结合还要完美，应该算是半步世界神的层次。

这也不怪源老人。

这即便在祖神祖仙中也非常罕见，上万中都难寻一个。当初的九方国主就是凭借将陶吴十八神魔修炼到第三重，能够十八分身合一，才在祖神祖仙中纵横，而后成了世界神。纪宁也是凭此根基更加扎实，实力更加了得。

"源老人压制不住了！"万魔之主露出喜色。

"他压制不住北冥！"弥勒佛祖他们一个个也都激动起来。之前的一位位大能和众多的仙魔们慨然赴死，为的是什么？就是能击溃异族，保护好三界。而现在这希望已经显现出来。

"一定要赢！一定要赢！"菩提道祖也很激动。他的神体都隐隐在颤抖。

"死！死！给我死！"源老人的六个大手掌竭力地狂攻着纪宁。

"轰——"汹涌的混沌之力不断涌入体内，一份份真神神力不断转化。此刻纪宁体内祖神神力已经占据了七成，但是还在转化中。他强大的力量，令他举手投足间就能够抵挡下源老人的手掌了。单纯论力量，他已经绝对超越源老人了。

半步世界神，世界神不出，这已经是很逆天的力量了。

"怎么会这样？他怎么会这么强？他到底修炼了什么神通？什么秘术？"源老人心慌焦急，"走！赶紧走！"

顾不得多想。

源老人立即选择了逃跑。

作为九神将之一，他可是极为狡猾之辈。可他也清楚，面对有九角电蛇遁术的纪宁，他想要逃掉也很难。所以他之前从来没想过逃。现在他实在是没办法了，耗下去他活命的把握太小了，只能想着趁纪宁突破的时候赶紧逃。

驾驭着黑莲，源老人立即远远地逃逸，同时给被他灵魂控制的一群大能者下令："拦住纪宁。"

"想逃？"

神力正不断转化的纪宁，却化作一条黑色电蛇迅速追上去。虽然他还在转化神力，战斗会影响突破的速度，可这也仅仅是突破的速度稍微慢一点而已。像当初女娲从祖神突破到世界神，动静更大，神力转化更惊人，可女娲娘娘一样横扫对手。

"咻！"黑色电蛇闪烁，轻易避开那些大能者，迅速追上源老人。

"该死！"源老人恨啊！他准备得多么充分啊。上次上古破灭之战，他隐忍到最后也没爆发，因为他看到了女娲娘娘的突破。而这次呢，心魔之主都死了，两大阵营都罢战了，他才显露身份，可还是遇到了纪宁这个妖孽。

后羿是妖孽。

纪宁同样也是妖孽。

后羿杀了心魔之主，破掉了他之前的黑莲阵法。

神农氏的夺命花，重创了他。

之前一个个大能的自爆，更令源老人神力消耗了大半。

"如果是我巅峰之时，凭我的手段，何惧跟这纪宁一战。可这身体是我夺舍来的，速度太慢了。"源老人摇头。他飞行的速度没法达到天道极限，逃脱不了。他又没法像菩提道祖一样穿梭时空轻易逃走，只能正面迎战。

"黑莲护体！"源老人盘膝而坐，黑色莲花环绕周围万里，一片片花瓣旋转着。他冰冷地看着虚空中的白衣少年。

纪宁站在虚空中，气息还在不断上涨。

九成，十成！

上方的混沌旋涡开始消散了。纪宁看着源老人，眼中迸发着骇人的杀机。

"异族，今日你必死！"纪宁一晃就出现了三头六臂。

"你一个土著，也敢和我叫嚣？"源老人坐在黑色莲花中，冰冷地道，"我虽然受了重伤，可拼死一战，还是能杀了你这土著的。"

"哼！看看到底是谁笑到最后！"

纪宁一声怒哼，瞬间六条手臂划过虚空，暴涨数万里，六个大手掌遮天蔽日，同时拍向源老人周围的黑色莲花。纪宁挥出的六条手臂仿佛六柄巨大的斧头，带着一股盘古开天地的怒劈之力，直接怒劈向那黑色莲花。

神通摘星手！

明月剑术之天崩式！

"你休想撼动我！"源老人自信十足。他这黑莲护体乃是黑莲一脉的秘术，防御极强，之前纪宁、三清道人、万魔之主、桓木主人他们同时围攻，也没能破开这黑色莲花。

"轰——轰——轰——"

同时六声巨响！

黑色莲花猛然震颤，莲花宝座震颤摇晃，许多花瓣开始碎裂。

"什么？"源老人震惊不已。怎么可能？他的黑莲秘术乃是神帝亲传，就算是巅峰祖神要破开也不容易。

"嗯？"纪宁同样皱眉。

纪宁很清楚如今实力提升得多么惊人。他现在已经是半步世界神之躯，六个手掌都能媲美混沌之宝。自己的剑术境界更高，施展天崩式绝对算是巅峰祖神之力了。自己又施展了摘星手神通，怕是比心魔之主都要更强些。

六掌齐出，黑色莲花竟然没碎？

"我说过，你必死。"纪宁收了三头六臂，手中出现了一柄血色神剑——神剑紫光琼。纪宁眼中满是杀意。

不使用神剑紫光琼蛮横攻击，想必也能破开那黑色莲花，也能让源老人神力消耗殆尽。可是纪宁对这源老人的恨意太浓了，他等不了那么久，自然拿出了他如今最强的兵器。

半步世界神之体、绝世剑术、神通摘星手，再加上已经媲美道之神兵的神剑紫光琼……

纪宁的实力已经达到了世界神的门槛了。

"剑？"看到纪宁拿出神剑，源老人咬牙，"我这黑莲秘术……坚韧无比，最克制刀剑之物。"

"轰"的一声！

只见白衣纪宁一迈步，体型迅速暴涨，暴涨到万里大小，媲美那黑色莲花。随即他挥舞起了同样变得巨大的神剑紫光琼。

"给我碎吧！"纪宁高高举起了神剑紫光琼，澎湃的神力灌入神剑当中，经过神剑的本源转化，神剑威能迅速暴涨。只见巍峨的纪宁举起神剑紫光琼，便朝前方的那朵黑色莲花怒劈了过去。这怒劈之威势，要比之前更加狂猛。

"之前六手齐出都没能破，这剑……"源老人冷笑地掌控着护体黑莲。但跟着他的冷笑就凝固了。

"嘭嘭嘭——"

剑出，如天崩。

黑色莲花遭到冲击的刹那，便扛不住这股威猛之势了，瞬间无数花瓣碎裂，整个黑色莲花开始崩溃。

"道之神兵！"源老人盯着纪宁挥出的神剑紫光琼，"这是道之神兵？对！一定是道之神兵！否则不可能强成这样。"

法宝兵器也分品阶。

混沌神兵之上，便是道之神兵。

这是世界神、混沌仙人所使用的。在祖神祖仙中，上万祖神祖仙中，恐怕也难有一个能走运得到一件道之神兵的。实力弱的根本保不住道之神兵。纪宁之前也是实力不够，用真神神力催发道之神兵毕竟太弱了。因为他丝毫不起眼，连刺修大魔神、源老人都没怀疑那是道之神兵。

现在他神力暴涨，催发起来，威能却明显大多了。

像三绝剑阵、诛仙剑阵之类的，凭借剑阵也能勉强突破混沌范畴，勉强近乎道之神兵。可那只是最低等的，和真正的道之神兵差距还是很明显的。纪宁成了半步世界神，神力真正催动了神剑本源，神剑才开始崭露锋芒。

像这等神兵，一般也就巅峰祖神祖仙们有资格觊觎，他们会疯狂抢夺。所以能有道之神兵的，无一不是祖神祖仙中的绝世存在。

没有道之神兵，纪宁也就算是巅峰祖神罢了，最多比心魔之主强些，可也属于同层次的。

他有了道之神兵，却达到了世界神门槛。

"死！"纪宁破开黑莲，恢复成正常模样，化作一道黑色电蛇杀向源老人。

"杀了你，这道之神兵就是我的了。"源老人心中生出了贪婪之念，"拼了！我已无后退之路，只能靠心力最后一搏了。"

这次最终决战，他从来没用心力对付纪宁。

因为他上次暗算纪宁时，感觉到纪宁的灵魂保护非常厉害，他根本没信心对付纪宁。可现在他已经无路可走了。凭神力？他神力快消耗殆尽。纪宁有道之神兵，更是勉强达到世界神门槛，完全碾压了他。他只能靠心力最后一搏。

"死！"纪宁手持神剑杀来。

源老人盘膝坐在那里，却是六个手掌飞出，企图阻挡纪宁。

"哼！"纪宁直接一道剑光劈出。

"轰——"源老人被震得往后倒飞，手掌隐隐疼痛，出现了裂口。

这让他暗暗吃惊："这纪宁凭借道之神兵，其他方面且不谈，至少攻击方面已经达到了世界神门槛。我这媲美先天极品法宝的神体都快扛不住了。"

如果是真正的世界神，轻易就能拍碎先天极品灵宝。

而纪宁现在，已经有了破坏先天极品灵宝的实力。

当当当。源老人手掌一次次拦截纪宁。虽然被纪宁劈得不断倒飞，可他硬是守得滴水不漏。

纪宁看着源老人那仿佛幻影般的六个手掌。在此刻前所未有的杀心之下，裹挟着整个三界生灵大势，纪宁的心却是前所未有的空灵。这些年虽然悟透了北休世界神的九十八块剑法碑石，可无名剑术却一直没能入门。现在面对源老人那如同幻影的六个手掌，纪宁却有了一种明悟。

很奇特的感觉……

周围仿佛虚空，成了自己的领地。虚空中也隐隐有着剑意，无数的剑意和自己共鸣。它们在欢呼，它们在雀跃。

"这，是我的天地！"

一种掌控感充足了他的心。纪宁瞬间明白了无名剑术第一式心剑式的真谛。

心剑式……

不会让剑的威能提升！不会让剑的速度提升！表面上纪宁似乎没提升，可实际上，心剑式的真谛，是真正学会用剑，真正地掌控剑，成为剑的主人，让自己的每一剑真正发挥出应该有的威力。什么时候该卸力，什么时候该灵活削出，什么时候该格挡……

这是一种自然而然的掌控感，是对剑的领悟达到极高境界后，才会拥有的体会。

"心剑天地！"

纪宁看着源老人那幻影般的六个手掌，踏着虚空向前走去，出剑。

"刺！"他一剑震开了其中一个手掌，其他五个手掌的配合上立即出现了破绽。如果是过去，纪宁根本没法发现这么细微的破绽，可现在纪宁却有一种对周围虚空完全的掌控感，每一丝破绽，都难以逃过他的双眼。

"咻！咻！咻！"

连续的三剑。

源老人甚至还没反应过来，纪宁的剑光已经穿过了那六个手掌的拦截，刺向了源老人的神体。

"怎么可能……"源老人难以置信地看着纪宁。

即便是普通的祖神，凭借无名剑术第一式——心剑式，也足以媲美巅峰祖神。这是一种剑的境界！

面对这一剑，源老人没去挡，他也没法挡，他只是看着纪宁的眼睛。

"呼！"一股波动瞬间袭向纪宁。

一枚散发着灰色光芒的种子钻入纪宁神体的刹那，便欲渗透进纪宁的魂魄中。这灰色的种子让纪宁感觉到了隐隐的威胁。

"嗡！"心力锁魂！

纪宁成为半步世界神后，急剧提升的魂魄，配合北休世界神所传的心力锁魂秘术，他的大脑就仿佛一块无比厚实的铁板。那灰色种子竭力欲要钻入，却被撞击得震颤开来，欲要碎裂似的。

"噗！"纪宁的剑光没有丝毫停滞，直接刺穿了源老人的眉心。

明月剑术之滴血式！

纪宁最迅猛最具穿透性最强的一剑，源老人的护体神通也没能挡下，他直接被刺穿眉心。源老人的神力终于也消耗殆尽，在神剑迸发的威能下，源老人的一缕真灵也被绞得粉碎，然后完全溃散。

源老人，死了！


虚空中一片安静。

源老人依旧盘膝坐着。纪宁站在他的前方，手持一柄剑，刺穿了他的眉心。源老人的生命气息完全消散了，只是他的脸上还有着不甘之色。

显然是在最后心力上的一搏，依旧轻易被纪宁挡下，这让他很不甘心。

万魔之主遥遥地看着，眼中隐隐有着泪花，轻声自语："桓木，我们赢了！三界赢了！"

女娲阵营的菩提道祖、弥勒佛祖、孙悟空、玉鼎道人、夸父等一众大能者都遥遥地看着，都仔细地看着，唯恐是自己眼花了。

玉鼎道人喃喃自语："师父，三界保住了！保住了！我们赢了！"

"赢了！"孙悟空低语着，"师兄师弟们……赢了！你们知道吗？我们赢了！"

一些大能者不禁流下了眼泪。

赢了。

我们三界赢了。

远处的刺修大魔神化身也看得屏息，待源老人生命气息真的完全湮灭，他才喃喃道："没想到九神将之一的心神将，会死在一个土著的混沌世界中。这些土著竟然真的赢了！不可思议！真是不可思议！"

# 莽荒纪

## 第六章
## 新的三界

　　源老人神体媲美先天极品法宝，要毁掉他的神体也不是件容易的事，需要纪宁全力以赴地攻击许多次才能成功。不过纪宁也懒得麻烦，连这尸体中蕴含的五行之精，纪宁都会抛弃掉，因为他嫌脏。纪宁对这源老人的恨意太大了，因源老人而死的人太多太多了。许许多多的好友，还有同门师兄弟们，乃至一个个大能者，这些仇恨倾尽四海之水也难以洗清。

　　"呼呼"几声——

　　菩提道祖、弥勒佛祖、玉鼎道人、夸父等一众大能者都飞了过来，无间门的万魔之主、血鹄魔祖等一众大能者也飞了过来。

　　"终于死了！"菩提道祖盯着源老人的尸体，低沉地道，"这异族终于死了！"

　　"他是我们遇到的最可怕的一个异族。"万魔之主也叹息道。

　　"三界浩劫终于过去了。"弥勒佛祖眼中有着悲悯和伤心。

　　"浩劫过去了？"一道声音远远地传来，"你们别高兴得太早。"

　　站在源老人尸体前的三界的大能者皆转头看去，只见刺修大魔神正从远处飞过来。

　　"刺修大魔神？"万魔之主皱眉，"这是他的化身。"

　　纪宁他们一个个也都看出来了，这仅仅是刺修的化身而已。

　　"刺修，你说这话是何意？"万魔之主皱眉道，"难道你有什么想法？"

　　纪宁眼中则是杀机迸发。

　　刺修大魔神化身看了一眼纪宁，笑道："北冥剑仙的实力，在祖神祖仙中怕都是万中无一，我哪里敢有想法。"

"那你为何说浩劫还未过去？"纪宁皱眉道。

"我可没说。我是说……别高兴得太早。"刺修大魔神化身感叹道，"说实话，你们都得感谢我。我是看你们一大群土著们辛辛苦苦拼了命才保住三界，实在同情你们。而且我对那位心神将也实在看不顺眼，所以来告诉你们一些事。"

"心神将？"纪宁他们一个个疑惑地听着。

"那源老人的来历确实非凡。"刺修大魔神化身道，"他是大莫域中威名赫赫的黑莲神帝座下的九神将之一。黑莲神帝乃是世界神，这九神将是他最信任的九位手下，个个都是祖神祖仙中的绝顶人物，也是上万祖神祖仙中难寻一个的。他们每个都比那心魔之主强得多，源老人就是九神将中的心神将。"

纪宁他们听得直皱眉。

大莫域？

离三界比较近，只需穿梭旋涡通道即可抵达的广阔疆域，是大莫永恒界统领的广阔疆域，又叫大莫域。

"他再厉害，也已经死了。"纪宁道。

"不！"刺修大魔神道，"我是在你们三界时代才来到这儿的，心神将却是在上古时代就已经来了。可奇怪的是，三界时代我还在大莫域的时候，甚至远远见到过心神将。"

"三界时代你在大莫域见过心神将？"纪宁等人个个色变。

源老人是上古时代就来了。

三界时代，大莫域中还有一个心神将？

"对。"刺修大魔神点头道，"想必你们也猜出来了，这心神将是从凡俗中一步步修炼来的，他有第二元神。他的本尊一直追随着黑莲神帝，在外征战的大多只是他的第二元神。我猜测他死在这儿的应该只是第二元神。"

"什么？"

"他还有本尊？"

"该死！"

三界的大能者个个愤怒。

"可是他控制的这些仆从为什么都死了？"纪宁指着远处虚空漂浮的一具具大能者的尸体，在源老人死时，那些仆从也都无声无息地死去了，"如果他有本尊，本尊和第二元神的灵魂是一样的，都是能够操控这些仆从的。第二元神死了，这些仆从应该不会死才对。"

"你说得没错。"刺修大魔神化身感叹道，"按照常理，源老人死时，他应该命令这些仆从攻击你们，不惜一切代价地攻击。"

"可是……他没这么做。"

"他死的时候只要一个念头，所有的仆从全部死了。"刺修大魔神化身微笑道，"因为他不想你们猜到他还有本尊在。"

"他不想我们知道？"三界的大能者都有些明白了。

刺修大魔神化身看着纪宁感叹道："北冥剑仙，你让心神将有些怕了。"

"怕了？"纪宁皱眉。

"对。他有些怕你了。"刺修大魔神道，"这次因为源老人，三界牺牲太大，我相信你们一个个都恨不得吃掉源老人的肉、喝干他的血。如果你们知道他还有本尊在，很有可能会前往大莫域报仇。"

"你们在一个混沌世界里，没有足够的指点，都能修炼到这一步。特别是北冥剑仙你，现在你的实力就已经强成这样，剑术之高，在祖神祖仙中都很难遇到对手。心神将的本尊都不一定是你的对手。而且你仅仅修炼了一千年，以你的潜力完全能成世界神！你将来去找他报仇，你说心神将他是否胆怯、是否害怕？"刺修大魔神化身笑道，"你若是只有现在这实力，他在黑莲神帝座下还是不怕你的。可你成长得太快了，他也就怕了。所以他死的时候，让所有的仆从灵魂湮灭，装作一副已经真正死去的样子，好迷惑你。"

纪宁点头。

对！就算让那些仆从继续疯狂地反扑，以纪宁现在的实力，轻易就能灭杀他们，还不如伪装一下更有价值。

"哈哈哈，该说的都说了。"刺修大魔神化身笑道，"你就不必谢我了。哈哈哈，心神将这等大人物本就瞧不起我们，能破坏他的好事，真是让人开心啊！"说着他的化身就消散了。

在无比遥远处的三界尽头，一座暗金色堡垒悬浮着。

堡垒内。

"心神将，哼，你想解决掉一个后患？可惜啊，我又帮你挑起来了。"刺修大魔神冷笑着。源老人之前的确伪装得很好，纪宁他们也想不到源老人在别的地方还有本尊，更加不知道源老人在外界的真正身份，的确很难去报仇。

可现在刺修大魔神全部告诉了纪宁他们。

"主人，你说纪宁杀了心神将？"刀尊吃惊，"纪宁有这么厉害？"

"是非常厉害！"刺修大魔神回忆起最后那一刻，纪宁的剑术轻易破了源老人的掌法，可怕的心剑式让刺修大魔神都十分忌惮。

心剑式，本就是走技巧流的。

而纪宁又是半步世界神，本身在力量方面也强得可怕，结果强强结合，再加上一柄道之神兵，终于显示出了无比厉害的效果。

"我在无尽岁月中见过的祖神祖仙，他能排在前三。"刺修大魔神轻声道。他之所以这么说，是因为纪宁最后显现出的可怕剑术。如果他仅仅仗着神通了得，仗着道之神兵，也只是蛮横粗俗之辈，可心剑式却让纪宁完美地发挥出了力量。

"这么厉害？"刀尊震惊了。

开玩笑！

刺修大魔神活多久了？像九神将这种水准的，也看到过上百个了，他竟然说纪宁能排在前三。

"走吧！能见识这样两位大人物的拼杀，这次也值了。"刺修大魔神对三界再无丝毫觊觎之心。这座暗金色堡垒随即离开了虚空，进入无尽混沌中，又开始在无尽混沌中漂泊。

纪宁听了刺修大魔神化身所说的情况，感觉刺修大魔神应该没有撒谎。

因为当初源老人曾经对刺修大魔神说过这样一句话："刺修，可还记得那一朵黑莲？"当时刺修大魔神听了就吓得溜掉了，而且源老人施展的黑莲秘术的确很厉害。

"源老人？心神将？"纪宁起了杀心。

自己是要去无尽混沌的。

从各方面推断，源老人有八成可能是心神将，等自己去了大莫域后，仔细了解一下就能确认了。毕竟像黑莲秘术这么厉害的秘术，名气肯定很大，不是谁都能学的。

"北冥，我们无间门可否能再入三界？"万魔之主开口道。

女娲阵营的大能者面色都有些变了，菩提、弥勒佛祖、玉鼎道人、夸父、孙悟空等一个个都犹豫起来。他们想要拒绝，可是之前两大阵营还一同联手对抗源老人，特别是桓木主人，更是毫不犹豫地自爆，为此付出了性命。

对于桓木，女娲阵营这边是有好些大能者和其有交情的。菩提，还有已经牺牲的三清、如来等，都和桓木主人关系很好。现在桓木主人为三界死了，还要撵走无间门，的确不太好。

可是！

他们相信万魔之主不是好战的性子。可是将来呢？将来无间门新的领袖诞生，谁知道会是什么情况？无间门在三界就是个祸患，说不定将来会再次爆发争斗。

"北冥，你怎么看？"弥勒佛祖开口道。在场的其他大能者也都看向纪宁。

纪宁的实力，是如今毫无争议的第一。

就像当初的女娲娘娘一样，拥有着横扫一切的实力，自然很多事情就有了话语权。

"可以再入三界。"纪宁点头。

"什么？"菩提他们都吃惊地看着纪宁。

万魔之主他们也惊喜万分。像万魔之主，他自己单独在混沌中漂泊流浪也就罢了，那些比较弱的大能者以及更多的天神真仙们，在无尽混沌中实在显得太弱小了，而且路途中危机重重，哪里及得上生活在三界。

"不过你们需要立下本命誓言。"纪宁一翻手，拿出了一颗碧玉晶球。

"本命誓言？"

两大阵营的大能者都看向了纪宁手中的碧玉晶球。

"这是誓言石？"万魔之主惊讶道。

"嗯。"纪宁点头。

"三界之隐患，就此解决了。"万魔之主笑了。在无尽混沌中，各方势力为什么能够团结？靠的就是本命誓言。毕竟再忠诚的信念，随着时间的流逝，依旧会出现一些意想不到的情况。唯有本命誓言的束缚才能真正长久。

就在虚空中，就在源老人的尸体前，两大阵营的大能者一起立下了本命誓言。

在大家都立下本命誓言后，两大阵营的气氛明显缓和了。

"纪宁。"菩提指着虚空中漂浮的一具具大能者尸体，"总不能让他们的尸体一直漂浮在这儿吧？"

"嗯。"纪宁点头。

"我看用圣火。"菩提转头看向了圣火道祖，"火葬吧！让他们都安息吧，不再受到打扰。万魔，你觉得呢？"

"好。"万魔之主轻轻点头。

大能者的尸体一般都不会埋葬，唯恐将来遭到亵渎，甚至拿去炼制法宝。像当初三界对付异族罗睺，就是将罗睺的神体分拆，甚至炼了法宝。

圣火道祖点头，遥遥一指。

"呼——"耀眼的火焰飞出，正是圣火道祖悟出的圣火。

这圣火比他原先的三昧真火要强得多，不过离太阳金焰、祝融神火、不灭薪火还是有些距离。可这些尸体没有谁的神体能够媲美先天极品法宝，所以这圣火也足够了。

"从生到死，就是一个轮回。"菩提轻声道，"他们虽然死了，可是整个三界却永远不会忘记他们。"

"人族上古三皇燧人氏、伏羲氏、神农氏……"万魔之主点头，"如来、三清……"

"桓木、觉明、共工、魔手……"

"他们会成为传说，他们的事迹，会被人族、道门、佛门、我们无间门、无数生灵一代代传唱。"

纪宁也轻轻点头。

他们是始祖，他们是开天辟地的先驱。

不管人族将来如何，甚至三界这个混沌世界也会破灭，衍变成另外一个混沌世界，乃至过了十个百个混沌纪，只要人族还存在，那么人族就永远不会忘记在他们最微末时率领他们崛起的那三位最古老的领袖，人族的三皇。

"虽死，却又永远地活着。"纪宁和他们并肩战斗过，所以更加心痛不已。

"若是将来……"

"过上百个混沌纪、千个混沌纪无尽漫长的时间后，我若是能够在修行路上走到无比高的巅峰，能够将这些死去的人都复活，我一定将他们都复活过来，让大家再在一起谈笑，一起喝酒。"纪宁在心中默默地期待着。

他出去寻找天苍宫是因为本命誓言，可他本身也渴望走得更远。如果能令真灵泯灭的生灵再度活过来，那么他将再也没有遗憾。那些已经死去的人就都能活过来。可纪宁明白，要有这样一份大神通，肯定路途无比艰难。所以他已经下定决心，不管多漫长，多困难，他都会一直走下去。


经此一役。

三界的大能者和天神真仙损失无比惨重，元气大伤，连天庭也支离破碎。

于是……

纪宁他们一众大能者重定天庭，再建阴曹地府，又建六道轮回。六道轮回是以纪宁为主、菩提为辅建造的。因为六道轮回牵扯到时空方面的能力，纪宁虽然神力是三界第一，法力精纯也是三界第一，可还是需要菩提帮忙。耗费了三年多的时间，六道轮回才重新建造成，三界才完全恢复正常。

"从今往后，修仙选取弟子，需更加谨慎。"

"道，不可轻传。"

因为这次浩劫，死的天神真仙和天仙都是海量的。三界负担轻了，可如果整个三界继续这么疯狂地大规模修仙，恐怕以后依旧会诞生出许多天神真仙来。所以必须降低规模，修仙绝对不能那么轻易就可以开始，需立下更多险关。

三界大能者下了命令后，整个三界都开始变化。从此，一个个修仙大门派都建在高山险峻之地，修仙部族不轻易收徒弟，想要修炼，比过去难上十倍百倍。更有毅力更有心性者方能入仙家之门。


浩劫已经过去了三百年。

"三界已经变了。"

一名道袍老者和一个白衣少年并肩站在云朵上，俯瞰着大地。

道袍老者感慨道："整个三界的气氛更加祥和了，因为修仙更难，所以底层凡俗的争斗就变得少有修仙者掺和，最多有些紫府修士会混在其中。修仙者少，争夺天材地宝的就少。修仙者之间的争斗也比过去少多了。"

"嗯。"纪宁点头。

整个三界已经翻开了一个新的篇章。

"你真的要离开三界？"菩提看着纪宁。

"必须得离开。"纪宁点头，"我也没办法。"

菩提听懂了，他明白纪宁有苦衷："三界呢？你女儿呢？"

纪宁说道："我会在离三界很近的混沌中开辟一处府邸，我的第二元神会长居在那里，也可长久守护三界。我的本尊则会通过旋涡通道离开，先前往大莫域。不管怎样，那心神将是一个祸患，一有机会我就将他除掉。"

"嗯。"菩提露出一丝喜色。

到了纪宁这个境界，出去闯荡是很正常的。当年的女娲娘娘因为生来就是祖神，所以没有第二元神。纪宁是从凡俗一步步修炼起来的，虽然出去，却也只是本尊出去，第二元神还留在这儿。

"你的第二元神和本尊的实力比起来怎么样？"菩提问道。

"有我第二元神在，源老人这一层次的对手也无惧。"纪宁道。

纪宁的第二元神会比本尊弱些，可也算是一等祖仙，特别是施展心剑式的时候，已经完全是巅峰祖神战力了。

"嗯。"菩提忽然看向下方，笑道，"看你女儿在干什么。"

纪宁俯瞰下方，目光穿过虚空，看到了正在调戏一个书生的明月。明月古灵精怪，装成普通的世家大小姐，带着丫鬟，故意调戏着凡间的一个书生。

纪宁笑了。

能够让女儿自由自在地在三界中生活，快乐地生活，无忧无虑，纪宁也满足了。像之前女儿被迫躲在斜月大世界，甚至战败还得在混沌中冒险流浪，那才是纪宁不愿看到的。

"她过得好，就足够了。"纪宁微微一笑。

混沌中有着一座方圆数里的仙府，内有溪水潺潺，花草丛丛。

"父亲，你以后都要长居在这儿？不回三界了？"明月抱着纪宁的手臂，好奇地看着四周问道。

"嗯，我要闭关静修。"纪宁点头笑道，"很长一段时间都不会再回三界。"

当初他立下本命誓言。

一旦自己成为祖神，必须在千年内离开三界。这本命誓言一旦发出，纪宁的魂魄就受到誓言束缚了，不单单是本尊，连第二元神也是一样。所以即便纪宁的第二元神打算镇守三界，也不能生活在三界，只能生活在离三界较近的混沌当中。

除非他能够完成本命誓言，将消息传到天苍宫，才能不受束缚。

"哦，也好。以后我就经常来这儿好了。这还是我第一次来混沌中呢。"明月有些兴奋，"父亲，我去其他地方看看。"

"去吧。"纪宁点头。

"公子。"

跟随在一旁的秋叶和白叔，却对纪宁很熟悉。他们明白，就算闭关又何必非得在混沌中。

"宁儿，你是不是有事瞒着我们？"白叔问道。秋叶也看着纪宁。

"是有些事。"纪宁点头，"有些事我必须去做，只是这些年我一直在恢复我的第二元神。现在第二元神已经恢复，其他事情也一切妥当，我也该去做某些事了。放心吧，我的第二元神会一直在这儿。"

自己本尊有一分身，安放在世界牢狱中。

第二元神有一分身，之前安放在斜月大世界。

上次大战中第二元神自爆了……

他毕竟已经是祖仙了，想要靠混沌灵液立即恢复，所需的混沌灵液那是不可思议的，所以他只能慢慢地修炼回来。纪宁毕竟已经悟透了水行天道，对混沌天道也有了部分感悟，可以从混沌中汲取力量。一旦时刻疯狂地汲取混沌力量，修炼回来的速度还是很快的。

本尊神魔炼气兼修，要恢复需要万年。

第二元神仅仅炼气，恢复只需三千多年即可。因为窥天太皓塔纪宁能够轻松维持二十倍时间加速，所以第二元神早就恢复了。他要将三界的事情安排妥当，才会一直拖延到如今。

"公子……"秋叶担心道，"我陪你去吧！"

"不必。"纪宁摇头。

开玩笑！

单单从三界前往大莫域的旋涡空间就很危险，这一路上谁知道会遇到些什么，秋叶姐跟着去冒险不值得。

混沌中的仙府开辟成功，纪宁也邀请了些朋友前来。像师弟木子朔、徒儿青崖小雨、师兄孙悟空、济癫等一个个也都来观看。还有吕洞宾、夸父他们也来了，大家都知道以后要见纪宁，需要来这处混沌仙府了。

"徒儿，混沌中强者如云，我们三界毕竟只是小地方，你一路小心。"菩提老祖看着纪宁。

"放心，师父。"纪宁点头。

今天便是纪宁出发的日子。他没有告诉其他人，仅仅师父菩提知道。

"女娲娘娘当年一去，再没回来，也没有消息。"菩提轻声道，"你务必小心再小心！还有，如果碰到女娲娘娘，也得立即告诉我。"

"好。"纪宁点头。他的第二元神要在混沌仙府镇守三界，本尊和第二元神记忆相通，本尊在外经历什么，第二元神知道得一清二楚。

"去吧！"菩提点头。

"呼！"半空中出现了一艘深青色的飞舟，纪宁也在飞舟内。跟着嗖的一声，虚空中荡起些涟漪，飞舟就已经穿梭虚空离开了。

"小心啊！"菩提看着纪宁离去，默默地期盼着。

很久很久以前，女娲娘娘离开三界。

如今，纪宁也离开三界了。

他们都是三界中站在巅峰的存在。

深青色飞舟一次次穿梭虚空，不断地前进着。

飞舟内的空间并不大。

纪宁盘膝坐着，目光透过飞舟看着外面的混沌。

"一个人离开三界，行走混沌……"纪宁轻轻摇头，"可惜我至今还没法破开世界牢狱中的锁链。"

世界牢狱内关押着大量的囚犯，甚至有祖神祖仙囚犯。

那锁链必须达到世界神或混沌仙人层次才能破开，破开世界牢狱也是如此。纪宁如今实力虽然很强，可是他仗着神剑紫光琼竭尽全力也只能在那锁链上留下伤痕，跟着锁链的伤痕就自动恢复了，显然离斩断锁链还差很远。

其实仔细想想也对。

九方国主当初在世界牢狱安排看守为的是什么？为的就是监视囚犯，一旦出现世界境，就要立即禀报。这说明就算是成了世界境的存在，斩断锁链、破开世界牢狱也需要较长的时间，这段时间足以让九方国主赶到现场。否则的话，设定看守就没意义了。

纪宁的实力刚刚达到世界神的门槛，也就勉强在锁链上留点伤痕罢了。

"不过这些祖神祖仙倒是颇有些身家。"纪宁暗暗点头。像他现在驾驭的这艘飞舟，便是混沌极品奇宝飞堑神木舟。世界牢狱内的那些囚犯，包括野狗祖神等都被纪宁洗劫了一通，就算是凶横的野狗祖神，也就勉强算巅峰祖神层次。

纪宁凭借心剑式，甚至都无须使用神剑紫光琼，就轻易地击败了他们。

"若是能斩断锁链，倒是多了些仆从。"纪宁不再多想，心意一动，周围就出现了一颗颗星金珠，三千六百颗星金珠仿佛璀璨的星辰环绕在周围。

自从那场大战悟透心剑式后，接下来安静的三百年中，纪宁的境界一直突飞猛进。

对混沌的感悟……

对空间的感悟……

对水、雷电的感悟……

对剑的感悟……

甚至连九重混沌禁制纪宁都悟透了第八重，已经能和当初未成世界神时的女娲娘娘媲美了。

"这第九重……我总有一种感觉，只要悟透了第九重，似乎就会发生些特殊的变化。"纪宁感觉到之前的一重重感悟都是量的积累，一旦九重尽皆悟透，九重禁制会完美地融为一体，那就是质变了。纪宁很期待。


纪宁驾驭着飞堑神木舟，在混沌中前行了半月有余，终于抵达星图中所谓的旋涡空间。

"这就是旋涡空间通道？"纪宁在飞舟内看着前方。

前方有着无比巨大的旋涡。

旋涡撕扯碎了混沌，一圈圈的旋涡，让纪宁感觉到了压抑和恐惧。

"最危险的旋涡通道。"那些从外界幸存下来抵达三界的异族记载中，非常详细地记载了旋涡通道的危险程度。

"不管怎样，我没其他的路可走。"

"只能闯！"

纪宁的神力完全灌入了飞堑神木舟。这一刻，飞堑神木舟就仿佛成了一柄剑，纪宁就是用驾驭神剑的方式来驾驭这一飞舟。"嗖！"飞堑神木舟在那巨大的旋涡面前犹豫了片刻后，终于直接扎进了那旋涡当中。

"呼呼呼——"

无比强劲的旋涡撕扯力量瞬间就将飞堑神木舟给吞了进去。纪宁驾驭着飞堑神木舟，顺着这股旋涡力道飞行，同时尽量卸力。

作为真正的超绝剑仙，纪宁在力量的控制上，借力卸力已经到了不可思议的境界。

虽然旋涡撕扯的力道非常可怕，可飞堑神木舟在旋转飞行的同时，轻轻松松地就进入了旋涡空间内部，没有给纪宁带来丝毫的困扰。

"希望能安然通过这条旋涡通道，抵达大莫域。"纪宁轻声自语，"以我的剑术境界，应该能躲过死亡危险，可如果迷失了……那一切就都说不准了。"

纪宁的前方是一条管状的巨大旋涡通道，旋涡通道内时不时有着一道道巨大的空间裂缝。有的裂缝是白色，有的裂缝是黑色。

"呼！"飞堑神木舟就飞行在这条巨大的管状通道内。


飞行在旋涡空间，有三种可能：

第一种是安然地抵达尽头，抵达大莫域，这是最好的情况。

第二种是被突然出现的空间裂缝给吞噬了，而后被送到了一个未知的混沌疆域。纪宁好歹对大莫域比较熟悉，因为三界早就积累了大莫域详细的星图，且纪宁要对付的心神将也在大莫域。如果到了未知的混沌疆域，一切都需要自己慢慢摸索，不过结果不算太差，至少保得住性命。

第三种就是被空间裂缝给送到了某个绝地、死地当中。

"避开这些空间裂缝。"

"嗖！"飞堑神木舟高速地飞行着，就仿佛一柄神剑，精妙地一次次避开那些突如其来的空间裂缝。

轰隆隆——一道狰狞的泛着紫光的巨大空间裂缝突然显现，瞬间席卷了大片区域。

"退！"飞堑神木舟迅速地倒飞，而后又转弯朝高处飞去。

木舟能在一瞬间变幻上千次，比飞剑拼杀还惊险。

纪宁聚精会神地操控，同时他也能够对上万里区域有着绝对的掌控。这是纪宁领悟的心剑天地。

六天后。

一片巨大的混沌旋涡中，"呼"一艘飞舟从中飞出。

"出来了！"脸色已经有些苍白的纪宁露出惊喜，"终于穿过来了！安然地穿过来了！"

这六天，是噩梦般的六天。

因为空间裂缝太快，有些空间裂缝太大，如果运气差的话，四面八方都会出现空间裂缝，避无可避，那只能靠运气了。

纪宁在这六天里，有一次被卷入空间裂缝中。幸而那空间裂缝很快消散，纪宁险之又险地钻了出来，回到了旋涡通道内。如果没钻出来，纪宁也不知道自己会被卷到哪里去。

当然实力强的，通过的把握就大。

像纪宁，仅仅一次被空间裂缝席卷，自然安全通过的把握要大多了。

像当初的刺修大魔神，可是被席卷了九次。不过他还算运气好，硬是九次都从空间裂缝中挣扎了出来。

"大莫域。"纪宁在飞舟内看着茫茫的混沌，"我来了。"


纪宁有星图，很清楚这旋涡空间另一头所处的位置，所以纪宁毫不犹豫地向离自己最近的一座时空传送阵赶去。混沌内太广阔了，如果靠慢慢穿梭飞行，就是亿万年岁月都休想逛遍整个大莫域。

纪宁进入大莫域的第五个月。

在一个巨大的椭圆形的世界外，一艘飞舟从虚空中飞过。

飞舟内的纪宁遥看那椭圆形的巨大球体，轻声感叹："这已经是我经过的第九个混沌世界了。按照星图，要抵达地龙星还得再路过二十六个混沌世界。"

纪宁现在要赶往的离得最近的那座时空传送阵的核心就是地龙星。混沌中的星辰太多了，几乎都没有名字，只有一些特殊的星辰才会被命名。

路过一个又一个混沌世界。

偶尔有一些心识扫荡过来，纪宁就用强横的心识抵挡过去，一次碰撞就吓得对方不敢再来乱查看。

半步世界神神体的孕育，使得纪宁的心识格外厉害！

当然，纪宁在进入大莫域也遇到过一次世界境大能的强横魂魄波动的扫荡。那次吓得纪宁连忙穿梭虚空，逃之夭夭。虽然世界境大能一般不会无缘无故地对祖神祖仙下手，可纪宁觉得还是躲远点比较好。


进入大莫域的一年零九个月，纪宁终于抵达了离三界最近的一座时空传送阵。仅仅一年零九个月就抵达这里，的确算非常近了。因为以混沌的广阔，即便是大莫域内，一些较为偏僻的混沌世界的大能者要赶往最近一座时空传送阵，耗费上十年八年都是很正常的。

"地龙星。"

一艘飞舟在虚空中穿梭，纪宁正在飞舟内，遥遥地看着远处震撼人心的一幕场景。

遥远处的虚空中，混沌早就被撕裂，无比耀眼的八颗星辰散发出一圈圈光芒，它们环绕着中央的那颗星辰。八颗星辰为辅，一颗星辰为主。这九颗星辰形成了巨大的时空大阵，那光芒之耀眼，比三界的太阳星都要夺目得多。

九颗星辰，散发出一圈圈光芒，时空波动清晰又强烈。

论阵法面积，恐怕能媲美整个三界！

"一个阵法，就大成这样。"纪宁感慨，"真不知道布置出这时空大阵的古老大能是什么实力。"按照记载，就算是世界神、混沌仙人们也远远没有炼制时空传送阵的实力，这些时空传送阵都是无比古老的过去流传下来的。

谁炼制的，早已不可考证。

"过去！"

"嗖！"飞舟迅速地飞向那巨大的时空传送阵。

这九颗星辰核心的那颗便是地龙星。纪宁还没抵达地龙星，就感觉到从地龙星传来的一股股波动，都是强者的波动。

"收！"纪宁收了飞舟，迅速降落下去。

地龙星是一颗媲美太阳星、太阴星的巨大星辰。不过这颗星辰整个经过炼制，就仿佛一个巨大的法宝。

"好多强者的波动……"纪宁略一感应，毫不犹豫地化作了一道九角电蛇，迅速朝地龙星的中央飞去。

九角电蛇快得很，路途上也遇到些其他的修行者。有些容貌和人族酷似，有些则相差颇大，长相各异。他们看到九角电蛇飞过，特别是纪宁毫不掩饰地将霸道的气息散发出来，也让他们露出忌惮的神色。

"呼！"纪宁降落下来，前方就是一座小型的时空传送阵。

时空传送阵虽然布置得那般大，可实际上核心就是数百里范围。在这小型时空传送阵周围，还有一些建筑，有一些祖神祖仙坐镇，还有大量的真神真仙和天神天仙在忙碌，维护着时空传送阵，预备着时空传送阵的下一次激发。

"去哪儿？"一名穿着金袍，有着一条青鳞尾巴的祖神盘膝而坐，体型巍峨的他俯瞰了眼纪宁，感觉到纪宁散发的气息强烈，态度稍微好了些，面带微笑地问道。整个地龙星上，主要是些祖神祖仙们。毕竟世界神、混沌仙人何等尊贵的存在，不至于用来做这些琐事的。

"七水星！"纪宁说道。

七水星自然是另外一个时空传送阵的核心星辰。

寻找天苍宫太遥远，纪宁第一目标当然是对付心神将。心神将是黑莲神帝麾下的九神将之一，在三界搜集的一些关于大莫域的记载中，也有黑莲神帝的记载。黑莲神帝是非常厉害的一位世界神，麾下也有五名世界境存在，乃是占据一方的枭雄。

七水星时空传送阵周围，有黑莲神帝、雾岩星主、东伏帝君好几位霸主，黑莲神帝只能算是其中一霸。

"去七水星？"这位祖神点头道，"如果你要现在去，可是为你单独激发一次时空传送阵，需要一百二十瓶混沌灵液。如果你愿意等，你运气好的话，再等八年，会有一次通往七水星的传送，到时只需一瓶混沌灵液。"

"八年？"纪宁轻轻点头，"好。"

单独激发？

这时空传送阵规模能媲美三界，激发一次代价不小，要一百二十瓶混沌灵液也很正常。可祖神祖仙们一般不会这么奢侈，毕竟一名祖神祖仙的全部身家恐怕不一定够一百二十瓶混沌灵液。

"对，八年。"那祖神点头，"那边有碑石，上面有详细的传送记载。"

"嗯。"纪宁走到了那碑石处看了一眼。

上面详细记载的是，前往其他一个个时空传送阵的时间。

"如果是大莫永恒界，传送频率就要高多了。"纪宁暗道，"没办法，这里离大莫永恒界太远了，慢慢靠飞舟前行，亿万年都没法抵达。先等八年吧。"虽然得了世界牢狱内那些祖神祖仙的宝物，混沌灵液也搜了一百二十多瓶，可纪宁留了一百瓶在三界，专门留给女儿和秋叶姐他们。

自己有实力，有的是办法得到混沌灵液。

"呼！"纪宁迅速飞走了。

他在地龙星上选择了一座幽静美丽的山峰，随后一挥手，一座仙府降临在山峰上。纪宁便进入仙府内开始静修等待。

# 莽荒纪

## 第七章
## 雾岩星主

仙府，窥天太皓塔内。

纪宁盘膝而坐，仿佛一块没有生命的石头。他正施展着枯寂世界神的枯寂法门，内心则在借助九元灭来推演摘星手。

枯寂法门可让修行者达到极静状态，内心却是超乎寻常的灵敏，能更好地发现神体的奥妙，也能更有效地推演一些法门的玄妙。像已经牺牲的觉明佛祖，就是维持常年枯寂状态，最后推演出了不亚于佛祖如来的神通法门。

纪宁现在推演的正是摘星手的第七转。

前面六转都有迹可循，而且没有用到星辰金石。纪宁只用九元灭剖析摘星手，就创出摘星手第六转，他现在自然希望创出更加高深的第七转。

"真神之躯，可修炼第六转。"

"我已是祖神之躯，按理说可以修炼第七转。只是这第七转，推演起来真的很难。"纪宁不断地推演着，现在也只是找到了点头绪。

要修炼成第七转，首先要琢磨出更高深的神力爆发法门；其次要将一双手掌淬炼得可以媲美道之神兵，以便配合这种神力爆发法门。

不管是更高深的神力法门，还是让手掌媲美道之神兵，两者都非常艰难。

"三寿道人当年身为真神，就能创出第六转。我身为祖神，且有九元灭等神通在身，完全有可能创出第七转。"纪宁沉浸在推演中……

"咚！"神魂微微震颤一下。

原本枯寂犹如石头的纪宁，渐渐地开始有了生命气息。随着气息升腾，他的皮肤也渐渐红润起来。他终于睁开了眼睛。

"转眼一百六十年过去，外界也过去八年了。"纪宁起身，"该出发了。"

纪宁很快从地龙星被传送到了无比遥远的七水星。

"真是会赚啊，传送一次就能赚上百瓶混沌灵液。"纪宁走出时空传送阵，看着出阵的修行者朝四面八方飞去，暗暗感慨，"虽然启动一次时空传送阵要花费代价，但是启动一次最起码能赚一半，这赚取混沌灵液的速度也太狠了。"

"一名仙魔传送一次，就得付一瓶混沌灵液，难怪传送的几乎都是祖神祖仙们。"纪宁暗暗感慨。

代价太高了，真神真仙们根本玩不起。真神真仙们也只能在周围一些混沌世界闯荡了，或者追随祖神祖仙，给别人当仆从。

"这时空传送阵，能让任何一个世界神、混沌仙人眼馋，可惜这些都是被大莫院掌控的。"纪宁感慨着，在整个广阔的大莫域，最强的就是大莫院，那是媲美天苍宫的势力。在大莫域中，大莫院有着至高无上的地位。

"去哪儿呢？"纪宁站在七水星的高空，看着无尽混沌。

"黑莲神帝建造了黑莲混沌国，有五名世界境大能附庸，统领五十三个混沌世界。"纪宁暗暗盘算，这是三界搜集的一些比较古老的讯息了，"黑莲神帝乃一方霸主，和他毗邻交恶的势力主要是雾岩星主、东伏帝君。"

"雾岩星主，有八位世界境大能附庸，统领九十六个混沌世界。"

"东伏帝君，有六位世界境大能附庸，统领六十一个混沌世界。"

"我是投靠雾岩星主呢？还是东伏帝君呢？"

纪宁思索着。

他从没准备就这样傻乎乎地去杀心神将。他首先得确认心神将是否真的就是源老人。其次就算他是世界神，也不会盲目独闯一方势力的老巢，那是找死。

"雾岩星主、东伏帝君都和黑莲神帝交恶，我只要投靠一方，等以后他们交锋，我再寻找机会斩杀心神将。

"而且我也能借助一方势力，更好地修炼。"

天苍宫！

太难找了。北休世界神是何等身份？他身为天苍宫的一员，都没听说过大莫域，说明天苍宫所在的天苍域和大莫域的距离非常遥远，连一般的世界神都少有往来，甚至都没听说。这么遥远的距离，如果自己仅仅只是祖神，恐怕是在寻找途中就会丢掉了小命。

成了世界神再找也不晚。

一个混沌纪的时间，十分之一的时间就足够自己成长了。

"雾岩星主、东伏帝君……我得到的情报，都是很久以前的旧情报了，或许这些势力早就发生了些变动。嗯，我就先去离这儿最近的雾岩星瞧瞧，看仔细了再做决定。"纪宁当即驾驭着飞堑神木舟离开了。

六个多月后。

飞堑神木舟在虚空中看到远处有一颗美丽的星辰。

"那就是雾岩星。"纪宁看着那颗星辰。按照情报，雾岩星上居住着九位世界境大能，数千名祖神祖仙，统治着周围九十六个混沌世界。

"嗖——"纪宁迅速飞了过去。

雾岩星的一半区域笼罩着蒙蒙光影，显然是被阵法笼罩，而另外一半区域却没有阵法笼罩。

"就是在那儿。"纪宁一眼就看到，在雾岩星的海域上，有着一座座岛屿。他当即迅速飞了过去。

纪宁飞向那些岛屿。岛屿上也飞来一道身影，乃是一名青甲男子，散发出的气息也就是真神层次。

"见过前辈！"青甲男子恭敬地道，"前辈应该是第一次来到我们雾岩星吧？可需晚辈引领？"

"好。"纪宁点头随即笑道，"你是专门迎接祖神祖仙的吧？来雾岩星的祖神祖仙多不多？"

"雾岩星很少有外来的祖神祖仙。"青甲男子笑着道，"晚辈一直待在这里……这千年来才引领了一百余位。"

"嗯。"纪宁点头。

有些常识纪宁还是知道的。

作为一方大势力的核心星辰，一般都会划出一片区域当作交易之地。毕竟修行者也需要购买宝物、神通、法门、秘术和傀儡，甚至也有些特殊的需求，所以自然需要弄一个交易之地。天神天仙和真神真仙们，因为宝物少，一般不会有专门的引领。

雾岩星原本的祖神祖仙对这儿很熟悉，也无须引领。

像纪宁这种第一次来的，且至少是祖神祖仙层次的才会得到引领。如果来的是一名世界神，恐怕会引起整个雾岩星的警惕，甚至会有专门的世界境大能来接待了。

"呼！呼！"

两人降落到一条宽阔的云街上，云雾凝聚成的街道。

这云雾街道漂在海面上，通往一座座岛屿。

"前辈可需要些仆从？"青甲男子指着远处一座巨大的岛屿，"那就是奴仆岛，上面关押着大量的仆从，从天神天仙到祖神祖仙，各种类型的都有。只要前辈付出足够的代价，都可以买来当前辈的奴仆。"

纪宁点头。

祖神祖仙也被关押来卖，一般都是敌对实力交锋的时候被俘虏的。

"暂时不需要。"纪宁道。

两人行走在云街上。这条云街上还有着其他大量仙魔的身影，几乎都是天神天仙、真神真仙，祖神祖仙倒是很少见。

所以那些仙魔看到纪宁，都连忙避让到一旁。在修行者的世界里，强弱地位是非常明显的。

"这里有专门卖阵法的，就在那座岛屿。还有专门卖修炼法门、神通、秘术、剑术、雷电之法的……"青甲男子热情地指着一座座岛屿说着。

"剑法？"纪宁眼睛一亮。

"对。"青甲男子道，"那座岛屿叫作剑阁。剑阁内有大量的剑法，上万种都不止，从弱到强。甚至我们雾岩星主名闻大莫域的天辰剑典，只要前辈付出足够的代价也能买来。"

"天辰剑典？"纪宁惊讶道。

"这可是大莫域中威名赫赫的绝世剑术。这种剑术修炼大成，甚至能凭借剑道直接成为世界境的存在。"青甲男子感慨，"那真叫一个厉害！"

"哦？"纪宁心中一动。

自己的无名剑术，曾让出身天苍宫的北休世界神如痴如狂，仅第三式就使自己成为世界境。

这天辰剑典却是完全练成才能成世界境，看来和无名剑术相比还差了不少。不过纪宁也清楚，雾岩星主愿意拿出来卖，恐怕这也不是雾岩星主压箱底的手段。毕竟情报显示，雾岩星主的实力还是很惊人的。

"如果要买，不知需付出何等代价？"纪宁问道。

"十方混沌灵液。"青甲男子说道。

"十方？"纪宁咋舌。

一瓶混沌灵液九十九滴。

一千瓶混沌灵液是一方，十方混沌灵液那就是一万瓶啊！

"世界境大能也没几个舍得买。这种能够达到剑力第六层次的绝世剑术，也不是谁都能学的。"青甲男子笑道。

"我初来雾岩星，想购买一份星图，附带七水星一带的详细介绍。"纪宁问道。

"请这边来！"青甲男子很清楚，这些外来的祖神祖仙一般都要先摸清当地的情形。他们很快就踏着云街，来到一座幽静的岛屿，岛屿内有着一座楼阁。

楼阁内正有着几名天仙层次的女子，个个美貌无比。还有一名容貌绝美的女真仙，这女真仙看到纪宁，主动迎了过来。

"见过这位前辈。"女真仙笑道。

纪宁点头。

"拿一份星图来！"青甲男子对一旁的天仙女子吩咐道。

"是。"立即有女仙取来了一个卷轴，恭敬地递给青甲男子。青甲男子则笑着恭敬地替给纪宁："前辈，这卷星图附带我们七水星一带的详细势力分布，只需十颗混沌晶石就可以了。"

"嗯。"纪宁随手扔了十颗混沌晶石。

混沌晶石和混沌灵液，都属于硬通货。

混沌灵液更神奇，只是数量太稀少。

混沌晶石蕴含的能量更庞大，在阵法、傀儡等方面都有重要的用途。一般一颗混沌晶石等同于一滴混沌灵液。

"呼！"纪宁的神力涌入卷轴，大量信息顿时涌入，纪宁迅速记下。

"倒是没太大变化。"

这情报和三界得到的情报相比，变化很少：

黑莲神帝统领的混沌世界，增加到了六十一个。

雾岩星主统领的混沌世界，依旧是九十六个。

东伏帝君统领的混沌世界，则减少到五十八个。

大莫域的详细星图，比三界得到的稍微详细些，但依旧只是大莫域的，根本没有其他疆域的任何记载，更别说天苍域了。

"嗯，看这情况，我暂且投靠雾岩星主。"纪宁做出了决定。不过他没急着去投靠，而是对一旁的青甲男子吩咐道："走，带我再去其他地方看看！"

"前辈请！"青甲男子热情得很，一路引领。


两人逛了许久，青甲男子暗暗叫苦："这位前辈一直在逛，仅仅购买了一份星图。真是够倒霉的，遇到个小气吝啬的祖神，今天看来是白忙活了。"

大老远通过时空传送阵赶来的祖神，一般都是有目标的，比如有些祖神就是专门来购买雾岩星的某些特产。时空传送阵就要一瓶混沌灵液，专门跑来，买的宝物一般价值也不会低。可纪宁却是个例外，他只是买了份星图，却再也没出手过。

"这座岛屿是干什么的？倒是颇有些声势。"纪宁指着前方一座庞大的岛屿问道。

"那是募兵岛。"青甲男子的态度已经有些随意了，"我雾岩星统领九十六座混沌世界，修行者当然多得很，想要加入雾岩军的人也多得很。雾岩星的腹地，一般修行者自然没资格进入，这里却是交易之地，是公开的。星主让修行者先去募兵岛，经过一关关选拔，最终才能进入我雾岩军。"

"当然。"青甲男子看着纪宁笑道，"如果前辈要加入雾岩军，那就简单了。前辈身为祖神，根本无须选拔。"

青甲男子也就随口一说，因为祖神祖仙已经算是一方高手，要培养出祖神祖仙还是很难的。像雾岩星统领那么多混沌世界，又有详细的传承指点，经过无尽的岁月，如今也就数千名祖神祖仙。各大势力，甚至比雾岩星还强大的势力都在招募祖神祖仙。雾岩星在整个大莫域，也没有多大的优势。

如果他引领的祖神祖仙真的加入了雾岩星，他作为引领，倒是有一笔不菲的奖励。

"哦？"纪宁点头，"走，去瞧瞧！"

"这……这募兵重地，是不能随便瞧的。"青甲男子连忙道。

"你不是说……我可以加入吗？"纪宁问道。

"前辈……"青甲男子惊愕地看着他，"前辈你……要加入雾岩军？"

"嗯。"纪宁点点头。

"好好好！"青甲男子惊喜道，"我们雾岩星，是非常欢迎在混沌中冒险的祖神祖仙加入的。虽然在军队内稍微有些束缚，可前辈毕竟是祖神祖仙了，束缚还是很低的，只要关键时刻出征作战就行了。而且加入军队后，好处还是有很多的，混沌灵液、法宝等，都会有的。"

纪宁随着青甲男子一路往前走，沿着云街，来到募兵岛上。

"穆兄，这是募兵重地！"一位悠闲地靠着石头喝酒的黑甲真神看了一眼纪宁，随即对青甲男子喝道，"还是带这位前辈离开吧！"虽然纪宁是祖神，可毕竟是外来者，这位真神军士却丝毫不惧。

"你个蠢货！这位前辈是要加入我雾岩军的。"青甲男子忙喝道。

"加入我雾岩军？"那真神的眼睛瞪得滚圆，随即站起来，态度恭敬多了。他傲气是因为他是雾岩军一员，不在乎外来者。可这外来的祖神竟然要加入雾岩军，很显然会成为雾岩军的核心，将来是他的上级，到时候想要教训他就太容易了。

"前辈请！"黑甲真神连忙道。

"前辈，那我就先走了。"青甲男子笑眯眯地道。真开心啊，这次是赚大了！

"嗯。"纪宁当即跟随这位黑甲真神往里走。

"我们还要等多久了？九轮筛选，这才第三轮。还让我们在这儿慢慢等！"

"连这点耐心都没有，还想进雾岩军？我师兄说，上次他通过九轮筛选，足足耗费了一千多年的时间。"

"咦，那是怎么回事？"

"那个白袍少年怎么进入禁区了？"

募兵处有不少来自九十六混沌世界的真神真仙在等待，一轮轮筛选，耗时很长。主要是那些负责筛选的祖神祖仙自己慢悠悠的，可能一次闭关就是百年，总是拖延到最后才进行筛选。

"岛主！"黑甲真神跑到一名正在悠闲钓鱼的灰袍老者身旁，"这位前辈想要加入我们雾岩军。"

灰袍老者放下鱼竿，起身看向纪宁。

纪宁也看着灰袍老者，老者的眉心还有一只竖眼，估计也是祖神层次。这灰袍老者挥挥手，黑甲真神当即退去了。

"我叫扶折。"灰袍老者道，"是这募兵岛的岛主。"

"北冥。"纪宁说道。

"北冥兄是真要加入我雾岩军？"灰袍老者问道。

"是。"纪宁道。

灰袍老者笑了："祖神无须筛选，可直接进雾岩军。不过即便是祖神，在军中的地位也会有高有低。毕竟，普通的祖神和巅峰祖神差别会大得很。"

纪宁点头。

"我雾岩军的祖神军士提升，一是按照军功，军功足够多，自然能身居高位；二是按照实力，如果你实力够强，无须军功就可以身居高位。"灰袍老者看着纪宁，"确认实力，一般要击败傀儡。我岛上有三种傀儡：分别是普通祖神、顶尖祖神和巅峰祖神三个层次。傀儡毕竟比较死板些，击败了普通傀儡，说明你是普通祖神实力。击败第二傀儡，说明你是顶尖祖神实力。击败那第三傀儡，则说明你是巅峰祖神实力。"

"这么久以来，刚加入雾岩军就能击败第三傀儡的，可是少见得很。我当岛主以来，才碰到两位。"灰袍老者笑着说道。

纪宁反问："就这三种傀儡？"

"如果实力真的很高，连傀儡都无法探明，可以请世界境大能来确认你的实力。"灰袍老者道，"不过比巅峰祖神还强大的，毕竟太少太少了。虽然我们雾岩军中有几位这样的存在，可都是加入军中后，经过长久磨砺才这么强的。刚刚加入军队的，还从来没谁申请世界境大能确认。"

纪宁点头。

他得到北休世界神的传承，对混沌中的一些潜规则很熟悉。他自己的确是诚心要立足雾岩星，要从雾岩星得到足够的帮助来提升自己。他甚至要为雾岩军作战，去击杀心神将。所以纪宁早就做好准备，一开始就要一鸣惊人，让雾岩星的几位世界境存在都知道自己的名字。

"请世界境大能吧！"纪宁说道。

"请世界……"灰袍老者说着，随即一愣，"你……你说什么？"

"那三种傀儡就不必了。"纪宁道，"我想请世界境大能来确认我的实力。"

灰袍老者愣愣地看着纪宁，仿佛在看什么怪物。而后他低声道："北冥兄，不是我小瞧你。可我还是劝你，击败第三种傀儡就够了！如果你的实力真的很高，等到了军中，自然有你展露实力的机会。可如果你要请世界境大能确认，你应该知道，世界境大能的眼光可是很高的，盲目自大会让世界境大能对你很不满意。"

"我知道。"纪宁点头。

开玩笑！

纪宁当然非常清楚自身的实力，即便是普通祖神之体，一旦施展心剑式，都能媲美巅峰祖神了。自己现在已是半步世界神，凭借心剑式，完全可以横扫巅峰祖神。

如果再用神剑紫光琼，更能达到世界神门槛。

用刺修大魔神的话说，他这辈子看到的祖神祖仙中，纪宁都是排在前三的。纪宁的实力，那是祖神祖仙中万中无一的。整个雾岩军的祖神祖仙也就数千名，虽然是精锐，可纪宁估计，即便自己不用神剑紫光琼，整个雾岩军中都难寻对手。

"我再问你一遍，真要世界境大能确认你的实力？"灰袍老者郑重地道。

"嗯。"纪宁点头。

"好。"灰袍老者点头，"既然你这么要求，我便禀报上去。不过你也知道，世界境大能有的闭关，有的或许已经外出了，哪一位世界境大能有时间，什么时候来确认你的实力，我也没法安排，这一切需要世界境大能做决定。"

纪宁笑道："这是自然。要不我在募兵岛上慢慢等？"

"这就不必了。"灰袍老者摇头，"募兵岛上都是些真神真仙。这样吧，你暂且领一套银鳞神甲穿着，这样你就可以和我一起去城内了。我们等世界境大能确认了你的实力，再来确定你的军级。"

"好。"纪宁点头。

片刻后。

纪宁穿着一身银鳞神甲和灰袍老者并肩破空飞行。

"雾岩军的核心，一般都是祖神或者一等祖仙。"灰袍老者笑道，"按照地位来分，从低到高分为银鳞、金鳞和将军。"

"穿银鳞神甲的，一般是普通祖神、顶尖祖神实力。"

"穿金鳞神甲的，一般是巅峰祖神实力。"

"将军，则个个是超越一般巅峰祖神的。"灰袍老者道，"我们雾岩军内一共有五位将军，他们穿的神甲颜色样式可以随意变换，不必刻意要求。普通军士却是必须按照规矩来。"

纪宁点头，心中惊叹不已。

这银鳞神甲，乃是一套先天极品甲衣，有护体之效。像这种宝物，价值不亚于混沌奇宝，因为护体甲衣太少见了。

"你这神甲仅仅是先天极品层次，那金鳞神甲就是混沌奇宝层次了。"灰袍老者笑道，"穿着金鳞神甲，一般的攻击甲衣就能挡下。放眼大莫域，能够直接赐予军中祖神这些珍贵甲衣的势力，还是很少很少的。"

纪宁点头。

甲衣是混沌奇宝层次，不过如果神体弱，那么冲击力太强也会让神体受伤。相对而言，整个神体都淬炼得宛如法宝，这样才是真的厉害。不过穿着厉害的甲衣，至少能够抵挡九成九的威力了。

"扶折兄。"纪宁问道，"你说我们雾岩军有五位将军，不知道这五位将军和黑莲神帝麾下的九神将相比如何？"

"哼。"灰袍老者冷笑，"那九神将哪里有资格和我们的将军相比！我们雾岩军有将军，他们就弄出个九神将，都是些巅峰祖神中有些特殊能力的。整体比我们的五位将军都要弱一些。"

纪宁点头。

的确。从源老人和自己交手来看，源老人的实力也就是巅峰祖神层次。不过他在心力方面极为擅长，诡异得很。

二人并肩破空飞行，一路闲聊，很快就飞到了陆地上。遥遥就看到了一座巍峨的城邑。

"好大一座城邑！"纪宁看得惊叹。

那座城邑正散发出无比惊人的波动，周围环绕的混沌之力宛如实质，正疯狂地被整个城邑吞噬，维持着整个雾岩星的超级大阵。

"这就是雾岩城。"灰袍老者道，"这里有军营、有宫殿、有享乐之地。不过呢，真神真仙军士一般是居住在城内，祖神祖仙们则更加自由，他们可以在雾岩星上随便选一处地方居住，只要偶尔去军营聚集。"

"呼！"二人略微降低飞行高度，而后直接从雾岩城的巨大城门飞入。一股波动掠过身体，却没有阻拦纪宁。

"那边就是军营。军营内分成两个区域，更加奢侈些，人影稀少的区域就是祖神祖仙们平常的聚集区，另一处则是真神真仙区域。你进去看看吧。我要先将你的事禀报上去，相信很快会有一位世界境大能来确认你的实力的。"灰袍老者道。

"你去吧。"纪宁笑着，灰袍老者嗖地便离去了。

纪宁则化作一道流光，降落到了军营的门口。营门外正有两名黑甲军士站着，黑甲军士看到这银甲少年走来，连忙略微恭敬地弯腰。

纪宁步入军营内。

他进入军营内，一眼就看到两条路，分别通往巨大的校场。其中一个校场上有着不少军士，几乎都是真神真仙。另一个校场则人影少得很，也就数十位祖神祖仙，几乎都是穿银鳞的，只有一位穿金鳞神甲的。

"咦，这是谁？"

"你们谁认识？"

"不认识，没见过。"

"应该是新来的吧？"那些祖神祖仙都看着迎面走来的纪宁。

那唯一的金鳞军士站了起来。他体型精瘦，眼角处有些碧绿花纹。他一笑，笑容灿烂得很："这位兄弟可是新来的？"

"刚加入。"纪宁点头。

"我叫离昊。"金甲军士笑道。

"北冥。"纪宁回答道。

"北冥兄是归哪一队的？"金甲军士好奇地问道。

"还不知道，刚加入，没真正划分。"纪宁道。他的确没被划分，那岛主还需上禀，让世界境大能来确认纪宁的实力，等确认了才好划分。

"哈哈，我是第十六队的队长。"离昊笑着道，"说不定你就分到我这儿。一个个都过来，这位是北冥兄弟，刚加入我们雾岩军的……"

"刚加入的兄弟？队长，这可得举行盛宴来欢迎啊！"旁边一位胖乎乎的面白没有丁点须发的银鳞军士喊道。

"是啊，队长！"

"得吃喝一顿！"

其他一个个都跟着喊。

"你们这些家伙，那黑郫都要打来了，还吃喝。算了，吃喝吃喝。"离昊笑着说道。

"哈哈哈，北冥兄，我叫白邬。"那胖乎乎的银鳞军士一把搂住纪宁，笑着道，"我们队长很少这么大方，难得让他请我们一次。你第一次来，也好好尝尝我们雾岩星的美食。唉，这活了这么久啊，就是戒不掉美食啊。可越好的美食，就越贵，唉……"

纪宁笑而不语。

祖神祖仙在有指点的情况下，一个混沌纪都没成世界境，一般就永远没指望了。这些军士大多数都活了很久，都没突破的指望了，所以有的喜欢享受，有的喜欢美食，有着各种各样的爱好。

很快，一群祖神祖仙就被带到了校场旁不远的一座豪奢的半透明建筑内。

"先来三盆柏龙肉！"一众军士坐下，那胖乎乎的白邬第一个高声喊道。

"你们可真狠！"金鳞军士离昊则是无奈摇头。

一众军士坐下。

很快一些奇异饮品、美食就送上来了，最显眼的就是用足足十丈大的盆子装的柏龙肉。柏龙肉泛着一丝暗红色，散发出无比鲜美的香味，纪宁一闻就情不自禁地流口水。只见那些军士个个伸出手，手臂直接暴涨，直接伸进盆子内，就抓起了柏龙骨头肉。

"咔嚓！咔嚓！"嚼碎骨头吃掉肉，个个祖神祖仙吃得美味无比。

又吃又喝，个个畅快地聊着。

"这么好吃？"纪宁拿起了大概和自己手臂一般粗的骨头肉，咬了一口，全身都是一阵舒爽，整个人一个激灵。

"柏龙肉是整个大莫域排在前十的美食。柏龙没法养殖，只有一些奇险之地才有。捕杀柏龙可不容易。"一旁的金鳞军士离昊笑着道，"我的混沌灵液大半都是花在吃上面了。"对祖神祖仙而言，其他享受得到的都非常容易，反而是一些绝顶美食很难得到。

一群祖神祖仙吃吃喝喝，聊得很开心，慢慢地，纪宁和他们熟稔起来了。

吃喝了大概一个多时辰后……

"离昊！"

"离昊！"

巨大的吼声仿佛雷声，滚滚传来，响彻周围。

"嗯？"原本开心吃喝的一群祖神都停了下来。

"来了！"金鳞军士离昊站了起来。

"其他吃的就算了，桔龙肉都带走，慢慢吃。"这些军士们连忙将桔龙肉都收了起来。他们也是小口吃肉，显然舍不得吃得太快，那是浪费这等美食。

"队长，其实你根本不必理会那黑郁。"

"对。那黑郁蠢货，上次葬送了二十余位军士的性命，说他几句又怎么了？"

"一个蠢货。"

其他军士都在骂着。

"既然话已经说出去，那就战上一场。我岂会怕他？"离昊冷笑道，"走！"

军士们跟在离昊身后往外走。

"怎么回事？你们说的黑郁又是谁？"纪宁也跟着一起走，同时询问一旁的白邬祖神。

白邬撇嘴道："黑郁原本是队长，可他太过嚣张自大。就在前不久和黑莲帝都的一次交锋中，因为他的嚣张自大，导致他麾下死了二十三位军士。足足二十三位祖神祖仙啊！雾岩星主都知道了这事，于是将黑郁降职为普通银鳞军士。可死去的祖神祖仙也有许多好友，所以那黑郁引起了众怒。我们队长曾经怒骂过黑郁，二人因此有了些冲突，就有了今天的约战。"

"哦。"纪宁点头。

"黑郁是嚣张自大，可他实力的确很强。"白邬低声道，"在雾岩军的队长当中，比他强的屈指可数。"

谈话间，一众祖神祖仙又回到了校场上。校场上已经聚集了不少祖神祖仙，大多是来观战的。

"那个最高的就是黑郁了。"白邬道。

纪宁一眼看去，黑郁穿着一身银鳞甲衣，身体瘦长无比，有着四条手臂，全身裸露的皮肤漆黑一片，两只狭长眸子泛着金色，眼中自然有着讥讽之色。此刻他开口冷笑道："离昊，就你这蠢货也想要教训我！今天我会让你知道，你和我的差距有多大。"

"废话少说！"离昊脸色冰冷。

"按照我们雾岩军的规矩。"黑郁上前冷笑着，"这约战可都是赌战。你能拿出多少宝贝和我赌？只要拿出来，我都接了。"

098

"一百瓶混沌灵液。"离昊冷声道。

"哟，还真舍得。攒这么多混沌灵液不容易吧？你要送给我，我怎么好意思拒绝？我接了。"黑郁伸出舌头，舔了下嘴唇。

在场的祖神祖仙，部分和离昊关系好，部分是观战。

黑郁则是单独前来，显然没什么朋友。

黑郁和离昊，这两位祖神很快就杀到了一起。

"哈哈哈，就你也想和我斗？"黑郁的四条手臂抓着四个大锤。大锤泛着土黄色光芒，沉重如山，每一锤都玄妙霸道得很。虽然不喜欢黑郁的人有很多，可必须得承认，黑郁的实力的确非常强大，在队长中都是罕见的。

"哼。"离昊则手持两根长梭，快如幻影。随着一声怒哼，离昊忽然显现出六条手臂，手持六条长梭。

"没用的，我都懒得用神通。"黑郁张狂无比。

"给我倒！"

黑郁狂暴无比挥舞着锤子，一锤一锤惊天动地。幸亏这校场有着阵法禁制，完全可以让祖神祖仙们尽情搏杀。雾岩星主他们是乐得看麾下的祖神祖仙竞争的，只要不出现死亡就好。

离昊接连扛下了六锤。终于接第七锤的时候，他吐出了一口鲜血，直接倒飞开去。

嘭！黑郁瞬间跟上，一锤就砸在了离昊的胸膛上。虽然有金鳞护体甲衣，可重锤本就冲击力惊人，瞬间令离昊的胸膛完全碎裂。黑郁的大锤砸塌了离昊的胸膛，另一锤就顶着离昊的脑袋，冷笑着："输了吧，蠢货！"说着一脚踩在离昊的脸上。嘭！脸完全被踩成稀巴烂。

"呼——"神力迅速汇聚，在远处凝聚出了离昊的神体。

"黑郁！"离昊气得脸色发白。脸被踩得稀巴烂，这种侮辱他如何不怒？

"黑郁，队长输了，你这样太过分了吧！"

"黑郁……"

离昊麾下的一众军士都大怒。

"赌战只要不出现死亡，不是怎样都可以吗？"黑郁一脸疑惑，"我砸他胸膛，踩碎他的脑袋。可他是祖神啊！这样是死不了的。我没违背规矩吧？你们就算上禀到雾岩星主那里，我也没罪吧？"

"该死！"

"该死！"这些军士气得一个个脸色难看。

纪宁看得暗暗惊叹。这些祖神祖仙交手的时候，都将力量控制得非常精妙，没什么浪费。不管是黑郁还是离昊，那都是比心魔之主还要强些的。

站在纪宁身边的胖乎乎的白邬祖神走上前去。周围忽然安静下来，大家都看着白邬。白邬祖神冰冷地道："我和你赌战！"

"就你？"黑郁不屑道，"银鳞军士我懒得欺负。"

"你不也是银鳞军士？"白邬祖神冰冷地道，"怎么？还以为你是金鳞军士呢？如果忘记了，仔细看看你身上穿的甲衣。"

黑郁脸色顿时变了，显然被刺痛了，他这么嚣张自大，虽然被降职了，可依旧将自己和其他金鳞队长相提并论。黑郁冰冷地看着白邬："很好，既然要主动给我送宝贝，我怎么会不接？和我赌战，少于五十瓶混沌灵液就别拿出来了。"

"我输了，我的九星青灵钩给你。"白邬祖神身体一晃，显现出六条手臂，分别抓着一个弯钩。

"一套九星青灵钩？我也不欺负你，算你六十瓶混沌灵液。"黑郁说道。

"好。"白邬祖神冷声道

"白邬……"

"白邬不可！"

"那黑郁实力非同小可！"

其他同伴都连忙传音劝说。

在远处还有其他的一些祖神祖仙在观战。

"黑郁的实力还是很强的。在金鳞队长中都是排在前面的，离昊输了，这个白邬上去就有些愚蠢了。"

"白邬输定了！"

"离昊，劝劝你麾下的兄弟，一套混沌奇宝就这么赌掉，可不值得。"有观战的军士故意喊道。

队长离昊也传音劝说："白邬，这个亏我认了。这口气我暂且吞下去，等我实力提升后再找回来。你去不是给他送宝物吗？不值得！"

白邬根本不听，直接走向了黑郁。

黑郁冷笑。

"嘭！哗！"

两道流光瞬间搏杀起来。

"这白邬好强的实力！"周围观战的祖神祖仙都有些惊愕，因为白邬的实力竟然也是巅峰祖神层次，二者一时间竟然不相上下。

"白邬突破了？"离昊露出了喜色。

"白邬兄，踩他脸！"

"白邬兄，狠狠教训他！"离昊一边的军士喊着，激动起来。

只见胖乎乎的白邬祖神，六条手臂都持着钩子，任凭那大锤轰击得多么猛烈，他都能一次次轻易卸掉。他肥胖的身躯就和肉球一样不断地晃动着，轻易地卸掉黑郁的力量。

"哈哈哈，敢和我交手，原来还真有几分实力，可是没用的。"只见原本使用重锤的黑郁祖神，忽然大锤消失，手中出现了六柄细剑。

"咻！"黑郁身体瘦长，一时间形如鬼魅，细剑疯狂地围攻白邬祖神。

从之前的狂猛，到此时的诡异，是截然相反的两个风格。这一幕场景让观战的祖神祖仙们都惊愕无比，只见白邬祖神很快就落了下风。

"嘭！"白邬祖神被一脚踹得吐血倒飞开去。

"输了。"离昊这边的一众军士都摇头。

"唉……"远处观战的祖神祖仙们也摇头。

忽然一道黑色电蛇一闪而逝，瞬间就抱住了白邬祖神，闪避到了一边。

"嗯？"黑郁祖神正准备狠狠踩蹭白邬祖神一番，这时不得不停下。他皱眉看着远处。银鳞少年正抱着白邬祖神，慢慢放下。

"输了就输了，为何还要踩蹭别人。"银鳞少年开口道。

"白邬，你的九星青灵钩不给我？"黑郁祖神却冷笑道。

白邬咬牙一挥手，六柄神钩飞出。黑郁祖神则是得意地接下，哈哈哈笑了起来。他指着离昊、白邬等一群祖神祖仙："最近我正不爽呢，你们就送到我面前来让我踩蹭，真是痛快！还得到不少宝贝。看看你们的眼神……哈哈，要和我赌战，我随时接着。送我宝贝，我怎么可能会拒绝？"

"我想和你比一比。"一道声音突地响起。

黑郁祖神疑惑地看过去，正是站在白邬祖神旁边的银鳞少年。

"你？"黑郁祖神笑着，"如今的银鳞军士怎么一个个都这么张狂？敢和我……"

"你也是银鳞军士。"银鳞少年道。

黑郁祖神顿时脸色难看。

"赌得少，我可懒得赌。"黑郁祖神冷声地道。

"赌得大了，我怕你不敢接。"纪宁则说道。

# 莽荒纪

## 第八章
## 剑震雾岩星

"不敢接？就你？"黑郜祖神脸色难看，心中的怒火烧得更炽。自从上次死了些祖神祖仙回来，雾岩军的其他军士看他的目光就不一样了，甚至有些直接怒骂讥讽他，那离昊祖神就是其中一位，这些怒骂讥讽让黑郜祖神难受得很。

像他这种活了超过一个混沌纪突破无望的，对声名、脸面反而看得更重。最近一段时间他是真的憋了一肚子火。

离昊和他比也就罢了。

白邬祖神一个银鳞军士也敢挑衅他？算了，好歹白邬祖神也颇有些名气。

现在连一个不认识的银鳞军士都敢来挑衅他！

"对，就是我！"纪宁看着他。

"赌多少？"黑郜祖神冷笑，"你能拿出多少，我和你赌多少。"

"三百瓶混沌灵液。"纪宁说道。

"三百瓶？"黑郜祖神一惊，跟着冷笑，"你有吗？你拿得出？"

一般的巅峰祖神或许能拿出上百瓶混沌灵液，如果再凑凑法宝，三百瓶混沌灵液还是勉强够的。可一般赌战，有几个舍得将自己最重要的法宝拿出来的。

纪宁则是一挥手，哗哗哗哗！旁边出现了上万颗混沌晶石："这里有混沌晶石一百六十份。"

混沌中的硬通货，一个是混沌灵液，就是混沌晶石。

一滴混沌灵液和一颗混沌晶石相当。一份混沌晶石是九十九颗。

纪宁搜刮了世界牢狱中那十余位祖神，得到了些混沌灵液，也得到了不少混沌晶石，混沌晶石加起来也有一百六十份有余。

"这两套混沌奇宝，应该也值一百四十瓶混沌灵液。"纪宁又一挥手，身旁出现了两套混沌奇宝，一套是蛟龙模样的飞剪法宝，一套是九根飞针法宝。这都是纪宁搜集来的，颇为珍贵的混沌极品法宝。

"倒有点宝贝！"黑郜祖神眯着眼看纪宁，心中也有了些警惕，看来这个不起眼的银鳞军士隐藏了实力。

"管他呢！我最近实力有所进益，雾岩军中的巅峰祖神，恐怕没谁敢说能稳胜我，也就五位将军有必胜我的把握。一个银鳞军士难不成能有将军的实力？"黑郜祖神心中憋的那股火，烧得越来越厉害，气势也越发升腾。

"好！三百瓶混沌灵液，我和你赌。"黑郜祖神一挥手，旁边立即悬浮起了二百四十个黑色玉瓶和一套九星青灵钩。这其中一百瓶混沌灵液和一套九星青灵钩是刚刚赢回来的。另外一百四十瓶混沌灵液才是他自己的，是黑郜祖神为了这次赌战，专门去换的。这也几乎掏光了他的宝贝。

如果纪宁说五百瓶，黑郜祖神还真拿不出，怕是连他的法宝都得押上了。

一赌就是三百瓶混沌灵液。这是很大的赌局了。

巅峰祖神也很少有赌这么大的。也幸亏是巅峰祖神这一层次，一般的普通祖神、顶尖祖神根本没这等身家。

"三百瓶？"

"那银鳞军士似乎没见过，你们谁认识？"

"不知道。"

"不认识。"

"我也不认识。"

"雾岩军的祖神祖仙就那么多，哪里冒出来的？恐怕真有些实力呢。"

"敢出来当然有些实力。可有些实力又怎样？黑郜虽然是个蠢货，可他真的很强大。过去他都是用重锤的，刚才竟然用那细剑……我看黑郜还隐藏了些手段。恐怕是在我们雾岩军的巅峰祖神中也没谁敢说一定能胜他。一个银鳞军士……你认为能赢他？"

"嗯，毕竟只是银鳞军士。"

那些观战的祖神祖仙们彼此交谈着，显然都不看好纪宁。再怎么样，银鳞军士的实力也是有限的。他们不认为一个有将军实力的人会故意去当一个银鳞军士。就算低调，也不至于低调成那样。

"北冥兄，不可！"

"北冥兄，这黑郁隐藏了实力，刚才我就吃了大亏。"

"北冥……"离昊祖神统领的一群祖神祖仙，一个个都传音劝说。刚才他们和纪宁还一同吃喝，也算有了些交情。这次纪宁也算为他们这边站出来，他们不希望纪宁就这么将宝贝输给对方。

"诸位不必劝说！"纪宁转头笑着说。

离昊他们一个个只能无奈，修炼到了他们这一等境界的，都不是那么好劝的。

"北冥兄，应该有一些特殊手段。可是他却不知，雾岩军的军士，有雾岩星一脉的法门传授，不管哪方面都没什么大的破绽，特殊手段是很难奏效的。唉，北冥也才刚进入雾岩军，还不熟悉。"离昊他们一个个都摇头担心。

越是有厉害传承的，就越没破绽。

像纪宁，不管是灵魂防守、心识探查、抵挡幻境、护体神通等诸多方面都非常厉害，都是北休世界神传给他的诸多小法门。像这种没破绽的，要对付起来就更难。黑郁祖神也是雾岩军的巅峰祖神，自然也能学到不少厉害的法门。靠一些特殊手段对付？成功的可能性很低很低。


校场上。

黑郁祖神和纪宁遥遥相对。

"送这么多混沌灵液给我，哈哈哈……"黑郁祖神手持四柄重锤，雄浑的气息滚滚而来。

纪宁则站在那里，气息平稳。

他之前是准备熟悉一下军营，所以自然稍微收敛了气息，只是宛如正常的祖神气息。否则的话，他半步世界神的气息一展露出来，恐怕早就成焦点了。纪宁可不是那等烧包性子，自己稍微藏拙，没想到倒是有赚取混沌灵液的机会。

能教训黑郁祖神，还能赚一笔混沌灵液，何乐而不为？

"小心点！刚才你们的离昊队长就被我砸倒了。"黑郁祖神嘴里说着，却也全力以赴，不敢丝毫懈怠。

"尽管出手！"纪宁站在那儿。

"这个银鳞军士竟然没拿出兵器，难道说他是用掌的？"黑郁祖神思索着。用双手当兵器也是很常见的，双手毕竟更灵活，可用掌、可用拳、可用指、可用爪，特别是一些特殊淬炼法门，也能将手掌淬炼得宛如厉害法宝。

黑郁祖神瞬间化作流光冲过去，同时挥舞起了他的大锤。一时间，虚空都在战栗，仿佛裹挟着一片天地砸了过来。

"倒！"黑郁祖神厉声喝道。

"摘星手！"纪宁直接挥拍出了自己的右手。这一掌挥出，宛如盘古开天地挥出的那巨斧，带着无尽的巨力。纪宁的手掌更是变得足有百丈大小，仿佛一片乌云直接笼罩向黑郁祖神。纪宁媲美混沌奇宝的手掌，完全能够承受神力瞬间的剧烈爆发。

半步世界神之体，摘星手神力瞬间爆发，在力量上能绝对碾压几乎所有巅峰祖神。

"倒！"黑郁祖神的声音还在回荡。他眼中满是疯狂，大锤狠狠地砸向那巨大的手掌。手掌变得巨大又有屁用？就算变成万里大小，也一样会被砸成稀巴烂。

"嘭——"大锤砸在了那巨大的手掌上。

轰隆隆——巨大的手掌直接碾压过来，就仿佛苍蝇拍拍向一只苍蝇。黑郁祖神整个儿被巨大的手掌拍在地面上，都镶嵌到校场地面内了。

纪宁收回了手掌。

整个校场上一片寂静，那些祖神祖仙个个看向纪宁。

那黑郁祖神从校场的凹坑中爬了起来。他脸色难看，低吼道："我还没输！"他一交手就明白，这个银鳞军士的力量是何等可怕，硬碰硬，恐怕没几个巅峰祖神能和他相比。可是真正的生死厮杀，仅仅力量强是没用的。

"呼！"黑郁祖神手中的重锤消失了，拿在手中的变成了细剑。

"咻！"他化作一道流光，直扑纪宁。

"无耻！"

"刚才被砸成那样，如果对方继续攻击，他早就完了。"

观看的祖神祖仙都连连摇头。不过他们也没话说，因为正常赌战，是一方失去反抗能力，打得对方神体碎裂，或者法宝都抛飞了，那才叫输。仅仅打倒，黑郁祖神的神体可媲美先天极品灵宝，没那么容易碎，黑郁祖神不认输也没办法。如果他真的要面子，明白差距就会主动认输的。

黑郁祖神却认为自己还能赢。

"他就是力量强，我不和他比力量。"黑郁祖神手持四柄细剑，宛如鬼魅，直逼纪宁。

"去！"纪宁再次挥出了手掌。

一位巅峰祖神不愿比拼力量，那么要赢就需要拿出些真正手段了。比力量，就算是源老人当初靠黑莲秘术都被纪宁打得崩溃，可见纪宁威势之猛。不过比技巧吗？纪宁的剑术可还没施展过。纪宁这一掌挥出，再度化作一片乌云，威能依旧滔天。可是这次乌云的速度更快了，已经超越了天道极限，甚至有着一种奇异的破灭威能。

明月剑术之天崩式！

纪宁的剑术达到如今的境界，施展出的天崩式威能也大得惊人，速度更快，甚至带着浩浩荡荡的破灭碾压之力，让敌人难以躲闪。

"怎么这么快？"黑都祖神想要避让，却避让不开，只能眼睁睁地看着那片巨大的乌云拍击过来。

"该死！"黑都手持四柄细剑，连忙去抵挡。

"嘭！"黑都祖神往后倒飞开去，却依旧沉稳地抵挡。

他擅长猛攻，也擅长诡异剑术，卸力方面自然不会很差。第一次之所以被纪宁一巴掌拍倒，实在是他不自量力去硬碰硬。纪宁那一掌的威力他全部都承受了，而现在他四柄细剑不断地卸力，却还能维持下来。

"这黑都祖神论防御手段，和源老人相比，还差不少。"纪宁一交手，就心中有底了。

源老人靠着手掌，守得滴水不漏。当初，纪宁还是施展心剑式，才能瞬间取胜。

黑都祖神毕竟擅长攻击，虽然懂得些卸力的奥妙，可和源老人比还是差些。

"黑都他竟然处于下风？"

"黑都完全在防御，根本没法进攻，实力差距竟然这么明显？"

"这个银鳞军士的手掌，竟然超越天道极限，好厉害，而且力量极为狂猛。以力量擅长的黑都祖神都挡不住。"

这些观看的祖神祖仙个个惊叹。

太强了！

"给我倒！"纪宁忽然一声大喝，身体一晃就显现出三头六臂。只见他六条手臂尽皆暴涨，六片巨大的乌云个个都超越天道极限，施展着明月剑术之天崩式，带着无比狂猛的威势，疯狂地拍向了那黑都祖神。

六个大手掌，疯狂地连环拍击。

一时间掌影连绵不绝。

"太可怕了！"

"这般狂猛的掌法，谁挡得住？"

"又快又猛！"

校场上所有的祖神祖仙，包括离昊队长他们这些之前和纪宁吃肉喝酒的，个个都感到发寒。他们看得出来，纪宁掌法的力量没几个巅峰祖神能比，速度上又超越了天道极限。力量大、速度快，加上六个手掌疯狂拍击……

纪宁的手段简简单单，却又让这些祖神祖仙都感到窒息，根本没法破解。

越是简单的，就越让人绝望。

"不！不可能！"被淹没在掌影下的黑郁祖神，仅仅支撑了一个呼吸的工夫，终于倒下了。他在防守上毕竟还欠缺些。

"呼！"他倒下的瞬间，被纪宁的大手掌拍得神体完全发软，跟着就被一把抓住了。

纪宁收了三头六臂神通，单手抓着黑郁祖神。黑郁祖神被抓在纪宁的掌心中，四臂竭力想要挣扎，可纪宁的力量太大了，他根本挣扎不开。

"你可服气？"纪宁抓着黑郁祖神。

"你……"黑郁祖神咬牙，三百瓶混沌灵液啊！

纪宁摇头道："看来得将你收起来，用水火淬炼一番……"这黑郁祖神的神体可媲美先天极品法宝，纪宁要正面破其神体，也需要靠神剑紫光琼，否则的话只能先镇压，而后再慢慢淬炼。

"我认输。"黑郁祖神低头，不甘心地说道。

"怎么样？"校场边缘正站着两道身影，一个是灰袍老者，募兵岛岛主扶折，另一个则是穿着白袍、披散着白发的俊美男子。这俊美男子背上负着一个盒子，默默地观看着场上正在交战的纪宁和黑郁祖神。

"还真是够凶猛！"白袍白发男子轻声感叹，"看起来应该修炼了很厉害的神通，力量上竟然强横成这样。"

"他的掌法也很厉害，每一掌都超越天道极限了。"扶折岛主说道。

"嗯。"白袍白发男子轻轻摇头，"不过，如果仅仅就这样，还不至于让师尊出手。"

"这可能只是他实力的一部分。"扶折岛主道，"我感觉他没有对我撒谎。"

白袍白发男子点点头，继续观战。

纪宁那暴涨千丈的手臂收了回来，黑郁祖神也掉落在地面上。他摸了摸喉咙，看了看纪宁："我记住你了。"

"赌注呢？"纪宁淡然道。

"赌注！"

"黑郁祖神，赌注拿出来！"离昊队长等一批祖神祖仙这时候都激动了，一个个站到了纪宁身边。白邬祖神更是激动得拍了拍纪宁的肩膀，惊叹道："厉害啊！你这实力怎么就穿这银鳞神甲？至少也得弄一身金鳞神甲啊！黑郁，发什么愣？赶紧送上赌注！"

黑郁祖神冷哼一声，一挥手，地上留下了二百四十瓶玉瓶和那套九星青灵钩，随即转头就走。他身影一闪，就消失在了军营门口。

纪宁则是一挥手就将地上的东西收了起来。

"白邬兄，这是你的法宝！"纪宁将九星青灵钩递给白邬祖神。

"这？这不可……"白邬祖神连忙挥手，"我输给了黑郁，你是从黑郁那儿赢来的。"

"这是你用来战斗的法宝。你用了那么多年，也熟悉得很吧？"纪宁道。

白邬祖神犹豫了一下。这一套法宝的确跟随他很久了，他也有感情了，于是咬牙道："好，这法宝我收了，算我欠你的。北冥兄，以后有什么要我做的，尽管吩咐。"对于祖神祖仙而言，是不愿轻易欠别人恩情的，白邬祖神也是用这法宝太久了。

"离昊队长。"纪宁一挥手，旁边立即悬浮着一百瓶混沌灵液。

"我就不必了！"离昊笑着摇头，"混沌灵液我输了就输了，我是不可能拿回来的，你也不必多说了。"

拿了，就欠恩情了。

白邬祖神拿了，也是打算将来报答的。

"走走走！北冥赢了这么多，我们可得好好吃他一顿。刚才吃到一半，还没尽兴呢。"

"对对对，走！"

这些祖神祖仙都开心得很，让那黑郁祖神吃瘪，他们也觉得痛快。

"诸位别急！"远处两道身影并肩走来。

"是宫朝！"

"是宫朝！"

白袍白发男子和扶折岛主并肩走来。

"扶折兄。"纪宁微笑道。

"这位是宫朝。"扶折岛主介绍道，"是虚幽仙人门下的大弟子。"

叫宫朝的男子容貌俊美，长袍飘飘，背着盒子微笑道："奉师尊之命，特来请北冥你前往虚幽宫。"

一旁的其他祖神祖仙都一惊。

"赶紧去吧！"

"北冥，是混沌仙人召你，赶紧去吧！"一个个都悄然传音。

纪宁也同样心一紧。雾岩星上一共有九位世界境大能，其中一位就是虚幽仙人，他是一位混沌仙人。虚幽仙人是外来者，原本是在混沌中漂泊，后来可能觉得累了，或者其他原因，就长居在雾岩星上。

像虚幽仙人的弟子几乎都是跟随虚幽仙人，一同来到雾岩星，都是外来的。虚幽仙人居住在雾岩星后，无尽岁月中，一共才收了两名弟子。

"看来这次确认我实力的，是这位虚幽仙人了。"纪宁暗道，"早就听闻世界境的厉害，不过我还从未见过世界境。"

虚幽仙人，是自己第一次真正亲眼见到的世界境大能。

"诸位，我就先去虚幽宫了。"纪宁转头和离昊他们说了下。

"走吧！"纪宁道。

在扶折岛主和宫朝祖仙的陪同下，纪宁离开了军营。三人一路并肩飞行着。这座城邑大得很，九位世界境大能都有各自的行宫。

"那就是虚幽宫。"宫朝祖仙遥指远处一座通体黑色的巍峨宫殿。那座宫殿散发出一圈圈的金色涟漪，扫荡过四面八方，那威压让纪宁都暗暗吃惊。

"虚幽宫乃是道之灵宝。"宫朝祖仙笑着道，"当年我等众同门跟随师尊遨游混沌，去过无数险地，很多时候都是靠这虚幽宫抵挡危险。"

纪宁点头。


虚幽宫门口有仆人守卫，看到宫朝祖仙、扶折岛主、纪宁他们一道走进去，也未曾阻拦。

宫内却是广阔得很，一眼看去，美貌的各族女子随处可见，还有一些珍奇的飞禽走兽。有泉水淙淙，所散发出的灵气逼人，显然非一般的灵泉。

"师尊就在主殿。"宫朝祖仙指着前方，笑着道，"师尊知道你的事后，对你颇为好奇。"

"大师兄！大师兄！"穿着薄纱的活泼少女飞奔过来。纪宁一看却暗暗称奇，因为这少女也就是真仙而已。真仙能拜在虚幽仙人门下，可不容易。

"师妹，怎么了？"宫朝祖仙问道。

"黑雾世界神也来了。"少女压低声音道，"就在大殿内，师尊正陪着呢。"

纪宁心中一动。

黑雾世界神？

雾岩星的九位世界境大能，有三位世界神，黑雾世界神就是其中之一。

"哦？"宫朝祖仙若有所思，笑着看向纪宁，"看来北冥兄的吸引力不小。走吧，去见师尊和黑雾世界神吧。"

"嗯。"纪宁和宫朝祖仙、扶折岛主一道走向主殿殿门。

进入主殿，仿佛进入另外一个世界。在殿外时还没听到乐曲声，可迈入殿门内，乐曲声却清晰可闻，回荡在整个大殿中。

纪宁一眼看去。

殿内女仙们翩翩起舞，敲打吹弹各种乐器的乐师也演奏着。单单乐师就分了九处，都被珠帘挡着。乐师怕有数百，翩翩起舞的仙女也有数百，她们都只是在边缘缓缓舞蹈，用来助兴而已。

"拜见黑雾前辈。"宫朝祖仙恭敬地道，"师尊，北冥祖神带到。"

纪宁朝上方看了一眼。大殿的上方，左边坐着一名穿着宽松白袍的白发老者，右边则坐着一名不修边幅略显邋遢的黑发男子。他们俩都散发着一股股波动，仿佛一方混沌世界带来的压迫感。

"世界神！混沌仙人！"纪宁感到了一种强烈的威胁感。

他虽然借助神剑紫光琼，勉强达到世界境的门槛，可是和这些踏入世界境漫长岁月的存在相比，差距还是非常明显的。

"拜见两位前辈！"纪宁和扶折岛主也恭敬地道。他们身为祖神祖仙，是有资格站着说话。若是真神真仙，早就得跪下了。

"你就是北冥？"上方的宽松白袍老者缓声道。他便是虚幽混沌仙人。

"是。"纪宁恭敬道。

"看来你颇为自信，刚加入雾岩军，就请世界境来确认你的实力。"虚幽仙人轻声笑着，"这下子我们雾岩星上的九位世界境可都知道你的大名了。"

扶折岛主是上禀了九位世界境，包括雾岩星主的。

虚幽仙人是最先应下的，但其他的世界境也是知道这事的。

"嗯。"坐在上方另一端的黑雾世界神端着酒杯，俯瞰下方。

"师尊。"一名唇红齿白的红衣少年高声开口，"这个北冥祖神不知是哪里来的？难道随便来一个祖神祖仙，都要师尊出手？弟子愿意出手，先看看这个北冥祖神到底有几分实力。若是连弟子都击败不了，就无须师尊出手了。"

上方的虚幽仙人笑了。

一旁的黑雾世界神端着酒杯，醉眼蒙眬："虚幽兄，你这小徒弟实力不错，倒是可以和那北冥比上一比。"

"也好。"虚幽仙人点头吩咐道，"徒儿，你便和北冥比比，你们二者不可伤了性命。"

"是。"红衣少年恭敬道。

"是。"纪宁也应道。

两位世界境大能的吩咐，他哪能说什么。


大殿上方。

虚幽仙人和黑雾世界神都俯瞰着下方。

"你觉得那北冥如何？"虚幽仙人笑着问道。

"倒是颇为镇定。"黑雾世界神道，"看来应该有些实力。"

虚幽仙人也点头："那，黑雾你觉得他们俩谁会赢？"

"看吧！"黑雾世界神饶有兴致地观看着。

殿内自动显现出了禁制，将纪宁和红衣少年完全包围。

禁制内。

纪宁和红衣少年遥遥相对。

"听好了，我叫飞影！"红衣少年双手同时出现了两柄剑，"擅长的乃是剑法。"

"我擅长的也是剑法。"纪宁双手也同样出现了两柄北冥剑。在校场上，他用摘星手直接碾压了黑都祖神。可是在两位世界境大能面前，纪宁觉得还是谨慎点为好。毕竟用手掌施展剑法，还是不及神剑施展剑法的威力。

剑，更加锋利，更加迅捷。

"他擅长的是剑法？"宫朝祖仙和扶折岛主都吃了一惊。之前纪宁在校场上那么野蛮，竟然是用剑的？

"也是用剑的？"上方的黑雾世界神笑了。整个雾岩星上擅长用剑的只有两位，一个是雾岩星主，雾岩星主的天辰剑典更是愿意对外出售；另一个就是黑雾世界神了，黑雾世界神和雾岩星主的关系极好，可以说黑雾世界神是看着雾岩星主长大的。

雾岩星主的剑术，本就是黑雾世界神教的。当然，现在雾岩星主已经比黑雾世界神厉害多了。

"两个用剑的比试，有意思。"虚幽仙人笑道，"黑雾，如果这个北冥不错，你也可以收他为弟子。"

"我说过，永远不收徒。"黑雾世界神道。

虚幽仙人暗暗摇头。

黑雾世界神曾经有一位弟子，自从那弟子死后，黑雾世界神便再也不收徒了。


纪宁和红衣少年瞬间动了，都直扑对方。

二者在剑法上都达到了极高的境界，神力完全内敛，没有一丝外泄。

"剑力第五层次？剑术真够高明的！"纪宁一交手，就感觉到了压力。那红衣少年施展的剑术更加空灵，仿佛羚羊挂角，天马行空，每一剑的速度也超乎了天道极限，显然应该也得到了类似伍宝剑术的法门。

纪宁也不奇怪，毕竟人家是混沌仙人亲自指点的弟子，有这样的法门也很正常。

"呼呼呼！"

纪宁的剑则更飘忽、诡异。

纪宁施展的正是明月剑术中的无影式。这让红衣少年抵挡起来吃力得很。

"你的剑术不错，可是就你这样的剑术，还没资格让我师尊出手。"红衣少年喝道。

"那你小心了！"纪宁一声大喝。

"轰——"纪宁的两道剑光威能猛然暴涨，原本只是诡异飘忽迅捷，可现在力量上也猛然暴涨。

纪宁之前一直未曾施展摘星手，那红衣少年其实已经施展了神通，才能和纪宁半步世界神的力量匹敌。现在摘星手的神通一爆发，纪宁的力量在原有的基础上猛然暴涨。

快、猛、诡异……

纪宁的剑光压迫得红衣少年脸色大变。红衣少年连忙神体一晃，显现出了六条手臂。可纪宁同样一晃，显现出了三头六臂，同样继续猛烈进攻。

"嘭嘭嘭！"纪宁的剑光无比沉重凶猛，红衣少年那空灵的剑法一次次被震得乱了套，没法再空灵了。

"嘭！"纪宁的一道剑光拍击在红衣少年的身上，令红衣少年直接倒飞开去，接着跌倒在地，令主殿都隐隐震颤了一下。红衣少年情不自禁地吐了口鲜血。

"只是力量比我强些！"红衣少年不甘心，欲再度冲向纪宁。

"好了！"上方声音传来，"输了就是输了！"

"是，师尊。"红衣少年有些羞愧地恭敬应道。他本想将这不知道哪儿来的祖神给打败的，没想到自己却败了。论剑术，放眼整个雾岩军，他都算是前三了，现在却输在了这个北冥手里。

"如何？"虚幽仙人看向黑雾世界神，"你比我更有资格评价。"

黑雾世界神看向下方的纪宁，眼中有着赞赏之色："北冥的剑术非常高明。看似二者打得不相上下，仅仅因为力量上的弱势，飞影才战败。可实际上在交手的时候，北冥的剑术连绵不绝，更加圆满如意，浑然天成。如果我看得不错，这北冥的剑术仅显露了一星半点，真正的厉害手段还未曾施展。"

"哦？"虚幽仙人吃惊了。

可黑雾世界神在剑之天道上早就达到剑世界的层次，他对剑术有很高的领悟。

"虽然他没有施展更厉害的剑术，可是那股浑然圆满的意蕴却掩盖不了。"黑雾世界神笑道，"一个弱者想要伪装成剑术强者很难。可一个剑术强者，要想将自己伪装成弱者也很难。他的剑，一招一式，意蕴非同一般。虚幽，我有一个不情之请。"

"哦？什么事？"虚幽仙人问道。

"让我和他比比！"黑雾世界神放下酒杯，"亲自和他比，才更能清楚他剑术的真正实力。"

"哈哈，我在剑道上很普通，你去才是最应该的。"虚幽仙人赞同道。

虚幽仙人和黑雾世界神忽然同时朝殿外看去。

"呼！"殿外一道身影走了进来。

纪宁、红衣少年、宫朝祖仙、扶折岛主等都转头看去，殿外走进来的是个穿着星辰衣袍的男子。他那披散开的黑发，每一根发丝仿佛都闪烁着星辰，他的目光让纪宁他们情不自禁地不敢与其对视。

"这气息……"纪宁心中震惊。看到这突然来到的男子，纪宁有一种在虚空中观看雾岩星的感觉。

"星主。"大殿上的虚幽仙人已经起身。他一挥手，大殿上一尊条案出现在大殿正中央，他和黑雾世界神则分居两旁。

"子辰。"黑雾世界神也起身了。

这一身星辰衣袍的男子已经到了上方，盘膝坐下笑道："二叔、虚幽，你们俩都坐下，不必客气。我也是刚刚听手下禀报，说一个叫北冥的祖神要加入我们雾岩军。我刚好出关，便来瞧瞧。"

"哈哈哈，黑雾刚刚还要亲自出手检验这北冥的实力呢。"虚幽仙人笑道。对眼前这位雾岩星主他是非常尊敬的，因为雾岩星主的实力极为强大，就算周边的黑莲神帝、东伏帝君与雾岩星主相比，都要稍微差些。

虚幽仙人很是钦佩，才甘心长居在此。

"二叔你要亲自出手？哈哈，看来我来得没错。"雾岩星主笑着。

"这北冥看似颇为精通剑之天道。"黑雾世界神点头笑道。当初的小娃娃如今已经这么强大了。

雾岩星主、虚幽仙人、黑雾世界神在上面的交谈，纪宁他们可听不到。

"来的是雾岩星主？"纪宁他们一个个，包括虚幽仙人门下的弟子们，都屏息静气。

雾岩星主是一个传说。

严格地说，每一代雾岩星主都非常强大。雾岩星有着非常古老的历史，甚至比大莫院还要古老。当后辈成长起来，上一任雾岩星主就会离开，去闯荡漂泊，去寻找自己的路，很多都因为闯荡冒险死在外界。闯荡漫长岁月后，有的也会回来看看家乡。所以雾岩星一脉，虽然偶尔覆灭过，但是很快又会再度崛起。

且成长起来的后辈，只要担任雾岩星主，实力就能暴涨。

纪宁要加入雾岩星，也是因为雾岩星的底蕴很深，他可以借助雾岩星的力量，更快地提升自己。

"北冥。"上方的虚幽仙人开口。

"在。"纪宁恭敬地应道。

"这次检验你实力的是黑雾世界神。"虚幽仙人道，"黑雾世界神可是剑之天道上早就达到剑世界境的，你可得抓住这次机会。"

"是。"纪宁一个激灵。

剑世界？

剑力第六层次？凭借剑道境界，就能成就世界境了？

"我二叔可很少出手，你需得珍惜。"雾岩星主也笑着道。

"小家伙，我也不欺负你。"黑雾世界神遥遥一指，一滴鲜红血液从上方飞出，而后在大殿中凝聚成了黑雾世界神的模样，不过气息明显弱得多，"这一滴血液的化身比祖神略弱，你就用你最强的实力攻击我吧！"

"好。"纪宁的眼睛却亮了。

纪宁和黑雾化身遥遥相对。

黑雾化身的力量和速度都比较弱，比祖神还弱些，而纪宁却是半步世界神，在基础上占了大便宜。可纪宁很清楚，对方境界比自己高多了。

"黑雾前辈，这是我到如今琢磨出的最强剑术，请前辈指点。"纪宁肃然道。他双手各握一柄剑，一时间整个大殿都隐隐有着剑意共鸣和回应。纪宁对周围一切有着非常精妙的掌控。

无名剑术之心剑式！

浩劫之战后，纪宁沉淀了三百年，三百年在窥天太皓塔中就是六千年时间。这六千年时间纪宁虽然是恢复实力，可他主要是在悟道、悟剑。如今他的剑术，比当初斩杀源老人时要更加圆满，更加厉害。

"咻！"纪宁瞬间扑上，整个人都仿佛化为一柄剑。

"这意境，当真是真正的剑道高手。"黑雾化身却笑了，手中也出现了一柄剑，和纪宁搏杀起来。

"当当当——"

剑影化成千万重，二者疯狂交手。

纪宁力量雄浑、神通了得，剑术更是惊人。可黑雾世界神的剑更加缥缈，让纪宁的剑招一次次落空。

"二叔，你这一个化身恐怕奈何不了这北冥啊！他对剑之本源有所感悟，虽然其他方面一般，可对剑的掌控却已经很完美了。"上方的雾岩星主在剑道上更加了得，当即笑着说道。

"他根本毫无破绽，步步为营地碾压我，欺负我神力不够。"下方的黑雾化身神力太少了，"还是得本尊来战。"

"嗖！"原本坐在大殿上的黑雾世界神直接飞扑下去，收了化身，直接和纪宁搏杀起来。

"什么？黑雾世界神本尊都上了？"

"黑雾世界神的化身都对付不了这北冥？"殿内观战的扶折岛主和其他的虚幽仙人的弟子，都震惊了。

大殿之上。

虚幽仙人也疑惑："黑雾兄的剑术高明得很。他的化身虽然力量等方面弱了些，以黑雾兄的剑术，是能以弱胜强击败那个北冥的吧？"

"这你就不知了。"雾岩星主道，"剑之天道，本是攻伐之道。所以在剑之天道上感悟极高后，一般先悟出的都是进攻杀伐意境。可这个北冥，他先悟出的不是杀伐，而是一种对剑的绝对掌控。他能够最大程度发挥他的剑招，令他几乎没有破绽，至少在同层次交手中很难找到他的破绽。"

"绝对掌控？"虚幽仙人不太懂。

雾岩星主笑了，道："剑之本源，本就浩瀚广阔。不同的剑道高手，从剑之本源中领悟出的也不一样。这北冥领悟的就是一种掌控，对剑的掌控。他的剑不是最快的，不是最锋利的，却是掌控得最完美的。"

的确。

那已经死去的北休世界神，为了传人，专门留下九十八块石碑，让纪宁体会藏锋意境，就是一种掌控。而后，纪宁在那最终浩劫战时，才真正悟出心剑式。无名剑术需要的是能够绝对掌控自己的剑的剑仙，一个剑仙连剑都没法完全掌控，威力再大，也走不远。

"这是很多剑道高手渴望的境界。遇到这等高手，他没有破绽，厮杀起来，要击败他就会很难。"雾岩星主笑道，"我也是在成为世界神许久后，才悟透这一境界。像我二叔，现在都没悟透这一境界，我二叔走的是剑道的另外一条路。"

黑雾世界神将自身的实力压制下来，完全和纪宁比拼着剑术。

"轰隆隆——"

剑光铺天盖地而来。

纪宁觉得自己仿佛陷入无数的剑影压迫中。他的眼中甚至看不到其他人，只有这些袭击来的剑光，每一道剑光都仿佛从黑雾中出现，鬼魅却又霸道凶狠。

　　"小子，这就是我的剑世界，好好感受吧！"黑雾世界神的声音在大殿里回荡。

　　纪宁竭尽全力地抵挡，在心剑天地的感应下，他的明月剑术施展得更加完美，彼此配合得精妙无比。可是他依旧摇摇欲坠，他只能拼尽全力，将这些年的感悟，不断地融入剑术中。

　　这些年来，纪宁一直没有遇到剑道上的真正对手。他一直埋头苦修，现在一个领悟剑世界的世界神亲自和他一战，让他看到了一个更加崭新的天地，看到了剑之本源更加浩瀚的地方。他甚至对无名剑术的第二式在很多地方豁然开朗。

　　"埋头修炼六千年，还是及不上这一战。"纪宁眼中有着狂热。他尽力和黑雾世界神搏杀，试验着他大量的剑的感悟，他甚至渴望黑雾世界神能和他战得更久些。

　　他的剑术以肉眼可见的速度在提升。

　　"威力提升了？"

　　大殿之上的雾岩星主看得眼睛一亮："看来这个北冥，过去没遇到什么剑道高手。二叔，你多花点时间陪他！雾岩星上难得出一个剑道高手。"

## 第九章
## 巡守者将军

和一名剑道大能比拼，才能看清自己的弱小。

自己的心剑天地虽然很厉害，能够完美地掌控每一剑，可是太平庸了。剑的速度不够快、不够诡异、不够猛，有着太多太多的不足。黑雾世界神的剑术一展现，自己就被完全压制了。这才是真正可怕的自成体系的剑术。

剑世界境，就是对剑之本源的感悟。真正成了一个体系，才能够形成一个剑世界。

黑雾世界神显然达到了。

"应该这样。"

"无名剑术第二式，难怪之前总觉得不对。"

"对，没错……"

战斗中，过去参悟剑术的迷惑一个个解开，这让纪宁欢喜激动得很。在家乡地球上，有"听君一席话胜读十年书"一说。纪宁和黑雾世界神这样的剑道大能比试，也同样进步极其惊人。他从修炼到如今，还没碰到剑道这样可怕的存在。

黑雾世界神明显收敛了威能，令威能没有外泄。如果他施展的剑世界完全爆发，毁掉庞大的一方混沌世界都是轻而易举的。

纪宁虽然一直在进步，可在这剑世界面前依旧觉得自己弱小。

"杀剑式……"

"对，这一剑不求稳妥，求的就是杀字。"

纪宁渐渐有所领悟。

无名剑术第一式——心剑式。

无名剑术第二式——杀剑式。

"剑道天赋真高！"高坐在上方的虚幽仙人观看着下方，下方和黑雾世界神交手的纪宁，每一道剑光的威能都不断地在攀升，剑道那种让修行者心悸的锋芒，也越加明显。

"能进步这么快，我猜，这北冥应该修炼的岁月不长。"雾岩星主微笑道。

"嗯。"虚幽仙人也点头。

一个混沌纪不成世界境，几乎没希望再成。

纪宁和一名剑道大能比试，就进步这么快，显然还处于实力突飞猛进期。不过纪宁进步这么快，主要还是因为他是第一次和这样的剑道大能比剑。

"这……"在一旁观看的虚幽仙人的弟子中，那红衣少年最是尴尬。

"知道差距了吧？"一旁的宫朝祖仙笑道。

"大师兄就别取笑我了。"红衣少年连忙道，"我现在才知道，这北冥祖神刚才是让着我。如果他一开始就展露出那可怕的剑术，恐怕我瞬间就落败了。他的剑术已经完全超越了巅峰祖神，应该和五位将军媲美了，恐怕也就大师兄你出手才能赢他。"

"大师兄出手，当然能赢。"

"肯定的。"

旁边的几个弟子也附和道。

虚幽仙人是从遥远的外域闯荡而来，门下大弟子宫朝祖仙也一直跟随着他。宫朝祖仙的实力同样深不可测，只是他没有加入雾岩军，为人很是低调。只有虚幽仙人门下弟子以及雾岩星的高层才知道，雾岩星上世界境之下，最强的就是这个宫朝祖仙了，五位将军曾经暗中联手，也败在了宫朝祖仙手上。

只是宫朝祖仙太低调了……

不喜争斗。

因为宫朝祖仙的修炼早就超过一个混沌纪了，所以雾岩星主他们也就没再逼迫宫朝祖仙去磨炼。宫朝祖仙就这么低调地生活在雾岩星上。

"赢他也不容易。"宫朝祖仙看着那正和黑雾世界神交手的纪宁，"你们都小瞧了他！之前黑雾世界神的化身出手，剑术威能极大，可依旧奈何不了北冥。现在黑雾世界神施展出剑世界，可这北冥依旧能坚持住。虽说黑雾世界神故意这么做，可北冥的剑术至少在防御上非常惊人。"

"他太稳了。"

"滴水不漏，没有破绽。其他五位将军都有各自的手段，可面对这没有破绽的北冥，时间一长必定个个落败。就算是我……也没把握击败他。"宫朝祖仙说道。

"没有破绽？"一直很崇拜大师兄的一众弟子们个个惊叹。

"他的剑术这么可怕，如果说有一柄道之神兵的神剑。"宫朝祖仙摇头，"那就更厉害了。"

"嗯。"一众弟子们个个点头。

这北冥现在就强成这样，作为一个剑道高手，如果有一柄道之神兵的神剑，那还了得？

纪宁的心剑天地是一种绝对的掌控，就算实力比他强的人，也很难攻破他的剑招，除非真的差距太离谱。

无名剑术太厉害了！

出身天苍宫的北休世界神，也为这剑术痴狂。

直至身死，北休世界神也还是没有练成这套无名剑术。

"呼！"黑雾世界神停手了。

纪宁站在那里，脸上都是汗珠，眼中却是一片狂热。他刚才心神消耗非常大，可是他完全顾不得这些。第一次和这么厉害的剑道大能比拼，纪宁自然得抓住机会。

"谢前辈。"纪宁感激地道。

纪宁是真的很感激。

因为通过这么长时间的交战，自己的剑术有了很大的进步。他的剑术开始是一直在提升，可到后面就没法再提升了。毕竟厚积薄发，之前在三界的六千年参悟，才有今日一朝的爆发，爆发总是有尽头的。很显然，纪宁这些年的参悟还不足以完全悟透杀剑式。可杀剑式，纪宁也领悟了大半，剩下没能领悟的，就更加艰涩难懂了。即便如此，纪宁的剑术威能也比之前大得多了。

"雾岩星上难得有一个懂剑道的，你随时可以来找我比剑。"黑雾世界神微笑道。

"是。"纪宁大喜。

不过黑雾前辈说随时可以，纪宁也不可能真的傻乎乎地经常跑去。这练剑必须参悟和实战结合，自己必须参悟足够久，有足够多的积累，才能再去一战。

"按照我现在的进步速度，再修炼万年，估计就能领悟第二式了。"纪宁暗道，"借助窥天太皓塔，这只需数百年而已。"

如果不是黑雾世界神，恐怕所需的时间就是以十倍百倍计了，甚至某些关卡，会让纪宁怎么都悟不透。可有名师一指点就透了，这就是名师的重要性。

"北冥。"上方的雾岩星主开口道。虚幽仙人和黑雾世界神也都看着纪宁。

"星主。"纪宁恭敬地应道。

"你的实力的确不错。我雾岩星有五位将军，现在你便是第六位将军。"雾岩星主微笑道。

纪宁略微一愣。

将军这等关键职位，实力是一方面，另外也需要些功劳的。

"是。"纪宁连忙应道。

"作为将军，雾岩军对你的要求就会比较松。"雾岩星主笑道，"我如果说得不错，你修炼的岁月应该不长。"

"是。"纪宁应道。

"嗯，你修炼岁月短暂，肯定是要努力尝试成为世界境的。"雾岩星主道，"将来也会出去闯荡冒险，这是你加入我雾岩军所需立下的本命誓言，算是很宽松的了。"他说着一挥手，一个卷轴就从高处飞下，然后飞向纪宁。

纪宁接过卷袖，他明白加入任何一个势力，都要立本命誓言。

如果仅仅当客卿之类的，本命誓言的条款就会非常宽松。

纪宁一看……

这本命誓言的确很宽松，甚至对纪宁的束缚几乎可以忽略，需要的仅仅是对雾岩星的忠诚。

"星主。"纪宁恭敬道，"这誓言可能需要稍微更改。"

"更改？"雾岩星主皱眉。这誓言算是最宽松的了。他问道："何处要更改？"

"我将来冒险，可能要离开大莫域。"纪宁恭敬道。

"离开大莫域？"上方的三位世界境都疑惑了。

大莫域何等广阔！

世界境大能也多得很。这样的疆域，足够一名祖神祖仙磨砺了。

"我也是没办法。我受本命誓言束缚，将来必须离开大莫域，去寻找一个叫天苍宫的地方。"纪宁连忙问道，"不知道三位前辈，可知道这天苍宫？"

自己要去天苍宫，也没必要隐瞒。

三位世界境大能的眼界，肯定比自己要大得多，或许会知道天苍宫。


大殿上的黑雾世界神、虚幽仙人、雾岩星主都微微一愣。

"天苍宫？"雾岩星主疑惑地看向身侧的两位，"我去的地方比较少，也就大莫域、飞蝉域等五个疆域。你们去的地方比我多。"

"我也没听过。"黑雾世界神也摇头，"虚幽，你在无尽混沌中漂泊，可听说过天苍宫？"

虚幽仙人疑惑地俯瞰下方："北冥祖神，你说的这天苍宫是什么？是一个地方？一个宫殿的名字？还是一方势力？"

"一方势力。应该是很强的一方势力。"纪宁道。

"没听过。"

虚幽仙人有着疑惑："我漂泊了无尽岁月，大莫域周围其他疆域，甚至更加遥远的疆域，也去过很多地方，搜集了很多星图。可是从来没听说过天苍宫这样的势力。"

"我雾岩星上其他的世界境，去的地方要比虚幽少得多。虚幽都没听说过……这天苍宫一定非常遥远，或者非常偏僻，甚至可能早就覆灭了不知多少混沌纪了。"雾岩星主说道。

纪宁心中一凉。

北休世界神啊！你当年逃命到底怎么逃的啊？逃得神剑紫光琼这等神剑都受到重创，逃得自己都不认识大莫域了。

这下真的麻烦了！

北休世界神不认识大莫域。

雾岩星主、黑雾世界神、虚幽仙人他们也不知道天苍宫！须知，天苍宫是统领整个天苍域的，按理说名气应该非常大。可虚幽仙人漂泊过很多疆域，连听都没听过。由此可以想象，大莫域和天苍域的距离是何等遥远！

"我一个混沌纪，能找得到吗？"纪宁担心了。

"关于天苍宫……我会帮你询问其他几位世界境，也会问问我的一些朋友，看谁听说过天苍宫。"雾岩星主说道。

"谢星主了。"纪宁道。

雾岩星主俯瞰下方的纪宁，摇头笑道："我能帮你的也只有这些了。不过连虚幽仙人都没听说过，我的其他好友知道的可能性也很低。嗯，你加入我雾岩军的本命誓言，可以稍微修改下。"说着他遥遥一指。

只见璀璨的星光瞬间降临，包裹住了纪宁手中的卷轴，卷轴上的内容很快修改完成。

"你看如何？"雾岩星主问道。

纪宁低头一看，束缚低多了，等自己成了世界境，几乎是没束缚了。

"如果愿意，便立下本命誓言吧！"雾岩星主道。

"是。"纪宁恭敬地道。他握着卷轴，这卷轴本身就具有誓言石功效。

"我，以我生命起誓……"

从这一刻起，纪宁就真正是雾岩星的一员了，即便是亿万年后，即便是他实力再高，他也是雾岩星的一员。

殿内。

纪宁立下本命誓言后，雾岩星主、黑雾世界神、虚幽仙人他们看纪宁的目光也温和了许多，毕竟他们现在就是同一艘战船上的人了。

"你初加入我雾岩军，按照规矩，自会得到些赐予的宝物、法门等。"雾岩星主道，"这些等会儿，我会让扶折带你去领取。"

"是。"纪宁应道。

"不过我雾岩星有许许多多的修行者，不可能将所有宝物都只给你一个人。"雾岩星主道，"所以除了最基本的赐予外，想要得到更多就需要立功。不知道你现在是愿意长居雾岩星，还是愿为我雾岩星对外征战？"

"我愿对外征战。"纪宁恭敬道。

雾岩星主微笑点头。

"星主。"纪宁连忙道，"我想知道，整个大莫域，懂得黑莲秘术，又是心力修行者，实力至少是巅峰祖神的……有几个？"

"黑莲秘术乃黑莲神帝绝学，绝不外传。就像我雾岩星的真正绝学也是不可能外传的，一些不算太重要的绝学才会传授。"雾岩星主笑道，"懂得黑莲秘术，又是心力修行者，还要实力至少巅峰祖神……也就是黑莲神帝麾下的九神将中的心神将。"

"心神将可有第二元神？"纪宁追问道。

"有。"雾岩星主点头，"据我所知，心神将的第二元神早在一个混沌纪前，在地龙星一带征战就陨灭了。"

纪宁一惊。

地龙星一带？

不就是自己来的地方吗？一个混沌纪前陨灭？那源老人不就是上古时被夺舍的吗？世上没这么巧的事。

"真是心神将！"纪宁眼中迸发杀机。也对，自己当初就感觉刺修大魔神没有撒谎，作为心力上极强的修行者，感应别人是否撒谎还是很准的。或许像源老人这种心力修行者伪装起来厉害，可刺修大魔神那种魔头是不擅长撒谎的。

"你和这心神将有仇？"雾岩星主问道。

"是。"纪宁恭敬道。

"哦……"雾岩星主思忖了一下道，"这样，我麾下的混沌世界中，和黑莲神帝统领区域靠得最近的是溯风混沌世界。那里的交锋冲突也非常多，在溯风混沌世界常驻着超过三百名祖神祖仙。你便去那溯风混沌世界吧。"

"那里已经有首领了。"黑雾世界神在一旁说道。

雾岩星主一翻手，拿出了一块泛着星辰光芒的令牌，朝下方扔去。纪宁连忙伸手接过，上有"巡守"二字。

"这是巡守令。"雾岩星主道，"从现在起，你就是我派出的巡守者，你是代我巡守。你在溯风混沌世界就代表我，在溯风混沌世界内我方所有修行者，皆听你号令。"

"是。"纪宁恭敬应道。

"还有，我会传令下去，将你的消息掩盖起来。"雾岩星主道，"你初到我雾岩星，现在知道你的人还很少。黑莲神帝那边怕是更加不知道你加入了我这边。他们不知道你，你在溯风混沌世界，也能更好地立功，找机会报仇。黑莲神帝麾下的九神将，是经常前往溯风混沌世界的，你定有机会碰到那心神将。"

"谢星主！"纪宁大喜。

这安排真好！

代星主去巡守，地位的确高得很。

"你要小心！"黑雾世界神在上方嘱托道，"黑莲神帝麾下的军队可不好惹。"

"是。"纪宁却充满期待。

因为剑术本就是攻伐之术，在战斗中才能更好地磨炼。论剑术，自己有无名剑术，自己需要的就是战斗和时间。

"扶折，你现在就带北冥去领取宝物吧。领完了，北冥便可立刻出发，前往溯风混沌世界。"雾岩星主吩咐道。

"是！"扶折岛主恭敬地道。

随即纪宁和扶折岛主就一道离开了主殿。

"怎么样？"雾岩星主问向身旁的两位。

"当然好！"虚幽仙人笑道，"有这么一位厉害的剑道高手加入，也算运气。我猜这北冥和那心神将应该仇怨颇大，所以他才会选择加入我们雾岩星。否则的话，以他的剑术，可以轻易地加入除大莫院外的任何一股势力。"

"所以我将他安排到溯风混沌世界。"雾岩星主道。

两大势力的边界，就是一台绞肉机。

祖神祖仙不断死去，是非常正常的。对两大势力而言，这也是让修行者磨炼的一种方式，在生死中磨炼，才能成长得更快。

出了虚幽宫。

"恭喜北冥兄成了第六位将军！"扶折岛主和纪宁并肩飞行，"此番北冥兄前往溯风大世界，代星主巡守，却是无可争议的首领了。这统领一方混沌世界的滋味可是很好的。到时候那些溯风混沌世界的修行者，一个个都会来讨好你的。"

"讨好我？"纪宁疑惑。

"当然。因为你是代星主巡守，可以轻易挑错，他们怎敢不讨好？"扶折岛主笑道，"快看，星主府已经到了。"

纪宁转头看去，一座古朴的仿佛巨大城邑的府邸出现在远处，周围弥漫着无数星光。这就是整个雾岩星的核心所在。

"你领的宝物法门，普通祖神军士拼上一个混沌纪都得不到。"扶折岛主有着羡慕的神色，当即带着纪宁，一道进入了星主府中。


星主府，广阔有数万里。

星主府内建筑连绵，气势滔天。

"那是……"一进入府中，纪宁就惊愕地看着远处。

步入星主府，纪宁就看到一座座雕塑，都是灰白的人像雕塑。有头发飞舞霸气的汉子，有清冷的美丽女子，有哈哈大笑状似癫狂的老者，有杀气冲天的少年。一座座雕塑，就仿佛活的一样，可很明显它们只是没有生命的岩石雕塑。

"那是什么？"纪宁疑惑地问道。

"都是世界境。"扶折岛主看着那些雕塑，眼中有着复杂的神色。他轻声道："已经死去的世界境。"

"死去？"纪宁顿时明白了，"是雾岩星已经死去的世界境，而后按照他们活着时的模样雕刻在这儿的？"

"不……"扶折岛主轻轻摇头："这是他们的尸体！"

"尸体？"纪宁愣住了。他转头盯着那一座座雕塑，这数十座岩石雕塑，没有任何生命气息、神力气息、法力气息。须知就算是普通神魔的尸体都会有着神力气息的，就算是炼气流的混沌仙人，死后如果有仙体遗留，气息也非同一般。

可眼前这些岩石雕塑乍一看，的确没有什么特殊的气息。

"他们都是雾岩星从无尽久远的过去，到如今死去的一位位世界神。"扶折岛主道，"他们都是施展神通雾岩毁灭篇和敌人拼命，而后身死的。"

"雾岩毁灭篇？"纪宁疑惑。

"雾岩星一脉，源远流长，比整个大莫域最强的大莫院还要悠久。大莫域虽然有许多势力，可单单论源头悠久，我们雾岩星一脉能排在前三。其实在大莫域，论历史，比大莫院悠久的有很多，许多早就覆灭了。历史悠久也没用，实力强才是根本。大莫院乃是大莫道君创建，自然完全称霸整个大莫域。"扶折岛主说道，"我们雾岩星一脉的最强神通，就是这雾岩毁灭篇。神魔流才能修炼，成世界神后才能大成，这门神通是绝不外传的。"

纪宁虽然购买了星图，星图里有一些大概介绍，可一些隐秘绝学的介绍却很少。

"施展这门神通，神体会逐渐雾岩化。如果这门神通完全炼成，施展这门神通，整个神体都会雾岩化。雾岩化时，实力非常可怕。"扶折岛主说道，"可是有利也有弊。神体完全雾岩化，一旦神力消耗殆尽，那么就会化作一尊雾岩雕像，那就是真的死了。"

"啊！"纪宁愣了。

"只有真的到了绝境，我雾岩星一脉的世界神才会拼命。如果在神力消耗殆尽前停止神通，这世界神还能活下来。这些都是一直战斗至死的。"扶折岛主轻声道。

纪宁看着那一尊尊雾岩雕像。

那是无尽久远过去的一位位世界神……

到了何等的绝境，才会被逼得拼命啊！看着那些世界神死前的模样，有的大笑，有的疯狂，有的却很平静。这让纪宁非常震撼。他明白，修行者的路充满了危险，就算是世界神，也有很多死去了。如北休世界神，如眼前这些。

"走吧！"扶折岛主道。

"嗯。"纪宁恭敬地行了一礼，而后和扶折岛主继续前进。

纪宁先去领了甲衣。作为第六位将军，纪宁领的甲衣也是混沌极品层次的。

"这些是我雾岩星一脉诸多法门的简本玉符。"在一个黑暗的殿厅内，飘浮着一块块玉符，成千上万块玉符散发着光芒，"光芒最弱的是普通法门，光芒较强的是顶尖法门，光芒最耀眼的是不外传的绝学。"

纪宁在黑暗殿厅内，抬头看着悬浮着的玉符，最耀眼夺目的玉符一共也就十二块，个个气息非凡。

"不外传的绝学，仅仅雾岩军中的将军，以及我雾岩星一脉的世界境亲自收的弟子有资格学。"扶折岛主道。

"哦？"纪宁当即开始心识渗透，迅速渗透向那十二块玉符，查看起来。

纪宁一看，万分吃惊。

这雾岩星好深厚的底蕴。十二块玉符中有三块都是剑术，每一门剑术都很是非凡。

如其中最强的幻星剑典，共有九式，修炼到第五式就是剑世界境了。

"虽然了得，可和我的无名剑术相比还是差了些，无名剑术更加博大精深。"纪宁也算剑道高手，自然有分辨能力。无名剑术的创造者的境界应该非常非常高，所以会高屋建瓴，第一式就是心剑式，让修行者能绝对掌控每一剑，越往后，越是逐渐深入……

而其他剑术，或许威能也大，可意境上就狭隘了些，自然低了一等。

"我应该专心参悟无名剑术。"纪宁立即忽略了这三大剑术。

尘世帖残卷、魔心不灭神通、紫烟图、雾岩毁灭篇……

神通、秘术，看得纪宁连连惊叹。

厉害！

太厉害了！

北休世界神毕竟是天苍宫的一员，他没法将天苍宫的绝学传给纪宁，传给纪宁的都是他闯荡流浪无数险地后得到的一些绝学。其中无名剑术和金像神通是非常厉害的两门，可其他的就相对差些了，雾岩星一脉的绝学也仅次于无名剑术。

像尘世帖残卷，这是一门符篆法门，威能惊天动地。虽然仅仅只是残卷，可简本中的粗略记载以及公开的一幅图贴，给纪宁的感觉应该和无名剑术是一个层次的。可惜是残卷，按照记载，都没有入门的，只是一幅符篆法门的残图而已。

自己的无名剑术虽然只是残篇，可好歹第一式到第七式是齐全的，连北休世界神也就修炼到第五式。这无名剑术足够自己修炼很久了。

"雾岩毁灭篇……嗯，好厉害的神通啊！"纪宁看得惊叹。

雾岩毁灭篇分三重：

雾岩第一重，神体会轻微雾岩化，如毛发等开始雾岩化，很轻微，神力爆发可以大增。

雾岩第二重，神体会大规模雾岩化，连骨骼都会雾岩化。

雾岩第三重，神体完全雾岩化，变成雾岩躯体。世界神转化成的雾岩躯体能够媲美道之神兵的坚韧程度。这样的躯体可以承受极为可怕的神力爆发，不像纪宁的摘星手仅仅是手的爆发，雾岩毁灭篇是全身每一处神力都能爆发，尽皆汇合，威能不可思议。

仅仅第一重……就能媲美摘心手的第六转了。

"好好挑选。"扶折岛主在一旁说道，"你是将军，可以挑选十门普通法门，或者仅仅挑选一门顶尖法门，或者挑选绝学的一部分。"

绝学，是不可能一次性完全传授的。

纪宁仔细地观看着，许久后他做了决定。

"我选这雾岩毁灭篇。"纪宁说道。

"啊！"扶折岛主有些吃惊，之前他和纪宁还说过那雾岩雕像的事呢。他忍不住问道："决定了？"

"嗯。"纪宁点头。

这门神通威能非常大。

练成第二重，就能匹敌摘星手第七转，而摘星手第七转至今还没创出。

纪宁选这门神通，一是要修炼，二是想要好好琢磨琢磨，借鉴一番，好创出摘星手第七转。毕竟纪宁还想创出第八转、第九转呢……

片刻后，纪宁得到了一卷玉简，其中记载着雾岩毁灭篇的上篇，上篇是第一重和第二重，也是祖神所能修炼的。第三重那是世界神才能修炼的。

"扶折兄，我身负星主命令，这就先出发前往溯风混沌世界了。"星主府外，纪宁和扶折岛主道别。

"溯风混沌世界，乃是和黑莲神帝一方交锋之地。北冥兄，小心。"扶折岛主嘱托道。

纪宁点头，随即破空而去，前往溯风混沌世界。


溯风混沌世界，呈巨大的椭圆形。

"嗖！"一艘大船飞入这溯风混沌世界内。大船内有三名修行者，他们丝毫不收敛自己的气息。

"三位来我溯风世界，有何事？"虚空荡漾，一名有着双翼、额头还有着白角的黑袍祖仙开口道。

"我们三个想要探探那古老遗迹。"大船内的三名修行者起身，他们的气息都不弱，或是祖神，或是一等祖仙。

"这是三瓶混沌灵液。"其中一名银发修行者一挥手，三瓶混沌灵液飞了过去。

黑袍祖仙伸手接下，淡然道："好。相信三位也知道，这里是我们雾岩星和那黑莲帝都的边界交锋之地。三位可别搅进来。"

"我们明白。"三位修行者说道，随即他们便驾驭着大船迅速飞去。

"哗！"黑袍祖仙旁边，又出现了一名血色浪涛环绕的老者。这老者笑道："白角，又是去遗迹冒险的？"

"嗯。"黑袍祖仙翻手显现了一下那三瓶混沌灵液。

"这古老遗迹，吸引着祖神祖仙去冒险，我们收混沌灵液都收得手软了。"血浪老者摇头，"可惜这混沌灵液是要往上献的，如果是我们的就好了。"

"如果是你，那些祖神祖仙会乖乖交一瓶混沌灵液？"黑袍祖仙揶揄道。

溯风混沌世界……

并非是自然衍变而成的混沌世界。像盘古混沌世界、无间混沌世界，都是世界之心孕育神魔，最强的神魔开辟出一方混沌世界，而后力竭死去。可是溯风混沌世界却是一位古老的大能者主动开辟而成的。

那位古老大能者，更是占据了一方混沌世界近半的范围，建造了自己的修行洞府。

随着那位古老大能的死去，他的洞府，就成了遗迹。

一个修行者的老巢，那是非常危险的，因为他需要防止敌人入侵，自然布下重重手段。所以即便大能死去，那洞府依旧危机重重。可同样的，越是厉害的遗迹，那等层次的大能遗留下的法门、宝物等，越让无数修行者为之痴狂。

溯风遗迹，就是颇有名气的古老遗迹。

连世界神、混沌仙人都有丧命在其中的。至今溯风遗迹依旧有许多的谜，那些带着宝物活着出来的修行者，让后来者源源不断地涌入遗迹。

要进去？

行，得交过路费！

就像乘坐时空传送阵得交一瓶混沌灵液。这遗迹属于雾岩星势力范围，想要去闯荡就得乖乖交。世界神、混沌仙人去闯的话，自然不必缴了。可祖神祖仙还是得乖乖缴的，否则会遭到雾岩星的军队围攻。那就惨了。

大莫域最赚的就是时空传送阵了，只是二十一座时空传送阵，都被大莫院掌控，其他势力只能眼馋罢了。


"巡守者来了吗？"一身金甲的魁梧魔神般的身影显现。

"还没有。"黑袍祖仙摇头。

"我们早就在这儿盯着了。"血浪老者有着担忧，"也不知道这位巡守者什么脾气。我和白角经营这溯风混沌世界都已经好几个混沌纪了，希望这次别栽在这位巡守者手上。"

溯风混沌世界是古老大能开辟的。

自然衍变的混沌世界，只能存在一个混沌纪，而后就要重新衍变。可是这溯风混沌世界内部，有溯风遗迹坐镇，存在的岁月已经很悠久了。

"这位巡守者，听说是位新将军。"金甲魔神低声道，"我们雾岩军之前一共也就五个将军，这是第六位。我之前也没见过他，也不清楚他的脾气……你们俩自求多福吧！"

"嗯。"黑袍祖仙和血浪老者点着头，都心中紧张。

巡守者，本就是巡守监察的，权力大得很。

正在他们三位彼此谈论着那位巡守者时——

在溯风混沌世界另外一处，天穹裂开一道缝隙，一道流光飞入。而后一个人影停下来，正是纪宁。

"嗯？有动静！"黑袍祖仙、血浪老者和金甲魔神连忙赶过去。

当穿梭虚空后，他们看到远处高空中有一名白衣少年。这白衣少年正俯瞰着广袤的混沌世界。

"和画卷上的一模一样。"黑袍祖仙三位不敢犹豫，连忙飞了过去，飞到了纪宁的身旁。黑袍祖仙连忙道："可是巡守者？"

纪宁翻手拿出令牌。

"嗡——"令牌散发出霸道的气息，气息和雾岩星主极为相似。

"拜见巡守者！"黑袍祖仙三位连忙恭敬齐声道。巡守令牌没法作假，雾岩星主赐给纪宁巡守令，那也只有纪宁能使用，其他祖神祖仙都没法用。

"嗯。"纪宁点头，"你们三位是……"

"我是白角，他是血海，我们俩负责掌管溯风混沌世界的大小琐事。"黑袍祖仙说道。

"我是食山祖神。"那穿着金甲眼神却很淳朴的男子低沉道，"驻扎在溯风混沌世界的三百二十一位祖神祖仙皆听我命令。奉星主令，从今日起，我听巡守者之命。"

纪宁微笑点头。他也明白了，雾岩星主统领的麾下众多混沌世界，也是有专门的管理者。一般安排两位祖神祖仙，这样两位祖神祖仙也好彼此监督。除此以外，还会偶尔派出巡守者去巡守监察，防止出现一些监守自盗的事情。

溯风混沌世界就是白角祖仙和血海祖神管理的。

"三位称呼我旭日剑仙即可。"纪宁道。雾岩星主已经下令掩盖他的消息，纪宁自然对外说一个假名了。

"旭日剑仙。"三位都恭敬地道。

"雾岩军驻扎在哪儿？带我过去！"纪宁吩咐道。

"就在那里。"食山祖神遥指远处的连绵的山峰，"我们都住在那东宁山脉上。"

这山脉连绵数千里，祖神祖仙随意挑选山峰住下。这点距离对祖神祖仙而言非常近，一旦发生战斗，完全可以瞬间聚集。

"哦？"纪宁点头笑道，"那我也住在这儿吧！食山兄，这次我来巡守溯风混沌世界是小事，主要是和你们一起，和黑莲混沌国一战。"

"有将军在，我们的底气就足多了。"食山祖神呵呵地笑着。

"我听说溯风混沌世界的溯风遗迹颇有些声名。"纪宁转头看向一旁的黑袍祖仙和血浪祖神，"你们可有一些关于溯风遗迹的信息记载？有就给我一份。"

"有。"黑袍祖仙一翻手，拿出了一卷玉简，恭敬地递给纪宁。

"嗯，好了，这里没你们什么事了，该做什么你们继续做。"纪宁吩咐道，"你们只要配合好雾岩军即可，平常没事不必来找我。"

"是是！"

黑袍祖仙、血浪祖神恭敬地道。

"去吧！"纪宁吩咐道。两位祖神祖仙这才离去。

"就这么让我们走了？"血海祖神轻声嘀咕，"白角，我还以为要献上些宝物呢。宝物我都准备好了。"

"是啊，这次的巡守者还是位将军，眼界肯定高得很。我也胆战心惊呢，没想到他就这么让我们走了。"黑袍祖仙也松了口气，"听这位巡守者的意思，没事不想我们去打扰他。看来是真的不想压榨我们了。"

"嗯。"血海祖神也很庆幸。


"将军，其实你只要一句话，他们俩就要乖乖献上宝物。"食山祖神笑着道，"管溯风混沌世界可是个好差事，不是什么祖神祖仙都能弄到手的。"

纪宁摇头。

以自己的实力，何必做那等要挟之事。

纪宁站在半空，转头看向那郁郁葱葱的东宁山脉，在将来很长一段岁月，上万年乃至更久，自己都会长住在这儿。

# 莽荒纪

## 第十章
## 入古遗迹

在纪宁抵达溯风混沌世界的第二天。

纪宁降落在混沌中一颗荒凉的星辰上。

"这颗星辰普普通通，在周围广阔的混沌中，这等不起眼的星辰数以亿万计。"纪宁轻轻点头，"普通才好。世界牢狱就放在这儿吧。"

纪宁随手一抛。

一块碑石便朝下方那深不见底的峡谷中坠下去，坠落了数万里，又被深处的暗泉给裹挟着带到了地底深处。

自己在大莫域闯荡，甚至将来要离开大莫域，说不定何时就会出现危险，当然得留下翻身的机会。这本尊的分身留在这儿，本尊即便身死，分身也能再修炼回来。

"不过传说中有些可怕的秘术，却是能够连本尊分身一同灭杀。"纪宁暗暗警惕。

就像本命誓言。

一旦违背本命誓言，本尊、第二元神以及分身等会皆遭到反噬身死。之所以如此，是因为本尊和第二元神也是有着一些特殊联系的。

在混沌中，有一些可怕的存在，拥有着特殊的秘术，能达到和本命誓言相同的效果，将所有的分身和第二元神全部灭杀，任你分身再多也无用。这也是北休世界神告诉纪宁的。不过那等厉害的秘术太难修炼，且极为罕见，世界境中会这秘术的都万中无一。

祖神祖仙中，更是听都没听过。

"即便有分身也需警惕。"纪宁提醒着自己。

"嗖！"纪宁随即就离开了。这里离溯风混沌世界颇为遥远，纪宁穿梭混沌也是耗费了大半天时间才抵达这里。

溯风混沌世界，东宁山脉，旭日小院。

这是一座宁静的普通四方小院，这里就是纪宁的住处。

"呼！"一道流光从远处天际飞来，降在小院内，正是从遥远的那颗荒凉星辰赶回的纪宁。

"将军。"院门外传来声音。

纪宁朝门口看去，笑道："进来！"

门被推开，从外面走进来三名穿着金色甲衣的军士。这三位都是雾岩军的金甲队长，为首的就是那食山祖神。在食山祖神旁边的，一个是容貌绝美有着一条毛茸茸雪白尾巴的妖娆女子，另一个则是散发着寒气的碧发男子。

"将军，你昨天早早就出去了，他们两位都没能来拜见你。"食山祖神笑道。

"这就是另外两位队长？"纪宁看向那两位。

食山祖神连忙道："这位是飞灵仙人。"

"见过将军。"穿着金甲、有着毛茸茸雪白尾巴的妖娆女子说道，她的声音中有着魅惑。

"这位是渊泪祖神。"食山祖神介绍旁边的碧发冰冷男子。

"见过将军。"渊泪祖神也恭敬地道。

"在溯风混沌世界驻扎的三百多祖神祖仙，主要是三支队伍。我们三个都是队长，当初星主命令，以我为首。"食山祖神说道，"如今将军来了，我等自然听将军号令。"

纪宁点头笑道："飞灵、渊泪，我和你们也是第一次相见，以后会长期在一起并肩而战。都坐，我们坐下聊聊。"

随即他们四个围着小院的一张木桌坐下。纪宁挥手，便出现了些美酒。

"我刚来这儿，不太清楚你们和黑莲混沌国怎么交锋，你们跟我说说吧！"纪宁问道。

"将军，"飞灵女仙声音悦耳得很，说道，"我们这边算是边界，黑莲混沌国那边和我们离得最近的是曲虫混沌世界。有时候他们会偷袭我们，有时候我们会偷袭他们……一般都是小规模的交锋，大规模的数百祖神祖仙彼此拼杀的，很少见。"

"哦？"纪宁轻轻点头。

"不过他们偷袭我们的次数更多。"飞灵女仙摇头，"我们溯风混沌世界是有溯风遗迹的。这溯风遗迹被我们掌控，每个外来的祖神祖仙要进去冒险，都需要缴纳一瓶混沌灵液。一个混沌纪下来，能收差不多一方混沌灵液。"

一方，那就是一千瓶。

这足以让世界境眼馋。

"所以黑莲混沌国非常想要夺下溯风混沌世界，他们就一次次来偷袭。不过整个东宁山脉，早就有阵法禁制重重，整个溯风混沌世界都是我们的地盘，他们偷袭，大多都是他们吃亏。"飞灵女仙道，"我们三百多祖神祖仙联合下，就是世界神来，我们都能抵挡支撑。所以至今，黑莲混沌国都没能奈何得了我们。"

"嗯。"纪宁明白了。

黑莲混沌国眼馋溯风混沌世界，可要夺下溯风混沌世界，怕是得让世界境出手。可一旦真的让世界境层次的出手，那战争就上升到了更高的层次。

雾岩星历史悠久，底蕴深厚，世界境数量更多。

黑莲混沌国不敢轻易掀起一场大战，所以平常都是祖神祖仙的彼此交锋。这种交锋更多的是对麾下祖神祖仙的磨砺，经历生死厮杀，祖神祖仙们才更容易成长。像驻扎在这儿的三百多祖神祖仙，几乎修炼都没超过一个混沌纪。或许黑莲混沌国也抱有希望，希望祖神祖仙的一次次偷袭，或许哪次就成功夺下溯风混沌世界。

纪宁和这三位队长聊着，在简单的接触中，他也了解到这三位的性格。

食山祖神，看似粗鲁凶悍，实则稳重，估计这也是雾岩星主让当初三百多祖神祖仙听食山祖神命令的原因。

飞灵女仙，欢快得很，且每次提到战斗，双眼隐隐放光，应该是极为好战的。

渊泪祖神，寡言少语。

时间流逝。

纪宁来到溯风混沌世界，转眼就过去了一百多年。

"来我溯风何事？"黑袍祖仙穿梭虚空出现，看着面前一艘大船内坐着的金衣男子。

"废话，当然是去探遗迹！"这金衣男子懒洋洋地说道，"这是一瓶混沌灵液。"

扔了一瓶混沌灵液过去，黑袍祖仙接过，眉头微皱，却也没说什么。这些仙魔送上混沌灵液，是因为不想得罪雾岩星而已，却不一定对他多么客气。

"呼！"空间涟漪荡漾，纪宁出现了。

"嗯？"纪宁看向那大船上的金衣男子。

"禀巡守者，这是来探险的。"黑袍祖仙连忙道。

"哦。"纪宁点头。他来到溯风混沌世界一百多年了，这还是第一次遇到外来者。

那大船上的金衣男子瞥了纪宁一眼，轻声低语道："巡守者？哼！"他一挥手，旁边立即出现了熙熙攘攘的一大群仙魔。这些仙魔个个都是祖神祖仙气息，足有上百位，个个恭敬万分，对金衣男子称主人。

"走！"金衣男子潇洒得很。

大船浩浩荡荡地飞行，朝溯风遗迹飞去。

"竟然有这么多追随者！"纪宁惊讶道。

"他在众多经常冒险的祖神祖仙中颇有些名气，叫天南祖神，实力大概是巅峰祖神吧。不过因为一次冒险，得了不少宝物，所以直接买了上百名祖神祖仙为仆。"黑袍祖仙介绍道，"有这么多祖神祖仙为仆，还买了祖神阵。有祖神阵配合，就算遇到世界境大能，他这群仆从都能帮他抵挡一段时间，所以当然狂傲得很了。"

纪宁点头。

祖神祖仙的寿命悠久，一个混沌纪成不了世界境，就没什么指望了。很多祖仙祖仙在实力提升上没指望，反而热衷于冒险。

古老的大能们留下的一个个遗迹……

他们喜欢行走在生死边缘，喜欢这种冒险的感觉，一次成功，可能就是大收获。像天南祖神，因为一次巨大收获，就买下上百名祖神和祖神阵，成了众多祖神祖仙冒险者中的一段佳话。

"溯风遗迹，也是进去的时候了。"纪宁心中暗道。来这混沌世界的第一天，纪宁就从黑袍祖仙他们那儿要了一份关于溯风遗迹的详细记载。在三界中没什么机会，可在大莫域，古老大能们留下的遗迹还是颇多的。

这个遗迹那么久都没探明，连世界境都有好些死在里面，显然留下遗迹的古老大能，是超越世界境的存在。

有这等宝地，自己又有分身留在外面，当然得探上一探。


三天后。

"这就是溯风遗迹？"站在云雾上，纪宁俯瞰那广袤的世界。一眼看去，无尽的云雾，亿万里方圆完全被笼罩。须知整个溯风遗迹原本是那位古老大能的洞府，占了整个混沌世界近半的范围，范围之大可想而知。

"进！"纪宁直接扎入了那笼罩的云雾中。

"呼！"纪宁只觉得空间变换，忽然感觉脚下软软的。他脸色一变，连忙迅速往上飞行。

"吼——"一张血盆大口从下方冲出，猛地就是一口。幸亏纪宁飞得快，才躲过了这一咬。

"竟然直接将我挪移到沼泽上。"纪宁飞到高空，俯瞰下方。下方是一片广袤的沼泽地，在他下方有一头身上满是泥浆的异兽正抬头盯着他，眼中满是凶光。它缓缓地往外移动，露出了蜥蜴般的躯体。

"按照溯风遗迹的记载，不管从何处进入溯风遗迹，都会被挪移到沼泽地。沼泽地中孕养着无数的虫兽，虫兽实力有强有弱，弱的可能只有真神实力，最逆天的甚至可能有世界神层次。"纪宁看着下方那头已经盯上自己的虫兽。

一名强大的修行者，在自己洞府中养虫兽太正常了。

建造这座洞府的那位古老大能，就是在洞府内专门弄出一片巨大的沼泽地，来饲养虫兽，甚至已经形成了循环。无须那位大能用心，虫兽就会彼此厮杀、吞吃成长。虽然这洞府主人死了都不知道多久了，但是沼泽内的虫兽依旧多得吓人。

这些虫兽被培育出来，就是担当洞府的守卫，所以一切外来入侵者，都会遭到虫兽的攻击。

"吼——"这头身形类似蜥蜴、嘴巴却更加宽大的虫兽猛地冲天而起，那数百丈的身躯蜿蜒爬行在虚空中。

"死！"一道耀眼的剑光亮起，划过了这虫兽的身躯。

"啪！"虫兽身躯一分为二，生机断绝，鲜血飘洒，跌落到下方沼泽中，溅起了些烂泥。

明月剑术之无影式。

纪宁手持着一柄北冥剑，北冥剑从千丈长缩小到三尺长。

"沼泽地，虫兽太多，赶紧走。"纪宁立即化作一道黑色电蛇，迅速朝远处飞去。

溯风洞府的最外围是沼泽地，没别的办法，只能飞行。穿过沼泽地，便抵达溯风洞府遗迹的其他区域了。在洞府内，纪宁也难辨方向，只是随便选了一个方向，保持最高速度飞行。

"嗯？"纪宁隐隐感觉到了波动，便悄悄朝那边飞去。

片刻后。纪宁遥遥看到了远处正在发生的一幕场景，远处沼泽中有一片荒丘，荒丘上盘踞着一头体长超过十里的双头蛇异兽。它此刻正昂着脑袋盯着上方，在上方则是一头有着巨大鳞甲翅膀的怪物。二者气息很是惊人。

"我感觉这两个单单论力量，怕都达到世界神门槛了。不过技巧方面差些，要杀它们两个，我耗费点手段，应该不难。"纪宁根据得到的消息暗暗猜测，"它们在沼泽地中也算两个霸主了。"

"吼——"双头蛇一声咆哮，猛然上冲。

鳞甲怪物也是俯冲而下，扑杀过去。

一时间沼泽地都在震颤着。幸亏这里是洞府遗迹，时空无比稳定，就算世界境厮杀也休想撼动。如果是在外界，这两大异兽的厮杀，恐怕足以让一个混沌世界支离破碎。

"那是……"纪宁忽然看到了荒丘旁有着一艘脏兮兮的大船，大船上放着一些刀剑、甲铠、珠、布幡等各种法宝。这些法宝都散发着强大的波动。

　　"这么多法宝？而且几乎都是混沌法宝层次。"纪宁一喜。

　　在漫长岁月中，来探险的祖神祖仙死在沼泽地的太多了。

　　他们死后遗留的法宝，虫兽们又不会用，一些强大的虫兽便会收藏当战利品！

　　纪宁收敛气息，扭曲周围光线，让虫兽们看不到自己。

　　"我的神剑紫光琼要完全恢复，需要大量的五行之精。这些法宝定要弄到手。"纪宁立即做了决定，"希望它们两个两败俱伤。如果都死掉，那就更好了。"

　　双头蛇的一个蛇头被鳞甲怪物的利爪抓住，可另外一个蛇头却侧斜着狠狠地咬住了鳞甲怪物的脑袋，死死地咬住。鳞甲怪物正疯狂地挣扎着，它的鳞甲翅膀竭力地扇动，一时间周围沼泽都晃动起来。

　　"砰"的一声，鳞甲怪物的脑袋碎了。它的气息很快就衰弱下去，原本挣扎的翅膀也垂了下去。

　　双头蛇的一个蛇头已经稀巴烂了，可它依旧昂起另外一个蛇头，发出兴奋的嘶吼。

　　"吼——"吼叫声在天地间回荡。

　　跟着双头蛇就低下头，开始吞吃鳞甲怪物的血肉。虫兽们就是靠彼此厮杀吞吃的方式，不断地蜕变。只见随着它的吞吃，原本已经稀巴烂的另一个蛇头也开始逐渐地生长出来。

　　"啾！"一道身影忽然逼近。

　　双头蛇大怒，完好的那个蛇头怒视着那逼近的白衣身影。

　　"呼！"它的蛇尾甩动，宛如闪电，抽打向那逼近的白衣身影。

　　"心剑天地！"

　　"嘭！"剑光一闪，那巨大的蛇尾擦着偏向一旁，可那道剑光却直接刺向双头蛇那唯一完好的蛇头。双头蛇愤怒地张开血盆大口，肉眼可见的两根晶莹剔透的毒牙，毒牙尖端还隐隐有着透明液体。

　　"啾！"毒液快如流光。

　　"噗！"剑光一闪，轻易挡开毒液。

　　"刺！"剑光直接贯穿了蛇头。双头蛇庞大的身躯一颤，跟着就是一软，倾倒下来，砸得沼泽都是一片震荡。

　　明月剑术之滴血式！

　　"幸好这头虫兽之前已经重伤，实力剩下不到三成，否则要杀它还没这么容易。"纪宁露出喜色。杀虫兽有一个危险，就是虫兽会召集同伴。虫兽一旦遇到很强的入侵者，敌不过的情况下就会发出嘶吼，召唤其他虫兽。

幸亏纪宁动作够快，也幸亏双头蛇本就重伤。毕竟这次进入溯风遗迹，纪宁并没有带神剑紫光琼，因为他身上最重要的宝物就是那柄神剑了。如果他死在溯风遗迹内，其他宝物损失了也就罢了，可神剑紫光琼损失了，那就太不值了。

那可是令世界神和混沌仙人都疯狂的神剑，只要自己弄到足够多的五行之精，就能令神剑紫光琼重新展露它的锋芒。

"宝物。"

纪宁立即一蹿，飞向远处的荒丘。在荒丘旁就是那一艘大船，大船上就是法宝，都是双头蛇积累的战利品。有些是双头蛇从杀死的祖神祖仙那得到的，有些是它杀死其他虫兽得到的。

"嗯，混沌奇宝有二十一件，说不定那储物法宝内还有宝贝。"纪宁心力一扫，便探查得清清楚楚。他当即一挥手，将整艘大船都收了起来。

"咻！"远处忽然一艘流光飞来。

纪宁抬头看去。

"这位不是巡守者吗？哈哈哈，将那些法宝交出来，我饶你一命。"那大船上正站着一名金衣男子，在他身旁则是一群祖神祖仙。

"天南祖神？"纪宁皱眉。

天南祖神可是拥有上百名祖神祖仙仆从的，自己这次没带神剑紫光琼，应付起来倒是有些麻烦了。

在古遗迹冒险时，除了古遗迹本身的危险，其他的修行者也随时可能因为贪婪而出手！

"交出法宝！"天南祖神站在宝船上，脸色也冷了下来，"否则死！"

"天南祖神，我不想与你为敌。溯风遗迹大得很，何必拼个你死我活。"纪宁道。

"拼个你死我活？就你？"天南祖神终于没了耐心，冷声喝道，"杀了他！"

天南祖神一声令下，他麾下的一众祖神祖仙仆从们立即便动手了。

"呼！呼！呼！"

只见六道流光以超越天道极限的速度，迅速地杀向纪宁。

"追！"上百名祖神则同时冲出，杀向纪宁。

纪宁根本不敢犹豫，立刻施展九角电蛇遁术。

他是厉害，可是上百位祖神配合祖神阵，就算遇到真正的世界神都能纠缠。如果一旦被困住，他根本逃不掉。就是单单慢慢地磨，也能将他的神力法力消耗殆尽……纪宁是绝对不容许自己被围困的。

"你逃不掉的！"天南祖神冷笑。为了买下那两名操纵法宝超越天道极限的祖仙，可是花费了他不少宝物。那两位祖仙能令法宝超越天道极限，一般就能牵制敌人。只要牵制一会儿，自己麾下的祖神队伍就能将敌人重重包围。

凭借这群仆从……

天南祖神在世界境以下，几乎无敌。

六道流光迅速追了上来，分别是六根长梭。它们的速度明显比纪宁的遁术更快，很快就飞到了纪宁的前方，欲要拦截阻碍纪宁。

"滚开！"

纪宁这时候拼尽全力，显现出三头六臂，手持六柄神剑。

"心剑天地！"

六柄神剑同时施展！

摘星手神通，施展！

在溯风混沌世界修炼了一百多年，纪宁的剑术更加厉害，威能更加猛烈。

嘭嘭嘭嘭嘭嘭！六根长梭皆被砸得抛飞开去。纪宁的速度虽然稍微被影响了刹那，可跟着他又恢复了极限速度，迅速朝远处遁逃。

"什么？"正在大船上悠闲地看着的天南祖神面色一变，"两名祖仙的法宝都是超越天道极限的，竟然瞬间就败了？"

太短暂了。

感觉就是一碰面，六根长梭就被远远击飞了，特别是纪宁半步世界神之体，结合摘星手神通，砸得长梭飞得老远。

"呼呼呼……"

上百名祖神速度相对就慢多了，只能眼睁睁地看着那白衣少年和他们不断拉远距离，迅速消失在天边。

"哼。"天南祖神见状皱眉冷哼，"算你跑得快，下次希望你还能跑得这么快！"

"走！"天南祖神淡然吩咐。

"是！"一众祖神祖仙应命回到大船上，而后大船迅速离去。


纪宁朝后方看了一眼，松了口气。

"将来有机会，我也得弄点祖神祖仙仆从。"纪宁暗暗道。祖神祖仙和世界境差距很大，可是数量却能弥补质的差距。一百位祖神结合祖神阵，就能在世界境的攻击下支撑一段时间。如果是一千名祖神再配合祖神阵，甚至可能围杀一位弱些的世界境大能。

不过一千名祖神祖仙，不是那么好凑的。整个雾岩星一脉才多少一等祖仙？

更何况一千位祖神的祖神阵，价值比一千位祖神奴隶还要高。如果没有祖神阵，祖神再多也只是一盘散沙，必须借助祖神阵才能形成完美的整体。

纪宁继续朝前方高速前进。

以纪宁的实力，这古遗迹的沼泽地威胁不算大，只要小心些，感应到远处有庞大气息就早早避让开，还是比较安全的。

"看到了。"纪宁看到了前方连绵的群山，"进入古遗迹的其他区域了。"

"之前得到的溯风遗迹的情报，也没什么用了。"

纪宁开始担心了。

古遗迹的沼泽地是最外围，其实是最安全的。

其他区域，在整个洞府的阵法禁制下，经常会变幻。这次可能经过这个地方没有危险，下次却可能是死地了。所以情报用途也不大。

"呼！"纪宁降落在山峰上，高速飞奔着。他也不敢肆意地乱飞，说不定就飞入绝地了。

纪宁高速奔跑着，同时心力宛如涟漪查探着四周。一颗颗诸天星金珠环绕在周围，就算有危险，诸天星金珠也应该先碰到。

"嗯？"纪宁奔跑片刻，忽然转头看向远处。

远处一座山峰上正盘膝坐着一名火红色衣袍的女子。那女子容貌俏丽，眼如秋水，周围正环绕着一片片残月般的刀片。这些刀片上都腾绕着火焰，数百刀片环绕，火焰弥漫四周。

"好漂亮的一名女子。"纪宁的见识也算高了，看了后也不由得暗叹，"这算是祸国殃民了吧？"

看了一眼后，纪宁就继续飞奔前进。他飞奔的速度，也达到瞬间万里。

那坐在山顶的火红色衣袍的女子也看到了纪宁，不由得轻声嘀咕："怪了！我自创的大自在如意法，可是带着自然的魅惑的。那些刻意的魅惑反而低劣，我这自然而然的魅惑才厉害。他竟然没来和我说话？难道不知道我火仙子的名声？"

火仙子苏尤姬，在大莫域的祖神祖仙中，也是颇有威名的一个。

"而且在古遗迹的危险区域，还敢跑这么快！"火红色衣袍女子嘀咕，"我自问疯狂，可他比我还疯狂。他飞奔这么快，怕是一年探查的区域，比我万年探查的还要多啊，不过死得也快。难得看到个顺眼的……唉，希望你走运点吧！"

沼泽地是最外围区域。

出了沼泽地，皆算危险区域了。按照正常探险，一般都是非常小心，前进速度会非常慢。

可溯风遗迹几乎占了一方混沌世界近半的范围，范围之大可想而知。如果慢腾腾地探查，就是数十万年百万年都只能探查很小的范围。不过祖神祖仙们一般寿命悠久，他们也的确不会太着急，安全第一。

纪宁不同。

纪宁有分身在外，且又悟透心剑天地，对周围的感应掌控也很厉害。也是艺高人胆大。加上他修炼到如今一共才多久，哪里愿意在这地方耗费数十万年，他专门闯荡冒险个几年，就离开了，所以速度当然会很快。

"嗯？"纪宁眼睛一亮，看到远处地面上的一具尸体。

"收。"一条先天灵宝绳索飞出，捆住了那尸体，而后收入随身的洞天法宝内。

尸体自然要焚毁，不过法宝就得收起了。

"走。"纪宁心情颇好。在古遗迹中，偶尔发现一些其他修行者的尸体残骸是很正常的，当然说不定何时自己也会身死。

太大了。

古遗迹太大了。纪宁转眼在古遗迹内晃悠了一年有余，他凭借心剑天地的感应、诸天星金珠的守护、心力的探测，也避让开了一处处可怕危险之地。除了刚开始的天南祖神、火仙子外，他又碰到了六位修行者。不过仅仅一位修行者对纪宁下手，其他都是远远就避开了。

对纪宁下手的那位，自然斩杀了他！

"呼！"纪宁飞奔在山林间，时缓时快，有着独特的节奏。显然纪宁也是颇有经验了。

"轰轰轰——"远处有一阵阵波动传来。

"嗯？"纪宁眼睛一亮，"波动还真大，似乎有好几股波动，去瞧瞧。"按照情报消息记载，在这般危险的区域，能惹得几方厮杀的一般都是重宝。

纪宁迅速悄无声息地逼近，很快就来到了一座山峰。纪宁透过杂草遥遥看着远处，远处的一座山谷内，正有五名祖神祖仙在搏杀。他们分成了两方，一方是一位祖神祖仙，另一方是四位祖神祖仙。

"狱剑神，道之神兵有两件。你一件我们一件，不是很好？"

"就你们四个蠢货？死！死！死！"那位祖神祖仙笼罩在黑袍中，显现出六条手臂，持着六道雾蒙蒙剑光，疯狂杀戮着。另外四位祖神祖仙彼此配合，也勉强支撑住。

在山峰上的纪宁听得眼睛一亮："道之神兵？两件？狱剑神……嗯，看来这就是传说中的那位狱剑神了。的确是个剑道高手，论实力应该和我是一个层次的。"

"全部死吧！"狱剑神疯狂爆发着，狂攻着那四名祖神祖仙。他很清楚，一旦战斗时间太长，恐怕会吸引一些其他在溯风遗迹冒险的祖神祖仙。

"我撑不住了！"

持着六条黑棍的魁梧祖神发出低吼，狱剑神的剑光落在他身上，也只是溅起些火花。

"小心！"

一位近战的血袍祖神脸色大变，神体连忙主动分裂，化作两道身影逃离。

"噗！"一道剑光落下，还是斩杀了其中一道分身。

"我神体大损，挡不住了！"血袍祖神嗖的迅速逃离。他这一逃，另外的三位祖神祖仙也个个暗暗咒骂，只能不甘心地朝四面八方逃离。他们原本就不是一支队伍，只是因为狱剑神实力太强，才暂时联手的。

"哼，一群蠢货！"狱剑神停下，看着逃离的四道身影，随即咧嘴一笑。

"嗯？"狱剑神脸色忽然大变，他猛然转头。

一道冰冷的剑光突兀出现，直接刺向了他。

"旁边竟然还藏着一个！"狱剑神狰狞一笑，毫不留情地挥舞出六柄神剑。他根本没将这刺来的一剑放在眼里，速度虽然很快，可是太简单直接了。

"轰！"二者剑光碰撞在一起。

狱剑神一脸惊愕色地倒飞开去。一袭白衣的纪宁追杀向狱剑神。

明月剑术之滴血式！

"好强的力量！"狱剑神完全震惊了。这个对手剑法的威能完全超过了他，具有压倒性的优势。

"光力量强是没用的。"狱剑神倒飞的同时，猛的一个悬停，跟着迎向纪宁。

"噗噗噗噗噗噗！"

二者剑光交错，随即分开。

狱剑神盯着纪宁，低沉地道："你是谁？这么厉害的剑术不应该这么默默无名。"

"旭日。"纪宁淡然道。

"看来是新出现的剑道高手。"狱剑神冷冷地道，"实力不错。可这里是古遗迹，不是适合的切磋之地。等出去后，我们慢慢比试。"说完，狱剑神嗖的化作一道黑光，速度之快，也达到了天道极限。他刚才一交手，就感觉到纪宁的剑术实在太完美了。

他发现不了任何缺点。面对这样的对手，狱剑神觉得还是避开为好。

"走？"纪宁心意一动。

"咻！咻！咻……"

九道剑光破空而去。这九柄神剑是纪宁在溯风遗迹中得到的混沌法宝，虽然不成一套，可是在纪宁的掌控下，祖仙法力的灌输下，每一柄神剑威能都大得惊人。仿佛层层叠叠的网，完全阻挡在了那狱剑神面前。

这九柄剑的速度都超越了天道极限，迅速追上了狱剑神。

"该死！"狱剑神看到围困而来的九柄神剑，脸色大变，"到底哪里冒出来这么厉害的剑道高手？他的剑简直没有破绽。真该死！"

他宁可敌人的杀招威能猛，也不愿碰到这种剑术已经称得上没破绽的可怕对手。遇到这种对手，会令对手产生绝望感。

九道剑光环绕……

硬是牵制住了逃跑的狱剑神。

"你逃不掉的！"纪宁显现出三头六臂，手持六柄北冥剑，杀向狱剑神。

"那就战吧！"狱剑神也疯狂了。他返身扑向纪宁，眼中满是杀意。

为了两件道之神兵，他们俩都不会退。

道之神兵太罕见了。

就算是他们俩这一层次的高手中，也是大多没有道之神兵的。每一件道之神兵的价值，至少超过一方混沌灵液，顶尖的甚至超过十方混沌灵液，足以让世界境大能为之眼馋。纪宁和狱剑神为之疯狂也就很正常了。

"得了这两柄道之神兵，汲取了其中的五行之精，说不定神剑紫光琼就能完全修复了！"纪宁杀意滔天。

"怎么回事？"

那分散逃离的另外四位祖神祖仙，都感觉到了强大的波动。

"狱剑神在和谁交手？"

他们四位又小心翼翼地返回，道之神兵的诱惑太大了。

"嗯？那是……"

他们都看到了正在搏杀的两道身影，一个黑袍，一个白衣。

黑袍的正是声名远播的狱剑神。

白衣的则是少年模样。

"什么？狱剑神处于下风？"他们四个都吃惊了，"哪里冒出来的剑道高手？怎么这么厉害？"

"秀一兄，怎么办？"

"能怎么办？离远点慢慢观战。如果他们两败俱伤，有机会我们就杀过去。如果没机会，一旦他们厮杀结束，我们就立即逃远点。"

"嗯，秀一兄说得有理。"

"这个白衣祖神，比狱剑神更可怕些。"

纪宁和狱剑神都猜到那四位祖神祖仙可能会在旁边盯着，可他们俩都没将那四位放在眼里。四个巅峰祖神？杀之，虽然要花费点心思，可也不难。特别是纪宁的心剑式，最不怕的就是群攻。

二者对攻着。

纪宁的剑，看似随意自在，却层层相连。狱剑神都感到窒息了。

狱剑神的剑则更疯狂，带着浓浓的黑暗意境。

当！剑光一闪，纪宁终于刺在了狱剑神的神体上，他只感觉刺在无比坚韧的法宝上。剑中蕴含的冲击力让狱剑神倒飞开去，砸在远处的山石上，山石崩塌，四散滚落。

"护体神通？"纪宁微微皱眉，"看来得想办法将其镇压了。"

"什么？"被纪宁一剑刺在身上，狱剑神脸色变了，显然他在剑术上差了些。

"既然剑比不过你……"

狱剑神一咬牙，其中一只手中出现了巨大的紫色大锤，紫色大锤散发着强大的波动。

"道之神兵？"纪宁立即明白了。狱剑神得到的道之神兵是大锤，难怪这么长时间，狱剑神都没有使用。毕竟用这么一柄大锤来施展剑术，不太适合。

可差距太明显了，狱剑神只能改变战斗方式。

"死！"狱剑神单手挥舞着紫色大锤。

"轰隆——"

大锤挥出，隐隐雷电环绕，一层层空间被压迫，碾压向纪宁。

"好强的力量！"纪宁一看就隐隐感觉到了。他心意一动，北冥剑隐隐化作一个黑洞，便迎了上去。

"哗——"大锤直接偏到了一旁。

纪宁也被震得往后退了一下。

"我就知道……"狱剑神见状脸色更难看。这个白衣少年的力量本就强得离谱，即便现在借助道之神兵，可这白衣少年施展卸力法门，也完全能挡得住。

"这等大锤，动用的五行之精肯定更多。"纪宁更加眼馋。

"我一共有两柄大锤，我们各一个如何？"狱剑神边交手还边传音。他妥协了，面对纪宁那可怕的剑术，他无计可施，他很清楚，真的战斗下去，他必败无疑。纪宁远攻也厉

143

害，他逃都逃不掉。

"两个都给我，你我罢战。"纪宁传音道。

"休想！"狱剑神有些疯狂了。

"既然如此，那就战吧！"

纪宁更疯狂地冲上去，剑光飞舞，甚至在周围悬浮着一条绳索。那是纪宁分出一丝念头掌控的绳索，只要自己攻破狱剑神的剑法，令狱剑神来不及抵挡，便能趁机一举将其捆缚。

"轰轰轰——"

狱剑神边战边逃，同时疯狂传音道："这里是溯风遗迹，说不定周围就有危险，你追杀我，你也会陷入绝境。"

纪宁却只是继续疯狂攻击。

在远处观看的四位祖神祖仙看得都屏息了。

"都疯了！"

"如果他们俩被这古遗迹的阵法禁制给杀了，宝物留下就好了。"这四位祖神祖仙看着远处的狱剑神和白衣剑神，他们边战边朝远处飞去，也迅速地在后面跟着，同时也默默期盼着。

"轰！"正当纪宁和狱剑神在高空搏杀时——

忽然一股灰色的狂风突地出现。灰色的狂风打着卷，瞬间就包裹住了纪宁和狱剑神，跟着灰色狂风就消失了，被包裹着的纪宁和狱剑神就完全消失不见了。

这一幕让远处看着的四位祖神祖仙脸色都变了。

"早听说在溯风遗迹的危险区域，不能在高空乱飞，说不定就会陷入阵法禁制内，他们俩肯定被卷进绝地中了。"

"该死，两件道之神兵也被卷进去了。"

这四位祖神祖仙不甘心地在远处等着。等了三天的时间，也没等到纪宁、狱剑神的尸体，更没看到道之神兵，只能不甘心地离去。

# 荒荒纪

## 第十一章
## 青花空间

"不好！"纪宁脸色一变。灰色的带着死寂和灭亡气息的狂风凭空出现。

狱剑神之前也是被纪宁逼得没办法，才四处乱飞。

这也是因为二者差距不大，纪宁也需要些时间才能将其擒拿。纪宁甚至认为，短时间的厮杀乱飞不至于那么倒霉地触碰到阵法禁制。可是他们还真的触碰到了。

"轰——"灰色的狂风，席卷了纪宁和狱剑神。

无比强劲的力道裹挟着他们不断地朝下方飞去。

"好强的力量！"纪宁虽然竭力想要停下，可神力、法力这时候太弱小了。

"呼呼——"

下方是无比广阔黑暗的洞窟。

纪宁和狱剑神旋转着，被裹着吞吸了进去。

"停！停下！"纪宁瞬间显现出了三头六臂，同时六条手臂都暴涨，朝这洞窟的岩壁抓了过去。之前在空中纪宁没处抓，可现在被吞吸进这广阔洞窟中，还是能看到些岩壁的。纪宁有一种预感，如果任由这狂风将自己吞吸到最深处，恐怕就是死亡了。

必须停下！

狂风太猛了。

纪宁的六条手臂同时施展摘星手，终于有一只手惊险地抓住了一根石柱。

"轰！"原本被席卷着高速往下飞的纪宁，因为手臂抓住石柱，顿时猛地一停。这股可怕的撕扯力让纪宁全身一颤，施展着摘星手神通的手掌瞬间就麻木了，情不自禁就松开了，继续被那灰色狂风席卷着朝下方拽去。

之前被纪宁抓过一次的那根泛着灰光的石柱也出现了裂缝。在呼啸的灰色狂风下，这石柱终于完全断裂，被裹挟着疯狂地朝下方坠去。

"停！"纪宁的六条手臂正竭力朝四周抓，抓一切能抓的，欲要停下。

"轰隆——"

纪宁终于停下了。他的三条手臂同时插入了岩壁的一条巨大裂缝中，借助着这三条手臂的力量，终于抵挡住了狂风。

"呼，终于停下了！"纪宁松了口气。这条巨大裂缝在岩壁上足足连绵数千丈，纪宁的六条手臂此刻都插入岩壁中，每一条手臂都变得有数百丈长，深深扎进去，硬是将自己挂在岩壁上。

在另一处同样被裹挟着的狱剑神，也同样竭力地想要抓住什么。可是他的力量比纪宁弱太多了，虽然抓住了一些石柱等阻碍物，可那股撕扯力道也让他的手指瞬间麻木，然后完全松开，他根本没法抓住。狂风力量太强了，他抓不住任何物体。

纪宁的手毕竟是混沌奇宝，既是半步世界神神体，又有摘星手神通，才能比他更走运点。

"嘭！"被裹挟着朝下方飞时，他的身体也和一些凸出的岩壁撞击在一起，翻滚着。

狱剑神吐出鲜血。这样的撞击力道比纪宁的攻击还猛。只见他翻滚着朝下方坠去，以纪宁的视力，清晰地看着狱剑神朝下方坠了数百里深，撞了数十次，且越往这无底洞窟深处，狂风就越猛，狱剑神的身体都被撞击得扭曲了。嘭——随着狱剑神撞击在一块尖锐凸起的宛如长矛的石柱上，他的神体竟然撞得完全碎裂开来，在那等狂风下，他碎裂的神体瞬间完全被撕扯湮灭。毕竟那等狂风，比纪宁的攻击还要狂猛得多。

"可惜。"纪宁挂在岩壁上，眼睁睁地看着这一幕发生，看着狱剑神死去。

"道之神兵，也被吞吸下去了。"

"不过，我现在怎么办？"

纪宁六条手臂插在裂缝中，因为穿着混沌极品奇宝的甲衣，神体又修炼了金像神通，神体也更强。纪宁完全能支撑住。

"就这么挂在这儿……"纪宁心力释放，可惜心力刚一出来，就被一股毁灭般的力量震荡碎裂。

"这灰色风能湮灭心力！"

"这位建造溯风洞府的古老大能建的洞府，也太可怕了。"纪宁暗暗嘀咕。他却不知，这座洞府可是曾经被整个大莫域最强的存在大莫道君这一层次的强者查探过，结果都未能征服，以至于这遗迹被定名为溯风。

这就是因为那位古老大能，在风方面已经达到不可思议的境界。

心力不行，心识也不行，只能靠眼睛看。

"我必须得离开这儿。"纪宁抬头看向上方。灰色狂风呼啸，纪宁控制着混沌极品甲衣在眼睛上方形成一层半透明的保护层，这样纪宁才勉强能够观察上方。

"我得从这洞窟出去。"

"在狂风面前，我的手根本抓不住石柱之类的，只能靠着整个手臂的力量插入一些裂缝。"纪宁寻找其他更高处的裂缝。在灰色狂风下，这洞窟的确长得奇怪，也有着不少的裂缝。

"找到了。"

纪宁立即看准了上方百余丈处的一条小一点的裂缝。

"去！"纪宁立即伸出一只手朝上方伸去。

"呼呼呼——"

灰色狂风的力道，就仿佛无数的星辰压在纪宁的手掌上，令纪宁根本无力往上伸。纪宁努力坚持，朝其他方向伸出手臂还行，可要完全逆着狂风朝上方攀升，根本不行。

"不行，这风力量太大了。"纪宁立即放弃了。

"不能上去……"纪宁低头看向无尽黑暗的洞窟深处，"那就只能往下了。"

纪宁仔细朝下方看去，在两百多丈的下方看到了一道大的裂缝。纪宁立即伸出了一条手臂。

往上，是逆风。

往下，却是顺风了。

暴涨数百丈的手臂很轻易就伸了进去，深深扎入深处。一条又一条手臂扎入这裂缝中，而后纪宁松开原先的裂缝。

"呼！"纪宁猛地往下坠去，而后停下了。

"继续。"纪宁看了看四周，而后又继续往下。

在广阔的无底洞窟中，纪宁就这么慢慢地往下爬着。

爬的途中，他看到有一柄剑卡在石柱间。

"这柄剑不是狱剑神的。看来是过去哪个倒霉的修行者被席卷进来，兵器卡在这儿，没被吞吸到深处。"纪宁立即艰难地伸手将那柄神剑给抓住，收了起来。

他缓缓地往下攀爬。

百丈、千丈、十里……

纪宁捡到的兵器都有三件了，可惜都是混沌奇宝层次，没碰到一件道之神兵。他想想也对，世界境大能们面对这灰色狂风，不至于像纪宁、狱剑神这么狼狈。拥有道之神兵的祖神祖仙毕竟还是少数，恰好遗落被卡住的可能性就更低了。

纪宁慢慢攀爬，往下攀爬了大概过百里。纪宁照常朝四面八方仔细观看，看有没有生路。

"那是……"纪宁惊讶地看着下方的远处。

在岩壁上，竟然有一个洞穴。他一眼看出那是被刻意打凿出的洞穴，洞穴一眼看去估摸着也有数百丈范围。因为是完全在岩壁内部凿出的，所以灰色狂风虽然呼啸，却没有侵袭到洞穴内，洞穴内却是难得的平静之地。

因为是在岩壁内部凿出的，所以之前纪宁一直没能看到，到了近处才看到。

"谁在这儿凿出这么一个大洞穴？不管了，爬这么久，一直维持三头六臂，神力也消耗不少了。"

"赶紧过去。"纪宁朝那边靠近，而后将手臂伸向那洞穴。那凿出的洞穴内也是有一些凸起，纪宁很容易就能借力。

借助手臂延伸，随即手臂缩短，纪宁的身体迅速靠过去，很快就进入了洞窟中。

"进来了。"

洞窟内诡异得没有一丁点风，平静无比。

让从外面灰色狂风环境下进来的纪宁有些不太适应。

"呼，总算能暂时歇息一下了。"纪宁收了三头六臂神通，看了一眼这洞穴外的灰色狂风，而后则转身仔细观看这座洞穴。

这座洞穴开凿的痕迹很明显，而且非常规律，一片片开槽的纹路仿佛鱼鳞。在洞穴的岩壁上还有些文字和图案，整个洞穴内隐隐有着一股奇特的意境，仿佛隐隐有水在流动。纪宁情不自禁地受到影响，心也变得非常平静。

纪宁没急着去看那些图案和文字，而是先仔细观看岩壁开凿的鱼鳞般的痕迹。

"这么整齐？"

"如果是慢慢开凿，不至于这么整齐。"纪宁看着这些纹路，"感觉像是施展法术神通之类的，瞬间就将岩壁打出一个洞来。"

纪宁一想到这儿，就不由得吃惊。

刚才自己去抓石柱，那么强烈的拉扯也只是让石柱隐隐出现裂缝。自己也曾刻意想要用手刺入岩壁，可是根本没法刺入，所以纪宁只能去寻找一条条裂缝。

"这里的岩石，经过阵法禁制的孕养，灰色狂风的洗刷，早就不是凡物了。恐怕世界境大能想要轻易开凿出这么一个数百丈的洞窟，也不是件容易的事。"纪宁暗暗道。他伸出手，轻轻抚摸着这些鱼鳞般的纹路。

缓缓抚摸，他能感受到这些纹路传递来的一些特殊意境。

"宁静……如水……"

纪宁仔细观看了洞穴细微处许久，最后才看向整个洞窟最显眼的文字和图案。毕竟文字图案就在那儿是跑不掉的，自己不认真探查，一不小心遗漏了什么，很可能会出现一些糟糕的情况。

"这洞府遗迹溯风百流的确是一奇景。可惜不能和当初建造这洞府的道友坐而论道，那位道友死去已不知多久，待得将来我走到尽头，也定要将我的道留下来，让那些后来的修行者们好好看看。我在此观看十万年有余，也算略有所得，不过这溯风百流，我虽仅仅只看了几条支流，却也看出了和我的路差别甚大……其他的支流不看也罢，这是我十万余年观看之心得，记录于此。后来修行者若是能观之，也算缘分——水风子留！"

那一个个文字，有着扑面而来的飘逸气息。

纪宁透过这些文字，仿佛看到了一位大能者在这儿书写的场景。

"水风子？"纪宁轻声低语，"谁？看他所写，应该是一位实力和溯风遗迹创造者相当的存在。"

大莫域……

似乎没有一个叫水风子的。

世界境的大能一个个都是早就有情报记载了，大莫域中最是高高在上的，就是那位创造了大莫院，如今依旧活着的大莫道君。那位大莫道君的实力是真的深不可测，至少不是纪宁现在这一层次所能揣摩的。

大莫道君是大莫院的开创者，世界境大能在他面前宛如稚童。

"大莫院，有几个名气颇大的，可没有一个叫水风子的。"纪宁思索着，"没有。我根本没听说过这个名字。难道是……其他疆域的？"

不管怎样，这水风子口气这么大，如果他没撒谎的话，很可能是世界境之上的存在。即便是世界境，也定是世界境最最巅峰的存在。

"水风子……水风子……"纪宁将这名字默默记下，随即不再多想，而是继续观看旁边水风子记录下的心得。

岩壁上有文字，有图案。

文字，是刚才那段话。

图案，便是水风子留下的心得了。

这图案是一条条鱼儿在游动，一眼看去，有十余条鱼儿姿态各不同，在它们周围还有着很普通的一条条线条般的纹路，仿佛水纹。

共有九十七条水纹，十六条鱼儿。

"这图案？"纪宁觉得这些鱼儿和水纹有些奇怪，便仔细看着，细心体会着水纹、鱼儿的每一丝特殊。

"呼呼呼——"

渐渐地，不知不觉一股道的意蕴开始从图案中弥漫开来，开始笼罩纪宁。

"轰隆隆——"一条宽阔的约莫千丈宽的河流在奔腾。在这条河流中，有一条巨大的鱼儿。河流仅仅千丈宽，可鱼儿就有百丈长。这条大鱼在破风斩浪，不断地遨游着，迅速地朝前方前进。态势之猛，无可阻挡。

"怎么回事？"纪宁愣愣地看着周围。

正下方就是一条千丈宽的河流，在下方其他区域还有一条条河流，每一条河流都有千丈宽，每一条河流内都有一条大鱼在迅速地游动。单单纪宁能看到的就有好几条河流，远处还隐约能够看到其他河流，只是有点模糊不清。

虽然看不清，可模模糊糊，却能辨别出一共有百条河流。

百条河流，百条鱼。

水流向一个方向。

鱼儿游向一个方向。

那是一个尽头，一个皆汇聚的尽头，这是百流汇合的浩浩荡荡的大势，无可抵挡的大势。

每一条河流给纪宁的感觉都不同，河里的每一条鱼儿也不同。

有的河流，仿佛秀美的邻家姑娘。

有的河流，仿佛炽热的绝世妖娆。

有的河流，仿佛雪莲般冰冷仙子。

不同的意蕴，却完美地在远处开始汇合。

"百流合道……可惜！道不合，便是身死之时。可惜！可惜……"一道叹息声回荡在这世界中。

跟着一切消散。

纪宁又站在了之前的洞穴中，眼前还是那乍一看普普通通的鱼儿和水纹。

"怎么回事？"纪宁心中疑惑，"刚才是幻境？不对，如果是幻境，我应该能够感觉到。那不是幻境，而是其他某种东西……"

"这是水风子观看溯风百流留下的心得图案。"纪宁抬头看去，忽然一愣。

因为他脑海中自然而然就浮现了刚才经历的场景。

那百条河流奔腾、百条鱼儿游动的场景，皆在记忆中显现，连那最后一声叹息都在脑海中回荡。

"总感觉有着说不出的味道。"

"有一种伤感。

纪宁暗暗道。

纪宁之所以感觉到伤感，就是因为最后的那声叹息。

"不过这百流合道……"纪宁却总感觉那么玄妙，越体会，越觉得雾里看花。纪宁也不急，便盘膝坐下，开始静静体会。他甚至忘记进入窥天太皓塔，他的心思已经完全在那百流合道的场景当中了。

一天天过去。

纪宁坐在那里，就仿佛一座雕像，数百丈洞穴内的一些飞灰渐渐在纪宁身上积攒，很快纪宁就更加像一座雕像了。

六年后。完全被灰尘覆盖的纪宁睁开了眼，露出了那亮晶晶的眼睛，眼中有着惊喜之色。

"百流合道，九重合一……原来第九重混沌禁制是这样的。"纪宁喃喃自语。百流合道太高深，他仅仅悟出了些许。可在参悟时，他的剑术感悟、九重混沌禁制感悟也会彼此参考，此时却是对九重混沌禁制豁然开朗。

纪宁在离开三界时，就已经悟透第八重，只差最后一重。

"嗡——"纪宁眼中隐隐显现出复杂的神纹，那是九重混沌禁制神纹的尽皆显现。神纹不断衍变，这九重混沌神纹原本是永远没有尽头的，可是在纪宁悟透后，它的衍变却有了尽头。只见它衍变了许久，最终形成了一朵仿佛花的图案。

这朵图案，也显现在纪宁的魂魄上，显现纪宁的真灵上。

青色的花。

圣洁，自然。

纪宁的眉心上自然而然浮现出这一青花印记，跟着这青花印记就隐匿了。

"九重混沌禁制合一，竟然如此玄妙。当年女娲娘娘应该也达到了这一境界吧？"纪宁感应到了自己眉心处的一朵青花印记，那是一朵摇曳的青花。


靠近眉心处，有一识海。

识海中，有一朵青花摇曳着，美丽无比。

"没想到九重混沌禁制尽皆悟透，会有青花印记，甚至识海内多出一朵青花来。"纪宁也感觉到了自身的变化。过去九重混沌禁制每悟透一重，对一些本源的感悟就更加清晰，如命运、杀戮、黑暗、剑等诸多本源……

现在九重合一，纪宁感受最清晰的就是剑之本源。毕竟他在这方面感悟最深，其次就是雨水和雷电，接着才是空间等其他方面……

"这朵青花，到底有何用？"

"难道是让我参悟本源时，能更加清晰些？"纪宁疑惑。

他仔细地感应着这一朵摇曳的青花。

纪宁的心力自然而然地碰触到了这朵青花，在碰触的一刹那，立即发生了剧变。

"刺刺刺——"无形而难以捉摸的心力，在碰触青花的刹那，立即被青花吞噬。这一朵青花内含一个空间。

青花空间，茫茫一片，一片虚无。

可此刻却开始渐渐凝聚成雾气。

"我的心力被青花空间转化成了雾气？"纪宁吃惊，吓得连忙停下。几乎一瞬间，他的心力就消耗了一成。

"心力虚无缥缈，只有一些特殊法门，像心力箭术法门，像其他等等诸多法门才能有效施展心力。可是这青花空间竟然能转化心力……"纪宁能够感觉到，青花空间内的那些雾气，蕴含着颇为神奇的力量。

"能转化心力，那能否转化神力和法力呢？"纪宁思索了一下。

心意一动。

一丝神力立即渗透过去。当神力进入识海，碰触到那朵青花时，嗖地也被立即吞噬了，在青花空间内又出现了些雾气。

"这、这、这……"纪宁呆滞了。

"竟然……一样？"

"心力被青花吞噬，转化出的雾气，和神力被吞噬转化的雾气，竟然一模一样？"纪宁不敢相信，神力和心力是迥异的两股力量，彼此区别太大了，可竟然被转化成一股力量。这雾气也是纪宁能够掌控的力量。

他能感觉到雾气中蕴含着可怕的力量。

"或者说，这不叫转化。应该说是神力和心力被青花吃了，而后青花产生了精华？"纪宁暗暗嘀咕。

"神力和心力能被吃掉……那法力呢？"

纪宁心意一动。

自身的法力也朝识海内的青花碰触过去，一碰触，同样被吞噬，跟着青花空间内再度出现些雾气。

无底洞窟岩壁的洞穴内。

纪宁盘膝坐在那儿，脸上表情很复杂，有惊愕、有疑惑、有激动。

九重混沌禁制合一，在识海内显现的青花太神奇了。

神力、法力、心力……三种迥异的力量，都能被吃掉，而后青花空间中多出了那些雾气。

"这朵青花这么厉害？三种迥异的力量都能吞吃转化？"纪宁暗暗嘀咕，"这九重混沌禁制，不知道是真的混沌自然孕育，还是古老大能所创，太神奇了。"

"管他呢！"

纪宁不再多想。

毕竟古老大能的手段，很多都超乎他的想象，像大莫永恒界至高无上的大莫道君就是一位在世界境之上，达到另一个生命层次的存在。

"看看这雾气到底有多厉害。"纪宁心意一动，原本在青花空间内的雾气立即一丝丝飞出，瞬间就流窜布满全身，整个神体就仿佛干枯的花草得到水的滋润一样，有了一个蜕变。

"咦？这雾气的力量，竟然无法离体？"纪宁惊讶了。

神力、法力、心力都是能够离开神体的，这雾气力量却没法离体。

纪宁尝试了一番。

的确，这神秘的雾气力量仅仅只能在神体内部，无法离体。

"这雾气力量到底有什么用？"纪宁单膝跪下，伸出了右手，忽地猛然拍向岩石地面，一股汹涌的力量完全爆发。

"嘭——"这洞窟岩石震颤了一下，隐隐有了些裂痕。

"这……"纪宁露出惊色。连忙一挥手，一座洞天法宝降落在这洞穴内，跟着纪宁就进入了洞天法宝内。

这是纪宁在进入遗迹后得到的混沌奇宝中的一件洞天法宝，纪宁的洞天法宝有好些，之所以选这个，是因为这个洞天很大。

洞天内，足有近千万里方圆。

有连绵的山脉，有广阔的海水，有一个个巨大的陆地，上面生活着许多异族。

"呼！"纪宁凭空出现在高空。

"试试看。"纪宁眼睛一亮，当即开始高速朝前方飞去。

他没有使用九角电蛇，而是神体高速飞行，瞬间就化作一道虹光，速度硬生生地突破了天道极限。如果他说之前是瞬息六十万里，现在却硬生生达到了瞬息近八十万里。看似只是提高了些许，可须知这极限越往上越难。

更重要的是，纪宁之前是借助九角电蛇才达到天道极限的。

现在没有借助九角电蛇，完全靠神体就强行突破了天道极限。纪宁在速度方面的感悟也没什么突破，可飞行速度就是明显大增。

就像世界神。

世界神们，因为整个生命层次的提升，他们的力量完全超越了天道极限，是天道极限无法束缚的。他们是以力破法，自然而然就完全突破了天道极限。

"我竟然做到了以力破法？"纪宁停了下来，站在虚空中惊愕万分。

"我原本就是半步世界神之体，这雾气力量加身，我竟然轻易就做到了以力破法？"纪宁感到难以置信。

之前在洞穴内拍击地面一掌，纪宁就感觉到了。

他一掌之威，绝对不亚于使用道之神兵的威力，完全达到了世界境的门槛！

他的飞行速度，也同样达到世界境的门槛。

一切的原因就是——青花空间内的雾气力量。

这股力量虽然无法离体，可附加在神体上后，令纪宁力量、速度等，在根本上提升了一个层次。甚至纪宁猜测，自己在力量、速度等方面应该媲美世界神了，就算及不上世界神，恐怕也非常接近了。

仅仅飞行，就能轻易突破天道极限。

仅仅挥出手掌，攻击就达到世界境的门槛，也能轻易突破天道极限。

天道极限，在纪宁面前就仿佛窗户纸，轻易就能捅破。

无须借助伍宝剑术的一些感悟。

无须借助其他。

仅仅是雾气力量附身的神体，就足以突破天道极限，就算不是世界神，也差不了多少。

"这么厉害！"纪宁此刻才真正意识到青花空间的神奇。

"到底是谁创造的这一法门？"

在混沌中，的确会有一些很逆天的法门。

陶吴十八神魔第二层和唯一本尊联合起来，使得纪宁有半步世界神的实力。可在无尽混沌中，古老的大能们也创出比之更逆天的法门，甚至在一些传说中，有一些祖神祖仙的绝世妖孽能斩杀世界境。

能越阶斩杀？凭的是什么？

凭的就是强大逆天的法门、可怕的法宝、惊人的感悟等，诸多方面都达到极致，才能做出那般逆天之事。

而纪宁感觉这青花空间法门，就是一门很逆天的法门。因为实力越往上提升越难。类似陶吴十八神魔、唯一本尊这种分身合一实力提升的神通还是有很多的，像千身圣典与之相比更加逆天。可分身合一之后，实力想要再大幅度提升，难度就要提升千倍万倍了。

从这个角度来讲，青花空间是比陶吴十八神魔、唯一本尊，珍贵千倍万倍的法门。

纪宁内心也很激动。

自己有了根本性提升，自己的剑术更是早早悟透了心剑式，就算真的遇到世界神恐怕也能抵挡一二吧。如果自己的神剑紫光琼完全恢复，那么借助神剑紫光琼，自己或许有望和世界境大能者匹敌。

"难道我有希望成为传说中祖神祖仙斩杀世界境的妖孽？"纪宁暗暗嘀咕，随即笑了。

世界境，太难突破了。

能成世界境，无一不是绝顶天才，都有诸多奇遇。

所以想要祖神祖仙斩杀世界境，就需要更天才、奇遇更多、感悟更神奇才能做到。

"剑道，本就是极擅长战斗之道。我得尽早练成无名剑术第二式……或许我成不了祖神祖仙就能斩杀世界境的妖孽，可我至少努力在这条路上前进。"纪宁眼中有着渴望，取其上得其中，取其中得其下。

这修行路，目标本就可以高点。这样即便达不到，也超乎了一般修行者。

无尽洞窟的岩壁洞穴内。

纪宁再度出现，挥手收了洞天法宝。

"这雾气力量真是神奇。嗯，不过战斗起来消耗也大，我得提前多多积攒些。"纪宁一挥手，旁边便出现了窥天太皓塔，随即纪宁就进了窥天太皓塔中。

在窥天太皓塔内。

纪宁开始将心力、神力、法力灌入那朵青花中，青花是来者不拒，不断地吞吃转化，青花空间内的雾气也越来越浓郁。

纪宁输出大半后，又慢慢开始恢复。

从混沌中汲取力量恢复神力、法力，心力则是靠着休息缓慢恢复。

恢复后，继续灌入。

"哗哗哗——"终于，青花空间内的雾气浓郁到极致后，形成了一个旋涡。顿时雾气皆被席卷进这旋涡中，而后凝聚成了一滴晶莹的水滴。

"水滴？"

纪宁略一感应就明白了。

水滴是雾气力量极度凝聚后的形态，需要战斗时，完全可以从水滴中调出雾气力量。

"我的神力、法力、心力，全部消耗光，差不多才能凝聚一滴水滴。"纪宁暗暗惊叹，

"接着来吧！"

混沌，无穷无尽。

修行者的吸纳能力有限，毕竟不能超过神体的负荷。纪宁在窥天太皓塔内，倒是比外界汲取混沌力量快十倍。他全身的神力、法力、心力不断地消耗，又不断地恢复。而青花空间内的水滴则是越来越多，一滴、两滴、三滴……

每一滴，都是需要纪宁全身的神力、法力、心力转化的。

终于。

青花空间内有着环绕一圈的足足三十六滴水滴后，隐隐形成了平衡。那股压迫感也让纪宁明白，这是青花空间暂时能承受的极限。

纪宁在岩壁洞穴内又琢磨了些日子，他要弄清楚这青花的诸多方面。同时，在世界牢狱内的本尊分身也同样九重混沌禁制合一，凝聚出了青花印记，本尊分身的青花空间内也同样凝聚出水滴。

不过仅仅凝聚三滴，就已经是极限了。

"本尊的青花空间，似乎比分身的青花空间承受力更强？"纪宁暗暗嘀咕。

"是神体缘故？还是金丹缘故？还是魂魄缘故？"纪宁也疑惑不解。

本尊，是十七个分身合一。

神体更强、金丹也媲美一等祖仙金丹，魂魄也孕育得更强。这个青花空间也更强。

"不必多想了！"

"这青花之力，暂时琢磨出来的，也仅仅是附在神体上。"纪宁暗暗道。他有一种感觉，这青花之力没这么简单。可他琢磨许久，也仅仅明白附在神体上这一用法。

"以女娲娘娘的境界，肯定也是九重禁制合一了。她也有青花空间，而且以她的境界，肯定琢磨得更深。她或许已经发现了青花空间其他的妙用。"纪宁暗暗道，"不过……也不知道女娲娘娘到底去哪儿了？大莫域中竟然没她的消息。"

女娲娘娘是在半个混沌纪前离开三界的。

如果来到大莫域，以女娲娘娘实力，必定会被记录下来，须知像一些厉害的祖神祖仙，名声定都会传遍大莫域。世界境大能更是个个被记录着。可纪宁并没发现有关女娲娘娘的记载。

"或者说，女娲娘娘没来大莫域？而是在旋涡通道中迷失了？以女娲娘娘的实力，通过旋涡通道的把握几乎是十成。除非真的倒霉透顶，被空间裂缝完全包围，逃无可逃。可这种可能性很低很低。"

"还是说她在大莫域内隐藏了身份？"

"嗯，慢慢来吧！"

"以女娲娘娘的实力，时间一长，只要在大莫域，肯定会名传各方的。"纪宁这时候心情极好，自己能悟出这青花空间，这收获比什么都大。就算本尊死在这儿，他也能靠本尊分身慢慢修炼回来。

"水风子前辈，谢了。"纪宁转头看了一下洞壁上的文字。

正因为水风子前辈留下的百流合道图，自己参悟后，才能境界大升，才能这么快九重禁制合一。与之相比，剑术境界提升了些，却又算不得什么。

站在岩壁洞穴边缘，纪宁看了看上方，又看了看那无底深渊。

"是往上爬？还是往下？"

纪宁思索着。

如今青花之力附身，纪宁完全能轻松地往上爬，爬出这洞窟。可爬出洞窟后，能否安然离去却又不知。

往下爬，也是未知。

"现在往上爬也不难了。"纪宁轻轻点头，"不急，先下去瞧瞧。在无尽岁月中，被这所谓的溯风吞吸下去的修行者不知道多少，之前的狱剑神就有两件道之神兵……这溯风下方深处，恐怕有不少宝物。"

下方虽然危险，却也有大宝藏。

道之神兵，得个三五件，也不是不可能……

"走！"纪宁不再犹豫。

修行者，本就是和天争和地争，想要有奇遇有宝物，就得拿命来拼。

纪宁手臂暴涨数百丈，仿佛大猩猩一样，迅速在洞壁上开始往下攀爬。青花雾气之力附身后，爬起来很轻松，纪宁甚至能够轻松地握住一些柱子。之前在溯风之下，纪宁的手指根本是握不住柱子的，现在却能轻松握住。

"嗖嗖嗖……"

六臂攀爬，灵活无比，快速得很。他化作一道幻影，迅速往下。

十里、百里、千里……

纪宁不断地往下攀爬。

偶尔也能遇到一些卡住的法宝。

"这也太深了，这洞窟我已经往下爬了有三万多里。"纪宁暗暗惊叹，"而且越往下，似乎这溯风也越来越大。"

现在纪宁所处的溯风，要比之前最上方，大了五六倍有余。

不过纪宁实力提升了很多，依旧比较轻松。

"嗯？"纪宁眼睛一亮。

一柄散发着血光的战刀卡在岩石缝隙中，灰色狂风吹过这战刀，发出了刺耳的尖啸声。这战刀依旧耀眼夺目得很，那气息让纪宁都心惊。

"道之神兵！"纪宁露出喜色，"爬了三万多里，混沌奇宝都捡了快一百件，总算捡到一件道之神兵了。"

纪宁伸出手臂，数百丈长的手臂伸过去，大掌插入岩壁裂缝中抓住了刀柄，一把将这柄战刀抽出。战刀散发着气息波动，显然是无主之物，他的主人怕是早已身死。

"感觉比神剑紫光琼的气息还强烈。"纪宁暗暗嘀咕，"在道之神兵中，怕也是极厉害的。"

纪宁猜得没错。

这一柄战刀，乃是一名祖神陷入绝境时机缘巧合得到，乃是道之神兵中的极品。可他得到后，这名祖神也无法离开绝境，一路逃，逃到了溯风百流中，死在了溯风百流。

"就算为了这一柄战刀，我也得活着出去，死了就太冤了。"纪宁将这柄战刀收起，在可怕绝境中闯荡随时可能丢掉小命，但收获可能同样也很惊人。

"继续往下。"

"还没看到狱剑神的那两件道之神兵呢。"纪宁伸出六条手臂，沿着岩壁迅速地往这无底深渊的深处爬去。

# 莽荒纪

## 第十二章
## 溯风百流

纪宁高速朝下方攀爬而去，转眼又往下爬了过万里，一路上也捡了二十余件混沌奇宝。之所以没发现先天灵宝，是因为在无底洞窟深处的灰色狂风下，时间一长，先天灵宝也会成为粉末，只有混沌奇宝才能长时间存在。

"嗯？到底了？"纪宁六条长长的手臂抓着岩壁，俯瞰下方。

"轰隆隆——"

灰色的狂风，在下方形成了旋涡，不过这洞窟却没有再继续往下延伸。

从纪宁的视角，仅仅能够看到巨大灰色狂风旋涡的一角。

"应该到底了，至少狂风在这儿形成了旋涡。那些身死的修行者们遗留的法宝，怕就在这儿了。"纪宁有些激动起来，狱剑神就有两件道之神兵了，之前自己在路途上捡的混沌奇宝就过百件了，还捡了一件道之神兵，极品的战刀。这底部的宝物应该会更多。

"呼！呼！"

越是接近宝藏，纪宁越小心谨慎。他缓缓地往下爬着，并且仔细用肉眼看着。这里的灰色狂风之猛烈，如果不是练成青花空间，纪宁根本没法在如此深的地方自如地攀爬。

"这旋涡真大。"随着往下爬，灰色狂风旋涡的真面目也逐渐显现出来。

"什么？"纪宁一愣。

这灰色狂风旋涡大概有千里范围，旋涡的一端，是纪宁刚刚攀爬过的幽深洞窟。旋涡的另一端也同样有着一条无比幽深的洞窟，这灰色狂风旋涡也时时刻刻有着许多狂风，不断地朝另一条洞窟呼啸而去。

"这一幕……"纪宁心中一动。

他脑海中浮现了百流合道图。

一条条河流，不断奔腾，最终汇合。

"我明白了，这就是水风子前辈所说的溯风百流奇景，而我现在所经历的应该只是其中一条支流。"纪宁立即反应过来。

溯风百流。

足足一百条通道，蜿蜒旋转，最终汇合。每一条通道都超过百万里。

这溯风百流蕴含了那位建造洞府的大能一生所悟的道。

水风子也只观看了几条支流，便有了些顿悟，在那洞穴石壁上留下了百流合道图。

"我刚才爬下来的洞窟，以及前方另外一条洞窟，应该都是属于同一条支流。"纪宁轻轻点头，"就像一条河流，在路途上会有一些转弯，转弯处会出现些旋涡。原来我到现在都只是在一条支流内。不过也对，那位实力深不可测的水风子前辈也仅仅探寻了几条支流而已。"

"这里是支流转弯处，应该会有许多宝物沉淀下来。"

纪宁隐隐明白。

自己是从外面被吞吸进来，现在自己才遇到这条支流的第一个转弯处，应该算是溯风百流的最外围。

"恐怕越深入越危险！"纪宁暗道，"连大莫道君、水风子前辈，都未曾完全征服这座古老遗迹。我这点实力深入下去，肯定是送死。"

明白自己还在溯风百流最外围，纪宁立即清醒了。

"将眼前这些法宝带走，我就赶紧离开。"纪宁立即做了决定，而后继续小心地往下攀爬，很快就到了最下方。

旋涡处反而没了吞吸力，仅仅有些撕扯力，在旋涡的边缘角落更是难得地平静。许许多多的法宝，都被旋涡甩到了边缘角落。纪宁一眼看去，上千里的旋涡边界区域，就看到了最起码数百上千件宝物，有些气息格外强大。

"九件道之神兵？"纪宁看了大喜，"这还是肉眼看到的，恐怕有些道之神兵，是藏在储物法宝内的。"

"哼。"纪宁心意一动，青花雾气力量附加在双腿上，便轻松行走在洞窟底部。

洞窟底部没那么强烈的吞吸力，让纪宁颇为轻松。

纪宁悄无声息地前进着，很快就到了一处角落。那片大概百丈的区域，因为在边缘角落，竟然没有一丝风，不少法宝都被甩到了这里。

"真是爽。"纪宁挥手就收法宝。

"哗啦啦——"

仅仅这一个小角落就有数十件混沌奇宝和一件道之神兵。那道之神兵是一个奇异的拳头大小的牌子。纪宁先用神力侵袭炼化，一炼化纪宁就明白了，这个拳头大小的牌子实际上是一柄锋利无比的软剑，也可当鞭子用。

"嗯，这些碎片……"纪宁看着那些不起眼的碎片。

纪宁一伸手，抓起了其中的一个剑柄，整柄神剑只剩下剑柄了。

"这是……"纪宁皱眉，在剑柄的断裂处清晰可见深深的凹印。

"牙印？"纪宁心中一个激灵。

"收。"纪宁连忙一挥手，将这些密密麻麻的碎片都收起来。收入洞天法宝内，在洞天法宝内纪宁的心识不受影响，这才仔细探查了一下，却发现那一大堆看似普普通通的碎片中，有一片奇异之物。

纪宁一翻手，取了出来。

在纪宁的掌心，是一片巴掌大的蓝白色鳞片。

大量碎裂的法宝碎片，五颜六色的，纪宁也没注意到这片鳞片。

"鳞片？"纪宁看着上面的纹路，显然是自然生长出的某种异兽的鳞片。

"牙印？咬碎混沌奇宝的牙印……鳞片？这地方不能久留，取了宝物，赶紧走。"纪宁不敢多想，连忙朝另外一处角落赶去。可就在这时，他朝远处一看，在另一个幽深洞窟中正有着一道流光逆着灰色狂风，以无比惊人的速度朝这儿迫近。

纪宁看得脸色大变。

天啦。

就算是现在实力大增，纪宁也得靠手来攀爬，可那正急速飞来的怪物竟然逆着灰色狂风继续靠近，并且那速度之快简直不可思议。

"逃。"纪宁顾不上宝物，六臂猛地一伸，暴涨千丈，朝上方攀爬，迅速逃窜。

"我的！我的宝物！"

在纪宁收了那一块鳞片时，在洞窟深处正盘卧着的通体蓝白色鳞片的怪物醒了。它有着晶莹的胡须，宛如狮子的脑袋，全身却是密集宛如鱼鳞般的鳞片，还有着一条长长的尾巴，以及四条粗壮有力的腿。

它生来，就在这无尽的洞窟中。

它在洞穴中偶尔会发现些刀、剑、棍、锤等兵器。这些兵器对它没用，可是它却很喜欢，因为这是它的战利品，是它的收藏品。它会将那些都放在一些没有溯风的角落，还放下一片自己蜕下的鳞片，显示这是自己的。

"竟然抢我的宝物！"

它怒了。

立即化作一道流光，逆着溯风，朝那人赶去。

"这到底是什么怪物？在这溯风百流中都能逆着风飞行？难道那鳞片就是它的？"纪宁虽然仅仅看了一眼就逃了，却也能隐隐发现，那飞来的就是全身蓝白色的异兽，自己拿的鳞片就是蓝白色的，"而且那些碎裂法宝上的牙印，也是它的？"

"其他完好的混沌奇宝都是上品、极品……被咬碎的都是比较一般的混沌奇宝。"

"不过能咬碎混沌奇宝……"

纪宁明白，那怪物的实力恐怕不是自己能敌对的。

"嗖嗖嗖嗖嗖嗖！"

纪宁的六条手臂，快如幻影，疯狂地朝上方抓着，疯狂地爬着，之前从来没爬这么快过。他毕竟之前一路攀爬下来，也是小心翼翼，防止有危险，现在却是以最快速度往上爬。几乎眨眼之间纪宁就仿佛个大猩猩，朝上方攀爬了上万里。

"呼！"可那一道蓝白流光却逆着灰色狂风，已经追上来了。这蓝白流光速度太快了，纪宁攀爬哪里及得上对方的飞行？

"该死！我得了这么多宝物，难道要死在这儿？也太冤了！"纪宁一转头，便看到了那已经逼近、散发着无尽凶厉气息的蓝白色鳞片怪物。

蓝白色鳞片怪物的晶莹胡须飘荡着，暗黄色眼睛盯着纪宁，满是杀意。

纪宁也是一只手臂抓着岩壁，同时面朝蓝白色鳞片怪物。

二者对视。

"我不想和你为敌。"纪宁道。

"死——"蓝白色鳞片怪物突然就是一声怒吼，呼的一声，它的尾巴猛地抽打过来。这一抽打太快了，纪宁看了都面色一变。

纪宁连挥出五条手臂，施展的都是剑法。一时间仿佛五个黑洞牵引，欲要卸去这股冲击力。

无比可怕的冲击力让纪宁神体都是一颤，硬生生地砸在身后的岩壁上，岩壁哗地就裂开了一道缝隙。幸好纪宁穿着混沌极品的甲衣，神体本身又厉害，又有青花雾气力量附身，倒是能承受得住。可是这次交手纪宁就明白，对方的力量比自己还要强。

自从九重禁制合一，有了青花空间后，纪宁就认为在力量和速度上自己应该媲美世界神，至少非常接近。

可眼前这怪物，尾巴一个甩打，就完全压制了自己。

"死！死！死！"蓝白色鳞片怪物疯狂扑杀，利爪挥舞。

纪宁却仿佛一只大蜘蛛，在岩壁上迅速攀爬躲闪，时而往左攀爬，时而往右攀爬，时而抵挡，时而借力。

"刺啦——"它那利爪划过，在岩壁上划出一道裂缝。

它的尾巴一抽打，岩壁震颤。

纪宁完全处于下风。

"咦？似乎这怪物，不是那么强嘛。"纪宁交手了数十招后，隐隐反应过来，"它也就力量强些，速度快些，爪子锋利些，除此以外，似乎对道没什么感悟。空有如此强大的身体，战斗起来却如此拙劣。"

其实也是他因为有青花雾气力量加身，使得二者身体的差距不是太大，如果是刚被吞吸进洞窟，未曾九重禁制合一的纪宁遇到这怪物的话，境界再高，也会被一尾巴抽死的！

"不能这么和它纠缠下去，时间长了，一旦我的青花雾气力量消耗殆尽，那就完了。"仅仅厮杀片刻，青花空间内就已经消耗掉一滴青花之力了。这让纪宁惊醒。

"你杀不了我！"纪宁喝道。

"你，死！"蓝白色鳞片怪物依旧疯狂无比。

纪宁手中却出现了一柄战刀，正是之前捡的早已被纪宁炼化的那件道之神兵。单单论威能，比现在还未曾修复的神剑紫光琼都要强！

"滚开！"纪宁爆发了。

剑，有双刃。

刀，有单刃。

不过这战刀的刀尖也是锋利无比的，所以劈、刺、撩等招式也能施展。不过相对而言，更适合施展一些狂暴威猛的招式。

"天崩式。"

纪宁双手持刀，神力、青花雾气力量完全爆发，高高举起，怒劈向眼前这头蓝白色鳞片怪物。

天崩式是最狂猛的招式，却是纪宁剑术中最适合透过战刀来施展的。甚至参悟无名剑术第二式多年，纪宁这天崩式杀意也更浓烈。一招发出，纪宁又是居高临下地顺着溯风劈出，刀光之快，早已超越天道极限，那蓝白色鳞片怪物根本躲无可躲。

"吼。"它非常自信地挥出它的利爪。

一道残月般的巨大刀光，却避开了利爪，劈在了它那鳞片上。

"轰——"蓝白色鳞片怪物直接往后倒飞开去，鳞片抛飞，轰隆隆撞击在旁边的岩壁柱石上。一时间岩壁震颤，出现了好几道裂缝。

单论威势之猛，借助这一柄战刀，纪宁爆发出的威能，却是比那蓝白色鳞片怪物还要强些。也是这怪物太蠢笨，空有一身比世界神还要强横的身体，发挥出的实力却仅仅算是世界神门槛层次。这就是境界太低太低。

或者说根本没境界，就是最本能的一些攻击手段。

"嗷——"撞击在岩壁上的蓝白鳞片怪物仰头发出了愤怒的咆哮。

它这叫声，带着奇异的风的波动。

"呼！"顺着溯风，几乎瞬间就传递到了其他区域。

在远处的幽深洞窟中，溯风中盘卧熟睡的一头风兽抬起了头，轻声嘀咕："入侵者？"

"有入侵者？"

"伏孕育出来太短，还太弱。这小家伙镇守的是最外围最轻松的地方，竟然就求救了。"

一头头风兽听到了声音。

它们的气息有强有弱，有些风兽更是摇头低叹。

"呼呼呼呼呼——"

离得最近的九头风兽都化作流光。它们在溯风中飞行，就仿佛鱼儿在水中游……纪宁之前看到那蓝白鳞甲怪物逆着溯风飞行，就吓得逃窜，后来交手才发现，自己完全能抵挡得住。这些风兽毕竟就是溯风中孕育而生的，这才能做到在溯风中飞行自如。

"这身体也太强了。我的战刀，都只是让它碎点鳞片？"纪宁看到刚才那一刀的成果后，顿时熄灭了厮杀之心。在这危险之地，自己的青花雾气之力不能这么肆意地乱用，如果消耗殆尽，那就完了。

纪宁迅速朝上攀爬，瞬间就往上蹿出了上千里。

"逃？"这头蓝白色鳞片怪物继续追杀。

"那是什么？"

纪宁一边往上逃窜，一边抵挡这怪物。纪宁忽然发现在下方还有一道流光飞来。

"又一头？"纪宁吓得大惊。

"走走走！"纪宁真的急了。他四只手疯狂地攀爬，分出两只手偶尔怒劈那头追杀自己的风兽，每一次怒劈都消耗不少的青花雾气之力。可那头风兽仅仅受些轻伤，依旧锲而不舍地追杀他。

"呼呼呼！"

纪宁高速冲着："离最上方的出口只剩下数千里了，等到了外面，没了灰色狂风的影响，我的飞行速度就能轻易超越天道极限，对付这怪物就轻松多了。"

"连个入侵者都解决不了？"这时候另一道流光已经到了。

"帮我杀了他！"原先的风兽吼道。

"该死！"

纪宁咬牙，因为他看到洞窟深处竟然又有一道流光追来。

"到底有多少怪物？"纪宁高速往上爬，同时分出两只手。一只手抓着战刀施展狂猛无比的剑招，另一只手抓着一个牌子，牌子内直接飞出了一道软剑。这是纪宁得到的另外一件道之神兵。

一时间，战刀施展狂猛的剑招。

软剑施展的是无影式等邪异的剑招。

纪宁的另外四只手则疯狂攀爬。

这两头风兽疯狂围攻，纪宁一边和它们对攻，一边高速朝上方攀爬。就在这时，第三头风兽也赶到了。

"这……"纪宁已经面临三头风兽的围攻。最让他无语的是，在洞窟下方深处他还看到了两道流光，而且其中一道流光速度格外快，是他看到的五头风兽中速度最快的。

"被它们围住，就死定了。"

纪宁拼命抵挡。

他使用着两件道之神兵，甚至以力借力，让那三头风兽彼此都产生影响。

"马上就到上面！"

纪宁已经看到了上面光亮的洞口。

"冲出去！"

纪宁也看到下方飞得最快的第四头风兽已经逼近。

"嘭！"纪宁故意承受了一爪。

"嗖！"借着冲击力瞬间就冲出了洞口。

"伏，你杀不了他，还影响我了。"

"是你笨，我一个就让他扛不住了。你来，反而没用。"

"你们两个闭嘴！"

"三个蠢货，全部闭嘴！"最后抵达的第四头风兽吼道。另外三个都乖乖不吭声了。

下方四头风兽都在深渊中抬头看着上方，它们那暗黄色的眼睛中都有着愤怒以及忌惮。它们不敢飞出去，这遗迹太危险了。即便是它们，也只是在溯风百流的其中部分区域能自在活着，还有许多地方对它们而言也是绝地。

"咦？"纪宁飞出洞口，避开灰色狂风，落在地面上惊讶地看着远处的深渊洞口，"竟然都没出来？呼，总算逃过一劫！"

纪宁抓着地面，见风兽没出来，松了一口气，这才分心看向四周。

"嗯？"纪宁缓缓地站起来，吃惊地看向四面八方。

只见苍茫的天空中，有着一道道灰色气流，在高空纵横交错，自己刚刚逃出的那个无底洞窟也有这样一条灰色气流。纪宁明白，那灰色气流实际上是灰色的风，当初自己和狱剑神就是被灰色的风给吸进去的。

"看来是我和狱剑神厮杀时，触碰了什么禁制，就被席卷进那狂风中。"纪宁小心地看着四周，"那些风兽也不敢出来，说明外面同样也存在危险。"

这片广阔的大地，除了一些巨大的洞窟外，还能看到陆地，看到山谷，看到湖泊。

一片祥和！

可纪宁却是一阵心惊肉跳，自从九重禁制合一，凝聚成青花印记后，纪宁对命运本源的感应也很清晰。一些凡人的命运，他一眼就能看出来，现在他也感觉到冥冥中巨大的威胁，似乎这片祥和的陆地、山谷和湖泊处处都是威胁。

"怎么办？"纪宁抬头看向天空，又看向四面八方，"任何一方向都存在威胁。"

"既然处处都是威胁，洞窟内更有一大群风兽……"

"管他呢，随便选一方向，就看运气吧。"

纪宁思考了片刻，只能心一横，双手分别持着战刀和软剑，开始小心翼翼地前进。任何一方向都有大威胁，走哪个方向也没区别了。

纪宁从一片荒原走到了草地上，虽然一直感觉到威胁，却还算走得安全。

"说不定，我就这么走出去了。"纪宁自我安慰。

"这湖水真是漂亮。"

前方草地内的一汪湖水，美丽得宛如绝世美人的眼泪。

"这湖水内别突然冒出什么危险来。"纪宁的警惕感从来没降低过。他周围悬浮着诸天星金珠，能够提前发现危险。可是境界上的差距，即便再警惕也是无用。

"呼！"一股波动忽然包裹了纪宁，纪宁感觉眼前场景变幻。

"这是……"纪宁看着前方，前方依旧是那美丽的湖泊。可湖泊边却出现了一座宁静的宅院，宅院散发着强大的波动，那种威胁感让纪宁战栗。

"怎么会这样？"

纪宁感觉到这宅院的可怕威胁，便欲要退远点，却发现不管怎么走，都无法走出宅院周围三里地，仿佛空间在这儿已经扭曲了。

　　"既然如此，那就进去瞧一瞧。"纪宁暗道，"建造这宅院的主人，实力远远超过我，要想杀我，我也逃不掉。"

　　他没得选，只能走上前去，轻轻一推，院门开了。

　　宅院内有花圃，有草地，有零散的一座座屋子。其中一座雅致的屋子内散发着极为强大的波动。纪宁便朝那屋子走了过去。

　　那雅致的屋子三面有窗，一面为门，窗都是木窗，轻易能够看到里面。

　　"嗯？"纪宁隐约看到里面盘膝坐着一道身影。纪宁一惊，不过他还是走到了这雅致屋子的正门前。

　　屋内，有一名穿着金色道袍的老者盘膝坐在蒲团上，手中还持着一个拂尘。他闭眼而坐，身旁还放着一座九层小塔。

　　他的道袍、拂尘、蒲团、九层小塔，都散发着无比惊人的气息波动。特别是那九层小塔，气息之强烈，远远超乎纪宁见过的一切宝物，丝毫不亚于神剑紫光琼。

　　"那九层小塔的气息，比这柄战刀的气息都要强大十倍百倍，当初神剑紫光琼没有主人时，便是这种感觉。"纪宁震惊了，"难道，这九层小塔，是超越道之神兵的宝物？"

　　纪宁可不是三界时期的纪宁了，他的眼界要开阔得多。

　　混沌奇宝，一般是祖神祖仙使用。

　　道之神兵，一般是世界境大能使用。

　　超越道之神兵的，像神剑紫光琼，像眼前这座小塔，拿出来就足以让世界境大能们为之疯狂！

　　"他的道袍、拂尘、蒲团，个个都是道之神兵，而且个个气息不亚于我这战刀。"纪宁看得眼热。不谈别的，单单眼前这老者表面上展现的宝物，就足以让世界境大能们疯狂了。

　　"只是，这位老者似乎已经死了？"

　　纪宁感觉到这老者没有任何生命气息，有的只是神体散发的威压罢了。

　　"试试看！"纪宁先退得老远，而后心意一动，一条先天灵宝绳索就飞了出去。纪宁可不敢直接近身去取，说不定就有什么危险禁制呢。他操纵着先天灵宝绳索直接朝那九层小塔卷去，只要这座神秘的九层小塔到手，那就太值了。

　　世界境大能们为之疯狂的宝物，当初北休世界神也是因为有天苍宫其他同伴帮忙才夺到手。自己这么简单弄到手，就太走运了。

　　"噗——"就在先天灵宝绳索靠近那老者三丈时，忽然一阵风在老者周围出现。风吹过先天灵宝绳索，先天灵宝绳索的其中半截顿时化为了粉末。

跟着半空中显现出了一行文字，文字漂浮，个个大放光芒。

"破溯风阵的道友，可得我之宝物。"

纪宁看得又是眼热又是吃惊。

溯风阵？

这和溯风百流是什么关系？难道这个老者是古老遗迹的创造者？如果真是创造者，他就住在这宅院内？纪宁不太相信。

"死了就死了，还留下了阵法禁制。"纪宁头疼了，虽然现在自己实力大增，可也就勉强能破坏掉先天灵宝，要瞬间让先天灵宝化为粉末，自己还差得远。

"再试试。"

纪宁心意一动，手中出现了一柄大斧。大斧上有神纹流转，乃是一件混沌奇宝中的极品宝物。

"混沌奇宝的极品，我就不信你能破得掉。"纪宁立即用法力驾驭着大斧，大斧破空飞去，飞向那盘膝坐着的老者。同样的，当大斧靠近那老者三丈的时候，依旧是一阵风出现！风吹在斧头上，发出刺耳的声音。

可大斧依旧完好无损，不过大斧也无法前进丝毫。

"怎么会这样？"纪宁感觉到无比强劲的力量阻挡在前，自己拼尽全力，都没法让大斧前进丝毫。

"嗖！"老者旁边的那九层小塔，忽然从中飞出了一道气流，化作了黑袍童子。

"别试了，你连世界境都不是，试什么试？"黑袍童子不耐烦地道。

"你……"纪宁一愣。

"法宝之灵。没见过？"黑袍童子瞥了眼旁边的老者尸体说道，"你就别眼馋这老头子的宝物了，就算你能破开这溯风阵，也必须立下他定的本命誓言，承诺完成他的遗愿，你才能得到这些宝物。而要破开这阵法，恐怕得达到世界神圆满境界才有可能。"

"世界神圆满境界才有可能？"纪宁疑惑道，"不知这位前辈是什么境界？"

"他也就是世界神圆满。"黑袍童子撇嘴道，"不过他是溯风道君的仆从。溯风道君赐予他一些宝物，像这溯风阵，就是溯风道君赐予他的。虽然没人主持了，可要破开这阵，的确很难。"

纪宁轻轻点头。

他也看出来了，这位死去的世界神留下的那行字，把破溯风阵的称为道友，显然是说能破阵的应该不会比这老者弱多少。

"唉，溯风道君死了，这些仆从全部陪葬。陪葬就陪葬吧，这老头子还不甘心，连累我也被困在这儿。"黑袍童子摇头叹息，"想我拥有堂堂本源法宝，却困在这无尽岁月中，真是浪费啊！"

拥有本源的法宝？

嗯，自己的神剑紫光琼也是有本源的，剑身当初都破损成那样，内部的本源都丝毫无损。

"你就不想出去？"纪宁问道。

"当然想。憋在这儿多无聊。"黑袍童子瞥了眼纪宁。

"除了破溯风阵、立本命誓言，还有别的办法带你走吗？"纪宁问道，"你告诉我，我一定想尽办法做到。"

"有。"黑袍童子道。

"什么办法？"纪宁眼睛一亮。

"等你成了道君那天。"黑袍童子道。

纪宁顿时无语。整个大莫域，纪宁知道的道君也就一个大莫道君，或许还有一两位隐居的道君，可离纪宁也太遥远了。就算他将来真的成了道君，得到这等层次的宝物也就不太难了。没看到死去的溯风道君赐予麾下世界神仆从，都赐予了一件吗？

可见道君的宝物之多！

"溯风道君到底有多少仆从啊？"纪宁好奇道。

"你这连世界境都没成的小家伙。"黑袍童子得意道，"我且跟你说说，让你开开眼界。"

"嗯嗯。"纪宁眼睛发亮。

"溯风道君虽然脾气怪异，却是真正了不得的存在。他遨游无尽混沌，经历了大片大片的疆域，被他直接奴役的世界境就超过五百个，还有上百位世界境甘心追随他……"黑袍童子惊叹道，"他甚至还有一位道君层次的追随者。"

"什么？"纪宁吃惊。

"厉害吧？"黑袍童子得意道，"溯风道君降临哪片疆域，哪片疆域的主人都会客客气气地迎接招待。"

"可惜啊！溯风道君是在百流合道的最后失败了。他在死前，就将他的那位成了道君的大弟子以及其他一些弟子、追随者逐走，而后就率领着一些被奴役的世界境以及其他被他牵连的追随者，全部带到了这里。"

"听溯风道君说，这里是他的家乡。他在很久很久以前离开家乡，在外漂泊，死也想死在家乡。"

"不过他的家乡的混沌世界早就消失了。所以溯风道君在原先家乡的位置，又创造了溯风混沌世界，而后建立了洞府遗迹。据说是为了将他一生所悟出的道都显现留下。留下后，就死了。"黑袍童子指着旁边盘膝坐着的，"你看，他们这些倒霉的仆从，一个个也跟着陪葬了。"

"五百多名世界境陪葬？"纪宁咋舌。

"嗯。"黑袍童子点头，"道君嘛！溯风道君还算很平静的，一些少数疯狂的道君，死的时候，有时候会让一个疆域给他陪葬，甚至疯狂杀戮，然后在杀戮中死去。"

纪宁听得咋舌。

一个疆域为之陪葬？甚至继续杀戮下去？

疯子！

力量越大，疯狂起来也越可怕。溯风道君看来还算比较好的。

"就是说，这遗迹中有五百多名死去的世界境？"纪宁惊叹。

"死去的这些人当中有一位生死道君和五百多名世界境，还有大批大批的祖神祖仙随着陪葬了。"黑袍童子道，"还有漫长岁月以来，死在遗迹中的修行者，他们留下的宝物也不少。所以这里的确是一个大宝藏，就看你有没有能耐拿走。"

"你算是走运的。"黑袍童子感慨，"你竟然能找到这儿。毕竟风没有形状，变化无常，溯风道君的洞府内的布局也是一直在变化的。你能找到这儿，至少说明你有出去的希望了。"

"出去的希望？"纪宁惊喜。

"嗯，出口就在庭院内其中的一个亭子内。你进入亭子，它就会把你挪移到外域，到了外域就安全多了。"黑袍童子道，"好了，赶紧走吧！我劝你还是乖乖离开吧。这次你能找到这宅院，下次可没这么好的运气了。"

说完，"嗖"的一声，黑袍童子就钻进了那九层小塔。

纪宁看着这屋子内盘膝坐着的金色道袍老者，摇头叹息。这个老者乃是世界神圆满境界，恐怕和北休世界神比起来也相差无几，甚至可能更强。可最后的命运却是陪葬！

溯风道君先驱逐了自己的弟子以及一些追随者。

只有部分追随者和奴役陪葬，这些陪葬的追随者……看来溯风道君对他们很不在意，如果真的在意他们，就会像那些弟子一样把他们驱逐，而不是让他们陪葬。

"宝物在眼前，却拿不到。"

"走走走。"

纪宁明白，机缘本就玄妙，不可强求。如果自己运气真的好，发现的世界神尸体没设什么阵法禁制，轻松带走宝物那就真的走运了。

自己也算走运，虽然带不走宝物，至少知道了安全出去的办法。

他离开了屋子。

纪宁回头看了眼屋子内盘膝坐着的金色道袍老者，这才在宅院内逛了起来。宅院内一共有三处亭子，他没急着过去，而是在其他屋子内看看。

"说不定会遗留了什么宝物。"纪宁如此想着。

"咦？"纪宁站在一个屋内，还真被他发现了一件东西。

这是一个书房，桌上扔着一支毛笔，旁边是金色的纸张，地面上也散乱着一些纸张。

"恨！恨！恨！"

"恨当初追随老贼。"

"恨老贼断事不公。"

"合该你道消身死！"

纸张上满是充满恨意的文字。其实当初那些仆从刚开始还不懂，等后来溯风道君给他们下了真灵禁制后，他们才明白过来。此时都要魂飞魄散了，仆从奴役们哪里还惧怕他？他们在纸张上书写，发泄恨意，已经算不上什么了。

可惜，溯风道君当时已经静等死亡，哪里会在乎这些蝼蚁的骂声。

他死的一瞬间，那些奴隶仆从们的真灵禁制被触发，个个都是真灵泯灭而死。

"看来那死去的世界神，平常喜欢写字。这笔竟然是件道之神兵。"纪宁很是惊讶，他还是第一次看到毛笔状的道之神兵呢。他连忙拿起，轻易炼化。

这毛笔，笔端可化为无数白丝束缚敌人，也可凝聚宛如锥子。

可刚可柔，的确算一个厉害的神兵。不过那死去的世界神早就习惯用它来写字了。

"再瞧瞧，说不定还有宝贝。"纪宁把其他屋子全部探查了一遍，却再也找不到宝物了。不过纪宁心情很好，就因为额外探查一下，就得到一支毛笔的道之神兵。这一件道之神兵，就足以让他们这些祖神祖仙们拼命了。

纪宁不再犹豫，立即开始前往亭子。

三处亭子，纪宁用法力操纵着旁边的花草，一个个去试，试到第二个亭子，那株花草刚进入亭子，就"嗖"的一声，被完全挪移走了。

"就是它了，的确是挪移走。只是不知道是挪移到安全之地，还是绝地。"纪宁能够感应到空间挪移的波动，"至少有出去的希望了。走！"

纪宁一迈步，就进入亭子中。

他步入亭子的一瞬间，"呼——"

纪宁凭空消失了。

莽荒纪
171

半空中。

纪宁凭空出现。

"这里是……"纪宁俯瞰下方，顿时露出喜色，"是危险区域？"

自己当初在危险区域闯荡了一年多，后来和狱剑神搏杀，才被席卷进溯风百流当中的，现在又回到了危险区域。可纪宁明白，和内部那处处险境相比，不管是沼泽地还是这危险区域，都太安全了，祖神祖仙都能够在这儿惬意闯荡。

"带了这么多宝物，至少活着回来了。如果死在里面，就白拿了宝贝。"纪宁心中满是欢喜。

"嗯？"纪宁忽然看着远处。他的眼力何其厉害，特别是一直维持着青花雾气力量附体，令他肉眼能观看的区域更为遥远。他一眼看到遥远处的连绵山脉后方，一艘船在缓缓飞行，那是缩小后仅仅数十丈长的船，贴着山脉飞行。

"天南祖神？"纪宁一看那大船就认出来了，忍不住轻声嘀咕，"你和我，还真是有缘。"

"嗖！"纪宁立即操纵着诸天星金珠环绕在四周，而后迅速地朝大船靠近。

# 荒纪

## 第十三章
## 大莫永恒界

这因果，当真是玄妙。

纪宁一边朝那大船追踪靠近，一边暗暗感慨。当初自己初进古遗迹，那天南祖神就仗势欺人，欲要杀了自己夺取宝物。自己也没话说，毕竟跨入修行者的世界，就要遵循一些潜规则。在古遗迹中厮杀太常见了，如果真的被杀了，纪宁只能怨自己技不如人。

当初自己逃了。

自己从溯风百流中闯了一圈，手上多了道之神兵，九重混沌禁制合一形成了青花印记，实力增长了太多。这刚出来就碰到天南祖神，如果二者没有结仇，以纪宁的性子一般会直接离开的。可因为有一段恩怨在，纪宁毫不犹豫地追踪过去。

这就是因果啊！

"命运一道，玄妙莫测。"纪宁感应着无尽遥远的深处，那浩浩荡荡的命运本源河流的波动。

凡人的命运，他一眼就能看透，看出凡人一生的起伏。

可真正厉害的修行者……

纪宁很难看透。

命运，说来玄妙，实际上最基本的道理，就是无数的因果纠缠。就像因为有源老人和纪宁的仇怨，才有纪宁加入雾岩星一脉，才会驻扎在溯风混沌世界。当然命运的奥妙，比这最基本的因果要复杂亿万倍。

而且纪宁明白一个道理，过去发生的难以更改，可未来却是不一定的。

像那些凡人，即便纪宁能一眼看穿其一生，可因为未来还没发生，所以改变命运很简单。一个强大修行者的突然介入，就能轻易改变凡人的命运。

就像生死簿定下凡人的一生，可功德依旧会改变凡人的命运一样。

纪宁甚至猜测——

有些不可思议的存在，能够将已经发生的事再扭转回来。比如让真灵泯灭的修行者再复活过来。这也是纪宁在这条修行路上最大的渴望，因为他想要他最深爱的妻子复活过来。

纪宁追踪着大船，不断地靠近，心思却飘忽不定，思索着因果和命运。他并没有将天南祖神当成什么厉害的对手。

有祖神阵联合的百名祖神是很厉害，面对世界境也能纠缠一二。可是有心算无心，纪宁根本不会给天南祖神挣扎的机会。


大船贴着山脉，缓缓飞行。

天南祖神坐在船上，悠闲地看着前方。他面前有着条案，条案上摆放着美食、美酒，还有两名女仆伺候着他，旁边还站着六名祖神祖仙奴仆，时刻小心警戒。

在大船的前方，是一道火红人影在飞奔。这火红衣袍女子的周围还环绕着数百片火焰刀片。

"火仙子。"天南祖神笑呵呵地道，"你逃了这么久了，想必你也明白，你是逃不掉的。我如果狠下心，随时随地可以抓住你。可是我没有，我不忍看着一个绝世仙姬，就这么无声无息地死在这古遗迹当中。"

"我只是让你当我的追随者而已，何必呢？"天南祖神一吸嘴，杯中的酒立即被吸干，旁边女仆娇笑着又帮忙倒满。

"仅仅只是追随者？"在前面逃着的苏尤姬传音冷笑。

"你生气都这么漂亮！火仙子，你的大自在如意法真是勾人啊。"天南祖神忍不住感叹道，"我的要求也不算过分。当我的追随者，好好伺候我，也兼当我的欢喜道侣。这修行一生，为的何事？在修行路上走得越来越远，固然内心充满欢喜。可是到了我这份儿上，修行已经没有渴求，求的就是欢喜刺激。不是吗？"

"我修炼大自在如意法，是不可能给你当欢喜道侣的。"苏尤姬传音道。

大自在如意法，是不能破身的。

这是苏尤姬在观看一门残缺古老法门时悟出的符合自身的法门。苏尤姬修炼这一法门进展极为惊人，她修炼至今，其实也不足百万年，却早已是媲美巅峰祖神的祖仙了。但因为她是炼气流，所以在战斗上比神魔流要稍微差些。

"越是得不到，越是想得到。"天南祖神轻声叹息，叹息声在苏尤姬耳边回荡，"对我而言，就是女祖仙层次也能轻易买些奴隶来，可是像你这般勾人的却难寻得很。我劝你别跑了，你这么跑下去，随时可能触发一些阵法禁制。"

天南祖神悠闲无比。

天南祖神发现火仙子苏尤姬后，眼睛一热，立即要强迫苏尤姬给他当追随者。苏尤姬自知实力敌不过，也愿意低头。可天南祖神给她定的本命誓言太苛刻，说是追随者，实际上是玩物。苏尤姬被称为火仙子，就是因为骨子里是很火爆的，根本不愿低头。

她才修炼不足百万年，并且仅仅是炼气流，实力就媲美巅峰祖神。实际上她的境界是极高的，完全有望成为世界境。她这样的人物，怎么愿意给对方当玩物？

天南祖神也有耐心，他慢慢地追。

他之前曾经派遣手下疯狂追杀苏尤姬。等她疯狂逃窜，天南祖神立即就召回了手下。那样疯狂逃窜太容易触发阵法禁制，他不愿看着火仙子就这么死去。

慢慢追……

一来，火仙子这么飞奔，安全度相对要高很多。

二来，火仙子在前面逃，他在后面慢慢追。这等于火仙子是一个探子，帮他探明了前面是否有危险。这免费的探子哪里去找？而且他也需要时间来消磨掉火仙子心中的傲气。

这样的绝世仙姬要驯服很难，需要时间。可一旦把她驯服了，那样的成就感也会让天南祖神激动战栗。

"谁？"天南祖神突地收了大船，看向后方。

他身边的两名女仆都吓了一跳。不过另外六名祖神祖仙仆从也警惕地看向后方。

后方正有一名白衣少年，贴着山脉，循着之前大船的方向飞了过来，周围有一颗颗诸天星金珠旋转环绕。

"主人小心！"六名仆从一惊。他们认出了纪宁，当初他们中最厉害的两位祖仙驾驭超越天道极限的法宝，却被纪宁一招就破掉了，还让纪宁轻易逃掉了。

"巡守者？"天南祖神咧嘴笑了。

"呼呼呼呼呼呼！"周围立即出现了一大群祖神。这些都是天南祖神随身携带的洞府内的百名祖神，也是他手上最强大的力量。在这古遗迹中闯荡，天南祖神故意示弱，等真的碰到祖神祖仙了，才会突然召出这一大群手下。

"杀了他！我看他还敢不敢在危险区域乱飞！"天南祖神指着纪宁。

天南祖神不傻。

经过上次的短暂交手，他就明白这个巡守者是超越巅峰祖神的厉害高手，所以一开始就让这百名祖神上。上次在沼泽区，纪宁逃掉了，这次在危险区域，按理说他没法那么肆意地逃窜了。

"杀！"上百名祖神立即杀向纪宁。

"是他？"火仙子苏尤姬一直在逃，也一直注意着后面。她发现天南祖神停下，竟然去对付一个白衣少年。

她认识那白衣少年。

数年前，白衣少年曾经在她面前飞过，只是二人当初仅仅相看一眼，并未多说。

"他有危险了！"火仙子苏尤姬内心中毫不犹豫地站在纪宁这边，她对天南祖神充满了恨意和怒意的。

面对杀过来的上百名祖神，纪宁手中出现了一柄细长的剑。这是那柄软剑，软剑可软可硬，锋利细长，擅长施展诡异精巧的剑法。

"呼！"纪宁不但没有逃，反而直接迎上了这上百名祖神。

"他竟然不逃？"

"找死！"

上百名祖神个个充满信心，世界境以下，正面厮杀他们还真的不怕谁。你说祖神祖仙中也有能匹敌世界境的妖孽？妖孽哪里是那么容易遇到的？

一个个刀光、斧光尽皆呼啸。

纪宁忽然速度暴增，瞬间就超越了天道极限，划过了一道弧线，绕过了上百名祖神。上百名祖神一个个想用兵器挥劈，可是他们的兵器速度都没突破天道极限，连纪宁的衣角都没碰到，轻易就被纪宁绕开了。

"嗖——"纪宁直扑天南祖神。

"怎么可能？"天南祖神真的被吓到了。速度能够超越天道极限的太少见了，这一般是世界境的手段。像当初万魔之主速度就快得离谱，连刚成世界境的女娲娘娘都没能追上。

"挡住他！"天南祖神对身边的六名祖神祖仙仆从下令。

"快，都回来！"同时也命令着另外上百名祖神。

"呼！"纪宁已经到了。

那六名贴身保护的祖神祖仙们或驾驭法宝，或手持兵器，竭力围攻纪宁。"撑住！撑住！只要撑住一丁点时间，上百名祖神就会赶到。"天南祖神自己也显现三头六臂，手持六根长钩，欲要防守。

白衣少年已经到了。

剑光闪烁。

六名祖神祖仙感觉自己都攻击到了空处，拼了命，连对方的衣角都沾不到。

"噗！"剑刺在天南祖神的喉咙处，因为有甲衣保护，未曾刺穿。可纪宁剑中蕴含的可怕冲击力，却让天南祖神的身躯成了齑粉。

"你……"天南祖神难以置信地看着白衣少年。怎么可能？就算上次这个巡守者的速度也仅仅是天道极限，剑也没这么快啊！这一次怎么这么可怕？他哪里知道，在青花雾气力量附身下，纪宁的力量更强，速度也更快，单凭绝对的力量都能轻易让剑突破天道极限，更何况纪宁剑术本就高超，剑的速度的确比上次交手时快了一大截。

"呼——"天南祖神的身体化为了飞灰，世界境大能层次的一剑，哪是他能挡下的！

旁边的六名祖神祖仙仆从、两名女仆、上百名祖神奴隶则是瞬间皆眼神暗淡，生命气息消散。他们是奴隶，早就设下禁制，主死仆死。这也让奴仆们会更加拼命地去保护主人，因为主人死了，他们一个都逃不掉。

"其实你是有活下来的机会的。"纪宁看着天南祖神遗留下的宝物，"上百名祖神如果一直保护你，我就没法下手了。"

世界境的速度能超越天道极限。

凭借百名祖神，怎么挡世界境？想玩其他手段都是找死，只能以不变应万变。

天南祖神如果让百名祖神保护自己，纪宁根本没法攻克这乌龟壳。可天南祖神面对世界境以下有着绝对的自信，直接命令上百名祖神杀过去，使得天南祖神身边的力量太弱了。任何一个世界境大能都能轻易绕开祖神阵，而后将其杀死。

这也不怪天南祖神，他哪里想得到，纪宁强成这样。

"这、这……"远处的苏尤姬看着眼前一幕，完全惊呆了，"飞行速度超越天道极限，剑快得超越天道极限，隔着甲衣都能令神体粉碎的威力，七名祖神祖仙联手似乎连他的剑都没碰到，这是什么境界？"

"天道极限在他面前，随手可破。"

"天南祖神和他的几个仆从，有好几个都是巅峰祖神战力，却连他的衣角都碰不到，就仿佛稚童面对巨人。"苏尤姬真的震撼了。纪宁在没有九重禁制合一凝出青花印记前，就算手持神剑紫光琼，也需格挡卸开那些兵器。

可青花雾气力量附体后，他的整体都提升了许多，各方面都快多了，纯粹凭借身形快、剑快、剑术高深，令对方都没碰到自己。

"世界境吗？"

"可他明明是祖神，祖神气息很明显。数年前，我还看过他，那时候他就是祖神。这点绝对没错。"苏尤姬心中惊颤。

她想到了一点：在正常的祖神祖仙中，普通祖神、顶尖祖神都比较容易达到。巅峰祖神，就算高手了。

超越巅峰祖神，那就是真正了得，像雾岩军内的那几位将军都是如此。他们借助神兵，借助一些爆发，甚至能摸到世界境的门槛。纪宁当初刚去雾岩星，借助神兵紫光琼就勉强达到世界境门槛，可如果真的和世界境全力交手，怕是一招就败了。

但传说中……

还有些妖孽！

他们在祖神祖仙时，就能和真正的世界境匹敌，甚至有些可怕的，能够以祖神祖仙之身击杀世界境。这样的妖孽，百万祖神祖仙中都难寻得一个。

"这样的妖孽，我竟然碰到了！"苏尤姬很是激动。

这等妖孽，以祖神祖仙的层级就能和世界境匹敌，乃至击杀后者。等他成了世界境，那就是世界境中最顶尖的。

"这样的机会如果错过了，我会后悔死的。"苏尤姬瞬间就做了决定。

苏尤姬的心理活动看似多了些，可实际上只是一瞬间。

纪宁击杀天南祖神后，挥手就将周围的祖神祖仙仆从的尸体尽皆收起，将宝物都收了："这些尸体，就在那洞天内专门寻个墓地安葬他们吧！"这些死去的仙神是在修行路上倒下的，纪宁埋葬他们，一是不愿让他们曝尸荒野，二是想建个仙神墓地安葬仙神，以此来告诫自己，这条修行路需何等小心。

"这位道友！"远处穿火红衣袍的女子立即飞过来。

纪宁转头看去，马上认出了这名女子，当年自己刚进入危险区域就碰到过她。他微微点头："你我还真有缘。"

"是。"苏尤姬随即好奇地问，"你不认识我？"

"你是……"纪宁看着她。

纪宁仅仅买了一份星图，星图上主要是大莫域各大势力的介绍，一般重点介绍的是世界境们，偶尔会提及一些厉害的祖神祖仙。很多长期在外流浪冒险的祖神祖仙却很少提及，所以像天南祖神等等，纪宁都没认出来的。

相反，像狱剑神也是属于一方势力，只是偶尔出来冒险。纪宁倒是认得。

"我叫苏尤姬，一般都称呼我火仙子。"苏尤姬道。

"你称呼我旭日即可。"纪宁道。

"哦……"苏尤姬看着纪宁，眼睛放光道，"旭日道友，不知我可否成为你的追随者？"

"追随者？"纪宁一怔，随即明白了。恐怕这火仙子是看到之前自己杀天南祖神的场景了。早就听说过一些极为厉害的祖神祖仙甚至会让祖神甘愿追随，可像这种主动上来要当追随者的还是极为少见的。

"我是炼气流，却也能媲美巅峰祖神。"苏尤姬连忙说道，"我修炼也不足百万年，完全有望成为世界境。"

有望成为世界境和没希望，那是两个概念。

"哦？"纪宁仔细地看着苏尤姬。

他的确也想要找一些追随者，甚至想去买点奴隶来。他虽然现在实力很高，可别说是他，就算是世界境大能都想要弄一支军队的。一支上千名祖神祖仙的大阵，甚至能围杀世界境。最主要的是要能结合阵法，再联合一些仙府，这样就能够抵抗外界的危险。

进，可攻。

退，可抵挡危险。

这样的大军谁不想要？但是上千祖神祖仙的阵法，却不是那么好弄到手的。就算弄到手，也要一些统领者，统领者的境界必须很高才行。

"炼气流？"纪宁看着苏尤姬，"你出手对付我，将你最厉害的手段施展出来。如果我觉得你的能力可以，你便当我的追随者吧。"

"好。"苏尤姬眼睛一亮，"小心了！"

"去！"苏尤姬白皙的手指遥指纪宁，瞳孔中红光一闪。

"轰！"九道火红色的流光同时从她身边冲出。纪宁仔细一看才发现，每一道火红色流光都是由大量刀片汇合而成，这九道火红流光在半空中完全结合起来，形成一头有九条尾巴的美丽飞禽，全身弥漫着火焰，直扑纪宁。

威势之强，霸道无比。

"她仅仅是祖仙，威势就强成这样，而且我感觉这一招，还有些未使全力。"纪宁瞬间就明白，火仙子苏尤姬没撒谎，她的境界的确很高，恐怕是不亚于超级巅峰祖神。她就是因为是炼气流，没有强大神通，战斗起来也就只能媲美巅峰祖神。

纪宁伸出了右手，手臂暴涨，手掌晶莹如玉，化为数十丈大。

"嘭！"九尾火焰飞禽直接撞击在纪宁的手掌上，纪宁的手掌表面出现了无数火花刀光。可最终这飞禽还是溃散了，纪宁的手掌丝毫无损。

"我连撼动他都做不到。"苏尤姬看得暗惊，"原来他的力量也强成这样。"

之前杀天南祖神，纪宁展现的是速度和剑术。

现在展现的是可怕的力量。

"嗯。"纪宁看着苏尤姬点头，"好，我收你当我的追随者。这是誓言石，你看看吧！"

追随者也分两种：

一种就像刺修大魔神和刀尊那样，二者地位几乎平等。追随者会立下本命誓言，主人也会立下誓言，二者才能互信。当然主人的誓言会很宽松。

第二种就像溯风道君和麾下的一些世界神。那些世界神当初愿意追随，就是希望得到指点，地位当然差得多。世界神追随者立下本命誓言，溯风道君却不可能立下本命誓言，他只要在高兴时偶尔指点一番，就足以让那些世界神们激动了。

纪宁和苏尤姬属于第一种。

苏尤姬其他的倒不怕，就怕纪宁对她用强。她的大自在如意法在练成世界境前是不能破身的。以纪宁的实力，他用强的话她可没法反抗。

纪宁对苏尤姬提出的要求也很无语，不过还是笑着立下了誓言。

"尤姬见过主人。"二者立下誓言后，关系自然不同了。苏尤姬微微一笑行礼，那一笑当真是百媚生。

纪宁也点头笑了："你是我收的第一个追随者。"

"主人以后的追随者肯定会越来越多的。"苏尤姬眼睛放光，"不过我永远是第一个。"

"走吧，我们离开古遗迹吧！"纪宁道，"对了，我真实的道号是北冥，旭日则是暂时用的道号。"

"一切听主人的。"苏尤姬跟随着纪宁身侧，心中则是暗暗念叨，"北冥？北冥吗？"

二人沿着山脉前进了上万里，终于看到天空中有处满是云雾的地方。

二人立即冲天而起，飞入那云雾处，跟着凭空消失了。

这溯风洞府遗迹是被无尽云雾笼罩，只要在危险区域或者沼泽区看到天空有云雾，飞入那云雾就能出去了。这也是溯风古遗迹里的常识。

东宁山脉，旭日小院，两道流光从高空降落，落在小院内。

"这是我的住处。"纪宁道。

"主人就住在溯风混沌世界？"苏尤姬惊讶道。

"嗯，我是雾岩星的巡守者。"纪宁说着。他不由得心中感慨，自己去古遗迹都好几年了，食山祖神竟然没召唤自己。纪宁早就下令给他，如果黑莲神帝一方来袭，他就立即捏碎信物，纪宁就能立即知晓，就会从古遗迹内返回。

不过也对。他之前在这里修炼了近百年，都没有遭到袭击。这次才过去几年而已。

"你随便找一处先住下！"纪宁吩咐道。

"是，主人。"苏尤姬转头看向旁边的屋子，指着道，"那我就住那边吧。"

纪宁点头，随即就去了自己的静室，开始检查这次在古遗迹中得到的宝物。他得到的宝物很多，一些储物法宝内纪宁都还没仔细查看过。

半天后。

旭日小院所在的山峰最高处，纪宁独自坐着，看着苍茫连绵的山脉和远处的荒原。

"这次真是赚大了！"纪宁心中感叹。

这次在古遗迹中得到的宝物，包括储物法宝，都被纪宁炼化了。他把储物法宝查看了一遍，的确给纪宁带来了惊喜。

其中有个混沌奇宝层次的洞府法宝，纪宁怀疑那原主人是一名世界境。因为那洞天法宝内竟然有两件道之神兵，还有一份星图，一卷记载着溯风遗迹的玉简。这都不像是一般祖神祖仙能弄到手的。

那星图记载了大莫域以及周围五处疆域，其中大莫域记载得最为详细，连稍微厉害点的祖神祖仙也都记载了，新晋的火仙子苏尤姬也都有详细的记载。情报能详细成这样，疆域能广阔成那样，一般是世界境才有这样的星图。

其次是那一卷玉简。

那位世界境可能是要探查这溯风遗迹，特地搜集了那里的详细信息，按照玉简的记载，溯风遗迹分为最外围沼泽地、外域、内域以及核心域。

外域，就是危险区域，是祖神祖仙们经常闯荡的地方。

内域就是溯风百流区域，溯风道君麾下的许多世界境仆从很多都是驻扎在内域，死在内域。内域的危险要比外域可怕得多。

核心域是溯风道君居住的地方，就是大莫道君、水风子他们都不敢深入的地方。

"这洞天法宝内得到的两件道之神兵，我一共有五件道之神兵了。"纪宁惊喜不已。

天南祖神死了，留下的东西也不少。最珍贵的当数祖神阵，其次就是这上百件混沌奇宝了，不过却一件道之神兵都没有。

纪宁不知的是，当年天南祖神走运地得到了一件道之神兵。他明白他的实力就算用道之神兵，恐怕也会被其他祖神祖仙给抢夺走。所以他干脆将道之神兵卖了，而后买了一批祖神奴隶，买了祖神阵，顿时成了世界境以下近乎无敌的存在。

"五件道之神兵，一套祖神阵，超过三百件混沌奇宝。"纪宁暗暗点头，这就是他得到的主要宝物。

"五件道之神兵，最珍贵的是那一柄战刀，算是道之神兵的极品。价值怕是超过五十方混沌灵液。"纪宁暗暗计算，"其他四件加起来，估计也就五十方混沌灵液。一套百名祖神的祖神阵大概值十方混沌灵液，三百件混沌奇宝，层次高低不同，平均每件混沌奇宝十瓶混沌灵液，一共三方左右。"

"全部加起，超过一百方！"

纪宁惊叹。

一方混沌灵液，相当于一千瓶混沌灵液。足足一百方，那就抵得上一名普通世界境的全部身家了。

这就是冒险的魅力。

一名道君留下的洞府遗迹，稍微弄出点宝物，就抵得上世界境的全部身家了。

可是同样的危险程度也极高。纪宁自从进入内域后，简直步步杀机。他被风兽追杀，差一步就没能逃出去。幸亏他又走狗屎运，进入那座宅院内，这才能安然回到外域，才能安然离开。

从内域活着离开，非常难，世界境从内域活着离开的概率一般也不超过五成。可能活着离开的，一般收获也不会小。

"这么多宝贝，应该能完全修复我的神剑紫光琼吧。"纪宁暗暗道。把这么多宝贝全部消耗掉，纪宁也不会心疼，因为神剑紫光琼是拥有本源的神兵。


"主人。"火红衣袍的苏尤姬走了过来。她看着坐在那儿的白衣少年，心情很好。

苏尤姬之前被天南祖神疯狂追逐。她想到天南祖神那丑陋的嘴脸，居然想要和她做欢喜道侣，心里就非常不爽。她看看坐在那儿的纪宁，她能够感觉到纪宁和她的距离。很多修行者和她接触时都会亲近她，想要和她来一场鱼水之欢。可面她对纪宁时，却感到了距离感，纪宁显然不想和她有什么亲近。

"哦？"纪宁转头看向她，"对了。你如果没事，就陪我去一趟雾岩星。"

"雾岩星？"苏尤姬先是一愣，而后展颜一笑，"好啊！什么时候？"

"现在。"纪宁道。

纪宁内心深处强烈渴望看到神剑紫光琼完全恢复后的威能。传说中的一些记载，还有北休世界神留下的一些记载，都提到本源神兵的神奇，说那是超脱了一般兵器范畴，达到了另外一层次的存在。

修行者们，如纪宁，是感悟剑之本源，从而达到更高境界。

而神剑紫光琼内就有一个本源。那本源，是神剑紫光琼最珍贵的。关于这等神兵的传说，听起来太过虚幻，纪宁很想亲自看看。


纪宁和苏尤姬乘坐飞舟离开溯风混沌世界，前往雾岩星。

雾岩星。

纪宁上次来雾岩星，还是外来者，如今却是雾岩军的将军，属于自己人，所以也无须什么引路者。

"见过两位前辈！两位前辈要买些什么宝物？"

一座岛屿的巨大殿宇内有许多美貌侍女，其中一名真仙感觉到了纪宁和苏尤姬散发的气息，热情地上来询问。这是雾岩星上专门贩卖法宝的地方，属于极重要的店铺。因为这里是雾岩星的核心，雾岩星也不怕谁敢捣乱。

纪宁手一翻，出现了一块将军令。

"将军？"那紫衣女仙态度明显地恭敬了。

"我问你，你们这有多少法宝碎片？"纪宁问道。

恢复神剑紫光琼，需要五行之精。采集五行之精最便宜的办法，就是使用一些本身已经破碎的法宝碎片。稍微贵点的就是使用完好的炼器材料，最奢侈的做法就是将完好的法宝炼化。

"法宝碎片？"这紫衣女仙面对自家一方的将军也不敢撒谎，连忙道，"需要法宝碎片的修行者并不多，一般都是用来萃取五行之精修复法宝的。我们这里的存货，全部加起来，价值不足一方混沌灵液。不过你用来修复道之神兵，肯定够了。"

紫衣女仙暗暗猜测，眼前的将军是不是要修复道之神兵？

"不足一方？"纪宁已经不是刚出三界时那般懵懂了。一件拥有本源的法宝，整个内部几乎完全破损，修复所需的五行之精是非常惊人的。如果购买炼器材料，一百方混沌灵液购买的炼器材料是否能够修复都很难说。

购买法宝碎片，则把握大些。

"这么少……"纪宁皱眉。这也在他的预料之中，毕竟整个雾岩星总共才几个世界境大能。这里能储存多少法宝碎片？

"走！"纪宁带着苏尤姬就直接离开了。

他在雾岩星这么问法宝碎片也不怕什么，同一方势力都是有本命誓言束缚的。这也是纪宁为什么最先来雾岩星的缘故。

"看来要购买能恢复神剑紫光琼的法宝碎片，还得去一趟大莫永恒界。"纪宁暗暗道，"在雾岩星我可以随意些，可去大莫永恒界就得小心了，稍微大意点被谁盯上，就有丧命之危。"

纪宁虽然心中警惕，却也不惧。

"尤姬。"

在雾岩星外虚空的飞舟内，纪宁对着一旁的苏尤姬道："我准备去一趟大莫永恒界。"

"主人去哪儿，我自然跟着去哪儿。"苏尤姬笑着道，"我去过大莫永恒界，对那也算熟悉，虽然仅仅去一次。不过那里的确非常神奇，许许多多的修行者都聚集在那儿，连大莫域最强的大莫院也在那儿呢。"

"嗯。"纪宁点头。

飞舟穿梭虚空开始前进，先是前往遥远的七水星，在七水星再乘坐时空传送阵，直接前往大莫永恒界。


从雾岩星到七水星路途遥远，加上在七水星等了一年多的时间，纪宁足足耗费了两年才抵达大莫永恒界。这已经算时间短的了，主要是去大莫永恒界的比较多。因为大莫永恒界才是整个大莫域的核心，聚集了整个大莫域最强大的力量。

"呼！"时空传送阵内，纪宁和其他修行者都出现了。至于火仙子苏尤姬，当然是被纪宁收入在洞天法宝内。

"这就是大莫永恒界？"纪宁走出了阵法，看着这片苍茫无边的世界，一挥手，身旁就出现了火仙子苏尤姬。

"感觉到了吗？"苏尤姬出现后，笑着看纪宁。

"嗯……"纪宁轻轻点头，"好奇特的感觉。"

一般的混沌世界，纪宁是能够轻易破坏并摧毁的。可是大莫永恒界给纪宁的感觉却是高高在上，一种浩浩荡荡的包容感，还有一种无可抵挡的威压感。

"的确飞不起来了。"纪宁试着要飞，却怎么都飞不起来。

"真神奇，和传说中一模一样。传说大莫永恒界是完全禁空的，是没法飞行的，还真是这样。"纪宁尝试要飞的时候，一股玄妙莫测的规则力量就降临在身上，让他怎么都没法飞行。

传说……

每个永恒界，在被那伟大存在创造时都会定下一些规则。

比如禁火，一切火的力量在这个永恒界内都没法施展。

比如禁剑，再厉害的剑道高手，也没法引动剑之本源的力量，甚至连拔剑都做不到。

还有其他的一些特殊规则，只要是创造者定下的，后来者就必须服从。

大莫永恒界的规则就是禁空，不管什么生物，就算是飞禽，也是没法飞行的。这个世界中就没有能飞的东西。当然，如果实力强到一定程度，或许对规则会有些抵抗。

比如大莫道君或许有可能做到强行飞行。当然，也仅仅是有可能罢了。因为谁也没见过大莫道君在大莫永恒界内飞行过。因为大家对大莫道君绝对崇拜，才认为大莫道君有手段打破这规则。也有另外一种可能——大莫道君也没法飞行！

至于其他——

任何一个世界境存在都没法打破规则，祖神祖仙们更别说了。

"不过在永恒界真是舒服。"纪宁轻声道，"这个世界无比厚重，温和地包容每个外来者，让所有人的心灵都自然宁静。"

"这也是很多修行者喜欢居住在大莫永恒界的原因。很多势力也想占据这里，不过只有最强的大莫院才有资格占据。"火仙子苏尤姬道。

"走吧，我们去易波城。"纪宁当即迈步向前走。

二人并肩行走，速度却快得很。


易波城是大莫永恒界内最繁华的城邑。它的历史无比古老，自从这座永恒界存在时，易波城也就存在了，它的历史当然比大莫院要古老得多。大莫院也是摧毁了前面的势力，才占据了这座永恒界，将其改名为大莫永恒界。

易波城离时空传送阵非常近。

纪宁和火仙子苏尤姬仅仅步行了半个时辰，就到了易波城的山脚下。

"真高！"纪宁抬头看向上方。

这是一座高百万里的山峰。在山峰之巅，云层之上，有着一座巨大的城邑，那就是易波城。

"爬山吧！"纪宁笑道，"我已经很久很久没爬山了。"

"一步步爬山，这就是凡人的感觉吧！"苏尤姬也笑着道。

山路是环绕着山峰一圈圈蜿蜒向上的。如果是过去，纪宁直接飞行到易波城门前就可以了，现在却得慢慢地一步步爬山。在永恒界内，处处都没法飞行。

"这座永恒界广阔无比，比混沌世界不知大了多少。"纪宁行走在山路上，感慨道，"听说这永恒界内的古遗迹就多得很。"

"嗯。"苏尤姬点头，"听说超过十处。"

至今未曾被完全征服的古遗迹，在大莫永恒界内超过十处！

主要还是因为大莫永恒界太大太大……

"到了！"苏尤姬指着前方。

山顶本身方圆也就数百里，却顶着一座方圆数十万里的城邑。这座城邑仅仅最底部卡在山顶上，乍一看好似悬浮在空中一般。纪宁和苏尤姬沿着山路，走到了城门前。

城邑的城墙上有着"易波"二字。

"易波……"纪宁抬头看着那两个字，感觉到了玄妙至极的波动。可这波动太难寻了，感应时让纪宁很是吃力，非常难受。

主要是差距太大。

纪宁想要摆脱却又摆脱不了，那两个文字不停地散发波动。

"噗！"纪宁一口鲜血喷出，这才醒过来。

"主人不知道那两个字不能盯着看吗？"一旁的火仙子苏尤姬问道。

"知道。不过我还是想看看，反正看了也死不了。"纪宁笑道，"真是厉害，仅仅两个字就让我吐血。我什么都没悟到，只感觉深不可测。"按照传说中的说法，别说是纪宁，就是世界境大能看这两个字都会吐血。

按照常理，一方势力占据一座永恒界，一般都会重新命名这个地方。

大莫院占据了这里，将这座永恒界改名为大莫永恒界。可这最繁华的易波城却没改名，就是因为易波二字不可侵犯。这两个字乃是整个城邑的中枢，有着至高的威能。这两个字一直在这儿，就算想要改名，其他修行者也会称它易波城的。

所以很多修行者都怀疑，大莫永恒界在很久很久以前被创造出来时，应该是叫易波永恒界。

"不知道这两个字是谁写的。"火仙子苏尤姬感慨道，"或许写这两个字的人，实力比大莫道君更强些呢。"

"嗯。"纪宁点头。

这也很正常。就算是道君，实力也有高低之分。那位溯风道君，他的追随者中不就有一位道君吗？

纪宁遥想着那些古老存在的强大，也是心中激荡。他和火仙子苏尤姬一道进入了易波城内。易波城是最繁华的城邑，有一条最基本的规矩——城内禁止厮杀，违背者将遭到易波城内阵法禁制的自发攻击。

"真繁华！"纪宁行走在宽阔的街道上，一眼看去，祖神祖仙随处见，真神真仙更是多得一塌糊涂。

"整个大莫域，怕是有小半的修行者都聚集在这儿呢。"苏尤姬说道，"连世界境，易波城内都有上千位呢。"

纪宁点头。

这里是强大，但也是最安全的地方，这里没谁敢动手。

可是一旦出了易波城，厮杀却是没谁管的。

"那就是万宝宫？"纪宁遥遥看去，远处街道边上有着一座占地极大、散发着无数光芒的耀眼宫殿。整个宫殿都散发出一种种波动，任何一种波动都代表了一件道之神兵，这座宫殿内故意显现波动的道之神兵怕就有过百件之多。

"对，这就是万宝宫，整个易波城藏法宝最多的地方。在这里，想要买什么法宝都能买到。甚至道之神兵都可以定做，连传说中拥有本源的法宝，只要付得起足够的代价，也一样能买到。不过那代价确实可怕得很。"火仙子苏尤姬感慨道。

纪宁点头。因为万宝宫的主人就是大莫道君。

请大莫道君帮忙抓捕十个二十个世界神来当奴隶，付出的代价恐怕也不及一件拥有本源的法宝。要购买一件这样的法宝，代价是不可想象的，足以让世界神为之拼命和疯狂的。

"主人你要买什么卖什么，都可以在这里买卖，这里最是安全，而且万宝宫绝对不会泄露消息。"火仙子苏尤姬传音道。

"我知道。"纪宁却暗暗嘀咕。

狗屁！

万宝宫这种地方是很安全，自己卖掉几件道之神兵，得到一百方混沌灵液，万宝宫不会在意。可如果自己把混沌令液全部换成法宝碎片，恐怕傻子也会猜出来，纪宁应该拥有一件很可怕的法宝，所以需要这么多法宝碎片的五行之精去恢复。

须知大莫道君身份太高，不可能傻乎乎地在这儿管理万宝宫，管理万宝宫的恐怕也就是世界神和混沌仙人。

这个推断足以让世界境眼馋，甚至盯上纪宁。

没什么信誉是无价的，就看价格高不高。一件拥有本源的法宝，足以让那些世界神和混沌仙人不顾脸面地暗中下手。

"得稍微花点心思了。"纪宁暗暗想着。

# 莽荒纪

## 第十四章
## 法宝碎片

片刻后。

纪宁让火仙子苏尤姬进入洞天法宝内，然后独自进了万宝宫。

"道友要买什么？"纪宁刚进去，就有一名有着祖仙气息的紫袍女仙笑盈盈地问道。

纪宁目光一扫。一眼看去，这万宝宫内的紫袍女仙、男仙们皆是祖神祖仙层次。由此可见大莫院的手笔。这里摆放着一件件法宝，低至先天灵宝，高至道之神兵，应有尽有，一眼看去，足足有上千个桌台，摆放着众多法宝。

这紫袍女仙则跟着纪宁。

"卖法宝！"纪宁传音道，"道之神兵！"

"道之神兵？"这紫袍女仙惊讶地看了眼纪宁，也传音道，"看来道友在外冒险收获不小。请道友随我来。"

很快，纪宁就被引领到一个侧殿内。

"我师伯很快就到。"紫袍女仙道。茫茫大莫域，那些去冒险而走运得到道之神兵的祖神祖仙还是有的，死了成百上千，偶尔一个幸运得到道之神兵很正常。整个大莫域加起来，这样的祖神祖仙还是不少的。

这些祖神祖仙一般都是来万宝宫卖掉道之神兵，好换取一些他们需要的宝物。万宝宫可是大莫道君开的，他们无须担心安全。

"师伯！"紫袍女仙恭敬地道。

一名白袍白发老者走了进来，他的气息波动却和祖神祖仙迥然不同。他气息缥缈，纪宁猜测应该是一位混沌仙人。

"前辈。"纪宁连忙恭敬地道。能加入大莫院的混沌仙人大多都非同一般。

"道之神兵拿出给我瞧瞧！"白袍混沌仙人笑道。

纪宁一挥手，三件道之神兵顿时漂浮出来，有战刀，有毛笔，有长梭。

纪宁其实一共得到五件，不过那件软剑纪宁使用起来很顺手，暂时不打算卖掉。毕竟就算卖，它估计也就值十方混沌灵液左右。

"这战刀……"白袍混沌仙人看得眼睛一亮，轻轻点头，"不错。"

另外两件他却没太在意。

"还有这个祖神阵。"纪宁将从天南祖神那里得到的祖神阵也拿了出来。

"嗯。"白袍混沌仙人瞥了一眼祖神阵就懒得看了。到了他这一境界，如果是千名祖神的祖神阵也许会吸引他，这百名祖神的祖神阵对他而言太一般了。这其实连纪宁也都看不上，纪宁现在凭借青花空间，完全能和百名祖神硬碰硬地厮杀，这个阵对他帮助并不大。

"这战刀应该是以罪孽孕养的神兵，很是不错。"白袍混沌仙人点头，"其他的一般般。这些总共可以算做一百零五方混沌灵液。"

说完，白袍混沌仙人看了看纪宁，转身离开了。

混沌仙人何等身份，也就道之神兵判定价格需要他出面，一般情况下，是不会出来应付一名祖神祖仙的。

"按照师伯所说，一百零五方混沌灵液，这是我们万宝宫能出的最高价了。"紫袍女仙看着纪宁。

"好，就一百零五方。"纪宁点头。万宝宫出价一般是很厚道的，他们不屑在这方面欺压一些弱小的修行者。

"还有些混沌奇宝，太多了，也卖掉吧。"纪宁一挥手，顿时哗哗漂浮出了超过三百件混沌奇宝。

这紫袍女仙却很平静，混沌奇宝她看得太多了。她微笑着扫了一眼，看向纪宁："算三方混沌灵液吧！"

"好。"纪宁点头。

混沌奇宝的价格和他预料得差不多，道之神兵的出价比他预料的还高一点。恐怕就是那柄战刀的问题，纪宁自己预估是超过五十方，到底多少也不确定。毕竟这种道之神兵中的极品，有的极品可能五十方就能买下，有的则需要一百方混沌灵液。

"一共一百零八方。你是需要混沌灵液、混沌晶石，还是要在我们万宝宫再买些所需宝物？"

"不必了。"纪宁摇头。

自己得到的三百多件混沌奇宝中，也有一件混沌奇宝层次的五行神鼎，论宝物，纪宁的确不缺什么。

那柄软剑也够自己用了。

"道友请收好！"片刻后，紫袍女仙递给纪宁一个储物瓶，瓶内含有一个空间，空间内便摆放着一瓶瓶混沌灵液和大量的混沌晶石。二者都属于硬通货。至于储物瓶子，自然是白送的。

纪宁收了后，转头便离开了。

"现在该去买法宝碎片了。"走出万宝宫后，纪宁思索着。

易波城繁华无比，加上这里禁止厮杀，有大莫道君保护，且有无比古老的阵法禁制，堪称是整个大莫域最安全的地方。所以这里也是许多不喜争斗、想要安心潜修的修行者们喜欢居住的地方。世界境大能、祖神祖仙、真神真仙，在这里居住的极多。

不过他们也需修行，也需宝物资源。

有些世界境会让麾下的弟子、仆从们开店铺。把自己的一些战利品扔进店铺去卖的，也很常见。

店铺最热闹的分三种：一种是买卖法宝的，一种买卖神通秘术法门的，还有一种就是买卖奴隶的。这是最庞大的三个行业，其他阵法、丹药等诸多行业虽然也有，但繁华度却差些。

易波城内买卖法宝的店铺超过八百家。有些是这里的世界境开的，有些则是一些势力如雾岩星、黑莲神帝等势力专门在此开的。


纪宁来易波城的第六天。

风华楼是风华混沌国在这里开的法宝店铺。

只见一名黑衣孩童走了进来。

"这位前辈。"立即有一名女真仙迎了上去。修行者是不能看外表的，眼前虽然仅仅是孩童，可气息却是祖神气息。

"你们这有法宝碎片吗？"黑衣孩童问道。

"有。"女真仙看着黑衣孩童，"不过不多，全部也就三方。"

"我要买六百瓶混沌灵液的。"黑衣孩童道。

"好的。"

女真仙还是很平静的。法宝碎片这玩意不卖则已，一般来买的量都不会太少。有些是某些势力专门来收购的，有些是单独某个修行者得到残缺厉害法宝后来收购的。

九明殿。

"前辈！"一名白衣女天仙迎上前去。

魁梧男子瞥了她一眼。在易波城天仙还是很少见的，可能是跟随师父长辈来的吧。

"我要法宝碎片，八百瓶混沌灵液的，有吗？"魁梧男子传音道。

"有。"女天仙连忙道。

或是孩童，或是壮汉，或是异族模样，或是老者。

纪宁变幻成各种模样，凭借北休世界神所传授的一些小法门，隐匿着自身气息，伪装起来。以他的实力，如果混沌仙人和世界神认真去看，是能够看穿纪宁的变幻。可是一般的祖神祖仙却看不透。而纪宁所去的那些卖法宝的楼宇店铺，一般都是真仙在迎客。

半天内，纪宁去了一百八十个店铺，每个店铺少则买五百瓶混沌灵液，多则买八百瓶，将一百零八方全部消耗干净。

大莫永恒界，时空传送阵。

"是去洞灿星的？"纪宁来到传送阵处，问旁边的一位祖神。

"对，马上就传送了！"

"嗯，好。"

缴纳了一瓶混沌灵液，纪宁进入传送阵。

片刻后，时空传送阵激发，时空传送开始。

抵达洞灿星。

纪宁立即就穿梭虚空离开了。他寻找了一处荒芜的星辰，在那儿潜修了三年。三年后，纪宁乘坐洞灿星的时空传送阵，直接抵达七水星。

随后纪宁就赶回了雾岩星的势力范围，回到了当初自己藏匿世界牢狱的那颗无名星辰，进入世界牢狱中。

世界牢狱内。

"回来了！"纪宁微笑。

自己在易波城停留五天，第六天才购买法宝碎片，就是为了买完法宝碎片，可以立即乘坐时空传送阵。时空传送阵的每次激发时间，纪宁早就记在心中。这让一些有心者想要追踪都没法追踪。纪宁其实也太过小心了，他变幻身份，分别在一百多个法宝店铺购买，根本就没引起什么波澜，也没谁在海量修行者中注意到他。

不过纪宁很清楚，修行路上，必须得小心，一次大意，可能就会丢掉性命。自己本尊被杀不要紧，价值一百零八方的法宝碎片如果因此没了，纪宁会很后悔的。毕竟自己能在古遗迹中走运是非常偶然的，下次想要再得到这么多宝物，不知道得等多久了。

站在山峰上，纪宁遥看远处。

远处的黑衣纪宁飞了过来，正是本尊分身。

"来了！"纪宁满怀期待。

黑衣纪宁降落后，手中就出现了一柄血色神剑，他把剑扔给了本尊。正是神剑紫光琼。纪宁去闯古遗迹时，就将这柄神剑留在这儿，去大莫永恒界也没带。这是自己最重要的一件宝物。

"呼！"纪宁一挥手，一尊巨大的五行神鼎跌落在一旁，令岩石地面都震颤了一下。

白衣纪宁看着手中这柄表面完好内部却几乎完全破损只剩下本源的神剑，轻声道："神剑紫光琼，这么多法宝碎片萃取的五行之精，应该够了吧！"

太期待了！

纪宁很想知道传说中的拥有本源的神兵，到底有怎样的威力。

五行神鼎坐落在山巅，鼎耳的五道光芒冲天而起，耀眼夺目。

白衣纪宁盘膝而坐，神剑紫光琼放在身前。

"现！"纪宁一挥手，旁边不远处立即出现了十余丈高的法宝碎片堆成的小山。这些碎片中有刀、剑、珠、绳索、布幡、长棍、巨斧、大鼎、飞舟、仙宫等，最差的也是先天灵宝的碎片。法宝成了碎片，价值当然低多了，可对于萃取其中的五行之精而言，却比完整的法宝更好，毕竟省了绞碎的步骤。

"去！"法力涌动，裹挟着这些法宝碎片。

"呼呼呼——"

法宝碎片仿佛一条长龙，开始涌入五行神鼎内。这口五行神鼎乃是混沌奇宝层次，法宝碎片一涌入就迅速地成了废渣，五行之精被完全汲取转移到神鼎内部的五行空间中。仅仅十来个呼吸的工夫，那十余丈高的法宝碎片小山就全部消耗掉了。

"轰！"五行神鼎内那大量的废渣一次性飞出。

"再来！"纪宁又是一挥手，旁边又出现了一堆十余丈高的法宝碎片。


法宝碎片被萃取五行之精，而后成了废渣。

纪宁足足购买了一百零八方的法宝碎片。这是足以媲美一个普通世界境大能全部身家的财富，全部用来换法宝碎片，数量是极为惊人的。

足足三个多时辰。

终于全部萃取完毕。

"来！"纪宁拿出了一个碧玉葫芦，对着五行神鼎。只见五行神鼎内金黄色、水蓝色、木青色、火红色、土黑色的五色气流立即飞出，都涌向了葫芦的小嘴，不断地被收了进去。收了许久，才将五行神鼎内的储藏收空。

纪宁一挥手，将五行神鼎也收了起来。

"这一葫芦的五行之精，价值一百零八方啊。"纪宁拿着手中的碧玉葫芦，这是自己在古遗迹中拼了命，再加上运气，才得到的财富。

"神剑紫光琼，让我看看你真正的锋芒吧！"

纪宁心意一动。

神剑紫光琼悬浮在纪宁的正前方，被纪宁放在身侧的碧玉葫芦则开始往外飞出五行之精。那五色气流直接涌向神剑紫光琼，环绕着神剑紫光琼开始渗透到剑体内。

神剑紫光琼，表面完好。

可是内部却是破损不堪，就像一栋建筑，表面看起来好看，内部却是豆腐渣，这种建筑实际上是非常脆弱的。

一个道理。

一柄剑仅仅表面完好，其实是很脆弱的。因为神剑紫光琼的底子太好太好了，仅仅表面完好，都能发挥出道之神兵的威能。

刺刺刺——内部诸多破损处疯狂地汲取着五行之精，内部的修复很慢很慢，每修复一丝都非常艰难。

神剑的剑体，自外而内。

核心就是本源。

随着修复逐渐逼近本源，修复也变得越来越艰难。

因为表面完好，如今神剑吸纳五行之精的速度比当年快多了，修复得越好，吸纳五行之精就越快。可因为五行之精太多了，转眼就已经过去了六天六夜，这六天中神剑紫光琼一直在吞吸着。

"已经消耗了三十方，修复大半了……"纪宁却皱眉了，"不过似乎越靠近核心，修复起来就越难。"

又过去了一天时间。

"消耗了五十方，还是差些。"

"六十方……七十方……"

"还差一点点……"

剑体明明近乎完全修复。可在接近本源时，修复难度似乎在不断暴增。

"八十方。"

"九十方。"

"九十五、九十六、九十七、九十八！"纪宁仔细感应着这柄早被自己炼化的神剑。终于，神剑剑体内部靠近本源的最后一个小点，也恢复了。

消耗了价值九十八方的法宝碎片萃取的所有五行之精，终于将神剑紫光琼的剑身完全恢复了。

"轰——"悬浮在纪宁前方的那柄血色神剑散发着欢喜的情绪。纪宁也笑了，他没有压抑自己，而是任由这神剑爆发。

只见仿佛血色水面一样的剑光，朝前方的虚空弥漫开去。

"哗——"剑光呼啸，呈扇形，朝纪宁前方的虚空中弥漫，所过之处，连世界牢狱都震颤了起来。

"什么？"纪宁大吃一惊。

"这可是世界牢狱，专门关押囚犯的地方。我的本尊分身拥有青花印记，全力施展也才隐隐撼动世界牢狱。可是现在这神剑，我根本没有驾驭催发，仅仅是它自身的爆发，竟然就让世界牢狱震颤……"纪宁心中震惊。

"这威能比道之神兵强太多，百倍千倍都不止！"

"如果我驾驭它，这还了得？"

纪宁看着虚空中那扇形的血色湖面，感觉到蕴含的威能，都不敢再多想了。

"过来！"

纪宁一伸手。

原本散开的血色剑光湖面消散，神剑紫光琼乖乖地飞到了纪宁的手中。

纪宁手持神剑，将神力灌入神剑内，自身青花雾气力量也附加在身，欲要全力施展。

可就在这时——

"血与水。"

"剑如水，剑如血……"

一道几乎难以听清真切的低吟声，从神剑本源内传出。纪宁的神力因为灌输其中，所以能够清晰地感应到。

感应到神剑本源蕴含的孤傲……

纪宁甚至隐隐地仿佛看到了一道孤寂的身影。那道孤寂身影又仿佛一柄让纪宁心生崇拜的神剑。在这股冲天剑意下，星辰破碎、世界湮灭、生灵万物灭绝。一切都阻挡不了这股剑意，仿佛无尽混沌都会被撕裂。

"呼！"纪宁恢复了清醒，这才明白已经过去了足足半个多月。

"这神剑本源……"纪宁得到神剑紫光琼已经很久很久了，可是过去从来没发现神剑本源有什么特殊。这次剑身修复后，神剑本源就仿佛活了一样，让纪宁窥伺到了一股至高无上的剑意。那是完全超乎百流合道图的剑意。

纪宁所见过的，似乎只有大莫永恒界易波城的城门上"易波"二字的意境能和其媲美。

同样至高！

甚至带着一种圆满和永恒。

"永恒？"纪宁轻声道，"难怪这等神兵被称作永恒神兵。"

混沌神兵。

道之神兵。

永恒神兵！

永恒神兵是内含本源的宝物，每件都因为拥有自己的本源，无比神奇。它们都是独一无二的。

这等神兵一般是大莫道君、溯风道君这一层次的存在使用的兵器。当然一些走运的有奇遇的，像北休世界神，也一样得到了一件永恒神兵！

"感觉只有将其中的神剑本源皆引导爆发出来，才能发挥出神剑紫光琼最大的威能。"纪宁有了这一明悟，紧接着便苦笑了。皆引导爆发？开什么玩笑？要全部引导爆发，对境界的要求太高了，自己和这神剑本源的差距太远太远了。

幸好自己走的也是剑道之路，并且也算有些感悟。

"试试它的威力吧！"纪宁手持神剑紫光琼，呼地就破空飞去。

世界牢狱的一处荒野上，盘膝坐着一名黑发老者。

"嗖！"从远处落下一名白衣少年。

"三绝。"纪宁开口。

"主人。"黑发老者连忙站了起来。如今他已经对纪宁心服口服，现如今整个世界牢狱的祖神祖仙都被纪宁收服了，而三绝剑主就是纪宁当初收服的第一个祖神祖仙。

"你别动！"纪宁吩咐道。

黑发老者疑惑地看着纪宁走到他身边。

纪宁突然举起了神剑，一剑挥出，带着他所参悟的杀剑式的意境。不过纪宁至今都未曾悟透杀剑式，不过这一丝意境却能够引动神剑本源蕴含的一丝威能，这一丝威能被引动，透过神剑紫光琼就爆发了开来。

纪宁有一种感觉，这丝神剑本源威能附加，让自己仿佛拥有了无坚不摧的力量。

"噗！"血色剑光一闪。

黑发老者身后那渗透在虚无中的黑色锁链，便铿锵一声，断成两截。黑发老者看得眼睛顿时瞪得滚圆："这、这……"

"这怎么可能？这是九方国主炼制出的锁链……他明明……"黑发老者难以置信地看着纪宁。他明明只是祖神啊。还记得在数百年前，纪宁也是手持那血色神剑，劈砍的也是囚禁他的锁链，那次仅仅在锁链上留下些痕迹。

可当时三绝剑主就很惊叹了，那时候正是三界浩劫结束的时候，纪宁的攻击力仅仅摸到世界境的门槛。

可现在比当初强多了。

青花雾气之力附体！

完好的永恒神兵威力爆发，且内含的神剑本源都有一丝威能被引发！

这一剑的威力之强，劈砍锁链简直轻松得很，一点阻碍都没有。

"按照九方国主所说，成了世界神或者混沌仙人，才能弄断这锁链。那时就算能弄断，也没这么轻松吧？难道他比刚突破的世界境还厉害？"黑发老者看着眼前的纪宁，心中震撼。一个祖神却有这样的实力？

"好了。锁链我已经弄断，你也可以出去了。"纪宁道，"从今往后你就安然地跟随我，等我成为世界境的那天，你是走是留，全凭你自己心意。"

"追随主人是我的幸运。"三绝剑主恭敬地道。

传说中的妖孽啊……

祖神之身，却比刚突破的世界境更强。

"嗯。"纪宁笑了。他明白这三绝剑主到今天才是真正诚心佩服，之前只是因为本命誓言束缚而已。

纪宁看了眼手中的神剑紫光琼，因为有了主人，这柄神剑看起来普普通通的，谁都看不出它的厉害。就算是刚才亲眼见到那剑的三绝剑主也以为是纪宁有所突破，没意识到纪宁这柄剑已经有了翻天覆地的变化。

"永恒神兵和道之神兵，差距竟然大成这样。"

"即便不引动内部的本源，威力都比道之神兵强上一大截。一旦引动本源，那威力简直无法估量！"纪宁暗暗道。

永恒神兵最珍贵的就是内部的本源。

这也是它有资格成为大莫道君、溯风道君这层次的兵器的依仗。内部的本源威能一旦引发出来，的确不可思议，不过纪宁离得还很遥远，他现在能引导出的仅仅只是一丝丝，可这一丝丝却已经令他的实力突飞猛进。

纪宁开始解救一个个被关押的囚犯。

整个世界牢狱内的囚犯，早就被纪宁扫荡遍了。当初在三界浩劫面前，纪宁早就想尽一切能想的办法，不臣服则死，活着的都是已经臣服的。

现在，纪宁帮他们斩断了锁链。

"呼！"一片草原上，凭空出现了一群身影。

正是被世界牢狱关押的所有仙魔。他们已经被纪宁收进了洞天法宝内，一个个还在激动交谈："那看守者太厉害了，我亲眼看到的。他瞬间从远处飞来，速度之快绝对超乎天道极限。他随意挥出一剑，剑也超过天道极限。那锁链就仿佛烂泥一样，刺刺！根本没有阻碍，就断了。这绝对是传说中混沌仙人、世界神才有的力量。"

"明明是祖神！"

"对，看守者的确是祖神。看守者当初还是天神的时候，和我交过手，哪会这么快成世界神。"

"不过祖神就有世界境的力量……"

"传说中的存在啊！"

他们个个激动得很。

毕竟这种传说中的妖孽太罕见了，在茫茫混沌疆域中闯荡，想要看到十个百个世界境不难。可要看到这样的妖孽却难多了。

"呼！"正当他们谈得兴奋时，突然，皆被挪移到了草原中。

他们都安静了下来。

因为前方正站着一道白衣身影，他们都知道，那就是看守者。即便是过去还有些不服的囚犯，此刻也是个个心服口服，甚至生出崇拜之心。

"诸位。"白衣纪宁开口道。

"我当初说过，等我有实力，我会让诸位离开这牢狱。"

"现在……"

"你们可以离开牢狱了。"

"不过在这之前我必须告诉你们，现在我所在的疆域，是无尽混沌中的大莫域。大莫域是一个非常庞大的疆域，拥有八万多混沌世界，世界神和混沌仙人也非常多，分成诸多势力。其中最强的势力是大莫院，占据着大莫永恒界。大莫院乃是大莫道君创建，那大莫道君可是世界境之上的存在，拥有着你难以想象的实力。”

“在大莫域，祖神祖仙可以出去冒险。”

“真神真仙和天神天仙，还是少出去为妙，因为遇到些心狠手辣的，就会被抓去当奴隶。”纪宁说道，“我并非在威胁你们，这是事实，对你们我没必要威胁。”

这些仙魔听得个个错愕。

大莫域？

这是什么地方？怎么比他们九方混沌国强那么多？

“我没在大莫域查到有关你们九方混沌国的消息。”纪宁道，“好了，你们可以做出选择了。如果选择自由的，必须立下本命誓言，有关我的一切都不得对外说出。”

“我等愿意永远追随主人。”

十六位祖神祖仙彼此看了一眼，都齐声道。

他们在之前被纪宁击败时，早就立下本命誓言，担任追随者了。

“我等愿意追随主人。”那些真神真仙和天神天仙迟疑了一下，也一个个喊道。

祖神祖仙都喊主人了。

他们还在乎什么？

更何况没听那位看守者说吗？真神真仙和天神天仙，少出去为妙，因为遇到些心狠手辣的就会被抓去当奴隶。虽说纪宁一再说不是威胁，可是这些仙魔还是感到忌惮发慌。他们被关押了这么久，也没什么突破指望，只想好好活着。

“好。”纪宁点头，“我现在居住在溯风混沌世界，你们便和我一道去吧！”

“是。”众仙魔皆应道。

纪宁看了一眼，微微点头，其实对那些天神天仙和真神真仙，他也不太瞧得上。可是自己有分身的秘密，他们当中有些却是知道的。因为当初为了对付一些仙魔，纪宁是本尊分身一起上的，所以就算要走，也得立下本命誓言。

其实纪宁也觉得，他们人生地不熟，又没靠山，出去的话，大多也是被抓去当奴隶的命。


溯风混沌世界大得很。

纪宁回归后，以他巡守者的身份，随意在东宁山脉周围划出一片百万里范围，让这些仙魔生活。那些祖神祖仙也放出些自身洞天法宝内的生灵，让他们在这片土地上繁衍生存。

“你们就在这座山上建造你们各自的洞府吧！”纪宁吩咐下去。

旭阳小院，就在这座山上。

十六名祖神祖仙，还有火仙子苏尤姬，也都在周围建了住处，簇拥围绕着纪宁。

接下来的日子，则非常平静。

苏尤姬还经常和纪宁切磋，纪宁每次施展的剑术都压制着她，让苏尤姬不断地琢磨，如何能够更强，她实力提升得也颇为明显。

纪宁呢？

纪宁的提升更快，在神剑本源的影响下，纪宁的剑杀气明显更重，杀剑式的参悟也快得多。

至于其他十六位祖神祖仙，也来求过一两次切磋指点，不过积极性明显一般。毕竟他们修炼得太久太久了，早就放弃成为世界境了。

在溯风混沌世界平静的日子，纪宁一心潜修剑术，琢磨神剑本源。日子转眼就过去了两百余年。

山顶。

纪宁盘膝而坐，山风吹动了纪宁的衣袍。

纪宁膝盖上正放着神剑紫光琼，神剑紫光琼就仿佛他的爱人，随时随地他都带着，随时随地感应那神剑本源的意境。这让纪宁的进步极快，早在数十年前他就已经悟透了无名剑术第二式杀剑式，可纪宁没有丝毫自得。

因为在神剑本源蕴含的剑意面前，纪宁明白自己的弱小。

"如果哪天我能够达到神剑本源剑意同样的境界，那该多好！"纪宁看着远处的苍茫大地，隐隐体会的剑意，让纪宁身体周围自然而然，有着一丝丝剑芒在流转。

无名剑术第二式杀剑式，第三式为罗天式，又称剑世界。

一旦悟出自己的剑世界，那么就能跨入世界境了。

不同的剑术，修炼出的剑世界也完全不同。有的剑世界森冷阴寒，有的剑世界狂暴炽热，有的剑世界无孔不入……而无名剑术的第三式却非常高明，同样难度也高得多，即便是纪宁也不知要参悟多久才能悟出第三式。

"呼！"远处一道流光飞来。

"嗯？"盘膝坐在山顶的纪宁转头看去。

流光停在了纪宁的前方，是一名灰袍乱发瘦小男子。他暗黄色的眼睛带着阴冷色，不过看到纪宁后，则满是恭敬和崇拜。他恭敬地道："主人！"

纪宁点头。

眼前这灰袍瘦小男子正是野狗祖神变成人形的模样。在世界牢狱收服的这些祖神祖仙中，对自己最忠诚最崇拜的竟然是野狗祖神。野狗祖神前些年为了表忠心，在自己面前立下本命誓言，誓言之苛刻让纪宁都动容。

野狗祖神本是犬类，身为天生的祖神，它的确孤傲得很。可是它一旦认准了主人，那是绝对忠诚的。

能发出那等誓言，纪宁也动容，很多事情一般都会让野狗祖神去办。

"怎么样？"纪宁问道。

"我仔细查过了，黑莲神帝麾下的心神将最近数百年一直躲在黑莲帝都。他也未曾领兵作战，也未曾出来冒险。"野狗祖神眼中有着不甘心，"这心神将定是怕了主人……"

纪宁皱眉。

自己加入雾岩星，为的就是能够杀心神将。

不但野狗祖神数次调查了，自己也曾经调查过。心神将这数百年一直在黑莲帝都，准确地说——自从纪宁杀死源老人后，心神将就回到了黑莲帝都，没有跨出黑莲帝都一步。

"这心神将还真是谨慎啊！"纪宁皱眉。

实际上当初杀源老人的那一剑，的确吓坏了心神将。

心神将很清楚自己和三界的仇怨有多大，那么多大能死在自己手里，众多大能中有很多都是三界的先驱，有些对纪宁有指点之恩，像后羿还是纪宁的师兄。纪宁只要有希望，肯定会来报复的。

以当初纪宁的实力，杀心神将太容易了。须知纪宁最后一剑，直接贯穿了他宛如先天极品法宝的身躯。

"主人？"野狗祖神弓着身子，"那心神将在黑莲帝都内有时会友，也喜享受。主人可以买些祖神奴隶由我带着，寻找机会一举将其刺杀。刺杀后，我会立即空间挪移逃离的。"

"不可！"纪宁摇头。

"世界境也不可能一直观看着整个帝都，只要一丁点时间，我就能逃掉了。"野狗祖神眼中有着疯狂。

"那是黑莲帝都，黑莲帝都的老巢……"纪宁摇头，"不急，我们有的是时间，慢慢来。"

急，容易出错。

对自己而言，杀心神将不难，难的是机会。

有时间，就会有机会。


雾岩星。

一处隐蔽的洞天内，星光璀璨，气流涌动。

一名穿着星辰衣袍的俊秀男子正盘膝坐在一处湖泊旁，只见一粒粒璀璨的神晶从他身体中飞出。神晶乃是神力结晶，当神魔流修行者跨入世界境后，神力会凝聚成神晶。那就是质的变化了。

神晶璀璨，蕴含着奇妙的道的气息。

每一粒神晶蕴含的道的气息都有些区别，却又形成一个整体。

"哗哗哗……"大量的神晶从体内飞出，环绕着体表一圈，而后又飞入体内。一粒粒神晶在周围环绕飞舞时，却化为了一颗颗星辰，散发着星辰的气息。

"星辰……"

俊秀男子轻声低语，他记忆深处那永远不会忘记的场景浮现。

"我真的要回去！我必须回去！我没法违抗！"

"嗯……子辰，你一定要回来。"

"嗯，一定。"

谁想那次分别就成了永别。

他永远忘不了离别时心爱之人的眼泪。

"呼！"忽然混沌之力汇聚，在这俊秀男子前方竟然又凭空凝聚出了十二粒神晶。

"轰——"俊秀男子神体骤然散开，化为了一颗颗神晶。足足三万六千颗神晶彼此环绕，力量结合，道彼此结合，完全一体，自然生出圆满意境。

"凝！"三万六千颗神晶瞬间汇聚，再度化为星辰衣袍男子。

"圆满……"

"世界神圆满之境，终于达到了。"星辰衣袍男子眼中有着激动，喃喃低语，"仪姐……你等太久了吧？"

"呼！"星辰衣袍男子凭空消失了。

黑袍乱发男子正高坐在大殿之上，喝着酒，俯瞰着下方。下方正有舞女们在跳舞，也有乐师在奏乐曲。

"嗯？"黑雾世界神眉头一皱，吩咐道，"都下去。"

"遵命。"

所有的舞女、侍者、乐师都退下，大殿内只剩下黑雾世界神一人。

殿门处走进来一人，一身星辰衣袍，黑发飘飘，正是雾岩星主。

"子辰。"黑雾世界神微笑道。他是看着星主长大的，星主也的确是一个绝世天才，成长速度极为迅猛，更是早就超越了他。因为二者时间相伴极长，他一直保护照顾雾岩星主，雾岩星主早就等同于他的亲儿子。

"二叔。"雾岩星主也坐在了一旁。

"嗯？怎么了？"黑雾世界神察觉到雾岩星主有点不对劲。

"我已经达到了世界神圆满之境。"雾岩星主道。

"圆满之境？"黑雾世界神露出喜色，跟着又是一怔，"你……"

"对，我已经忍了太久太久。当初父亲离开大莫域去闯荡，一去不回。当初的雾岩星实力弱小，根本没法报仇。我只能不断修炼，后来我突破成了世界境。不过飞枭老贼早就投靠黑莲神帝，即便率领整个雾岩星一脉的力量去战，恐怕也只是两败俱伤，甚至飞枭老贼如果一心要逃，我们也没把握把他留下来。"

"为了我雾岩星一脉……"

"我一直在忍。现在我达到世界神圆满之境，该是动手的时候了。"雾岩星主道。

"这……"黑雾世界神有些犹豫。

他很清楚雾岩星主和飞枭混沌仙人的仇怨。

雾岩星主当初还很弱小时，有黑雾世界神陪着，在外漂泊流浪，经历一切。

后来遇到了一个女仙。

二者都很弱小，却结下情缘。当时黑雾世界神伪装成老仆。

后来因为上一任雾岩星主召唤，所以他必须立即回去。而那女仙因为有门派束缚，只能留在门派内。

这一次分别，二人成了永别。

回到雾岩星后，上一任雾岩星主嘱托完便离开了，一去不回。

而飞枭混沌仙人正在修炼一件大罪孽宝物，他屠戮了无数修行者，那女仙所在门派也整个被屠戮血祭了那宝物。等雾岩星主知道此事已经晚了……

雾岩星主在那门派的废墟中大哭。

发誓定要报仇。

于是之后的雾岩星主，实力进步极为迅猛，以不可思议的速度跨入世界境。踏入世界境后依旧进步迅猛，突破数个层次。剑术境界之高，也是远远超过了黑雾世界神。

"我等不了了。"雾岩星主低吼道，"我真的等不了了。我已经达到了圆满之境，再提升，难道要跨入道君境界？那太难了，再来十个百个混沌纪，我都没有把握。"

"现在达到圆满之境，我的实力已经达到了一个极限。"

"我也在努力招纳贤才。现在我雾岩星的力量，也比黑莲神帝一方强。"

"这次进攻，我们必胜。并且我要亲自出手，那飞枭混沌仙人定是逃不掉。"雾岩星主俊秀的面孔显得狰狞。

黑雾世界神见状暗暗叹息。他也明白，当初在修炼上一直悠闲的雾岩星主经历那次打击后，修炼得那么疯狂，进步得那么迅猛，都是因为有一执念在。他甚至因为顾忌雾岩星一脉的传承，没有早早去报仇，一直熬到今日。

　　"子辰你要去报仇，二叔当然帮你。"黑雾世界神道，"不过你还要说服我们雾岩星其他几位世界境，力量越大把握就越大。"

　　"嗯。"雾岩星主点头应道。

# 荒荒纪

雾岩星一共九位世界境大能。这里指的是长期生活在大莫域内的世界境。

雾岩星毕竟统领九十六个混沌世界，漫长岁月中也诞生了好些个世界境。像雾岩星主的父亲，上一任雾岩星主，便是离开大莫域闯荡去了。其实世界境大能们去其他疆域漂泊闯荡的非常多，连修炼岁月颇为短暂的雾岩星主也去过好几个疆域。

而现如今这九位，其中雾岩星主、黑雾世界神、天羿仙人，属于雾岩星一脉专门培养出来的。而其他六位，都是属于附庸，类似于客卿的性质。

"星主既然这么说，我也同意参战。和黑莲帝都一战时我也会尽全力，可若是见势不妙，我也得保命要紧了。"光头金袍老者缓声说道。

"一切按照计划来，我也同意。"

"哈哈，这让我想起当年在外闯荡冒险的日子。在雾岩星，我也沉寂得太久太久了。这一次，是该好好战上一场了。"

"星主都付出这么大的代价，我们当然会同意。"

九位世界境大能最终皆同意和黑莲帝都开战。

雾岩星主轻轻点头。

"二叔，麻烦你去一趟大莫永恒界，购买那小千祖神阵和小千祖仙阵。"雾岩星主道。

"嗯。"黑雾世界神点头。

"诸位，到时候一切按照计划，对几位都会比较轻松。"雾岩星主道，"我甚至不求诸位能杀死敌人，只要帮我牵制住即可。"

"星主尽管放心。"

"这点小事，对我们来说不难。"

"星主都付出那般代价了，黑莲帝都不败也难啊。"这些依附的几位世界境，包括虚幽仙人在内，都暗暗惊叹。这雾岩星一脉历史悠久，底蕴的确够深，竟然能做到让整个雾岩军都配上小千祖神阵。

其实经过漫长岁月的积累，原本雾岩星就有三套小千祖神阵。这次为了赢得更有把握，专门再去买三套小千祖神祖仙阵，且虚幽仙人也愿意借出一套。虚幽仙人也是依附的仙人中实力最深不可测的一个。

小千祖神祖仙阵，是指一千名祖神祖仙布阵，需要大概三百方混沌灵液才能买下。一般的世界境大能用全部身家都不一定买得起。

大千祖神祖仙阵，是指九千名祖神祖仙布阵，那阵法实在太昂贵，价值几乎媲美一件永恒神兵。可阵法威力也同样大得离谱，一旦被困其中，世界境大能几乎必死无疑。


溯风混沌世界。

东宁山脉。

窥天太皓塔内，纪宁盘膝而坐，正琢磨着摘星手第七转。

虽然他大多数时间都是参悟剑术，可也需要些调剂。在溯风混沌世界的数百年中，结合雾岩毁灭篇和九元灭，纪宁也逐渐将摘星手第七转琢磨成形了。

"主人！"外面传来喊声。

"嗯？"纪宁睁开眼。他并没有隔离外界声音，透过窥天太皓塔，能清晰地看到外面。

"嗖！"一个书房内，纪宁凭空出现，一挥手便收了一旁书桌上的窥天太皓塔。

嘎吱一声，拉开房门，书房外正站着野狗祖神。

"主人，雾岩星的传令使来了。"野狗祖神连忙道，"驻扎在这儿的其他三位雾岩军队长都过去了。"

"传令使？"纪宁惊讶地点头，"走，去瞧瞧！"


"什么？全部回雾岩星？"穿着金衣的食山祖神惊呼道。

"溯风混沌世界不需要驻军了？"另外两位队长，飞灵仙人和渊泪祖神也吃惊万分。

纪宁则是看着眼前的传令使。

传令使恭敬地对纪宁道："将军，三位队长，这是星主的命令，诸位可以看看。"说着他拿着一卷泛着星光的卷轴，递给纪宁。

纪宁展开一看。

卷轴上有神力书写的文字，气息的确是雾岩星主的气息。

"你们三个也看看吧！"纪宁递过去。

食山祖神、飞灵仙人和渊泪祖神三位队长接过后看了，依旧疑惑。他们没怀疑真假，传令使身份是没法作假的，这卷轴也没法作假。能作假到让他们几个都看不出来的，也无须用这种小手段来欺骗他们几个了。

"这样的边界重地竟然不驻军，这么多年还没有过呢！"食山祖神低声自语。

"好了。"纪宁点头吩咐道，"既然是星主吩咐，我们就立即回雾岩星。还有，上面写得清清楚楚，我们要悄悄撤退。"

"嗯。"三位队长都应道。

当天，纪宁让麾下的三绝剑主留在东宁山脉，算是保护那些生活在周围的仙魔。其他像火仙子苏尤姬、野狗祖神他们都是跟随纪宁一起走的。

悄悄地。

纪宁带着麾下的仆从们，以及雾岩军的三百多名祖神祖仙，离开了溯风混沌世界，前往雾岩星。

纪宁抵达雾岩星时，才发现雾岩星上的祖神祖仙是如此之多。

"好久没看到这么多祖神祖仙了！"

"这么多！"

那些军士们一个个惊叹着，三五成群地聚集在一起。

"将军，星主召见！"纪宁全没有普通军士那般悠闲，立即被召见到星主府内。

星主府偏厅，厅内已经坐着四道身影。

"嗯？"纪宁走进偏厅，一眼看到那坐着的四位。这四位气势非凡，有女子，有孩童模样，有异族长相的。

"见过四位将军！"纪宁先开口道。

"我听闻我们雾岩军多了一位将军，曾和黑雾世界神交手切磋过。可惜我知道时，旭日道友已经离开了雾岩星。"穿着白色衣袍体型高大全身有着青鳞的异族修行者说道。

"见过旭日剑仙！"

"旭日兄，有机会我们可要比试比试！"

四位将军待纪宁都比较亲近，主同一方势力的都有本命誓言的，当然会很团结。

很快第六位将军也到了，甚至连宫朝祖仙也到了。

"星主来了。"偏厅内的七位都看向外面，他们感应到了那股宛如无尽星辰般浩广的气息。只见穿着星辰衣袍的男子走了进来。

"拜见星主！"

六位将军以及宫朝祖仙都恭敬地行礼。

雾岩星主在主位坐下，吩咐道："你等也坐下！"

"谢星主。"纪宁他们都坐下。

"这次召集驻扎在各方的祖神祖仙汇聚于此，想必你们也猜出了些什么。"雾岩星主面带微笑。

纪宁他们个个好奇。

许多边界都撤军了，军队全部汇聚在雾岩星，没重大事情才怪。

"我雾岩星将全军出动，包括九位世界境以及祖神祖仙大军，皆出发去攻打黑莲帝都。"雾岩星主说道。

"什么？"

他们个个大惊。

纪宁也很吃惊，虽说他一直在等机会去对付心神将，可是听到这消息还是很震惊。因为大莫域内的各方势力一般都是些小规模交锋，这是为了磨炼麾下的祖神祖仙。他们很少上升到世界境大能厮杀的层次。那等层次的交战影响太大了，死伤也会很惨重。

雾岩星虽然有九位世界境。

可黑莲帝都也有六位。而且修行者的厮杀，不能简单地用数量来比较。一个很强大的世界境，甚至抵得上七八个弱小的世界境。甚至一些极强的，像当初的北休世界神手持神剑紫光琼，普通的世界境来十个，他也能轻易杀之。

所以数量不是绝对的。毕竟谁也不知道，某个世界境是否藏着一些厉害的手段。

"计划已定。"雾岩星主道，"你们七位各自统领九百九十九位祖神或祖仙，形成六座小千祖神阵和一座小千祖仙阵。"

"七座阵？"纪宁暗暗惊叹这手笔之大。

一千名祖神结合阵法，弱些的世界境大能可能活活被围杀。就算强大的，也能撑住，立于不败之地。

"宫朝负责小千祖仙阵，你们六位分别统领小千祖神阵。接下来我会给你们一个月的时间，让你们掌握好阵法。"雾岩星主吩咐道，"一个月后，大军出发前往黑莲帝都。"

"是。"六位将军以及宫朝祖仙皆应道。

纪宁他们各自领了一套阵法就离开了。纪宁因为在雾岩星没有住处，雾岩星主专门给他又安排了一处府邸。

这府邸占地近百里。

府邸内的一些花圃、水池都被填平，碾压，形成了一处大校场。

"将军。"熙熙攘攘的祖神们都站在校场上，看着前方的纪宁。

"九位队长。"纪宁开口道。

"在。"立即有九名穿着金色甲衣的祖神应道。

"你等分别统领一百一十位祖神。这阵法需细心体会，好好把握。"纪宁一挥手，立即有九道灰金色圆盘飞向了九位队长。如今整个祖神祖仙大军早就进行了重新调配，有些军士甚至是雾岩星主、黑雾世界神他们麾下的一些仆从。这些力量加入进来，凑足了七千之数。

九位队长都接下灰金色圆盘，迅速炼化，仔细感应其中的奥妙。

"至于你们……"纪宁看向其他众多祖神们，又是一挥手，半空中出现了密密麻麻的略小一号的阵盘，阵盘上神纹的复杂程度要略低些，"也需仔细体会阵法，好好和你们的队长配合。你们的阵盘相对简单些，相信三五日你们应该能掌握。"

"呼呼呼……"九百多个阵盘飞向那些祖神们，每个祖神一个。

"至于我……"纪宁开口道，"我为阵法中枢，协调九位队长。"

"想必你们都猜出来了。对，这阵法正是小千祖神阵。"纪宁看看那些祖神个个好奇的样子，估计都暗中悄然传音。纪宁便直接说了出来。

话一出口，校场上的祖神们都静了下来。

小千祖神阵？

让一千名祖神形成大阵，完美发挥威能。听说弱些的世界境大能被困在阵内，都会被围杀。这样传说中的阵法，他们也能用了？

百名祖神阵、小千祖神阵、大千祖神阵……

这些阵法并非某个大能或者某个道君所创，而是经历了漫长岁月的流逝，一代代的大能不断完善，最终才形成一个极致的完美阵法。此时可以说已经无法再进一步了，已经成了一个标准。所有的小千祖神阵都是一样的，已经是能让一千名祖神发挥出最极限的威力。

"从今天起，"纪宁目光扫过眼前的祖神，"你们的任务只有一个，就是尽快掌握这小千祖神阵。你们可以和你们的队长进行配合演练。至于我们所有的祖神，每三天集体演练一次。"

"好了，都去参悟阵法吧！"纪宁吩咐道。

"是，将军！"

众祖神军士皆应道。

纪宁的阵盘是最复杂的，因为他是中枢协调。所以纪宁专门进入窥天太皓塔内仔细参悟，在塔内耗费了六天多的时间，纪宁就完全掌握了。

外界三天后。

雾岩星，纪宁的府邸内，前院校场。

"布阵！"纪宁一声令下。

"嗡嗡嗡——"

顿时以一千阵盘为基，无数流光弥漫开，笼罩了每个祖神，一时间周围的天地也完全被笼罩在其中。

"好奇特的感觉！"纪宁站在那儿，抬头看向天空，"似乎我和这片天地融为一体了。"

阵法一成，和时空融合，自成一个世界。

这也是能够和世界境大能一比高下的依仗。

"嗯？"纪宁目光忽然看向了一体型魁梧的祖神队长，阵法在他那里产生了一些震荡。

"还不太熟练。"这祖神队长连忙惭愧传音。

纪宁传音吩咐："尽快！"

"是。"那魁梧的祖神队长也发现了，其他八位队长都能完全掌控，就他还略差些。普通的祖神军士倒是有好些个都不太稳，不过因为那些普通祖神军士都是属于枝叶，影响不大。九位队长就相当于支干，纪宁则相当于主干。

纪宁如果出问题，整个大阵都得崩溃。

"自成一个世界，一招发出，不但拥有所有祖神附加之力，还有这个世界的加持。"纪宁暗暗点头。如果敌人攻击的话，攻击任何一个祖神，那攻击威能都会分散到整个大阵，分散到整个大阵融入的世界中，估计九成九的威力都会落在那世界内。

只有一丝丝的威能由一千名祖神共同分担。

所以世界境大能面对小千祖神阵，一般也是无可奈何。弱些的反而会被击杀。

"好了！"

"大多祖神已经掌握了阵法，回去后再好好参悟。三天后，希望小千祖神阵能够真正完美。"纪宁吩咐道。

"是，将军。"祖神军士们都有些兴奋。

他们第一次感觉到了那强大的力量，即便是阵法的枝叶，他们也因为有阵法世界的加持，个个威能都能达到世界境门槛。至于九位队长，威能就更强了。纪宁作为小千祖神阵中枢，威能是最强的，这已经远超青花雾气力量的加持威能。

"呼呼呼——"众祖神军士们很快都离去了，前院校场也安静下来。

"嗯？"纪宁刚要转身离去，忽然瞥见一道身影。

黑衣乱发男子微笑地出现在校场上，正漫步走来。

纪宁吃了一惊，黑雾世界神？专门跑到自己这里了？

"见过前辈。"纪宁连忙恭敬道。

"我感应到你在这里布阵，一查看，你这边倒是最快的，阵法都差不多了。你自己也掌握得非常好了。"黑雾世界神笑道，"小千祖神阵的核心中枢阵盘是最复杂的，能在三天内掌握，不错。"

纪宁连忙道："晚辈也是借助时光法宝，实际上花费了六天多的时间。"

"哦……"黑雾世界神哑然失笑，这个北冥倒是诚实。

"星主之所以给你们一个月的时间，主要是核心阵盘参悟太难，你六天就完成了，很不错。"黑雾世界神道，"上次你和我交手，我观你的剑术隐隐有突破的迹象，不知道现在可突破了？"

"有所突破。"纪宁道。

"哦？"黑雾世界神的眼睛不由得一亮。没办法，整个雾岩星上的祖神祖仙中，真正算是剑道高手的也就纪宁一个。

"来来来，和我比试比试！"黑雾世界神说道。

"是。"纪宁也期待起来。

"哗！"纪宁手中出现了仿佛一汪秋水般的长剑，正是那软剑。只是切磋，比的是剑术，也没必要拿出永恒神兵来。

"小心了！"黑雾世界神手一伸，抓出一柄看起来普普通通的长剑。和小辈比试，他也不至于拿最厉害的宝物来。

黑雾世界神笑着便挥出了手中剑。

剑光一出，顿时铺天盖地，天地都被遮盖，周围仿佛无数的黑雾，黑雾中一道诡异霸道的剑光直接刺了过来。

纪宁却很平静，他知道这就是黑雾世界神的剑世界。

剑出如流光。

正是明月剑术中最迅猛穿透性最强的滴血式。而且这一招也将无名剑术中的杀剑式意境完全容纳了。无名剑术其实代表的是一种剑术境界，纪宁将这些境界感悟吸纳后，完全能转化成自己的明月剑术。

杀剑式一去无回，剑一出，便是扑面而来的惨烈气息。

"嘭！"剑光碰撞，那一道诡异剑光直接被撞得溃散。

"咦？你这剑法够高明的。你上次的剑术完美掌控，毫无破绽。这次却正好相反，不顾一切一去无回。剑意如此惨烈凶狠……单论凶狠，和一般的剑世界境界都很接近了。"黑雾世界神的声音传来，"幸好我不是初掌剑世界。"

纪宁的剑术威力的确很大。

杀剑式对敌人狠，对自己更狠，一去无回，威力猛烈无比，都接近一般的剑世界了。只有掌握了心剑式，才能使用这招而不伤到自己。否则的话，如果一开始就修炼这招，那么是没法控制住剑的，控制不住剑的结局就是——如果杀不了敌人，就会被敌人立即抓住破绽反杀。

有了心剑式，才能施展这种惨烈的招式。


黑雾世界神越斗越是兴奋。这个北冥的剑术天赋真高，和上次相比，进步太大了。除了那惨烈凶悍的杀剑式外，还有更加让他心惊的另外一种剑招，那是纪宁从神剑本源中体会出来的，虽然还未成型，可依旧让黑雾世界神心悸。

"好了好了！"黑雾世界神笑道，"用的是混沌神兵，保持祖神力量，我都快输了。"

"我用的是道之神兵。"纪宁连忙道。

"原来如此。"黑雾世界神哑然失笑，看了一眼纪宁手中的软剑笑道，"我说呢，我的剑术境界明明比你高，但是用混沌神兵，保持祖神力量却怎么都压制不住你。"

纪宁心中则颇为感激。

刚才那番切磋，持续了那么久，直到自己再无收获，黑雾世界神才停手。这一战让纪宁把之前数百年参悟（算上窥天太皓塔实际上是数千年时间）许多想法都验证了，剑法境界都提升了不少。

"雾岩星难得出一个剑道高手。"黑雾世界神看着纪宁，"你的剑道天赋我感觉不亚于星主，好好修炼。对了，这次去黑莲帝都小心点，保命最重要。"

"嗯。"纪宁点头。

"还有，这是我自己悟的剑术，名字很简单，就叫黑雾剑术。你的剑术境界也很高了，我这剑术让你学，对你也没什么帮助。你就看看，或许对你有些触动。"黑雾世界神一翻手，拿出一卷玉简，扔给了纪宁。

纪宁连忙接过，感激地道："谢前辈。"

"其实我之前想收你为徒的。不过今天一看，你的剑术怕是要不了多久就赶上我，乃至超过我了。"黑雾世界神笑着说，"好了，好好准备即将到来的大战吧！"

"嗯。"纪宁应道。

黑雾世界神依旧一头乱发，就这么晃悠地走着，接着凭空消失了。

纪宁则暗暗感激。其实来到雾岩星，第一次见黑雾世界神时，黑雾世界神就亲自指点自己，还和自己切磋。

时间一天天流逝。纪宁观看着黑雾世界神的剑术，很快一个月之期已满，是大军出征的时候了。


雾岩星主府，巨大的空地上聚集了熙熙攘攘的众多祖神祖仙。

"这么大阵势，也不知道到底要干什么！"

"肯定是要攻打某一方势力吧！"

"就算攻打一方势力，有必要这样吗？雾岩军中本来就有常备的三千祖神，他们原先就会使用小千祖神阵。现在竟然凑了七个小千祖神祖仙阵，甚至有些还是世界神和混沌仙人麾下的一些奴隶仆从呢。"

"看着办吧！"

祖神祖仙们纷纷议论着。

纪宁、宫朝祖仙等少数知道内幕的同样心中发紧。是啊，这次的手笔是真的很大。

原本常备有三千祖神，硬是从四处调遣加上许多奴仆，凑满七千之数。像宫朝祖仙，原本是虚幽仙人的弟子，他的实力的确非常强，这次也专门率领一支祖仙军队。

"也不知道雾岩星和黑莲帝都到底有什么恩怨，竟然这么疯狂。"纪宁暗暗嘀咕。

"来了！"

纪宁忽然眼睛一亮，看到远处走来的九道身影。

为首的就是那穿着一身星辰衣袍的雾岩星主，在他旁边就是其他一位位世界境大能。九位大能并肩走来，让原本聚集的所有祖神祖仙都安静了下来。

"诸位。"雾岩星主开口道，"此次出征极为重要。征战时，你们要听你们各自的将军吩咐。"

"是。"所有军士应道。

"进！"雾岩星主一挥衣袖，顿时一股波动降临。在场所有的祖神祖仙都没有反抗，纪宁他们一共七千祖神祖仙瞬间皆凭空消失了。

"传我令，封闭雾岩星，禁止出入！"一道恢宏的声音瞬间传播在雾岩星上其他的修行者耳边。原本对外公开的那片交易区域上空也立即出现了一些禁制波动，雾岩星很快就被完全封闭了。

"嗖嗖嗖嗖嗖嗖！"

九位世界境大能同时冲天而起，很快就飞到了高空，俯瞰着下方的雾岩星。

"收！"雾岩星主一挥手。

那颗巨大的雾岩星也凭空消失了。这雾岩星早就被炼制成了法宝，是整个雾岩星一脉传承的核心。这次既然是全军出动，雾岩星主当然不会将这重要的雾岩星留在这里。

"星主，这次可真是倾尽全力了！"绿袍老者笑道。

"这次就要看星主的实力了。"

"我们有心算无心，全力以赴，灭掉黑莲帝都都有可能。唯一麻烦的是黑莲帝都的镇守大阵。"

"星主，那黑莲帝都的镇守大阵是最危险的。"

其他几位依附的世界境大能再次提醒。

一个势力的老巢是非常危险的。像雾岩星是一代代星主想尽办法不断完善的老巢，内含的阵法禁制格外可怕。至于黑莲帝都，虽然没什么底蕴，主要是黑莲神帝一己之力建成，可作为老巢，黑莲神帝以及依附的世界境大能，肯定想办法布下了厉害的阵法禁制。

"放心，一切按照原计划！"雾岩星主道，"你们只要按我说的做即可。"

这些世界境大能也只是提醒一下雾岩星主，他们可都不是普通的兵卒，能随意牺牲的。到了他们这个层次，和雾岩星主也是平等的关系。

"好了，我们必须抓紧时间。"雾岩星主皱眉，"雾岩星突然消失，估计要不了多久就会被发现，消息传到黑莲帝都也要不了多少时间。我们必须以最快的速度抵达黑莲帝都，黑莲帝都还没有防备，那才是最好的。"

雾岩星主一挥手，就出现了一艘星辰飞舟。

在场的九位世界境大能当即都飞入了这艘飞舟当中，跟着飞舟周围荡起了一些星光，便消失不见了。

黑莲帝都在黑莲混沌世界中，这里也是整个黑莲帝都统治的核心。整个都城其实是一件巨大的法宝。

呈九瓣黑莲状，整个都城方圆足有千万里，九瓣黑莲般的都城坐落在一座山峰之巅。这种城市布置方法和大莫永恒界内的易波城非常相似，由此可见黑莲神帝的野心。他本就是个极为高傲之辈，否则也不至于称帝。

"最近那雾岩星也不知怎么的，竟然将所有的祖神祖仙都从关键驻点调离。"黑莲帝都的一座酒楼内，一名灰袍黑发老者正皱眉思索。

这位灰袍黑发老者，眉宇间有着自然而然的高高在上。

他的眼神，更是让酒楼侍者不敢靠近。

"难道雾岩星要发动一次大的征战？"灰袍黑发老者嘀咕，"总不可能是因为那纪宁的缘故吧？纪宁应该没那么大的能耐。"

"纪宁。"

"纪宁真是该死！"灰袍黑发老者的脸色越发难看。

他正是黑莲神帝麾下九神将之一的心神将。

他的第二元神在三界中夺舍了源老人，以源老人的身份活了很久。在他看来，一个土著混沌世界，他要灭之，很容易。

虽说中间冒出个女娲娘娘，可他藏得深，女娲娘娘实力突破时，他还没暴露。

女娲娘娘走了。

他继续潜伏着，他也不急，漫长的寿命让他有着足够的耐心。

最终那场浩劫之战爆发。

先是冒出个心魔之主，虽然有巅峰祖神实力，可也在源老人的掌控中。

可是三界土著中竟然冒出个那么厉害的心力修行者后羿，不过也还算在预料之内。源老人甚至早早就控制了嫦娥，就是为了影响后羿的心。作为一个心力修行者，他很清楚心境对心力修行者的重要性。

可惜他算来算去，少算了一个纪宁。

一个修炼那么短暂却妖孽可怕的纪宁。纪宁突破后的实力是碾压性，剑术直接破开他的掌法，一剑更是刺穿他的眉心。

"超越巅峰祖神的存在！"源老人被吓住了。

他立即着手伪装。在死的一刹那，他心念一动，那些仆从皆死去，连自己的法宝都解除了，伪装成真的死了。他就是防止纪宁的追杀。

可是后来心神将仔细想了想，却发现他漏掉了一点。

"刺修！"灰袍黑发老者暗暗道，"我之前没将刺修放在眼里，不过他的确知道我的身份，也很可能向纪宁泄露我的消息。我的身份一旦泄露，以我和三界的仇恨，纪宁一定会想办法报仇。以纪宁的实力，穿过那条空间旋涡通道的把握非常大。"

"他如果来报仇，很可能先加入周边的几个势力，借助外力……"

心神将当时就猜出来了。

于是他立即购买情报，查探最近是否有超越巅峰祖神的存在出现。终于被他查出来了，雾岩星多了一名将军，似乎叫旭日。

"旭日？"灰袍黑发老者冷笑，"超越巅峰祖神哪有这么容易就出现的。如果纪宁真的来了，那么很可能就是他。"

心神将虽然有所猜测，可是一点办法都没有。

旭日驻扎在溯风混沌世界，麾下有三百多祖神祖仙。他心神将能怎么办？请世界境大能出手吗？他心神将还没那么大的面子。

所以只能躲。

"唉，也不知道这旭日到底是不是纪宁。"灰袍黑发老者暗暗道，"希望不是。如果刺修当初没告诉纪宁，那就好了。"

这种心慌的日子心神将过得难受。可他知道必须得忍着点，至少得探明了那个叫旭日的是否真是纪宁。

如果真是纪宁……

他一个人在外就是送死了。

"放肆！"忽然一道仿佛响彻整个广阔混沌世界的怒吼，在广阔天地间回荡起来。整个黑莲帝都内的所有修行者都被吓了一跳。

"速来我府内！"同时包含着怒气的冰冷声音在心神将的脑海响起。

"陛下？"心神将一惊。

"嗖！"这灰袍黑发老者顾不得其他，直接从酒楼窗户飞出，飞向神帝府。


黑莲混沌世界，一艘威能浩荡的大船直接强行穿透而来。

大船长足有万里，站在大船最前方的是九位世界境大能，后面则是密密麻麻的七千祖神祖仙们。

"这混沌世界是黑莲神帝的老巢。"雾岩星主面色冰冷，"我们在穿入混沌世界的刹那，必然隐瞒不了他。不过我们也无须隐瞒，现在他知道也晚了。"

"呼！"大船直接穿梭虚空，再度出现时，下方便是那在云层之上的巨大的一座九瓣黑莲模样的城邑。

"嗡——"一股波动从下方的黑莲帝都中弥漫开来，笼罩个整个混沌世界，欲要封闭虚空，却是晚了一步。

"这是黑莲帝都？"

"九瓣黑莲模样的城邑，的确是黑莲帝都。"大船上的许多祖神祖仙这才明白他们攻击的目标竟然是黑莲帝都。他们个个既紧张又兴奋。如果是他们单独某个祖神祖仙，这当然不敢想。可现在他们足足有七千祖神祖仙，而且没看到九名世界境大能都在吗？

这让这些祖神祖仙个个豪气万丈。

"布阵！"雾岩星主吩咐。

"轰！轰！轰——"

纪宁等包括宫朝祖仙内一共七位，立即开始引领军士，几乎瞬间七座小千祖神祖仙阵就已经布成。

"竟然一个都没逃？"雾岩星主站在大船最前方，俯瞰下方的九瓣黑莲城邑，如今整个混沌世界的一个小蚂蚁都休想逃得掉。

"可能他们认为以他们的实力，想要走轻易就能走吧。"一旁的虚幽仙人笑道。

"哼。"雾岩星主冷笑，"他们走不掉！"

雾岩星主挥动那星辰衣袍，顿时半空中出现了一颗巨大的星辰，正是雾岩星。雾岩星此刻仅仅保持在千万里大小，和下方的九瓣黑莲城市相当。不过此刻的雾岩星却散发出让人心悸的波动，跟着散发出无数的星光。

星光笼罩着亿万里范围，不管是下方的九瓣黑莲城邑，还是遥远的大山湖泊、广阔海洋、凡人城市，整个混沌世界都在这星光的照耀下。

"啊？这、这是……"

混沌世界内的无数生灵，甚至一些凡人，乃至一些普通的野兽飞禽都疑惑地看着这无处不在的星光。

星光下，他们感觉到很舒服。

"怎么回事？"一些修行者却发现了问题，"没法穿梭虚空了！"

"时空波动完全消失！"

九瓣黑莲城邑。神帝府内。

六道身影并肩站着，都看着上方。他们看到那颗巨大的星辰雾岩星出现，星光辐散处处时，脸色都变了。

"该死。"一名胖乎乎的皮肤粉红的、有只竖眼的异族世界境大能低沉道，"那雾岩星主，竟然将他们的老巢雾岩星都搬来了。传说那雾岩星，是雾岩星一脉的传承之宝。星光笼罩下，镇压时空，处处都会受到束缚，我们想要逃都逃不掉。"

"他竟然将雾岩星都搬来了？"

"我们和雾岩星也没什么大的仇怨，仅仅一些边界的交锋冲突而已，从未有过世界境大能彼此的恩怨。那雾岩星主怎么会疯狂到将雾岩星都搬来？"

这六位都很疑惑。

包括黑莲神帝。那雾岩星一脉历史非常悠久，其中传承之宝就是雾岩星，每一代的雾岩星主都非常可怕。就算原本只是一般的世界境大能，可只要成了雾岩星主，就会变得很可怕，就是因为那件传承之宝雾岩星。

雾岩星可攻，在不惜付出巨额代价的情况，发挥出可怕的威能。雾岩星内部更是危险处处，所以很少有势力敢杀入雾岩星老巢。

可守，世界境几乎没希望攻破。

可束缚，释放开星光的束缚力，连世界神的速度都会锐减。

每一代的雾岩星主可以掌控雾岩星，自然就成了世界境中的一等一的难缠之辈。

"游子辰。"一道冰冷的声音传出，直接传到上方的大船上，"我黑莲似乎没得罪你吧？今日竟然将你们的传承之宝雾岩星都搬到我这儿来了。"

"黑莲。"大船上，雾岩星主俯瞰下方淡然道，"你我是没什么仇怨，我今日也无心和你们大开杀戒。"

"无心大开杀戒？那你这么大的阵势？"下方的黑莲帝都中传来声音，整个黑莲帝都上空也隐隐有着波动，抵挡这外界入侵。

"我今天来只为飞枭仙人。"雾岩星主淡然道，"你只要杀了飞枭，我带领大军会立即离开，并且还会奉上重宝当作赔礼。"

下方安静了。

"我给你一炷香的时间考虑。一炷香过后，你若是庇护飞枭，我只能强攻了。"雾岩星主说着一挥手，顿时一根灰色的香悬浮在半空，凭空点燃起来，散发着让人心静的香味。

这正是修行者们修行时所需的珍宝富禅三神香，点燃一株，心就会格外平静，悟道时或许效果好得多。比如突破瓶颈时，像纪宁修炼的枯寂世界神要的就是心格外平静。


"怎么回事？"

"飞枭，这雾岩星主摆出这么大的阵势，竟然只是要杀你？"

"你和他到底有什么恩怨？"

其他五位包括黑莲神帝都看向了飞枭仙人。

飞枭仙人是一个额头上有着血色神纹的碧眼老者，那眼睛绿油油的，看得都让人发颤。飞枭仙人此刻也皱眉低沉道："我和这雾岩星主应该没什么仇怨。不急，且让我问问。"

"雾岩星主。"飞枭仙人那阴冷的声音传了开去，传到高空大船上，"不知我何处得罪了你。我看，是不是有什么误会？"

"哈哈，误会？"上方传来了那蕴含无尽恨意的冰冷声音，"黎寒混沌世界当年那一场大屠戮，是不是你做的？"

飞枭仙人听得脸色一变。

当初他为了炼制一件大罪孽的宝物，屠戮了无数的生灵。不过他屠戮虽多，却没直接对一些世界境大能庇护的生灵下手。当然这种屠戮是会引起一些大能的憎恶，关键时刻甚至可能遭到一些实力强者的追杀。所以他屠戮完之后，就立即投靠在黑莲神帝麾下。

"那个混沌世界的生灵和你……"飞枭仙人依旧不相信。他算了算，这雾岩星主游子辰当初应该还是个小家伙吧？当初的雾岩星主是游子辰的父亲。

"哈哈……"上方传来雾岩星主疯狂而让人胆寒的笑声，"我的道侣当时就在黎寒混沌世界啊！"

"什么？"飞枭仙人脸色大变。

游子辰当时的确是个小家伙。

他的道侣，也是个弱小的女仙。

在当时高高在上的飞枭混沌仙人面前，一切灰飞烟灭。可现在，当时弱小的游子辰如今以雾岩星主的身份杀来了。

"黑莲。"飞枭仙人看向一旁皱着眉的黑莲神帝，焦急地道，"黑莲，我们比他们可弱不了多少，不必怕那游子辰的。"

"哼。"黑莲神帝瞥了他一眼，一声冷哼，显然对这飞枭仙人惹祸的本事很是不爽。

黑莲神帝的脸色也不太好看，被雾岩星主逼上门来，他也同样不舒坦。


而在这时，七水星的时空传送阵中。

"嗡——"阵内出现了一名穿着破破烂烂衣袍的赤脚老头儿。

传送阵的一些维护仙魔都惊愕地看着这老者："竟然会为了他单独启动一次时空传送阵？为什么！"

单独启动一次，近距离的需一百瓶混沌灵液，如果是距离远，那就更贵了。

所以就算是世界神和混沌仙人，其中一些顶尖的才会选择单独启动一次时空传送阵。毕竟世界境经常在外漂泊，一次次传送，每次单独启动时空传送阵，积累下来也是很夸张的。所以对这些看护时空传送阵的仙魔来说，特别是在七水星这种偏僻之地，他们也难得看到有修行者单独启动传送阵的。

至于眼前这位穿着破烂、光着大脚丫的却不算什么了。

修行者本就随性。

他们也看得出来，这位破烂衣袍老头儿气度不凡，让他们一个个连大气都不敢出。

"呼，大莫域中的七水星总算到了。"这破烂衣袍老头儿一迈步就到了虚空中，喃喃自语，"溯风道君要死就死，竟然跑这么远，跑到大莫域来死。这一路过来，累死老头子我了。"

# 莽荒纪

## 第十六章

## 誓死灭仇

"溯风遗迹？嗯，幸亏这溯风道君死的时候专门建了一处洞府，他的宝贝应该还在。希望消息没有错，那枚信符真的在他那儿！"

虚空中的破烂衣袍老头儿一迈步，完全消失不见了。

黑莲混沌世界。

九瓣黑色莲花般的城邑，上空则是散发着无尽星光的巨大的星辰。

二者彼此对峙。

神帝府内。

"诸位觉得我们该怎么办？"黑莲神帝看向其他四位世界境。

"各位救我！"飞枭仙人也看着另外四位，脸上甚至有着一丝难掩的渴求。这时候他也顾不得面子了。如果黑莲神帝他们五位不愿意为他出头的话，仅他一人面对整个雾岩星一脉的大军，那是必死无疑的。

"飞枭，你也太……算了算了，现在说什么也晚了。"白袍绣花男子轻轻摇头。

"怎么？各位就这么退缩？雾岩星一脉比我们强不了多少，这一逼迫我们就要退缩，那以后我们在大莫域和在其他世界境的面前，还抬得起头吗？"身上满是油亮的黑色甲铠的异族，一双金色眸子中满是怒意。

"当初我们之所以加入黑莲帝都，就是为了面对危险时共同应对，而且我也很久很久没大战一场了，手痒得很。"那胖乎乎的独眼异族说道。

飞枭仙人听得露出喜色，一脸感激。

"我听黑莲的。"光头灰袍老者淡然道。

"黑莲……"在场诸人个个都看向黑莲神帝。飞枭仙人也满是渴求。

黑莲神帝看了一眼飞枭仙人，暗暗摇头。他从来就没瞧得起过这飞枭仙人。飞枭仙人当年也是因为奇遇，险之又险地踏入了世界境，后来就难以再提升了。所以飞枭仙人干脆就走些邪恶之路。可是说邪恶吧，飞枭仙人又忌惮这个忌惮那个，算不上真正的超级大魔头。

据黑莲神帝所知……

传说中就有一些真正的大魔头，虽然仅仅是世界境，却能掀起一个疆域的混战乃至屠戮。成千上万混沌世界的生灵，被一一灭绝，炼制出不可思议的可怕大罪孽法宝。与之相比，飞枭仙人要差多了。

"诸位说得也对。"黑莲神帝点头，"我们既然聚在一起，自然要团结。"

飞枭仙人听得大喜。

"而且那游子辰说他和飞枭仙人有大仇，谁知道真假。"黑莲神帝冷笑，"他随便编个理由，就让我们放弃飞枭。等他杀了飞枭，他再编造个理由说和某某有仇，难道还得放弃一个？等最后，我们实力太弱，恐怕雾岩星会一举杀过来。"

"对对对，这可能就是个阴谋！"飞枭仙人连忙道。

"好了！闭嘴吧！我只是说有这可能。"黑莲神帝瞥了他一眼，"更多的可能还是飞枭和他有仇，毕竟单单为了所谓的疆域就这么拼杀，不值得，总得有足够的缘由。他的道侣的确有可能是被飞枭所击杀。"

飞枭仙人讪讪闭嘴。

"不过他这么逼上来，也太瞧不起我，瞧不起我们诸位了。"黑莲神帝淡然道，"他们也就九个世界境，我们也有六个，且我们还有黑莲帝都的阵法禁制之利。他们就嚣张成这样。"

"是不将我们放在眼里！"

"被欺负到老巢了，就和他们斗上一斗吧，看看谁的手段更高吧。"


高空大船上。

雾岩星主等九位世界境都默默地等待着。旁边悬浮着的一炷香正在燃烧着，如今已经燃烧过半。

"游子辰。"下方传来声音。

"可想好了？"雾岩星主冷然道。

"你说要杀飞枭仙人，我就给你杀。那你要杀其他世界境，我是不是也得拱手奉上？"

221

下方黑莲神帝的声音冰冷，"等最后只剩下我一个，你们不是轻易就能一口吞掉我了？"

雾岩星主皱眉，传音道："黑莲，你如果不信，我可以立下本命誓言。"

"本命誓言就不必了。就算飞枭当初真的杀了你的道侣，他也是我黑莲帝都的混沌仙人。我们几个世界境当初聚集在一起，就是要联手应对外敌的。"黑莲神帝声音更加冰冷，"你现在速速退去，我也不计较你侵入我黑莲混沌世界之事。如果不退，那就只能兵戎相见了。"

"真是可惜！"雾岩星主一挥手，呼！旁边的那小半炷香直接凭空消散。

"还是得斗上一场！"

"也在意料之中！"

天羿仙人和虚幽仙人等一个个也说着。他们其实也猜到了，仅仅雾岩星一脉的力量还不至于让黑莲帝都未战就先认输，所以他们早就做好了强攻的准备。之前之所以保密，就是避免黑莲帝都有时间去购买祖神祖仙阵。

"七重阵，进攻！"雾岩星主吩咐。

"是。"纪宁他们七个同时应道。

"走！"纪宁一声令下，率领着麾下九百九十九位祖神立即飞出了大船，其他的六支大阵也同样飞出。

"分散！"纪宁传音下令。

"呼呼呼……"

包括纪宁在内的一千名祖神立即分散开，分散在千万里范围内。只见纪宁他们个个摇身一晃，个个身高万里，巍峨无比，各自手持着兵器。他们周围还荡漾着流光，显然有小千祖神阵形成的世界之力加持在身。

一千个高万里的巍峨祖神，分散在千万里范围。

除了纪宁他们，另外六支祖神祖仙队伍也都分散在千万里范围，祖神们也都变作万里高，手中的兵器也都无比巨大。至于祖仙们，则是稍微退后些，却也个个操纵着法宝兵器。

"攻！"雾岩星主指着下方的九瓣黑莲城邑下令道。

七千祖神祖仙同时怒吼，他们都迅速朝下方飞去，就仿佛一尊尊巍峨祖神形成的巨大的半圆形罩子朝下方碾压下去。紧跟着他们的就是九位世界境大能。九位世界境大能其实最忌惮的就是黑莲帝都的阵法禁制。

一个老巢的阵法禁制，威力非同小可。

混沌仙人和世界神不一定能扛得住。而小千祖神祖仙阵却是最擅长抵挡纠缠，七重阵彼此联手抵挡，这也是之前计划中定的。这是最危险的，那几位世界境是不愿意杀在最前面的。

"呼——"下方的九瓣黑莲城邑，忽然升起了黑云。黑云弥漫，遮蔽了城邑上空，仿佛一层保护层。

"杀！杀！杀！"

七千祖神祖仙几乎同时朝下方进攻，祖神们都是挥舞着巨大的兵器。纪宁也是左手软剑，右手神剑紫光琼，两柄神剑都变作数万里之长，直接朝下方怒劈过去。当然，神剑紫光琼的威力纪宁收敛了些，未曾完全爆发。

毕竟如今大军全部进攻，他就算全部爆发，起到的帮助也有限。还不如稍微隐藏着点，等关键时刻给黑莲帝都一方来个致命一击。

"嘭嘭嘭嘭——"

七千祖神祖的攻击，大量巨大的兵器落下，祖仙们更是驾驭法宝攻下。每一个祖神祖仙都有世界之力加持！

一般的祖神祖仙，进攻的威能都达到了世界境门槛。小千祖神阵的九个队长的威能则更高一筹。至于核心将军的威能，是真正和能世界境大能匹敌的。虽说普通的祖神祖仙仅仅达到门槛，可也架不住数量多啊。

七千祖神祖仙的全部进攻，黑莲帝都内的世界境没一个敢硬扛的。

"呼！"那些黑云却是虚不受力，巨大的兵器、法宝落下，尽皆分散开去。

"不抵挡？"七千祖神祖仙后面的雾岩星主等九位世界境却皱眉了。

如果黑莲帝都撑起封禁，强行抵挡的话，反而容易攻破。

毕竟硬碰硬，己方的攻击黑莲帝都是承受个十成的。可现在黑莲帝都却丝毫不抵挡，完全是不断地卸力。这样反而难办了。

"看来黑莲帝都的阵法禁制颇有些玄妙。"雾岩星主传音，"七重阵，进入黑莲帝都，碾压前进！"

"遵命！"

七千祖神祖仙构成了巨大的足有千万里范围的半球体罩子，朝下方碾压开去。他们周围都弥漫着浓郁的世界之力。其实世界境大能也有世界之力，混沌仙人是因为金丹空间内一切归于混沌，形成混沌世界。世界神则是自身力量雄浑不亚于一方混沌世界。

而纪宁他们这些祖神祖仙，则是因为小千祖神祖仙阵的缘故。

一千名祖神，透过阵法最大化完美配合，自然而然和一方时空融合，拥有世界之力的加持。

"轰隆隆——"七千祖神祖仙悍勇无比，无数兵器法宝攻下，他们不断朝下方碾压。

很快就冲入了那九瓣黑莲城邑的黑云中。

黑云也被世界之力给排斥开。

他们继续碾压进入。

"七重大阵配合！"雾岩星主眼中满是杀意，"任你阵法禁制再厉害，也没法破开七重大阵。"

仅仅一个小千祖神祖仙阵，就很难攻破。

七大阵联合……

雾岩星主猜测，恐怕得是道君那一层次出现，才能攻破吧。

这七重大阵就是他专门破黑莲帝都阵法禁制的依仗。

"黑莲帝都的阵法禁制已经没威胁了。"虚幽仙人微笑道。

"嗯。"雾岩星主点头，"诸位，七千祖神祖仙正在拼杀，现在也该我们了。黑莲他们六个正在城邑内，根本避不开我的星光，一切按照之前定的计划行事！"

这些世界神和混沌仙人个个杀机显露。

"纪宁，你从麾下祖神中调出一支分队，保护浮守仙人。"雾岩星主的命令在纪宁耳边响起。

"轰——"大量的冰寒利刃呼啸而来，身高万里的纪宁正手持两柄神剑，挥舞着劈出，将这些尽皆劈开。整个黑莲帝都内蕴含的诸多阵法禁制都被激发，各种攻击疯狂侵向他们七千祖神祖仙。

"是，星主！"纪宁立即应命，同时传音吩咐，"食山队长，带领你麾下的一百一十名祖神，保护好浮守仙人。"

纪宁麾下共九个队伍，食山祖神统领的那个队伍是离浮守混沌仙人最近的。

"是。"立即有一百余名祖神尽皆靠拢，围绕在了浮守混沌仙人周围。

"随我走！"浮守仙人脚下是一个巨大的阵图，阵图上流转着四色光芒，威能无比骇人。而食山祖神他们一百余位分散在周围，一旦黑莲帝都的阵法禁制有攻击落下，他们就需要迎上去挡下。

纪宁他们这一千祖神，虽然分散开，有的保护混沌仙人，有的在城邑各个角落，可是依旧宛如一体。

像小千祖神阵这种大阵，就算扩散得如同一个混沌世界大小，依旧能够维持。当然如果继续扩张下去，距离太过遥远，阵法就没法维持。

"呼！呼！呼……"

九位世界境大能分成了六个小队，每个小队都有过百名祖神环绕保护，他们分别杀向了黑莲帝都一方的六位世界境大能。

在黑莲帝都内。

双方的世界境大能开始交锋。

"飞枭！"一身星辰衣袍面容俊秀的雾岩星主，冰冷地看着前方远处的碧眼老者。这老者手中拿着一祭塔模样的宝物，祭塔上发出了无数生灵的呐喊。这种罪孽的恐惧呐喊，一般实力弱些的听了都会崩溃。

"雾岩星主？"飞枭仙人手持祭塔，冷笑地看着雾岩星主身旁的黑袍黑发男子，"竟然两个一起来对付我。真瞧得起我。"

"飞枭。"黑雾世界神淡然道，"你今天死定了。"

"哦，是吗？"飞枭仙人冷笑着一挥手，突地在他身后凭空出现了一群身影，正是足足一千名祖神。个个散发着世界境波动，宛如一体。

"小千祖神阵？"雾岩星主面色一变。

他没想到，在飞枭仙人身边竟然还有一支千名祖神组成的小千祖神阵。这下难办了，谁都知道小千祖神阵的抵抗纠缠极为厉害。他和黑雾世界神联手对付飞枭，还算轻松。如果单独对付一支小千祖神阵也不算难。可飞枭仙人和一支小千祖神阵联手，那就难办了。

"嗯？"雾岩星主眉头一皱，那弥漫处处的星光探查到，在黑莲神帝那边竟然也多了一支小千祖神阵。

"竟然有两支小千祖神阵？"雾岩星主心中一惊。

"诸位小心，黑莲帝都一方有两支小千祖神阵。一支在保护黑莲神帝，一支在保护飞枭仙人。"雾岩星主传音道。

"怎么可能？"

"他们怎么会有两支小千祖神阵？"

"难道我们攻打黑莲帝都的消息提前泄露了？"

"不可能泄露。如果泄露的话，黑莲帝都肯定会不惜代价去购买小千祖神阵，不会仅仅两支祖神队伍。"

"如果没泄露……他们平常就有两个小千祖神阵？"

雾岩星一方的世界境大能传音交谈，个个都小心警惕起来。

因为小千祖神阵意味着什么，大家都非常清楚。

一座小千祖神阵，需要大概三百方混沌灵液。须知纪宁之前卖了那么多宝物，也就凑了一百方混沌灵液多点，这大概相当于普通世界境大能的身家。就算是一些极为厉害的世界境大能，所有宝物价值或许能超过五百方混沌灵液，可一般也是用来购买法宝等等，很少会花费三百方混沌灵液购买一个小千祖神阵的。

放眼雾岩星。

也就实力深不可测的漂泊流浪许多地方的虚幽仙人有一个小千祖神阵，其他的八位世界境大能都没有。雾岩星原本有的三套小千祖神祖仙阵，那是属于雾岩星一代代传下来的。这次又不惜代价将雾岩星一脉的一些宝物卖掉，换了三套阵法来。

七套阵法，六套是雾岩星一脉的底蕴，还有一套是虚幽仙人借的。

可见这阵法的罕见。

可黑莲帝都呢？

黑莲帝都是黑莲神帝一手创建，没什么底蕴。其他五位世界境大能也都是暂时依附，也没什么了不起的存在，应该也没谁奢侈到去买一套小千祖神阵，因为那五位也没有上千祖神祖仙奴隶啊。

所以，这两个小千祖神阵是哪来的？

"其他世界境，都没有上千的祖神祖仙奴隶。"

"只有黑莲神帝，虽然没那么多奴隶，可他也有数千祖神祖仙的军队。那小千祖神阵可能是他买的。可是他一手创建黑莲帝都，怎么能买得起两套小千祖神阵？"这让雾岩星一方的九位世界境大能都警惕起来。


黑莲神帝站在那里，脚下是巨大的九瓣黑色莲花。

莲花旋转，莲叶荡漾。

在外围是一千名祖神环绕周围。

"黑莲，看来我们都小瞧你了。"虚幽仙人、天羿仙人、金云世界神都站在半空。他们周围也有一百名祖神分散开，为他们抵挡一些阵法禁制的冲击。

雾岩星一方九位世界境。

三位来对付黑莲神帝。

两位对付飞枭仙人。

其他的都是一对一，不求杀敌，只求牵制。

"既然来到了我的地方，你们就不必走了。"黑莲神帝淡然地扫视了一眼，"杀！"

"杀！"他周围的一千祖神皆怒吼着杀了过去。

纪宁能感应到整个城邑内的六处巨大波动，那便是六处世界境大能的战场。

幸亏这里是黑莲帝都！

幸亏有传承之宝雾岩星的星光压制。

否则以这种程度的战斗规模，整个混沌世界早就崩散了。

"我们倒是轻松！"纪宁他们这七千祖神祖仙，只管一心和阵法禁制交锋。

"嘭——"一道紫金色的雷火轰向纪宁。

纪宁一剑劈开。

那股冲击力瞬间就被分散开，无形的时空就分担了九成九以上，剩下的才被一千名祖神共同分担。

"呼！"纪宁朝其他方向飞去。他作为一座小千祖神阵的核心，只要在城邑之内，对整个阵法是没影响的。一般的普通祖神是被分配在各个区域，他这个阵法核心却是没有明确的区域。

"星主，还真厉害！"

纪宁一处处游荡，同时也压制着阵法禁制威能。他在看过两次世界境大能的战场后，终于看到了雾岩星主的交战之地。

雾岩星主此刻耀眼夺目。

千万条星光以他为中心辐散四周，他就仿佛星光环绕的帝王。

他一人就压制了飞枭仙人和那支千名祖神队伍。黑雾世界神也在帮忙，可身前祭塔悬浮的飞枭仙人以及千名祖神却依旧支撑着。这小千祖神阵最擅长的就是纠缠抵抗。

"嗯？"纪宁忽然一愣。

那千名祖神中的一名灰袍黑发老者也看到了纪宁。

双方目光交汇。

仿佛碰触出了火星。

"源老人？"纪宁早就得到有关心神将的详细情报和长相，自然一眼就认出来了。在看到他的一刹那，那个眼神就让纪宁无比确信，那就是源老人！

"纪宁？"心神将看到远处一道隐约模糊的祖神身影，看到面容后也吓得心一颤。

"他竟然真的从三界出来了。"心神将心中惊颤，但是紧跟着他就醒悟了，"我怕他作甚？我现在是小千祖神阵的一员。连世界境大能都奈何不了我，我还怕他一个祖神？也好，他来了也好。趁这次机会，将他给杀了。"

"是他！就是他！"之前一直很冷静的纪宁一下子眼睛红了。

记忆中的一幕幕场景……

那死前化为一朵朵薪火的人皇燧人氏……

那慨然赴死的三清道人、如来佛祖、桓木主人、觉明佛祖……

那死在嫦娥身边的师兄后羿……

还有无数慨然自爆牺牲的三界仙魔们……

这一刻，纪宁仿佛再度听到了那自爆的声音，听到了无数的怒吼，无数的喊杀声。无法压抑的愤怒杀意从心底滋生，瞬间充斥了胸膛。

那场浩劫，还无数死去的同伴，都是因为他。

"源老人！死！"纪宁直接冲了上去。

"嗯？"心神将看到远处的纪宁化作流光杀过来，不由得冷笑，"一个祖神而已。我们这小千祖神阵哪里是他所能撼动的？"

"太强了！"

飞枭混沌仙人脸色难看。他咬着牙，一方祭塔悬浮在他的前方，艰难地保护着周围的十余丈范围："这雾岩星主怎么这么强？不是说雾岩星主的强大，靠的是那雾岩星吗？可现在雾岩星是在外面，根本没进入城内。这雾岩星主仅仅靠剑术就强成这样！"

飞枭混沌仙人仗着手中这件大罪孽宝物，在世界境大能中也算颇为厉害的，且这祭塔最擅长的就是防守。

现在呢？

明明周围有一千祖神帮忙分担抵挡，但他依旧被压制得仅仅能固守周围十余丈范围。如果没一千祖神的话，恐怕一两招他就身死了。

"二叔，这一千祖神太碍事。"雾岩星主焦急传音道。他用七个小千祖神阵来压制黑莲帝都的阵法禁制。现在他也碰到一座小千祖神阵来纠缠他。

"他们难缠得很，我也破不开。"黑雾世界神已经拼尽了全力。

不过黑雾世界神的实力，比雾岩星主要弱些，和飞枭仙人相当。

"有这小千祖神阵，很难杀掉飞枭仙人。"雾岩星主焦急道。

"这小千祖神阵……"黑雾世界神也焦急，他化为足有万里高的巍峨模样，奋力攻击四面八方，可那上千名祖神就仿佛牛皮糖一样。

"嗯？纪宁？"雾岩星主注意到了远处杀来的纪宁。

北冥剑仙纪宁，这个真实身份，黑雾世界神和雾岩星主他们都是知道的。

"纪宁，速速去帮黑雾世界神，尽量拦阻那小千祖神阵。"雾岩星主下令。

"是，星主！"纪宁立即飞向黑雾世界神。

"唉，他来了又如何……"雾岩星主暗暗叹息，"就算有阵法加持，他为阵法核心，也就媲美一般的世界神，恐怕比二叔的实力还差些。就算他去帮二叔，也很难完全挡下那小千祖神阵。"

纪宁手持神剑紫光琼，眼神冰冷，眉心处的青花空间中雾气力量立即开始灌输全身。纪宁来大莫域，为的就是杀心神将！

此刻，心神将就在眼前！

青花雾气力量加持！

小千祖神阵世界之力加持！

永恒神兵——神剑紫光琼！

"杀剑式！"

纪宁将神剑高高举起，就仿佛盘古开天地般。这一刻纪宁是用明月剑术中的天崩式来施展杀剑式。无名剑术不管是心剑式还是杀剑式，代表的都是剑道的境界。而纪宁的明月剑术则完全可以施展出这些境界来。

这小千祖神阵受到攻击，首先会被周围时空承担九成九，其余才分担到上千名祖神身上。所以纪宁直接使用最凶猛最霸道的天崩式。

"嗡——"永恒神兵内的神剑本源也被纪宁引动了一丝力量，汇聚在了神剑表面。

巨大的神剑直接劈向了纪宁最恨的心神将。

"哈哈哈，没用的！我现在是小千祖神阵内的一员，你再厉害也没用。"心神将看到这可怕的一剑，虽然心中惊颤，可他却明白，如果没阵法加持他肯定敌不过，可有阵法加持，他怕什么？

"轰！"血色的神剑，怒劈在了心神将身上。

"嗡——"冲击力瞬间被周围的时空和周围上千祖神同时分担，一时间所有的祖神都是神体一颤，动作都停顿了一下。

"嗯？"黑雾世界神见状又惊又喜。

要让上千祖神都停顿，需要攻击力达到极高层次。黑雾世界神施展真正的绝招杀招，也就这一威能而已。

"什么？！"雾岩星主一直观看着周围，此时也是惊喜无比。

"不可能！他是个祖神，不可能做到！"飞枭仙人的心一下子仿佛被冰冻了，眼中有的都是惊怒。

"哈哈哈……好好好！北冥，没想到你有阵法加持，实力之强竟然丝毫不亚于我。"

黑雾世界神传音道，"你和我一起来，一起进攻，让这上千名祖神没法帮飞枭仙人！"

"是。"纪宁应道。

纪宁清楚，虽然有雾气力量加持、阵法加持，自身力量可能比黑雾世界神要略强一筹。

自己又有永恒神兵。

可是……

自己真正欠缺的是境界，自己的剑术毕竟才到杀剑式，而黑雾世界神的剑术境界却要高得多，所以二人实力上相差无几。最重要的是，永恒神兵在自己手中没发挥真正的威能。一件永恒神兵最珍贵的是神剑本源。

神剑本源内的威能才叫可怕。纪宁如果能够将其中的威能引出三四成，恐怕一剑就能劈开整个小千祖神阵。可那太难了，纪宁怕是得有当初北休世界神的剑术境界才差不多。

其实他已经很厉害了，黑雾世界神不是一般的世界境。

世界神和混沌仙人相比，一般世界神更强些，因为世界神一般都是神魔炼气兼修。黑雾世界神更是其中擅长攻杀的剑道高手。纪宁能够和他相当，也是非常了不得。

黑雾世界神和纪宁同时再度施展各自杀招。

此刻的黑雾世界神和当初与纪宁切磋时不同，他同时显现出六条手臂，挥舞六柄神剑，六道剑光仿佛风轮一般，一闪就是连续六剑劈过去。

而纪宁则是手持神剑紫光琼，施展开天崩式，直接怒劈。

"轰——"两大剑道高手同时狂攻，让上千名祖神的神体都震颤着停顿了一下。虽说他们每个祖神分担的非常非常少。可毕竟他们和世界境大能的差距太大太大了。纪宁他们俩联手的威能，依旧让这些祖神们感到很难受，他们完全被压制住了。

"小千祖神阵真是厉害，我和黑雾世界神联手，也仅仅压制它而已。"纪宁暗暗感慨。

纪宁和黑雾世界神联手，压制住了小千祖神阵，令那上千名祖神根本没法去保护飞枭仙人。

"怎么会这样？怎么会这样？"飞枭混沌仙人惊恐地转头化为一道黑光，想要遁逃。

"你逃得掉吗？"

雾岩星主俊朗的面容此刻有些狰狞，甚至称得上疯狂："飞枭，我等这一天已经等得太久了！"

"轰——"雾岩星主全身大放光华，星辰光华笼罩飞枭仙人，令飞枭仙人仿佛身陷泥沼，飞行速度都慢得多。

"不！不！饶命！"飞枭仙人早就知道自身和雾岩星主的巨大差距。

"死吧！"

雾岩星主手中的六道剑光接连杀出。

飞枭仙人仓皇地操控着祭塔。他甚至还召出了其他两件道之神兵，可威能明显不如那祭塔。

"当当——"他勉强挡下两剑。

"噗"的一声！

第三剑直接刺入了飞枭仙人的眉心，一股可怕的剑意直接传入飞枭仙人体内的金丹混沌世界。那金丹混沌世界直接开始溃散，内部的那一株道树也崩解湮灭。

"不——"飞枭仙人眼中满是不甘，生命气息却迅速衰减下去。

雾岩星主拔出了剑，看着眼前飞枭仙人的尸体，沉默不语。

"好。"黑雾世界神和纪宁看得都露出了喜色。

雾岩星主看着眼前飞枭仙人的尸体，心中情绪却复杂得很。他低声自语："仪姐，我终于杀了飞枭！"

"什么，飞枭死了？"

"飞枭他死了？"

黑莲帝都一方的其他四位世界境大能都感应到战场上那股强大的生命气息消散。整个城邑战场上一共也就十五位世界境。世界境的气息和祖神祖仙的气息区别非常大，突然有一股气息湮灭消散，让战场上的黑莲帝都一方有些惊慌失措。

己方死一个世界境大能，那么雾岩星主和黑雾世界神就可以去对付其他世界境。

这样形势会越来越恶劣的。

"别慌！"一道声音在其他四位世界境大能脑海响起。

"黑莲，我们现在怎么办？"其他四位都急了。

黑莲神帝脚下是巨大的黑色莲花旋转，身旁是一千祖神护卫。即便虚幽仙人、天羿仙人、金云世界神即便联手也难以撼动。

黑莲神帝的脸色很难看。

他掌握着整个帝都老巢内的所有阵法禁制，自然清楚战场上的动静。飞枭仙人败得太快了，纪宁加入后，飞枭仙人瞬间就被雾岩星主击杀。

"没想到一个祖神，把我逼到这一地步。"黑莲神帝轻声自语。

纪宁借助阵法加持，也就和黑雾世界神相当。

可是战场上黑莲帝都一方本就处于下风，纪宁的突然爆发，其实就是压死骆驼的最后一根稻草。

"我沉寂得太久了吗？"黑莲神帝忽然显现出足足二十四条手臂，他的二十四只手都缓缓结印。

"轰！"一股可怕的气息从黑莲神帝身上爆发。

"什么？"原本就一直奈何不了黑莲神帝的虚幽仙人、天羟仙人和金云世界神脸色都变了。

"这气息，这、这……"虚幽仙人震惊地看着黑莲神帝。他闯荡过许多疆域，也经历过许多危险，此刻黑莲神帝给他的威胁感无比强烈，"他竟然强成这样！可为何却龟缩在黑莲帝都这么一个地方？这下子麻烦大了！难怪这黑莲神帝能随手拿出两座小千祖神阵。"

雾岩星主斩杀了飞枭仙人，黑莲神帝气息开始暴涨，这让原本情绪复杂的雾岩星主立即清醒。

"好可怕的气息！"雾岩星主大惊。

他天赋极高。

剑道境界也高，如今更是神体圆满，在世界境大能中绝对算是一等一的。可是雾岩星主很清楚，他这种的还算不了什么，一些神通逆天的，或者拥有永恒神兵的，都是能够完全超越他的。而黑莲神帝此时似乎在施展某种秘术，气息之强让他心惊。

"二叔、纪宁，速速灭掉这支小千祖神阵！"雾岩星主立即下令，"黑莲神帝实力深不可测，我们尽快铲除他的力量，而后围攻黑莲神帝！"

仅仅感应了下气息，雾岩星主就明白，他虽然很强，可一对一，恐怕不是黑莲神帝的对手。

雾岩星主也有些震惊。

一个黑莲神帝，竟然强成这样！但现在后悔也晚了。

"好！"黑雾世界神面色肃然，"纪宁，动手！"

纪宁早就手持神剑紫光琼，开始对付那上千名祖神。他的目光更是一直盯着那心神将。

"杀了他们！"雾岩星主嗖地飞出，速度比纪宁要快得多。此刻的雾岩星主全身散发星光，就仿佛一颗星辰。

星光笼罩，竭力束缚着那些祖神。

"快逃！"

"我们逃！"

"分开逃！"

心神将他们开始朝四面八方逃窜。之前的交手他们早就清楚，后面来的那个祖神实力是强，可也就和黑雾世界神一个层次。但是雾岩星主却是远远超乎黑雾世界神的。此前黑雾世界神和纪宁就能压制他们。

一旦雾岩星主再来，足以令他们崩溃。

"不！该死！"

"陛下，救命！"这些祖神分散开逃，却依旧眼睁睁地看着雾岩星主和黑雾世界神追到跟前。因为包括纪宁在内，他们个个都是超越天道极限的。而那上千名祖神的速度则相对要慢得多。

"死！"雾岩星主一声冷喝。

一剑划出。

"哗——"半空中出现了一条璀璨的星河，星河凝聚成的巨大剑光，直接劈在了逃跑的一名祖神身上。

"嘭！嘭！"纪宁和黑雾世界神也是赶紧同一刻攻击。

在这上千名祖神中。

心神将是属于队长级的，逃跑得格外快。纪宁为了和雾岩星主保持同瞬间攻击，只能随手攻击身旁最近的一位祖神。

"轰——"上千名祖神都神体一颤。

"噗！"其中有超过十名祖神吐出了鲜血，面孔开始裂纹，鲜血流出。

上千名祖神每个都分担冲击力，分担都是一样的。这时候实力弱的自然是最先撑不住。像心神将等一些拥有护体神通的，则相对能撑得多。

"再来！"雾岩星主传音下令。

"不！"那些已经重伤的祖神惊恐万分，可是他们逃无可逃。

又一道璀璨的星河划过长空，星河剑光劈向了一名祖神。

纪宁和黑雾世界神也是全力以赴地攻击。


黑莲神帝的二十四条手臂结印成功。

那可怕的气息冲天而起，几乎笼罩了整个黑暗帝都。

"终究要死的！"黑莲神帝感应到那一千祖神的绝望，轻声叹息，"你们就先去吧！我会为你们报仇的。"因为距离太遥远，并且周围还有三位世界境大能纠缠，其中最难缠的就是虚幽仙人，所以黑莲神帝现在也来不及去救那一千祖神。

"黑莲，你虽然实力强，可也太不将我们放在眼里了。"虚幽仙人冷笑道。

黑莲神帝轻轻一挥手。

整个黑莲帝都原本弥漫处处的黑雾尽皆消散，肉眼都能看到无数的建筑。当然，大多建筑都已经倒塌成废墟碎片。

"嗯？"虚幽仙人、天羟仙人和金云世界神他们都暗暗吃惊。

因为这里是黑莲神帝的老巢，之前的黑云弥漫，使得他们没法探查四周，也没法肉眼观看，唯有雾岩星主借助星光能够探查周围。可现在黑莲神帝却收了那些黑云，显然不屑使用那些小手段。这显示了他绝对的自信。

"我的确没将你们放在眼里。"黑莲神帝眉头微皱。此刻那一千祖神最弱的六名祖神都被活活震死。虽然阵法核心和九位队长都在，还能勉强维持，可之前完好时都撑不住，现在残缺的阵法更加不行了。那些祖神们已经仓皇地四散逃窜。

"你们三个算什么？"

"当年死在我手中的世界境多了去了。"黑莲神帝淡然道，"没想到来到大莫域，建立个国度，安安稳稳当我的帝王，竟然祸从天降。也好，我将你们雾岩星一脉都杀了，也好让大莫域的修行者知道我的威名。"

这话一出，虚幽仙人、天羟仙人和金云世界神都面面相觑。

太嚣张了吧？

全部杀了？

将他们雾岩星的九位世界境大能当什么了？

"接招！"黑莲神帝气息涌动。他周围顿时生长出了一朵朵黑色莲花，无数的黑色莲花出现，令周围上百万里范围都仿佛成了巨大的莲花池子。这些黑色莲花带着可怕的杀机，也聚集向虚幽仙人他们三位世界境大能。

"这是黑莲禁术的第一式，莲花海。"黑莲神帝眼中有着自然而然的高高在上。

## 第十七章
### 斩杀心神将

一朵朵黑色莲花，遍布处处，有着独特的美感。

可虚幽仙人、天羿仙人和金云世界神却欣赏不了这份美丽。虚幽仙人更是连忙传音对周围保护他们的一百名祖神喝道："你们速速退去！不要掺和进来！"

"是！"那一百名祖神也感觉到了不妙，不敢逞能。

虚幽仙人一挥手，只见一卷若隐若现半透明的布帛飞出，布帛飞出后瞬间就遮天蔽日。布帛上流转的大量神纹都被激发，一时间那半透明的布帛上散发着幽幽白光，皆镇压住了无数的黑色莲花。那些莲花反抗着，可那布帛散发的光芒，却坚韧异常。

"早听说雾岩星上的虚幽仙人手段深不可测，没想到竟然能挡下我的黑莲禁术第一式。"黑莲神帝淡然道。他当初纵横一处处疆域时的杀伐气息也渐渐显露。

"挡住了！"金云世界神和天羿仙人都大喜。

他们俩之前都感到心慌，他们都有预感，如果他们被黑色莲花包裹，恐怕只有身死一途。

"天羿兄、金云兄，这黑莲神帝实力太强了，逼得我拿出了我最强的宝贝。"虚幽仙人传音道，"我已经全力以赴。你们俩听我吩咐，我们三个联手还能支撑一段时间，星主他也会马上过来。到时候我们和星主联手，也就不惧这黑莲神帝了。"

"嗯。"天羿仙人和金云世界神这时候对虚幽仙人是非常信服的。过去他们虽然觉得虚幽仙人实力难测，却不清楚到底有多强。

可现在那让他们胆寒的无数黑色莲花，就这么被挡下了。

"哈哈哈……"黑莲神帝却笑着，"再试试我的黑莲禁术第二式。这一式叫莲花狱。"

他的声音回荡在虚空中，在虚幽仙人等耳边回荡。

"哗——"天空中忽然降下了一朵朵黑色莲花。无数的黑色莲花从天而降，并且隐隐和下方被镇压的那无数黑色莲花产生了一些共鸣。

"星主速来！"虚幽仙人脸色大变，连忙心意一动，那布帛不但镇压了下方，连上方也尽皆挡住，一时间在四面八方布下重重抵挡。


雾岩星主当然知道时间紧急，所以他也是以最快的速度接连两剑，就把那小千祖神阵中最弱的六名祖神活活震死了。

"走！二叔、纪宁，我们赶紧过去！"雾岩星主破开了小千祖神阵后，随即一挥手，半空中顿时出现了一道道剑光，数十道剑光立即斩杀向最近的一些祖神。

"好！"黑雾世界神也应道。

"星主，我杀了心神将便立即过去！"纪宁却没立即跟上，而是以最快的速度杀向那正仓皇逃窜的心神将。

雾岩星主看了一眼纪宁，当初纪宁加入雾岩军的时候就已经说了，他的目标就是杀心神将。雾岩星主说道："好！赶紧解决了心神将！速来和我们会合！"

纪宁现在属于重要的战力，像其他六位阵法核心也就媲美一般的世界神。纪宁却能媲美剑道高手黑雾世界神，已经算是世界神中的高手。

"是！"纪宁应命。

"嗖！"纪宁的速度超越天道极限，疯狂地杀向心神将。

"怎么会这样？怎么会这样？"心神将仓皇逃跑。可在雾岩星的星光下，他的速度真的很慢，纪宁已经追上来。

"纪宁！纪宁！饶命！"

心神将开始求饶。雾岩星主走前的一番屠戮，杀了好些祖神，整个小千祖神阵都已经崩溃了，心神将实力也是大减。

"我当初可是赠送给你一本心典的。"心神将急切传音道。当初他在三界伪装成源老人，那是伪装得真好。提携后辈，为一些好友拼命，总之他完全将自己当成了真正的源老人，所以在漫长的岁月中，女娲阵营根本没发现源老人的破绽。

菩提老祖甚至和源老人交情无比深厚。

他随手赐给纪宁一本心典，只是些非常粗劣的心力使用法门。这也是他习惯性的伪装方法，伪装成一副老好人的样子。

"去死吧！"

纪宁已经杀到，眼神中尽是杀意。

心神将急了。

"我已经将三界的消息告诉我的一个奴仆。只要我死了，我的奴隶受本命誓言束缚，会立即将三界的消息传开。到时候大莫域一定会有一些冒险者前往三界的。"心神将传音威胁道，"到时候源源不断的大莫域冒险者过去，你们三界就完了。"

"噗！"剑光一闪，心神将虽然穿着甲衣，勉强算混沌法宝层次的甲衣根本挡不住纪宁的全力一剑。

他整个人被拦腰斩断，神剑紫光琼中携带的可怕威能在其体内扫荡而过，湮灭一切神力真灵。

纪宁还在三界的时候，全力一剑就能刺穿先天极品灵宝。

现在有青花雾气力量和世界之力加持，又手持完美的永恒神兵，剑术境界更高，如今一剑，完全能摧毁普通的混沌奇宝。如果心神将穿混沌极品甲衣，纪宁的剑倒是无法斩断，可剑中的冲击力依旧会让心神将震成粉末的。

"我……"心神将眼中有着真正的绝望和不甘。

"呼！"他的两截躯体仿佛瓷器一样碎裂开来，神剑紫光琼蕴含的威能即便扫荡一下，也足以令其神体崩溃的。

"心神将……终于死了！"

纪宁斩杀心神将后，精神恍惚了一下。

他似看到了当初真灵消散的大师兄后羿，看到了那一个个化作巨大太阳的三界大能们。

"这一祸患解决了，诸位道友、诸位前辈……都安息吧！"纪宁的心情却复杂得很。

欢喜？

这一刻纪宁没有一丝欢喜的情绪。

有的是怅然。

有的是解脱。

心神将的死是当初那场浩劫的真正终结。

"死了还威胁我！"纪宁看了一眼心神将完全碎裂的神体。那神体内的神力真灵尽皆湮灭，早就没一丝生命气息了："就算你真的将三界的消息告诉了你的仆从，那又如何？前往三界是需要通过那旋涡空间通道的，有几个冒险者敢去闯？"

"就算去闯又怎样？"

"我的第二元神，同样九重混沌禁制合一，练就出了青花雾气力量，也是世界境大能层次的实力了。那些冒险者去多少死多少。"纪宁暗道。他可不认为，会有世界境大能冒险过去。

而且……

自己也会成为世界境，凭借神秘的青花空间，自己将比一般的世界境要强得多。

"也不知当年三清道人是怎么得到这九重混沌禁制的？"纪宁心中掠过这一念头。

"轰——"远处传来无比剧烈的波动。

纪宁转头看去。如今那黑云早就消散，所以一眼就能看得清清楚楚。在无处不在的雾岩星的星光照耀下，虚幽仙人、天羿仙人、金云世界神、雾岩星主、黑雾世界神等都全力以赴地和黑莲神帝厮杀。

最耀眼的就是雾岩星主和黑莲神帝。

"杀！"每一剑都仿佛一道璀璨的星河，斩断一朵朵黑色莲花。雾岩星主仅仅一人就破灭了过半的黑色莲花，威势之强几乎媲美虚幽仙人和黑雾世界神他们四个的联合。

黑莲神帝却站在中央，脚下巨大的九瓣黑莲缓缓旋转。到了如今这份儿上，依旧是黑莲神帝在攻，五名世界境大能在防。

"纪宁速来！去帮助虚幽！保护好他！"雾岩星主在纪宁斩杀心神将后就立即催促道。

"是！"纪宁立即化作流光，速度瞬间破了天道极限，朝整个战场中最可怕的地方冲了过去。

纪宁靠近战场，看到那一朵朵不断绽放又不断破灭的黑色莲花，感到心悸。

"虚幽前辈！"纪宁连忙飞向虚幽仙人。

"麻烦小友了！"

虚幽仙人看向纪宁笑了一下，随即又竭力操纵着那一圈圈环绕纵横的布帛。看似普普通通的布帛，却让那些黑色莲花无法冲进来丝毫。当然，主要是雾岩星主冲杀在最前方，过半的黑色莲花还没靠近就被雾岩星主给斩灭。

"我就在这儿看着？"纪宁飞到了虚幽仙人身旁，有些疑惑。雾岩星主、黑雾世界神、金云世界神、天羿仙人等都在一次次狂攻。

"你就在这儿看着！"虚幽仙人传音道，"别看我现在挡得住，可这已经快是我的极限了。如果黑莲神帝更加强大，我也不行了，近身战，我一个混沌仙人可差多了。"

纪宁点头。

混沌仙人和世界神相比，有着先天的弱势。因为世界神一般都是神魔炼体兼修，各方面都要强上一筹。

"纪宁，你保护好虚幽即可！"雾岩星主的声音也在纪宁脑海中响起。

"是。"纪宁明白了。

纪宁便这么"悠闲"地观看着。

虚幽仙人在拼命。

雾岩星主、黑雾世界神、金云世界神、天羿仙人更是在拼。

黑莲神帝眼中满是杀意，丝毫不留情。

"看样子，黑莲神帝实力最强！"纪宁暗道，"雾岩星主与他相比，稍差些。紧跟着就要算虚幽仙人。虚幽仙人之后，应该是黑雾世界神。金云世界神和天羿仙人都要更差些。"

纪宁发现了世界境大能之间的实力差距。

就在纪宁悠闲观看时——

黑莲神帝显然很恼怒眼前的局势，当即一声怒喝："黑莲禁术第三式，黑莲界！"

"哗！哗！哗！"原本是从天空坠下、地面上浮现的无数黑色莲花。此刻却是周围百万里的天地，每寸空间中都开始出现一朵朵黑色小莲花。虚幽仙人和纪宁的前后左右都开始有一朵朵黑色小莲花出现。

"不好！"

"小心！"

在场的个个色变。

虚幽仙人更是心意一动，只见一个巨大的黑影笼罩了他，也笼罩了纪宁。黑影笼罩的百丈范围内，所有的黑色莲花全部破碎。

黑雾世界神和金云世界神还算轻松，因为他们毕竟是世界神，就算偶尔遭到攻击也还扛得住。

"小心！"雾岩星主则分心去保护天羿仙人。

"全部都得死！"

黑莲神帝脸色阴冷地站在那巨大的缓缓旋转的九瓣莲花上，天上地下无处不在的亿万黑色小莲花则疯狂地围攻一位位世界境大能。

虚幽仙人操纵着那虚影，虚影区域，一切攻击都被抵挡下来。

"嘭嘭嘭！"无数的黑色小莲花冲向虚影，撞击时个个爆炸开，这种冲杀前赴后继。

"北冥小友！"虚幽仙人脸色一变，"我会用法宝尽力拦截这些莲花，可一旦拦不住了，你就要帮忙抵挡，尽量让它们少冲击到我的影神像。"

在和纪宁传音的同时，虚幽仙人继续操纵着那布帛宝物。

只见布帛一圈圈旋转，分出部分环绕在虚幽仙人周围，抵挡住了冲杀过来的超过九成的黑色莲花。可还是有些黑色莲花凭空出现，这些离得最近的黑色莲花依旧冲向了那巨大的虚影。

"交给我！"纪宁身体一晃，立即变作百丈高，手持着神剑紫光琼，神剑已经出了虚影保护范围。只见纪宁手中剑光一转，便挡下了周围大半范围。

剑光形成黑洞，将黑色莲花的威能不断削弱。

这一刻就可以看出心剑式的可怕。纪宁对剑的完美掌控，特别是他的明月剑术唯心式又擅长卸力，那些黑莲也就一成力量直接作用在他身上。这一成力量经过世界之力的削弱，分散在上千名祖神身上，也就非常轻微。

"呼——"虚幽仙人松了口气。

纪宁帮忙拦下大半，他也轻松多了。

纪宁和虚幽仙人都还算轻松。虚幽仙人凭借布帛法宝和影神像，纪宁稍微帮忙就度过危机。

"这黑莲神帝也太厉害了！一个对好几个世界境，还能占据上风！"纪宁透过旋转的布帛缝隙，看着远处的黑莲神帝。

"黑莲！"雾岩星主一声怒喝。

他原本俊俏的面孔上竟然显现出了灰白色，他的双手也同样变成了灰白色，整个人仿佛一座雕塑般。同时他的气息暴涨，只见他六只手持着的六柄神剑，化作了更加耀眼璀璨的一条条星河，同样的剑招，威能却暴涨了十倍。

"轰轰轰轰——"

无数的黑色莲花破碎，剑光轻易就破开了无数的黑色小莲花，直接杀到了黑莲神帝的身前，砍在了那巨大的九瓣黑莲上。

"嘭嘭嘭——"那缓缓旋转的九瓣黑莲，遭到可怕的剑光攻击，也开始震颤摇晃。

"这就是你们雾岩星的雾岩毁灭篇？"黑莲神帝也是一惊。

"杀。"雾岩星主皮肤尽成岩石模样，威势却更加暴烈，一时间令那九瓣黑莲都出现了裂痕。


"雾岩毁灭篇！"纪宁看到这一幕也暗暗吃惊，"而且是第三重。"

雾岩星毁灭篇第三重，全身都会雾岩化，同样实力也会暴涨，身体能媲美道之神兵。但是在这种爆发中神力消耗得很快，且一旦消耗殆尽，就真的会化作一座雕像。所以雾岩星主不到真正最糟糕的时刻，一般不会用这种神通。

可是现在不施展这个秘术，他们几个竟然都处于下风，雾岩星主显然也急了。

"算是真正的圆满层次。"虚幽仙人惊叹地点头，"星主修炼岁月短暂，凭这一神通，算是圆满境界。"

"圆满？"纪宁疑惑。

现在黑莲神帝被完全压制。他们周围已经没有出现黑色小莲花，显然黑莲神帝已经自顾不暇。

"嗯。"虚幽仙人笑着点头，"世界境大能按照实力划分，也可以简单分成几个层次。"

"第一个层次，就是刚刚突破成为世界境。那时候最稚嫩，也是很弱小的，算是世界境门槛。"

"第二个层次，算是普通世界境。这是每个世界境稍微修炼一段岁月都能达到的。"

"第三个层次，就是顶尖世界境。像黑雾，凭借他擅长攻杀的剑道以及世界神神体，就算是这一层次了。我其实也算这一层次……不过我的手段更多些，所以比他们略强些。"

"第四个层次，就是世界境圆满。现在的雾岩星主，还有黑莲神帝，都算是。"

纪宁点头："还有更高的吗？"

"有。如果他们有一件永恒神兵，那就称得上是世界神巅峰。"虚幽仙人道，"这是无尽疆域中关于世界境的较为常见的一个分类。至于为何要这么分，等你成了世界境就会清楚的。"

纪宁点头。

他没成世界境，自然不太懂世界境的修炼奥妙。

按照虚幽仙人的划分，北休世界神应该算世界神巅峰。自己在溯风遗迹的湖边宅院看到的死去的奴仆，也应该算世界神巅峰。

"在世界神巅峰之上，还有吗？"纪宁好奇。

"有。"虚幽仙人点头，"那是些你都无法理解为何会那般可怕的世界神。有些是将永恒神兵的威力发挥到极致的世界神，有些的修炼道路都无法理解，可能是一些奇特逆天的传承。不过那都是传说，我在外漂泊，去过很多疆域，那种可怕存在，我也仅仅看到过一个。至少我们大莫域是一个都没有的，所以世界神巅峰已经很了不得了。"

纪宁暗暗点头，难怪北休世界神那么厉害。可惜他还是栽了。


这时候的雾岩星主气势如虹。

"都给我破吧！"全身灰白色的雾岩星主挥出的一道道星河剑光，让那巨大的缓缓旋转的九瓣黑莲也开始碎裂崩。只是黑莲神帝依旧站在黑莲上，任由这一切发生。他轻声说道："雾岩毁灭篇，听说这只是个古老法门的残篇，威能就强成这样。如果那古老法门是完整的，不知道得多厉害！"

雾岩星的好几门绝学都是属于残缺的。

像尘世帖残卷。

像雾岩毁灭篇，都是残篇，不是完整的法门。

纪宁的无名剑术也不完整。

之所以许多法门都仅仅只是残篇流传，是因为有些法门实在太过玄妙，没法记。像当初的三清道人，也是境界足够高，且耗费漫长岁月才将九重混沌禁制记录下来。须知九重混沌禁制，纪宁现在就已经九重合一。

像尘世帖和无名剑术等一些法门，便是道君们都得叹服的古老法门。世界神根本没能耐全部记下，只能记一部分。

当初北休世界神因为奇遇观看到了无名剑术，以他当时的境界，他也仅仅记下了前七式，后面的记不下了。

"对付你足够了！"雾岩星主杀意奔腾。

"不自量力！"黑莲神帝却是冰冷地看着雾岩星主，"我本想不用法宝，仅施展些秘术就击败你的，看来还是得动用法宝。我已经很久很久没真正出手了。"

黑莲神帝伸出了右手。"哗！"凭空出现了晶莹的仿佛冰块雕琢而成的弯刀。黑莲神帝抓着刀柄，整个弯刀足有一丈长。

"哗！"一股莫名的气息瞬间笼罩了整个城邑，甚至掠过城邑，笼罩了更加庞大的区域。

整个战场都安静了！

冰冷！

每一个修行者，不管是祖神还是世界神和混沌仙人，内心都感到了冰冷。

"那是……"所有修行者都情不自禁地转头看去，看向了让他们内心冰冷恐惧的源头——黑莲神帝手中的那柄晶莹剔透的寒冰弯刀。弯刀表面流转着一丝青光，单单肉眼看了，都让在场每一个修行者心颤。

"这是……"纪宁心颤。

"是永恒神兵。"一旁的虚幽仙人也脸色发白，"这就是永恒神兵。我见过永恒神兵的威势，就是这样……当你看到永恒神兵时，你就已经丧失了勇气。"

"永恒神兵！"黑雾世界神和天羿仙人的脸色也都变了。

"怎么会有永恒神兵？"

"黑莲神帝怎么会强成这样？"

他们个个都蒙了。

永恒神兵在世界境大能中那就是传说。整个大莫域拥有永恒神兵的屈指可数，或者是因为奇遇，或者是因为道君赐予。须知道君们用的一般也就是永恒神兵，所以让道君赐予一件永恒神兵，可不是件容易的事。

"呼呼呼——"无形的寒意，弥漫在每个修行者的心头。

"同样是永恒神兵，在我手中，周围的世界境大能谁都没在意。可是黑莲神帝一拿出永恒神兵，就震慑了整个战场。"纪宁暗暗感慨。他也清楚，实在是他的剑之境界不够高。神剑紫光琼的神剑本源威能，他仅仅能够引动一丝，太不起眼了。

如果他有北休世界神的实力，引动个三四成神剑本源威能，单单持剑站在那里，就足以让世界境丧失了斗志。

"世界神巅峰！没想到黑莲神帝的实力强成这样。"虚幽仙人眼中有着焦急。

"黑莲！"

雾岩星主却后退了。他缓缓后退，并且看着黑莲神帝。

"怎么退了？"黑莲神帝淡然道。

"我认输！"雾岩星主低沉地道，"我愿意付出足够的代价，平息黑莲神帝你的怒火。"

作为一名修行者，需要知进退。实力差距大成这样，还盲目冲杀，那根本就是找死了。

"哈哈哈……"黑莲神帝笑了，"足够的代价？在我眼中，你们雾岩星一脉也没什么。哦，那颗雾岩星我倒是喜欢，如果你将那颗雾岩星送给我，我倒是可以放走你们。"

"不可能！黑莲神帝，你应该知道，雾岩星是我们一脉的传承之宝，非我雾岩星一脉根本没法炼化掌握。"雾岩星主说道。

这是事实。

就算雾岩星一脉被敌人覆灭，雾岩星的在外漂泊的大能一旦归来，一般都会报仇，将传承之宝再找回来，而后雾岩星一脉会继续流转。像雾岩星主游子辰的父亲——上一任雾岩星主，便是出去流浪了。

这也是雾岩星一脉的习俗，实力到一定程度都会在外漂泊流浪，过上十个百个混沌纪，或许就有某位大能归来。所以雾岩星一脉才会一直流传下来。

而最重要的传承之宝是必须要修炼一些核心法门才能掌握的。而核心法门，绝不可能外泄。

"我愿意奉上价值三千方混沌灵液的宝物。"雾岩星主道。

"你说我在乎吗？"黑莲神帝手持着弯刀。

雾岩星主脸色更难看。

"我在外漂泊流浪了多个疆域，也拜过好几个师尊，可终究没法踏出最后一步。我此生已经没有希望进入生死道君之境。"黑莲神帝轻声说着，"所以我回到了大莫域。大莫域和我当初离开时已经有了很大的变化，甚至我当初出生时，这里还不叫大莫域……"

"我随意建个国度，当个帝王，没想到还被打上门来。"

"看来我太仁慈了。"

"其实我在外流浪闯荡时有个名号，叫黑莲道人。"黑莲神帝悠然道。

"黑莲道人？"虚幽仙人却是传音，"小心！我知道他是谁了！他是真正的魔头，非常喜好杀戮，走的就是邪魔之道。别轻易相信他，他喜怒无常，死在他手中的世界境太多了。只是很久以前他就销声匿迹，没想到竟然在大莫域建个国度，当上帝王了。"

"黑莲道人？"其他世界境，包括雾岩星主，却都不知道这个名字代表什么。

可雾岩星主他们却明白了该怎么应对。

黑莲神帝摇头道："不过，我今天再仁慈一次，我给你们两个选择。"

"一个，你们所有的法宝，包括那雾岩星，包括你们雾岩星内的所有法门，全部交给我。"黑莲神帝道，"我饶你们一命。"

"另一个，就是死。"

黑莲神帝眼神平静。这雾岩星一脉的确历史悠久，或许就有一些厉害法门对他有帮助。他虽然觉得突破无望，可还是要试试的。

"雾岩星？雾岩星所有法门？"雾岩星主的皮肤又再度变成灰白色。他没法交出那些东西。因为他入门时就立下过本命誓言，如果他违背本命誓言会立即死去，根本交不出。

"杀！"雾岩星主全身覆盖了一层灰白色，眼神中满是疯狂和杀意。

"仪姐的仇已经报了。今天就好好战上一场，我倒要看看这永恒神兵到底有多厉害。"雾岩星主疯狂地迎上去。

在雾岩星主冲上的同时——

"都给我逃！"

"我拦住他，你们逃进雾岩星。进了雾岩星内，黑莲神帝就奈何不了你们。"雾岩星主的声音同时在纪宁、虚幽仙人、黑雾世界神等个个脑海响起。

"轰——"同时原本在高处的那颗巨大的星辰，也朝下方迅速坠下。

纪宁他们也都明白，雾岩星乃是己方老巢，内部的阵法禁制要比这黑莲帝都强得多，躲进去就安全了。而雾岩星主的实力是最强的，也只有他，有望拦住黑莲神帝。

"拦住我？"黑莲神帝手持着巨大的晶莹剔透的弯刀，迈步上前，他的声音也在雾岩星一方所有的修行者耳边响起，"你们有一个好星主。可惜啊，他拦不住我！你们全部都要死！"

黑莲神帝毫不留情地挥动了手中那巨大的晶莹弯刀。"哗——"一道冰冷的弧形刀光带着无比的寒冷到了雾岩星主面前。雾岩星主全身灰白，施展出一道道星河剑光，竭力去抵挡。

"嘭——"雾岩星主踉跄着倒退。他的胸口被那刀光掠过，幸好此时他的身体宛如道之神兵，还撑得住。

"你挡不住的！硬碰硬，你根本没希望挡住我！"黑莲神帝冷笑道。

雾岩星主万分焦急。

他是真正的天之骄子。父亲是上任雾岩星主，黑雾世界神更是一直跟随他指点他，即便不认真修炼都轻易地度劫成功。待得心中的挚爱仪姐死去，他一心苦修，更是速度惊人，成为世界境。他甚至不断前进，如今更是神体圆满，成了雾岩星一脉现如今的最强者。

他的路一直是一往无前的，所以他的最强剑术也是进攻。雾岩星主在防守御力方面要差些，他一直认为最好的防守就是进攻。他施展神通时拥有媲美道之神兵般的躯体，何必浪费大量心思在防守剑术上。精力更好地分配，才能更快地达到更高境界。

可现在……

他遇到了真正完全凌驾他之上的强者，他的进攻已经没用了。这时候就需要在防御剑术上境界极高的才能缠住强大的对手。

"轰——"高空中的雾岩星正在朝下方坠下。

"我们走！"

不少祖神毫不犹豫地立即开始逃命。一个个开始冲天而起，他们遵循着雾岩星主的命令逃命。

可是雾岩星主算错了一个人。

"子辰。"黑雾世界神看着雾岩星主，眼神很是柔和，"逃？"

他不可能逃。

上任雾岩星主对他有恩，所以让他帮忙照顾游子辰。黑雾世界神一开始是抱着报恩的念头一直照顾游子辰，游子辰也喊他二叔。他是看着这个小家伙一步步成长的，可以说上任雾岩星主花在儿子身上的时间很少很少。

相反——

黑雾世界神几乎没离开过雾岩星主。他看着雾岩星主长大，为他遮风挡雨，让他能够无忧无虑，直至那次游子辰的道侣身死。黑雾世界神也没办法，只能在后面默默地支持他，想办法让雾岩星主成长得更快。

漫长的岁月。

名义上他是二叔，可实际上他耗费的心血要比上任雾岩星主大了不知多少。看着他从刚刚出生哇哇哭的婴儿成长到如今，黑雾世界神对他的感情，却早已经宛如父子。

这个时候，雾岩星主去挡。

让他逃。

他能逃吗？

不过黑雾世界神依旧心中暖暖的。

"哗——"黑雾世界神全身忽然腾绕起了白光，全身皮肤脸色也瞬间变成岩石般的灰白色。

"子辰，退！"黑雾世界神暴喝一声，冲上前去。

游子辰虽然是星主，可是从小习惯了听这位二叔的话。只是他成了世界境，比二叔更强后，二叔已经很久很久没有命令过他。

可这还是让游子辰情不自禁地愣了一下，跟着他就看到了那全身腾绕着白光的黑雾世界神。

"二叔！"游子辰瞬间红了眼睛。他可是现任的星主，当然明白二叔已经做了什么。

"你们星主都不是我对手，就你……"黑莲神帝再度挥出了那巨大的晶莹弯刀。

"嚓——""哗——"

剑光和刀光交错。

和游子辰不同，黑雾世界神的成长是全部靠自己的。他没有谁庇护，甚至他悟出的剑术也是诡异凶悍流，那诡异的剑术同样擅长卸力。可是即便能卸力，如果差距太大，也是没用的。

"嗯？"看着仅仅后退几步的黑雾世界神，黑莲神帝吃了一惊，"你、你怎么可能……"

"子辰，快走！"黑雾世界神却是传音对那怔怔站着的雾岩星主喝道。

雾岩星主咬着牙，眼中有着泪花。

二叔……

有二叔在，他从来没彷徨过。从小二叔就在身边，他早就习惯了。可是当二叔身上腾绕起那白光时，雾岩星主当然明白二叔施展了雾岩毁灭篇的第四重禁术！

是的。

雾岩毁灭篇还存在第四重。

不过雾岩毁灭篇毕竟是残篇，这残篇中真正完整的也就前三重，所以施展前三重是没有危险的。即便是第三重，只要在神力消耗殆尽前就停下，也不会化作岩石雕塑身死。

残篇中的第四重却是不完整的。虽然也能施展，可一旦施展，身体将会进入不可逆的雾岩化！

也就是说施展第四重，就代表了死亡。所以雾岩星主看到黑雾世界神身上的白光时，痛苦和内疚完全笼罩了他。可他知道，一切都没法逆转了。

"这是我选的路，没法退了。你不想让我白死，就给我逃，赶紧逃。"黑雾世界神传音怒喝道，"你不逃，我死了也是白死，死也不会甘心的！"

"啊啊啊……"雾岩星主发出了一声痛苦的咆哮，迅速地冲天而起。

他恨啊！

为什么？为什么……

这一刻他才真正感觉到二叔在他心中是多么重要。那是他的亲人啊！丝毫不亚于仪姐！为什么？为什么会这样……

"好好活着，不要想着来报仇。等你哪天成了道君，再来报仇。否则我不会原谅你！绝不会！"黑雾世界神的声音在雾岩星主的脑海响起。

雾岩星主低头看向下方，眼泪落下。

"二叔……"


黑雾世界神继续和黑莲神帝搏杀着。

"你到底施展了什么神通？"黑莲神帝却眼热了，连忙传音道，"你的实力明显还差那么多，凭这神通竟然一下子和你们雾岩星主实力相当。这门神通竟然能增加这么多实力！你们雾岩星果然有好东西！"

黑莲神帝也知道，在无尽的疆域中，的确有些逆天的神通禁术。

"将这神通交给我，我饶你们性命！"黑莲神帝传音道。

"休想！"黑雾世界神喝道。

其实不是他不想交，须知像纪宁他们也只能得到第一重和第二重，想得到第三重，条件是非常苛刻的。至于第四重……那更是绝对的核心才能得到的。虽然第四重是残缺的，可历代雾岩星大能都在想办法修复。

毕竟第四重太强，如果能修复，能够安然施展这第四重，那就太了不得了。

"你现在和雾岩星主实力相当，剑术又颇为诡异。可你以为这样就能拦住我？"黑莲神帝一声怒喝，手中的巨型弯刀忽然划走了一道道弧形刀光，数百道刀光同时从四面八方环绕向黑雾世界神。每一道刀光内都蕴含着神剑本源的威能。

"我必须挡住！必须挡住！为了子辰，必须挡住！"黑雾世界神手持六柄神剑。

他早就不在乎生死。

这一刻，比他这么多年任何一刻都让他渴望。

只见他手中的六柄神剑化作了无比灿烂夺目的剑光。剑光一缕缕，仿佛一缕缕黑雾弥漫四周，形成了巨大的圆。

"噗噗噗噗噗噗——"

那数百道刀光围杀而来，陷入黑雾中皆被挡下。虽然冲击力极强，可黑雾世界神的躯体完全撑得住。

"你、你……"黑莲神帝惊愕地看着黑雾世界神，"你的剑术竟然突破了？"之前黑雾世界神的剑术虽然诡异莫测，但韧性没这么强。可现在他的剑术明显达到了一个崭新的境界，虚不受力，真的就仿佛雾气一样。

这等可怕的防守剑术，即使黑莲神帝虽然实力上比对方强得多，却硬是突破不了。

"是啊，剑术困在瓶颈太久太久了！还好现在突破了！"黑雾世界神露出了笑意。这是轻松的笑意。自己能挡住黑莲神帝了！子辰也能活下去了！足够了！

# 莽荒纪

## 第十八章
## 黑色莲花

如今的黑雾世界神，剑术境界和雾岩星主相当。不过雾岩星主擅长攻，黑雾世界神擅长守。

剑光如黑雾，弥漫处处。

黑莲神帝虽然占据绝对上风，可就是破不开他的剑。

"该死！"

"你真以为，你挡得住我！"

"我黑莲纵横诸多疆域无尽岁月，仅仅凭借防御手段就想要拦住我，也太小瞧我了。"黑莲神帝看向那一个个冲天的雾岩星一脉的诸多修行者，冷笑道，"我可是神魔炼气兼修！"

"轰隆隆——"

只见整个黑莲帝都忽然震颤着缓缓旋转了起来。这黑莲帝都就是呈九瓣黑莲模样，足足千万里方圆。此刻这巨大的九瓣黑莲一旋转，整个黑莲混沌世界都震荡了起来，无数的黑色莲花开始显现，铺天盖地地涌向那逃窜的雾岩星一脉的修行者。

"这是怎么回事？"

"比之前黑莲神帝施展禁术还可怕！"

"这么多黑色莲花！"

纪宁他们一个个都蒙了，他们看向下方。

下方那千万里方圆的巨大的九瓣黑莲在旋转着，一股可怕的威能席卷了整个混沌世界。

"我道号黑莲，我真正擅长的不是近身战，我的威名靠的不是这件永恒神兵，而是我的黑莲之道！"黑莲神帝的笑声竟然在整个混沌世界的每一处回荡起来，"这黑莲帝都，实际上就是我纵横无尽疆域的法宝，是我耗费无尽心血亲手炼制，内含我自己的道！"

"什么？"

"道之神兵？"

"他自己的道？"

逃跑的雾岩星主和虚幽仙人个个都心慌了。

道之神兵，正常情况下是由生死道君炼制的。世界境要炼制一件道之神兵，一般非常非常难。可是对世界境而言，自己亲手炼制一件蕴含自己道的法宝，那么施展起来也是最符合自己的，威力也会极大。

像已经死去的飞枭仙人，他屠戮无数生灵，炼制出大罪孽的那一座祭塔。那祭塔是他亲手炼制，其中的道的奥妙也是他自己悟出的，他施展起来威能也就足够大。虽然他境界一般，可仗着那祭塔，实力却和黑雾世界神相当。

有些实力上难以进步的世界境们，会耗费大量心血和时间去亲手炼制一件法宝。

黑莲神帝就是如此。

当年他亲手炼制出了那朵黑莲，其中蕴含了他对黑莲的一切感悟。凭借这件亲手炼制的道之神兵来施展黑莲秘术，威力要大得多。不过，自从他得到永恒神兵后，他就很少使用这件道之神兵。来到大莫域后，他甚至将这件道之神兵变成千万里大，当作了一座城邑。

虽然一些修行者感觉到，黑莲帝都整个都是一件巨大的法宝，却不知道它内含黑莲神帝的一切感悟。

"这才是真正的黑莲界啊！"

"而且整个混沌世界我都早早设下禁制，可以和我的法宝结合，形成最强大的黑莲界。"黑莲神帝微笑着，眼中有着疯狂，"这是莲花的世界……"


整个混沌世界都在震荡，大地龟裂，露出了巨大的阵法纹路。海洋分流，露出了散发着黑光的神纹，高山崩塌，城邑裂开，整个混沌世界就仿佛一张巨大的图纸，黑莲神帝暗中设下的阵法禁制如今完全爆发。

无数的黑莲开始凝聚诞生。

单单阵法激发，这方混沌世界死去的生灵就亿万计。黑莲神帝并没有刻意屠戮，不过他也不会因为这些生灵而影响他这最可怕杀招黑莲界的威力。

铺天盖地的黑莲，疯狂地涌向那群逃窜的修行者。

连原本急速下降的雾岩星，都被无数黑色莲花包围，没法再下坠。

"小心！"

"七重大阵，联合抵挡，撑住！"雾岩星主焦急传音。

"撑住！"

七千祖神祖仙形成了巨大的保护圈，虚幽仙人、天羿仙人都躲在里面。而悍勇的雾岩星主则一次次挥剑想要劈开那些黑色莲花。可黑色莲花实在太多了。

"我们逃不掉的，一旦黑莲神帝攻过来，我们就死定了。"

"这下该如何是好？"

"黑莲神帝怎么强成这样！"

众人个个焦急。

纪宁他们也很焦急，现在他们冲不破这黑色莲花，根本没法回到雾岩星内。

"二叔！"雾岩星主依旧处于痛苦中。

"这么下去，必死无疑。"纪宁则思索着，"现在只是抵挡无数的黑色莲花，七座大阵还能一同分担。可等黑莲神帝过来，他的永恒神兵，要劈谁劈谁，谁都逃不掉。就算劈在我身上，我的小千祖神阵也得溃散。"

七座大阵毕竟不是整体，以黑莲神帝的实力，的确能轻易破掉一座小千祖神阵。

"没别的办法了。"纪宁皱眉，神剑紫光琼是他最重要的宝物，修行路上宝物也是极重要的，纪宁也不舍得将神剑紫光琼借出。毕竟一旦借给雾岩星主，难保他不眼馋。须知作为雾岩星一脉的首领，他立下的本命誓言还是较为宽松的。

作为首领，权力很大。

完全有权惩处麾下，所以雾岩星主有的是办法避开本命誓言的一些规则，将纪宁处死。可是如果现在大家全部死了，自己的神剑紫光琼也将落到黑莲神帝手里。

"让雾岩星主再立下一个本命誓言，誓言由我来定，而后悄然将神剑借给他。"纪宁暗道，"这是唯一的生路。"

"只是还有一点麻烦……"

"剑灵。"

纪宁立即沟通神剑紫光琼内的剑灵。

"主人！"剑灵回应道。

"如果让雾岩星主炼化神剑紫光琼，他需要多久？"纪宁询问道。对于永恒神兵，纪宁了解得太少了，只是一鳞半爪。不过纪宁听说过，永恒神兵的炼化非常难。

"按照老主人当年和我说的，永恒神兵炼化非常难。"剑灵道，"正常世界境以下没法炼化，你是用了天苍宫的八方密卷内的心沁之法，才会耗费数百年炼化成功。"

"雾岩星主是世界神，是能炼化。"

"可是永恒神兵的神剑本源，是当初炼制这神兵的古老大能，将自己悟出的部分本源封存神剑内。所以他要炼化，必须要得到这神剑本源的认同。"剑灵说道。

纪宁点头。

炼化混沌法宝、道之神兵都很简单，因为它们都没本源，只有些神纹。

"世界境短则三五天，长则永远炼化不了。"剑灵道。

"永远炼化不了？"纪宁吃惊。

"嗯，神剑本源也有脾性的。它会本能地寻找适合它的主人，如果它完全抵制，那就没法炼化。不过你，还有那雾岩星主，都是在剑道上有天赋的，应该都能炼化。"剑灵道，"这雾岩星主应该会比较快，估计几天就能炼化成功吧。"

纪宁万分焦急。

几天？

太慢了！以黑雾世界神现在这种爆发速度，恐怕一盏茶的时间都维持不了，还几天？

"我看你能撑到几时！"黑莲神帝悠闲得很。他手持巨大的晶莹弯刀，和黑雾世界神一次次交手。

黑雾世界神全身宛如岩石，散发着白光，显然已经处于疯狂爆发阶段。

"怎么办？怎么办？"黑雾世界神也在焦急。

他是拦住了黑莲神帝。

可黑莲神帝同样极擅长炼气流，此时整个混沌世界内的无数黑色莲花，都前赴后继地去压制雾岩星一脉的修行者，令纪宁、雾岩星主他们根本没法逃离。

"呜——"这方混沌世界的膜壁忽然裂开一道缝隙，一个穿破烂衣袍光着大脚丫的邋遢老头儿站在裂缝处，好奇地朝里面看着。

"这么多黑色莲花！咦？一件永恒神兵？有意思有意思！"破烂衣袍老头儿眉开眼笑。

"来得还不算晚，我这位小兄弟还没被杀掉。"破烂衣袍老头儿的目光穿透虚空，看着那场大战。

"去瞧瞧！"

他悠闲地行走在半空中，所过之处虽然碰到一些黑色莲花。可是他的身体就仿佛是虚幻的，那些黑色莲花从他的身体穿过，他却丝毫不受影响。

看似悠闲行走，可每步却都是数百万里之遥。

战斗还在进行。

纪宁、雾岩星主和虚幽仙人都被无数的黑色莲花包围，根本冲不出去。

"没想到最终要死在这里。"虚幽仙人轻声叹息，"我死了也就罢了，只可惜我的那些弟子们。"虽然有些弟子是在雾岩星内，可一旦他们战死，雾岩星就会落到黑莲神帝手里，雾岩星上的生灵一个都逃不掉。

"这黑莲神帝怎么强成这样？"

"我们真是倒霉，沉寂了那么久，刚出来战上一场，就碰到这么个可怕存在。"

"是啊！境界高，秘法禁术又厉害，甚至还有永恒神兵。我在外闯荡冒险时，也难得遇到这样的存在。"

这些世界境大能都在叹息。

他们内心中也有着不甘，可是他们明白形势，现在他们的生死取决于黑莲神帝。

"二叔。"雾岩星主看着下方依旧拼命搏杀的黑雾世界神，眼中有着泪花，"二叔，放手吧！放手吧！我们输了！"

雾岩毁灭篇第四重威能强得可怕，可消耗的神力也更为惊人。

要不了多久，黑雾世界神就会神力消耗殆尽的。

"哈哈哈……黑雾，我都佩服你了！为了表示对你的尊重，你死后，我会让这些世界神和混沌仙人都给你陪葬的。"黑莲神帝得意的声音响起，"等你们全部死了，我再想办法从雾岩星中找到你们的神通法门。"

"你不可能得到！"黑雾世界神低吼，他眼中有着疯狂以及痛苦。

他不怕死。

他怕的是死了，也没能保住雾岩星主的命。

"得到固然欢喜，得不到也没什么。黑雾，你这么拼命，你的神力能撑到几时？"黑莲神帝悠闲得很，他毕竟处于绝对的优势，又是攻击方，"拼到最后，他们还只能是一个'死'字。"

黑雾世界神眼中有着不甘。

他在拼。

只是因为不舍，不甘心。

"轰！轰！轰！"

忽然天地间回荡起一阵阵轰鸣。

只见一道道蜿蜒如电蛇状的雷电，从高空劈下，一眼看去，就仿佛天空悬挂着亿万道长链。这亿万道雷电肆意劈下，无数的黑色莲花尽皆湮灭，甚至没有被雷电劈到的黑色莲花表面也出现了些电蛇流转，也尽皆湮灭。

瞬间，原本还无处不在的黑色莲花尽皆消散，遍布大地、高山、大海的那些巨大的神纹，也一个个断裂开来。

"这怎么回事？"

原本竭力抵挡的七重祖神祖仙阵都愣住了，雾岩星主和虚幽仙人他们一个个也都愣住了。

消失了？

他们拼了全力也冲不开的黑色莲花就这么消失了？

"不可能！不可能！"一直掌握着全局的黑莲神帝脸色大变，他顾不得黑雾世界神了。他焦急地看着远处，他很清楚这禁术是多么强，因为这禁术是他预先布置好的。

所以禁术爆发的威能，几乎媲美他使用的永恒神兵。

这么强的禁术瞬间被破？而且是被雷电破掉，谁能做到？

"呼，你们觉得这些雷电漂亮吗？"一道声音在纪宁、雾岩星主、黑莲神帝等一众修行者耳边响起。

只见远处一名穿着破烂衣袍光着大脚丫的老头儿，踏着虚空走着，那亿万道雷电就算是靠近这老者，也会主动避让。

"我挺喜欢雷电的。"

"可惜我在这方面没什么天赋，当初去大雷海泽生活了好久，最终掌控的雷电也就这个层次，威力太弱了。不过用来耍耍，还是不错的。"这破烂衣袍老头儿笑眯眯地说着，一挥手，原本布满天地间的亿万道雷电就凭空消失了。

原本相斗的两方都停了下来。

雾岩星一脉的大能心中又充满期待，或许他们能活下去了。

黑莲神帝一方也有些担心。

"拜见前辈！"虚幽仙人反应最快。

"拜见前辈！"雾岩星一脉所有修行者齐刷刷地恭敬行礼，黑雾世界神也是如此。

"拜见前辈。"黑莲神帝以及他一方的其他几位世界境，包括所有祖神也都恭敬行礼。

开玩笑！

他们都不是傻子，看到刚才那幕他们都明白，能够这么随意自然地破掉黑莲神帝那可怕禁术的，恐怕只有比他们更高一层次的存在——生死道君。

传说中，生死道君是行走在生死边缘，他们每次跨过生死，实力都会有一个可怕的增长，而跨不过去便是死亡。

他们每个实力都强得匪夷所思。

祖神中或许有些妖孽，能够越阶去杀世界境。

可是再妖孽的世界境大能，恐怕也只能对付刚突破的生死道君。而稍微活得长点的生死道君，每个都拥有着绝对碾压世界境的实力，活得越久，越可怕。传说中一些即将死亡的生死道君疯狂起来，毁灭一个疆域易如反掌，甚至能同时毁灭更多疆域……

那都是事实！

道君的可怕，只有真正接触过才明白。

"嗯。"破烂衣袍老头儿目光扫过雾岩星一脉的各位，露出了笑意。

雾岩星一脉个个心中一喜。

黑莲神帝一方则是心中一颤。

"你竟然敢对我的人下手。"破烂衣袍老头儿看着黑莲神帝，依旧笑眯眯地道，"你胆子还真是大。"

黑莲神帝的心一颤，身体都有些发软。

他在外流浪的经历是在场修仙者中最多的，甚至都接触过好几位生死道君，很清楚生死道君的可怕。

"看来是站在我们这边的！"

"没听道君说惹了他的人吗？是我们这一方的？星主，难道是我们雾岩星一脉的前辈大能？"雾岩星一脉个个激动，纪宁也松了口气。

雾岩星主也疑惑传音道："不知道。我雾岩星一脉的确有好些古老修行者在外飘荡，或许有某位前辈突破成了生死道君吧。不过我并不认识。"

"黑雾，你认识吗？"

"我也不认识这位前辈。"黑雾世界神飞到了己方，只是他依旧全身呈灰白色，"能成为生死道君，应该修炼得很久很久了。估计是我修行之前，就已经离开雾岩星的某位大能吧，也可能和我雾岩星无关。"

雾岩星一方纷纷猜测。

黑莲神帝一方则惊恐万分，因为他们知道这道君是对方的人。

"敢伤我的人，所以你只能死了。"破烂衣袍老头儿笑眯眯的，可说出来的话却让人胆寒。只见这老头儿遥遥一指，顿时一根巨大的泛着电光的手指虚影直接碾压向了黑莲神帝。

"我师尊是七皇道君。"黑莲神帝满脸惊恐，连忙高喊，"七皇道君是我师尊啊！"

黑莲神帝虽然仓皇躲避，可是周围时空封闭，他连躲都没法躲。

那雷电手指虚影直接按在了他的身上。

"呼——"黑莲神帝正一脸焦急，跟着就完全化为了齑粉。

周围一片寂静。

纪宁他们还没从黑莲神帝的"师尊是七皇道君"的消息中反应过来，黑莲神帝就被杀了。

"七皇？"破烂衣袍老者吐了一口口水，"还七皇？七虫吧。躲得和条虫一样，老头子我合道之前就想杀他了，谁知道他连老巢都不要了，都不知道逃到哪里去了。"

破烂衣袍老者杀了黑莲神帝后，一挥手就收了黑莲神帝遗留的那些宝物。他抓着那柄巨大的晶莹弯刀仔细看了看，嘀咕了下："呼，这永恒神兵还算不错。"说着在周围众多修行者的目光注视下，就那么收了起来。

这破烂衣袍老头儿收宝物也收得坦荡荡。

"太厉害了！"

"杀黑莲神帝，跟碾死一只虫子一样！"

"没听说吗？什么七皇道君，这位前辈也想杀呢！"雾岩星一脉的众多修行者个个心中震颤。生死道君对他们而言都比较遥远，可是这不妨碍他们对这位第一次见到的破烂衣袍老头儿的感激和崇拜。他们都想着，哪天自己也能到这份儿上，那就真值了。

踏上修行路，不就是想要去看更多的风景，经历更多吗？拥有更厉害的手段神通吗？

"我们下去！"雾岩星主传音道。

"呼！呼！呼……"

数千身影皆从高空飞下，现在没了阻碍，速度都很快，很快就落到了下方光秃秃的没有任何建筑的巨大九瓣黑莲内。原本这九瓣黑莲乃是一座城邑，可自从法宝激发后，上面的建筑有些被收起，有些则化为了碎末。

"拜见前辈！"雾岩星主上前恭敬地道，"谢前辈救命之恩。"

"谢前辈救命之恩！"数千修行者个个恭敬。

而黑莲神帝一方残余的祖神和世界境则有些惶恐不安。他们不敢逃，也不敢上前说话，唯恐那位破烂衣袍老头儿给他们一指头，那他们可就真的全部死了。

"前辈！"绣花白袍男子咬牙上前一步，恭敬地道，"这次事情我们几个很是无辜。雾岩星主前来报仇，要杀飞枭混沌仙人，飞枭现在已经被杀。我们本就处于弱势，唯有神帝他实力滔天，欲要一举灭杀雾岩星一脉。可这和我们无关，我们一直都没掺和。"

"对对对，我们想掺和，也没那实力？"

"还请前辈开恩？"

残余的四位世界境以及一众祖神都忐忑不安。

破烂衣袍老头儿挥手道："走走走！都走吧！"

黑莲神帝一方的残余修行者先是一愣，跟着大喜。

"谢前辈！"

先是恭敬行礼，而后齐刷刷地都立即开始飞走。雾岩星主也没敢阻拦，甚至原本释放星光的雾岩星都收敛了。毕竟是这位道君前辈放了那些修行者，他哪里敢去阻拦。

挥手让那些残余分子离去后，破烂衣袍老者笑看着雾岩星一脉站在最前面的。

"看着我们这边呢！"

"盯着我们看呢！"

"还在笑呢！"

"笑又怎样？这位道君之前不是笑眯眯的，依旧一指头杀了黑莲神帝？"

"你这叫什么话？这位道君之前都说了，说是我们这边的。"

"也不知道什么来历，很可能是雾岩星一脉在很久以前出去漂泊的某个大能，突破成了道君吧？"在场的个个暗暗嘀咕，可是他们都清楚，世界境要跨入道君境界，太难太难了。雾岩星一脉从古老的过去到现在一共才诞生多少世界境？

想要诞生一位道君？除非真的是走大运。


破烂衣袍老者走了过来。

雾岩星主他们也都恭敬行礼，同时个个暗暗期盼，想要知道这位破烂衣袍老者的身份。

"嗯。"破烂衣袍老者看了他们一眼，最后目光落在了一旁的纪宁身上。

"雾岩星一脉？"破烂衣袍老者轻轻点头，又转头对雾岩星主道，"谢谢你们雾岩星对我这位小兄弟的照顾。"

"小兄弟？"雾岩星主他们个个一愣。

纪宁则是一怔。

兄弟？

破烂衣袍老头儿对纪宁眨了眨眼，传音道："你叫什么名字？谁给你的接引令？"

纪宁立即就明白了。

接引令？

天苍宫的接引令？当然指的是当初北休世界神死前留下的接引令牌。天苍宫的正式成员一生也只有一次接引机会，因为得到接引令，不需要考验就能直接进入天苍宫。所以天苍宫的正式成员，更加不会轻易将自己的接引令送给谁。他们挑选的标准更加苛刻，甚至他们一生都不会送出接引令。

"我道号北冥，本名纪宁。这块接引令是北休世界神给我的。"纪宁传音道。

"北休？"破烂衣袍老者一怔，眼神变了，"你知道他怎么死的？"北休一死天苍宫那边就知道了，天苍宫也在调查死因，却没查出来。

"嗯。"纪宁点头。

"我们等会儿再慢慢聊。还有，你就不要待在这雾岩星，跟我回天苍宫吧！"破烂衣袍老者道，"我们天苍宫可比这儿强多了。"

"是。"纪宁也应道。

纪宁当初立下的誓言本就很宽松，是要在一个混沌纪内前往天苍宫的。看到这位破烂衣袍老者，对方能够立即知道自己拥有接引令牌，应该也是天苍宫的一员。甚至可能是天苍宫最高层，拥有这样的强大存在，傻子才不进呢。

北休世界神当初留下的信息也说了，不知道多少修行者做梦都想进天苍宫。

"北冥他是前辈的什么人？"雾岩星主他们都愣住了。

"是我的兄弟。"破烂衣袍老者点头，"我这就带他回去，你不会阻拦吧？"

"当然不会阻拦。"雾岩星主连忙点头，"北冥他加入我们雾岩星也没多久，他加入时实力就极强，立下的本命誓言也非常宽松，完全可以离开。"

在场的虚幽仙人等其他世界境都看着纪宁，个个都羡慕万分。

天啦！能和一位生死道君称兄道弟，他们谁不想。别说当兄弟了，就算当个跟随者他们也愿意。可是道君的眼光都很高，不是谁都能轻易如愿的。

"我只有一事。"雾岩星主咬牙道，"我想要请前辈帮忙。"虽然他担心激怒了这位道君，可还是要说。

"何事？"破烂衣袍老者笑眯眯的。

"子辰。"一旁的黑雾世界神焦急传音，唯恐雾岩星主惹怒这位前辈。

雾岩星主低头恭敬地道："我二叔施展了一种残缺的神通，整个身体都开始雾岩化，没法逆转。希望前辈能出手救我二叔一命。"

"哦？"破烂衣袍老者走到了黑雾世界神面前，"他就是你二叔吧？全身的确都开始岩石化……别反抗，我瞧瞧。"

破烂衣袍老者说着一伸手，就落在了黑雾世界神的肩膀上，仔细感应。

"施展的什么神通？这神通好特殊啊，竟然连魂魄真灵都开始雾岩化了。这么下去，不就整个成了岩石？"破烂衣袍老者一边感应，一边嘀咕着，"不过这神通也的确厉害，让神力能够惊人爆发，创出这门神通的真是了不起啊！"

"可惜你们施展的是残缺的神通，魂魄真灵都雾岩化了，没法逆转了。你就算现在得到完整的神通，也没办法了。"破烂衣袍老者叹息，"他的魂魄真灵正不断地变化，等到完全没了生命特性，那就是块岩石。"

"没办法？"雾岩星主露出焦急的神色。

"他支撑不了多久，一盏茶的时间都支撑不了。"破烂衣袍老者摇头。

"二叔！"雾岩星主抓着黑雾世界神的手，眼睛泛红。

"子辰，别伤心。我雾岩星一脉好些前辈，施展残缺的第四重神通后，都是在绝望中死去……"黑雾世界神看着雾岩星主，仿佛看着自己的孩子，"我现在却很开心，因为你活着。你二叔活这么久也够了，毕竟永恒难求。"

"嗯。"雾岩星主点头，却难忍痛苦。

渐渐地，黑雾世界神表面的灰白色越来越浓郁，之前还能看出一点肉色，现在气息却越来越弱。可他脸上却带着微笑。

终于……

气息完全湮灭。

黑雾世界神化作了一座雕像，只是他的眼神依旧温和。

"二叔！"雾岩星主痛苦得身体颤抖。

"黑雾兄！"虚幽仙人他们个个叹息，随即都微微行礼。

纪宁也恭敬行礼，他对黑雾世界神是有着感激的。雾岩星上对他最好的就是他，他甚至尽心地指点他剑术。虽然黑雾世界神的剑术境界不算太高，可至少黑雾世界神是用心的，甚至将他自己悟出的剑术都让纪宁观看。

"嘭嘭嘭！"雾岩星主跪下，郑重地磕头，泪水滴落在地面上。

那一尊雕像依旧温和地看着前方。

"走吧！走吧！最不想看到这些了。唉！"破烂衣袍老头儿摇头叹息，"无力啊！真灵雾岩化，我也没办法。纪宁，走，我们走吧！"

"嗯。"纪宁点头。

"诸位……"纪宁看向周围那些世界境和祖神。

大家都点头。

此刻星主正在跪拜黑雾世界神，大家也不好和纪宁说太多，眼神交流一下即可。

"走！"破烂衣袍老者和纪宁瞬间就并肩破空飞去，很快就消失在远处。

纪宁在飞离前，回头看了一眼。

他看到了依旧跪伏着的雾岩星主，依旧温和微笑着的那尊黑雾世界神的雕像。

"雾岩……"纪宁知道,这个大莫域中自己开始的地方,自己永远忘不了。

一艘大船正穿梭虚空前进着。

大船甲板上。

"坐。"破烂衣袍老者正盘膝坐着,面前有个条案,条案上放着些水酒。纪宁也在对面依言坐下。

"哦……我好像还没有说我是谁。"破烂衣袍老头儿笑着道,"我是天苍宫三位宫主之一的天一道君。"

"三位宫主?"纪宁惊讶。

北休世界神留下的信息,告诉自己天苍宫有两位宫主。

"我天苍宫皆兄弟相称,并无高低之分。"破烂衣袍老者说道,"只要跨入生死道君之境就是宫主,前不久,我们天苍宫又多了一位生死道君。"

纪宁暗暗惊叹。

厉害!

一个势力,足足有三位道君,可见天苍宫的强盛。

"你说是北休给你的接引令,北休到底是怎么死的?"这破烂衣袍的天一道君眉宇间有着一丝杀气。天苍宫内是非常团结的,而且想要加入天苍宫也非常难。每个天苍宫成员都极为了得,像北休世界神,论实力就是和黑莲神帝同一层次,严格说还要更强些。因为北休世界神学的无名剑术,透过无名剑术施展神剑紫光琼,可比黑莲神帝要强些。

"他是被乌蛟三神兽所杀。"纪宁道。

"乌蛟三神兽?"天一道君眼中隐现寒光,随即闭上眼,默默开始感应。

天一道君衣衫褴褛的老头儿模样,可是他此刻闭眼感应时,那无形的波动却让纪宁不由自主地生出仰视之感。而刚才谈话时天一道君其实是完全收敛气息的,让纪宁感觉不到一点压力,现在纪宁感觉到了压力。

片刻后,天一道君睁开眼,点头道:"消息已经传回天苍宫。我和御斗都演算了一番,北休之死,凶手的确是乌蛟三神兽。"

纪宁暗暗惊叹。

演算?

他对命运也是有些感悟的,像一些凡俗修行者纪宁一眼能够看透其一生。他很清楚天一道君说这话的意思。北休死了,想要通过演算窥伺北休世界神是谁杀的,非常难。因为这其中有许多干扰,命运有许多支流。

可是当他知道凶手就是乌蛟三神兽，反过来推演，同时推演北休世界神、乌蛟三神兽，那么推演难度就要容易百万倍都不止。可这依旧不是一般世界境能做的。

"这三个孽畜真是大胆，敢算计我天苍宫的兄弟。"天一道君眼中闪着寒光，"真不知道谁给的胆子。我天苍宫的六位兄弟已经出发，要不了多久，这三个孽畜就死定了。"

纪宁暗暗为乌蛟三神兽叹息。

算计天苍宫成员，可不是那么容易的，只要稍微走漏一点消息，那就完了。

当初北休世界神重伤下疯狂逃窜，乌蛟三神兽虽然算计成功，也得了到宝物，可还是拼命地追。甚至许多险地绝地，乌蛟三神兽都是义无反顾地往里面钻，就是因为内心非常恐惧。它们知道一旦消息泄露，以天苍宫的强大，稍微派出几个兄弟，就能灭了它们。

在天苍域，天苍宫是绝对的霸主。

内部成员个个了得，有些最顶尖的甚至是超越世界神巅峰，比北休更强。那最妖孽的随便派出一个都有把握杀他们，即便一般的也比乌蛟三神兽强。派出几个，它们根本没一点希望。

所以当初北休世界神只能往绝对的死地当中逃，使得永恒神兵表面都破碎了，这才甩掉了乌蛟三神兽。幸亏永恒神兵的神剑本源非常厉害，才将他的一丝残魂保住。可最终他还是抑制不了真灵的溃散，身死魂灭。

"咦，我的本命誓言怎么还在？"纪宁眉头微皱。

他当初立下本命誓言，一个混沌纪内必须抵达天苍宫，告诉天苍宫的接引使北休世界神的消息。

可现在他已经把情况告诉天一道君，消息也传回了天苍宫，天苍宫内立即有几个兄弟出马了，接引使应该知道了才对。

"啊！对。"纪宁立即反应过来。

当初的誓言全文是——我，以我之生命起誓，当我成为祖神后，千年内必须离开三界。一个混沌纪内必须抵达天苍宫，告诉天苍宫接引使，北休世界神是被乌蛟三神兽所杀。

按照当初立下的本命誓言，一个混沌纪内必须抵达天苍宫，这也是誓言的一部分。

"看来还得抵达天苍宫，这本命誓言才会消散。"纪宁暗暗道，"嗯，反正我也要去，不急。"

"纪宁。"天一道君开口道。

"宫主。"纪宁道。

"喊我天一大哥就行了。"天一道君笑道，"在我们天苍宫，同一境界的彼此称兄弟，相差一个大境界，喊一声大哥即可。"

"天一大哥。"纪宁点头。

"纪宁，我这次从天苍域一路赶来，耗费不少时间才抵达这大莫域，也是因为大莫域中有两处地方，我必须得去一趟。"天一道君道。

"大莫域的两处地方？"纪宁仔细聆听着。

"第一处就是溯风遗迹。"天一道君道，"我本来是要前往溯风遗迹的，可前进到半途，感应到了你的接引令。而且我感应命运，感应到你并无大的危险，所以我也没着急，而是慢悠悠地赶过去。唉，早知道的话，我就直接以最快速度赶去，或许还能救下那个叫黑雾的世界神。"

纪宁也叹息。

这也不能怪天一道君，毕竟天一道君也就关心纪宁的生死。他感应到自家兄弟并无危险，自然不着急。

"这艘飞舟正在前往溯风遗迹。"天一道君看着纪宁，"溯风遗迹乃是溯风道君所建。溯风道君……那是一位非常了不得的大能，只差一步就合道成功，实力丝毫不亚于我。所以他遗留下的阵法禁制肯定非常麻烦。如果没有必要，我也不想去冒险的。"

纪宁听得出来，天一道君和溯风道君实力应该相当。

"他死前，将他感悟的溯风百流整个布下。"天一道君道，"那溯风百流整个大阵一旦爆发，那溯风混沌世界首先要完全破碎，那威力之大，不亚于溯风道君拼命一击。"

"此番前去，幸好我无须破解他的阵法禁制，我只需进入核心，取了他的宝物即可。"天一道君道，"可即便如此也有危险，你随我前去，是在我的洞天法宝内，还是在溯风遗迹外等我。"

纪宁连道："天一大哥，有什么相对安全些的，带我去瞧瞧吧。"

没道君庇护，自己还冒险呢。

有道君，怎能不去闯？

"我就知道。"天一道君颇为欣赏纪宁的冒险精神，"那溯风遗迹分外域、内域和核心。我要去的是核心，你便随我去那核心之地。我会帮你寻一个安全之处，给你划出一片区域。你切记不可走出那片区域。"

"明白。"纪宁点头。

开玩笑！那可是核心，最可怕的地方，自己乱走完全是拿命开玩笑。

"嗯。"天一道君点头。

仅仅一个多时辰，天一道君和纪宁就已经抵达了溯风混沌世界。这让纪宁感慨，这生死道君穿梭虚空的速度比自己快太多了。这还是慢悠悠的速度，如果是关键的拼命时刻，恐怕还要快得多。

"那就是溯风遗迹，我之前还进去过一次。"纪宁指着那茫茫一片被云雾笼罩的广阔区域。

"遗迹……"天一道君站在高空，俯瞰这广袤无尽的溯风遗迹，表情有些复杂地叹息道，"都走到最后一步了，就差这最后一步百流合道……可百流合道还是失败了，身死道消，空留下这些遗迹，让后来者知道有他的存在。"

"大哥？"纪宁看着天一道君。

"哈哈哈，合道之前，总是喜欢胡思乱想。"天一道君摇头笑道，"哈哈，我可比溯风走运多了，我的道也比他更强。哈哈哈，走走走，随我进去。"

"呼——"天一道君当即带着纪宁，直接冲入了下方的云雾中。


溯风遗迹内。

天一道君和纪宁都站在半空中，周围是一道道灰色气流。

"呼……"天一道君看着苍茫的天空中那道道灰色气流，每道灰色气流都是从大地的其中一个深渊冲出，在高空和其他气流交叉后，又坠入下方的另一深渊中。

"有点意思。溯风道君能有那般威名，这实力还真不是虚的。"天一道君看着高空的众多交错的灰色气流，"可惜我走的路和他完全不同，否则我定要钻进这地底，好好窥探一下溯风百流的全貌。"

纪宁在一旁看着，完全不懂。

当初他就是被一道灰色气流给席卷进其中一个深渊洞穴。

"大哥。"纪宁指着下方一处湖泊旁说道，"上次我进入溯风遗迹，无意中在那湖泊旁发现了一处宅院。宅院内还有一名死去的世界神，那世界神还有一件塔状的永恒法宝。"

"永恒法宝？"天一道君俯瞰下方，双眸射出两道金光。

"没有！那里没有宅院。"天一道君说道，"整个溯风百流是一直在变幻的，上次你碰到的宅院，现在可能在千万里之外的某处了。"

如果能顺手带走一件永恒法宝，天一道君也不会手软的。

可惜并没有。

"走吧！"天一道君摇头道，"溯风道君当年死时，虽然有些世界境陪葬，可那些世界境中拥有永恒法宝的恐怕也就三五个吧。三五个分散在整个遗迹中，我又没法强行破掉整个溯风百流大阵，只能碰运气一处处找，就是千年万年，我都难找到一件。"

纪宁听了也赞同。

之前天一道君也说了，整个溯风百流大阵一旦爆发，威力非同小可。曾经好些道君，如水风子、大莫道君都曾经来过，都是小心地窥探了一番，没有谁敢直接破阵的。毕竟溯风道君临死前全力以赴布下的蕴含他最自豪的道的阵法，引动了天地之威，威力丝毫不亚于溯风道君拼命时最疯狂的一击。

"如果我和溯风道君交手，我不怕。"天一道君笑道，"可这大阵，毕竟是他死前耗费所有心力布下的，这阵法全部爆发的一击，我可不想去承受。"

"走走走，去核心区域。"

天一道君带着纪宁，继续飞行。


他并没有强行破阵，而是顺着阵法，自然而然就来到了核心区域。

"呼呼呼——"眼前尽是无尽的灰色狂风，越是前行，风的威能就越大，越密集。

纪宁站在天一道君身旁，不由得感到心悸。

他有种感觉，他如果独自陷入这风中，恐怕会被完全绞碎。

"这些溯风是杀招。可如果实力够强，却能轻易穿过，不但不是杀招，反而是一条通畅的大道。"天一道君笑着，话音刚落，他们就已经穿过了灰风。

前方是一片岛屿。

"这里就是核心区域了。"天一道君说道。

"好漂亮。"纪宁一眼看去，有着数千里的湖泊中央是一座大岛，周围则环绕着十余座小岛。

"别看这里很漂亮，可这里却极为危险。"天一道君双眼射出金光，观看着这片核心区域，同时说道，"那最中央的大岛，就是溯风道君当初生活的地方。而周围环绕的十余座岛屿，应该就是弟子和仆从生活的地方。"

"嗯？"纪宁目光一扫。

每座岛屿都散发着波动。

有些引动一道道雷电。

有些则弥漫着寒气。

有些则是无尽的血腥气息。

还有一座岛屿中有着冲天的剑气。

至于最核心的溯风道君居住的那座大岛，则散发着一圈圈风的波动，仿佛那座岛屿是风源，不断地朝四面八方刮着一阵阵微风。看那些风吹来，天一道君也没阻挡，吹在脸上都觉得很舒服。

可不知道为什么，纪宁看着那座核心大岛，心中便滋生出恐惧。

"这老家伙！"天一道君双眸射出金光，盯着那座大岛屿嘀咕道，"都死了，还是不想自己的宝贝轻易便宜了外来者。"

"我没法带你进去，进去了我可没法顾及你的小命。"天一道君看向纪宁，"那座大岛周围有好些岛屿，你随便选一座。"

纪宁心中一喜。

他也不想去核心大岛屿，太危险了，自己去了，怎么死的恐怕都不知道。

"嗯。"纪宁看着周围的一座座小岛，很快目光落在那散发着冲天剑气的岛屿，"就那座吧！"

纪宁很清楚，那些世界境都死了，所以遗留下的宝物都是无主的，自然会散发出强大的波动。如此强烈的冲天剑气，定然不一般。

"那一座？"天一道君双眸射出金光，看着那座岛屿，岛屿上有着仙府宫殿，仙府宫殿里有着冲天剑气。

"纪宁，北休的那柄永恒神兵在你手上吧？"天一道君看着纪宁。

"是。"纪宁点头。

"嗯，我之前看到你抵挡那些黑莲，就感觉你的实力颇为了得，就猜你用的应该是那柄紫光琼。"天一道君点头，"你有神剑紫光琼在手，那座岛屿上虽然有一处颇有危险，你还是挡得住的。"

"颇有危险？"纪宁暗惊。

"去吧！那岛屿上有三位死去的世界境。"天一道君笑道，"留下的宝物还算不错，还算适合你。"

"三位？"

纪宁暗暗想着。

"记住，千万别走出那座岛屿一步。"天一道君郑重地吩咐道，"到时候一旦触动阵法禁制，你瞬间就会化为飞灰，我都来不及救你。"

"我明白。"纪宁点头。

"去吧！"天一道君一挥手，顿时一道水光包裹着纪宁，迅速飞向了远处的那座小岛。

"呼——"纪宁落在了杂乱的草地上，抬头看向高空，高空中的天一道君笑着和他点头，"就在这岛屿上等我出来。"说着天一道君瞬间就化作了一道水流，水流无形，流淌着便飞向了那座核心大岛屿。核心大岛屿原本吹着一阵阵微风，顿时化作一阵阵金色的风。

风锋利无匹。

可那水流却柔韧无形，即便碎裂，又继续渗透，轻易便钻入了那座大岛屿内。

纪宁不管是看到天一道君化的水流，还是那核心岛屿迸发的金色的风，都感觉到巨大的差距。完全不是一个层次的。

"我现在还是太弱小了。"纪宁不再多想，转头看向自己这座岛屿。

自己所在的这座岛屿，大概有数十里范围。

岛屿上花草树木美轮美奂，也有着起伏的一些小山。而那座仙府宫殿则在最中央，耀眼夺目。

"有三位世界境吗？"

"大哥也说了，虽然有一处颇为危险，可我挡得住。"纪宁一伸手，手中就出现了神剑紫光琼，同时眉心青花空间中的雾气力量弥漫开来，立即加持全身。

纪宁小心谨慎地一步步行走，却也是几个呼吸的工夫，就来到了仙府宫殿门前。

殿门早就大开着，一片寂静。

纪宁小心翼翼地行走着，整个仙府宫殿内一片死寂。走廊、花圃等处处都非常干净。

"一个人影都没有？"纪宁行走片刻。处处都是空荡荡的。纪宁也尝试释放心识和心力，可整个核心区域都荡漾着微风，根本没法探查。天一道君能探查，纪宁显然还差得太远。

"咦？"正在纪宁都找不到任何人影时，忽然眼睛一亮。

透过仙府的院墙，他看到远处的一座小山，山腰上有着一座亭子，亭子内正盘膝坐着一道金色长袍身影。

# 莽荒纪

## 第十九章
## 十二弟子

"没想到第一个遇到的世界境，竟然是在仙府外。"纪宁跃过院墙，而后沿着山路往上走。远处亭子中盘膝坐着的金袍人栩栩如生，有着长须，面容平静，隐隐散发着混沌仙力的波动，却已经没有了生命气息。

"这座岛屿的冲天剑气不是来自他。"纪宁回头看了一眼那座仙府宫殿。那剑气是从仙府宫殿深处传出的，纪宁之前在里面转了一圈，仅仅只是在最外围，还没深入。

天一道君已经嘱托过纪宁，这岛上是颇有威胁的。纪宁怎敢大意？

"这位前辈……"纪宁走到亭子外，拱手道，"你留下的宝物我收了，我自会将你安葬，让你不再受打扰。"

话音刚落——

一股气息骤然爆发。

纪宁脸色一变，往后暴退，而后盯着气息爆发处，那是亭子旁边的巨大岩石。在山上岩石是很常见的，纪宁之前也没当回事，可现在这岩石爆发的气息之强，远远超过了纪宁。他感觉比一般的世界境大能都还要强些。

"哗——"巨大的岩石仿佛水流一样变化，从普通的岩石，变成了一个高大的岩石巨人。他有着深黄色的眸子，全身皆是岩石，盯着远处的纪宁。

"傀儡？"纪宁仔细感应，虽然眼前这岩石巨人的气息极强，却没有生命气息，所以只是能量气息，更像是傀儡、法宝之类的。

"祖神？"岩石巨人声音低沉，"你这小小祖神还算知道尊敬前辈，如果你胆敢亵渎我主人的尸体，我早就将你拍得粉碎。"

纪宁一听就明白了。

这岩石巨人应该是这位死去的混沌仙人炼制的傀儡，那位混沌仙人死前并没有毁掉这傀儡，反而让这傀儡在漫长岁月中一直守护主人。

"这位前辈是你的主人？"纪宁好奇道，"那你困在这座岛屿也很久很久了吧？有没有想出去？"

"出不出去又怎样？"岩石巨人看着纪宁，"你是想引诱我，让我认你为主人？"

纪宁笑了笑，心中却感到有些丢脸。没想到岩石巨人还这么聪明。

一般有思想的、长期孤独后都会想着要出去。像上次纪宁在那湖边宅院内，那座永恒法宝九层小塔的法宝之灵其实就很想出去。纪宁也看得出来，这个气息比一般世界境还强大的法宝傀儡不好惹，如果能够让对方乖乖认自己为主，那该多好！

可纪宁想错了。

这法宝傀儡其实乃是奇石铸就，孕育出的傀儡之灵的性格也仿佛一般的石头，喜欢安静，长期待在一个地方一动不动，也丝毫不焦躁。它化作巨大的岩石，守护他的主人无尽的岁月，依旧这么守护着。如果不是纪宁来，他还会继续守护下去。

"对，我是想要你认我为主。"纪宁点头笑着，"你应该是世界境层次的法宝傀儡，在这儿也太浪费了。"

"你对主人颇为尊敬，我给你机会。"岩石巨人点头，"你既然只是个小小祖神，我也不欺负你。你能够接下我三掌，我就认你为主人。"

岩石巨人还记得当年主人的吩咐。

他主人自知必死，死前吩咐："我死后，若是来者对我颇为礼待，你考验一番实力，如果不错，你就跟随他。若是对我不敬，直接杀之！杀不了，你便直接进入湖水中，他若是敢跟着进入，必死无疑。"

有些修行者，对一些过去的前辈尸体不在乎，那就惨了。

"好。"纪宁点头。

"我这三掌不会太强，可祖神也没几个接得住，那些弱小的祖神根本没资格当我的主人，你可要小心了。"岩石巨人看着纪宁，纪宁是祖神，他才说三掌的。若是纪宁是世界境，这法宝傀儡就会全力以赴。

"来吧！"纪宁点头。

岩石巨人忽然挥动了巨大的岩石手臂，手臂暴涨数十丈，那巨大的巴掌令空间都被压迫缩小，瞬间就到了纪宁的面前。

"好快！"纪宁暗惊，手持着那软剑，软剑化作了一个黑洞，黑洞立即就缠上了那拍击来的岩石巴掌。

"嘭——"纪宁后退了一步。

其实纪宁是故意的，他青花雾气力量加身，神体丝毫不亚于世界神，完全可以一步也不退。可那样恐怕会激起法宝傀儡的好战之心，后面两掌的威势就会强得多。不管怎样，收服这法宝傀儡才是最重要。想要和法宝傀儡切磋，以后有的是时间，毕竟这等世界境层次的傀儡，可比一般道之神兵贵多了，遇到一些危险，都是可以让这傀儡挡在前面。

"有些实力！"岩石巨人低吼一声，"再接我第二掌。"

"呼——"岩石巴掌轻易突破天道极限，瞬间就到了纪宁眼前，速度明显更快了。岩石大巴掌一到眼前，让纪宁眼前的天空一暗。

"嘭——"二者交手，又是一声巨响。

纪宁这次后退了三步。

"嗯？"岩石傀儡看得都皱眉了。一块巨大的岩石脸上出现皱眉，这一表情也颇为有趣。这岩石傀儡估量着应该一巴掌能将这祖神拍得撞击在旁边的仙府宫殿上。可这祖神竟然仅仅后退三步，看来之前隐藏了些实力。

"最后一掌！"岩石傀儡一声低吼，他的手掌更加霸道地轰击向纪宁，那被压迫的一层层空间涟漪也压向了纪宁。

"来得好。"纪宁这次却是手持永恒神兵紫光琼，施展出了最强的一剑。

纪宁以天崩式施展剑法，高高举起神剑紫光琼，神剑紫光琼直接暴涨百丈，自上而下，直接怒劈向整个岩石巨人。已经到了第三掌，纪宁也要让这岩石巨人好好瞧瞧他的厉害，他可不是什么小小祖神。

"嗯？"岩石巨人一惊。纪宁这一剑劈出，威势之强让他都大吃一惊，原本拍击出的岩石手掌朝上方一抬，去抵挡。

"轰——"硬碰硬！

剑光直接轰击在岩石手掌上，让岩石巨人都情不自禁地往下一沉，这座小山都震颤了一下。须知这里的岛屿都是当初的溯风道君建造，世界境经常彼此切磋，也无法破坏这里分毫。

纪宁则被这次交手的反弹力震得踉跄着后退了几步。

"好强的力量！他措手不及之下，单手仅仅挡了一下，就震得我后退。论力量，它的确远远超乎我。"纪宁暗暗道。

"三掌我已经接了。"纪宁开口。

岩石巨人看着纪宁，疑惑道："你、你真是祖神？"

"气息还会错？"纪宁笑着。

"可你的实力……感觉都能比得上我当初遇到的某些世界神。"岩石巨人看着纪宁满是好奇，"传说中有的在祖神层次，就能击败世界神。我看你就能击败那些最弱的世界神。不过你也别得意，我刚才当你是祖神，没全力以赴，否则一巴掌就拍飞你。我又不敢用太大力，如果你飞出岛屿，你就会被阵法禁制给灭杀了。"

纪宁笑了。

他也发现了，之前岩石巨人的每次巴掌拍来，都是从同一个方向。即便他扛不住被拍飞，也只是撞击到一旁的仙府宫殿。

当然如果力量太大，说不定撞到仙府宫殿，依旧会翻滚着飞出岛屿。

"你还记得你之前说的话吗？"纪宁道。

"我上一任主人是阵法高手。"岩石巨人看着一旁亭子内的金袍人，"没想到这次的主人，是个有世界神实力的祖神。"说着他一张嘴，顿时一颗足有拳头大的上面泛着无数神纹流光的圆球飞向了纪宁，停在了纪宁的身前。

纪宁一眼就认出这是傀儡法宝的命核，蕴含着核心阵图，是整个傀儡法宝的核心，炼化了就掌控了傀儡法宝。

纪宁的祖仙法力飞出，包裹住那颗命核，瞬间就把它炼化。

炼化后，纪宁感觉到了和傀儡法宝之间的亲切感，同时傀儡法宝也尽在他的掌控中了。

"世界境层次的傀儡，可比道之神兵要罕见多了。"纪宁心情颇好。

"主人。"岩石巨人看向纪宁的目光也亲切多了，从今天起，纪宁就是他的主人。

"对了，你叫什么名字？"纪宁问道。

"前主人叫我石头。"岩石巨人老老实实地道。

纪宁眨巴了下眼，威能惊人的世界境层次法宝傀儡竟然叫这么个名字。

"好，以后我也叫你石头。"纪宁笑道。他随即转头看向了那盘膝坐着的金袍人。纪宁一挥手，就将金袍人收起。

纪宁的洞天法宝内。

连绵的群山。

纪宁的神力化身和岩石巨人并肩而行。

"我在修行路上遇到的一些死去的仙魔，一般我都会将他们安葬在这儿。"纪宁指着前方一座座坟墓，这些仙魔坟墓在群山当中，每一座建得都颇大。

"开！"纪宁指向前方一座郁郁葱葱的高山，那高山开始裂开。那金袍人尸体随即便飞了过去，飞入了裂开的高山缝隙中，而后高山合拢，同时高山之巅显现出了一块墓碑。

"你前主人叫什么？"纪宁问道。

"化初仙人。"岩石巨人低沉道。

纪宁点头，那座墓碑表面立即显现八个大字——化初混沌仙人之墓。岩石巨人看着那座高山，沉默片刻后道："主人，我们出去吧！"


岛屿的亭子内。

"化初仙人竟然没有道之神兵层次的甲衣。"纪宁也炼化了化初仙人的诸多法宝，仔细查看着。

"化初仙人的心思都在阵法和傀儡上，他从来不和敌人近身交战。"岩石巨人道，"他最重要的宝物是一套九心天环阵，还有一件领域类的彩云界，都是属于道之神兵中的极品。"

纪宁查看收获后，反而颇为兴奋。

因为他发现了大量的混沌晶石，这化初仙人储存了大量的能量晶石，价值足有五十方。

"九心天环阵是他最厉害的阵法，一旦施展开，敌人都不敢靠近，如果靠近，陷入阵法内几乎很难破阵。那时是战是走，一切都由化初仙人掌控。"岩石巨人道，"不过九心天环阵太复杂，必须在阵法上境界极高才能施展。"

纪宁一翻手，看着眼前的九个圆环，每个圆环上有着无数的神纹，比岩石傀儡命核的核心阵图还复杂。

岩石傀儡，是化初仙人亲手炼制。

而这九心天环阵却是属于道之神兵，乃是一位生死道君炼制的，当然要玄妙得多。

"太复杂了！我施展不了。"纪宁摇头，一翻手，手中出现了一颗珠子，珠子中隐隐有着云雾环绕。他笑道："还是这个好，领域类的道之神兵，颇为罕见。"

化初仙人虽然宝物不多，可个个都是精品。

九心天环阵，一套道之神兵，价值超过一百方混沌灵液。

岩石巨人，同样价值超过一百方。

彩云界，是属于领域类的，极其罕见，也超过了五十方。

再加上大量的混沌晶石。

"化初仙人留下的混沌晶石还真多。"纪宁感慨一声。

"他钻研阵法、傀儡，当然得准备大量的混沌晶石。"岩石巨人道。

"你帮我护法，我先修炼一番。"纪宁道。

"是，主人！"岩石巨人道。

"呼！"一座窥天太皓塔出现，纪宁进入了塔内。

塔内。纪宁盘膝坐着，一挥手，身前出现了一颗颗泛着强大气息的混沌晶石，足足数千颗之多。

"难得弄到这么多混沌晶石。我的护体神通现在已经嫌弱了，靠慢腾腾地修炼，就算借助窥天太皓塔，也需要数万年才能练成。"纪宁暗暗道，"这次有这么大的收获，就奢侈一下吧，先突破瓶颈再说。"

金像神通上部，纪宁在三界的时候就练成了，练成后神体媲美先天极品法宝。

金像神通中部，达到祖神境界后，纪宁一直在修炼。

这门神通修炼其实很简单，就是需要能量，神力、法力、混沌之力、灵丹等一切有能量的皆可以。纪宁当初有八九玄功大成的底子，自然轻轻松松就练成了上部。可是中部就复杂了，中部是要将身体修炼得媲美混沌极品法宝！

所需的神力、法力要多得多！

若是纪宁不断地慢慢修炼，需要大概百万年时间才能练成，借助窥天太皓塔，也要数万年时间。之前纪宁的确是准备这么慢腾腾修炼的，因为如果奢侈地使用混沌晶石，需要数十方才够，代价太高。价值数十方，对一般的世界境而言，也是宁可多修炼数万年，也不愿奢侈消耗数十方的混沌晶石。

混沌晶石、混沌灵液，都是无尽疆域中的硬通货。

混沌灵液，胜在质。它神奇无比，蕴含着太多太多的用途，许多神通、秘术、炼丹、保命都需要它。

混沌晶石，胜在量。它是混沌之力自然汇聚形成的晶体，每一颗都蕴涵着大量的混沌之力，一些非常庞大的阵法，一些强大的傀儡，都是需要混沌晶石作为源泉的。它的用途也颇多。

"尽快突破瓶颈，生机也能大增。虽然大哥说危险不太大，可一切不是绝对的，还是小心为好。"

纪宁一招手，一颗泛着混沌气息的晶石落在掌心。

纪宁随即盘膝坐着，竭力从中汲取着大量的混沌之力，进入神体，神体也开始着蜕变……纪宁全身的皮肤都显现出了淡淡的金光……

两天后。

消耗了十九颗混沌晶石的纪宁睁开了眼。

"嗯，现在神体突破瓶颈，提升到混沌层次，暂时先停下，等到了外界悠闲的时候，再一气呵成练成。"纪宁经过之前数百年岁月的慢腾腾修炼，其实也快突破了。这才进入窥天太皓塔，让窥天太皓塔保持五十倍时间加速，让自己神体突破到新的层次。五十倍时间加速消耗法力虽然多，可有混沌晶石，纪宁也不在乎。

"呼！"纪宁又出现在亭子中。

"主人。"岩石巨人看向纪宁。

"石头，这岛屿上应该还有两位世界境吧？"纪宁问道。

"对。"岩石巨人指着远处一座座岛屿，"溯风道君的主岛周围有十二座岛屿。这十二座岛屿上有道君的十二位弟子以及一些仆从。"

"十二弟子？"纪宁一愣，连忙问道，"我们这座岛屿……"

"我们这座岛屿有三位世界境，分别是洞鸣世界神、血泽仙人、化初仙人。其中洞鸣世界神是道君的弟子，化初仙人和血泽仙人都是负责伺候洞鸣世界神的。"岩石巨人说道，"洞鸣世界神的实力，也远超化初仙人和血泽仙人。"

纪宁听得好奇，道："洞鸣世界神是溯风道君的弟子，也跟着陪葬？"

"都是一些道君不喜欢的弟子。道君脾气怪异，得不到他的承认，只有一个死字。"岩石巨人说道，"不过溯风道君还是赐给洞鸣世界神一幅画卷。我还记得当初溯风道君是这么说的，你若是悟透了这画卷，便可自由离开。可惜，洞鸣世界神到死也没悟透。"

"哦。"纪宁恍然。

"其实溯风道君对他十二位弟子都给了活着出去的机会，可能是溯风道君的要求太苛刻太难了吧，似乎十二位弟子一个都没能活着离开。"岩石巨人道。

岩石巨人道："这十二弟子都不受道君喜爱，没得到道君认可。道君脾气虽然怪异，可只要实力足够高，道君一样会倾力栽培。所以那些厉害的弟子，道君在回家乡之前就皆逐走了，跟随道君来到家乡的弟子，都是没什么潜力，比较弱的。"

"比较弱？"纪宁问道，"这洞鸣世界神有永恒神兵吗？"

"没有。"岩石巨人直接道。

纪宁立即心中一阵失望。听起来这座岛屿的主人是洞鸣世界神，还专门有两位混沌仙人伺候，本以为多么了不得，可谁想竟然连一件永恒神兵都没有。

"永恒神兵极为珍贵，对道君而言也不多，且道君更喜欢他的弟子自己去冒险得到宝物，而不是他直接赐予。"岩石巨人道，"据我所知，道君门下的弟子中也就九位弟子有永恒神兵，大多是冒险得到的。只有极受道君喜爱的大弟子和二弟子，才得到道君的亲自赐予。"

"陪葬的十二弟子，都没有永恒神兵。"

"反而是那数百名奴仆中，有几位拥有永恒神兵，都是这些奴仆随道君冒险时偶然得到。"岩石巨人说道。

纪宁轻轻点头。

"主人也不必失望。"岩石巨人道，"我记得洞鸣世界神在死前经常盯着那画卷看，我主人也说那画卷的珍贵不亚于一件永恒神兵。"

"画卷？"纪宁立即想起来了，溯风道君赐给洞鸣世界神一幅画卷，悟透了就能活着离开。

可惜洞鸣世界神没能悟透。

"你熟悉那仙府宫殿吧？"纪宁指着前方那座仙府宫殿。

"当然熟悉，主人随我来。"岩石巨人说道。


岩石巨人缩小到丈许高，和纪宁并肩行走下了这座山岭，而后进入仙府宫殿内。

"主人要小心。那洞鸣世界神心狠手辣，心胸狭窄，极为自私。"岩石巨人提醒道，"他即便是死了，恐怕也不会让外来者轻易得到他的宝物。他这极自私的性格，也是溯风道君不喜欢他的原因。他早期修行速度还是极快的，溯风道君也对他抱着期待，可后来却停滞不前，加上太自私，这才成了陪葬的十二弟子中的一个。"

纪宁点头，手中也拿着神剑紫光琼，小心戒备。

"他平常都是在仙府的地下密室内参悟那画卷。"岩石巨人道，"因为溯风道君死得突然，估计洞鸣世界神的尸体还在地底密室。"

溯风道君一死，十二弟子和众多仆从尽死。

这些弟子、仆从只知道死期将近，却不知道何时到来，溯风道君死的时候也不可能传音提醒。

"轰隆——"岩石巨人走在前面，很熟练地推开一面墙壁，显现出了一条通往下方的阶梯。

岩石巨人在前，纪宁在后，沿着阶梯往下走。

幸亏有一个熟悉仙府的岩石巨人，否则在没法用心力心识探查之下，纪宁就很难发现那墙壁是一扇门。

"主人小心！现在离那密室很近了，随时可能有危险。"岩石巨人道，同时行走在幽深的廊道内。

"嗯。"纪宁也小心观察。

地下廊道，幽暗得很，两侧的廊壁上隐隐有神纹散发着淡淡光芒。

岩石巨人和纪宁不断前进。

"主人快来！"走到转弯处的岩石巨人传来心灵波动。到了这时候，这法宝傀儡也越发小心。

纪宁悄无声息地来到岩石巨人身旁，朝另一条廊道一看。

远处正有着一道血袍身影，依靠廊壁坐着。

"是血泽仙人。"岩石巨人乃是法宝傀儡，能和纪宁心灵交流，"血泽仙人当时应该正在行走，突然真灵湮灭，所以才依靠着廊壁坐在那儿。"

"嗯。"纪宁心中期待。

化初仙人的宝物不少。

这血泽仙人呢？

"主人在这儿稍等，我去瞧瞧。"岩石巨人上前。作为法宝傀儡，它本来就是勇于冲在最前面，它的身体可是媲美道之神兵，就算受生死道君一击，一般也能安然抗下。这生存能力可比世界境大能强了不知多少。

岩石巨人到了远处的血泽仙人旁，发现没有危险，纪宁这才过去。

血泽仙人容貌颇为俊美，只是穿着血袍，连头发都是血红色，自然就有着一股邪异感。

"呼。"纪宁一挥手，将血泽仙人的尸体收了。

他接着查看了一番。

纪宁不由得惊喜了一下，血泽仙人的宝物虽然比化初仙人稍微少些，可也差不了太多，并且有一件对纪宁极为有用。

"道之神兵层次的甲衣。"纪宁一翻手，银光粼粼的甲衣出现在手中，估摸着应该是道之神兵上品，因为是甲衣，所以极为珍贵。像在雾岩星上，混沌极品的甲衣也只有雾岩军的几位将军才有，像黑莲神帝麾下，连心神将都没有。

可见甲衣之珍贵。即便仅仅只是道之神兵上品的甲衣，也是超过一百方混沌灵液。

"血云座，五行血火针。"纪宁点头。

血泽仙人的道之神兵一共三套。

甲衣，价值超一百方混沌灵液。不过纪宁不可能卖掉，他擅长近身战，自己就需要好的甲衣。

血云座，极为血腥的一件道之神兵，价值超过五十方混沌灵液。

五行血火针，是一套五根神针，价值也超过五十方混沌灵液。

"哗。"纪宁迅速炼化了甲衣，立即穿上。

有道之神兵甲衣护体，自身神体也媲美混沌法宝，就算世界神巅峰的强者一击，纪宁也能扛得住。当然也仅仅只是扛得住，如果对方能擒拿下纪宁，有的是手段来炮制灭杀。不过纪宁现如今也不会傻乎乎地去和世界神巅峰拼杀。

"看来等离开后，我还得找机会，将这些法宝卖掉。"纪宁暗暗道。化初仙人、血泽仙人最喜欢用的一些宝物，对纪宁却没什么用。

"石头，继续前进。"纪宁吩咐。

"是，主人。"

岩石巨人丝毫无惧地走在最前面。很快，岩石巨人就停下来，而后伸手一推。那面墙壁乍看只是整个廊壁的一部分，不过随着一推，便轰隆一声，完全推开了。

"洞鸣世界神就在里面。"岩石巨人心灵传音。

"嗯。"纪宁也立即走到了那扇门前，看着里面的密室。

密室颇大，里面一片幽寂。

一名黑衣身影正盘膝坐着，身后插着一面巨大的布幡。不过这名盘膝坐着的黑衣身影散发着神力波动，的确是一名死去的世界神。他面朝的墙壁上正悬挂着一幅画，那挂着的画卷是整个密室内最耀眼的。

因为整个画卷散发着冲天的剑气。

剑气弥漫整个密室，甚至剑气之强，都冲出了整个仙府宫殿，之前纪宁和天一道君都是一眼就发现那岛屿上的冲天剑气。

"原来剑气来自这画卷。"纪宁看着那幅画，因为有布幡遮挡，隐约看到画卷上似乎是山水图。

"主人，我要进去吗？"岩石巨人这时候也知道不能擅自行动。

"嗯，小心点。"纪宁吩咐。

岩石巨人小心翼翼步入了密室，朝那盘膝坐着的黑衣人尸体走去。当他走到离黑衣人大概十丈处时，忽然在黑衣人周围十丈范围突地显现出了一圈圈神纹。神纹流转着光芒，美丽无比，仿佛巨大的半圆形球体包围着黑衣人尸体，甚至连原本廊道的廊壁上散发着淡淡光芒的神纹，也都光芒大涨。

"轰——"可怕的威能顿时爆发。

纪宁只来得及挥剑挡住一边，那无处不在的威能就轰击在了纪宁的身上。

可怕的冲击力从四面八方围攻而来，经过甲衣的削弱后，依旧传递到纪宁的神体上。

"呼！"纪宁膝盖微微弯曲，稳稳站立，呼了一口气。他看了看周围，原本廊壁上的那些神纹光芒已经暗淡，廊道内还回荡着一阵阵冲击波。可这些余波对纪宁而言已经没任何威胁了。

"这洞鸣世界神竟然还留了这么一手，真是够狠的。如果是一名混沌仙人，突然遭到袭击，恐怕当场就身死了。"纪宁轻声自语，这阵法爆发的威能不亚于世界境的一击，不过纪宁即便穿着混沌极品的甲衣，也同样轻轻松松。

神体强些的都能硬抗，也就肉体脆弱的炼气流会中招吧。

"石头。"纪宁直接步入密室。

岩石巨人之前被冲击得撞击在密室的墙壁上，此刻已经站稳。他低沉地道："主人，我没事。洞鸣世界神还真是阴险，他应该是悄悄布置的，连我都不知道。"

"嗯。"纪宁转头看着密室。这密室大概有百丈范围，中央盘膝坐着那黑衣身影，黑衣人身后还插着一杆巨大的布幡。

"呼——呼——呼——"

那巨大的布幡腾绕着黑气，同时从中飞出了一个个魔神般的身影。这些从布幡内飞出的身影，上半身如人形下半身仅是雾气，它们有着黑色的鳞甲，血红色的眼睛，它们的爪子锋利尖锐，一个个都盯着纪宁和岩石巨人。

"孽魔！"岩石巨人心灵传音给纪宁，"主人，这是洞鸣世界神亲手炼制的大罪孽法宝常雪幡，有九头孽魔，个个实力只比我弱些。"

纪宁听得脸色变了。

大罪孽法宝？

他一眼就看出，这九头孽魔都是三界中类似鬼将的生灵。不过这等孽魔都是以无尽的罪孽为食物，通过不断地吞食变得越来越强，再配合一些混沌中的奇物，甚至会引发生命层次的突破。这九头孽魔都是世界境层次。

"洞鸣世界神早就死了。"岩石巨人发出低吼，"你们九个还要阻拦我和主人？"

"你的主人？你认一个小小祖神为主人？"

"我们是主人创造，主人是我们永远的主人。"

"擅闯主人修炼地，死。"

九头孽魔个个接连发出咆哮，跟着嗖地化作一道道残影，从各个方向扑向纪宁。

它们的智慧都不低，知道纪宁是岩石傀儡的主人，杀了纪宁，一切就结束了。

"愚蠢的孽魔！"岩石巨人发出咆哮，主动迎了上去。"呼！"它化作了一道流光，速度要比孽魔们的速度要快得多，它的一双手掌也变得巨大，朝那些孽魔拍了过去。

"嘭嘭嘭——"

大巴掌肆意挥拍。

岩石巨人横冲直撞，它的力量具有压倒性的优势，作为一头岩石傀儡，单论力量、速度，恐怕成千上万的世界神中也难得有一个能和它相比的。不过世界神的境界都很高，技巧很厉害，所以岩石巨人也很难杀死世界境。

可是孽魔同样没什么境界，仅仅靠天赋蛮来。

"轰——"一头孽魔发出刺耳的尖叫，整个被拍散开来。

密室就这么大，岩石巨人一个就拦截住六头孽魔。

可还有三头孽魔化作一道道弧线，绕开了岩石巨人，直扑纪宁。

"那个岩石傀儡没法杀，杀掉这个祖神！"

"吃掉他！"

"吃掉！"

三头孽魔飞扑时，发出一些刺耳的怪叫，以及一些耳朵都听不到的波动。这些波动侵袭向纪宁的魂魄。

"嗯？"纪宁的魂魄在神体内，有心力锁魂法门，又有青花雾气力量附体，完全抵抗住了这侵袭。

"斩！"纪宁猛然挥出了手中的剑。

剑光一闪，夺目耀眼。

"噗！"一往无前的杀剑式引动了神剑紫光琼神剑本源的一丝威能，加上纪宁本身力量就是世界神层次，永恒神兵之威岂是小小孽魔可挡的！

神剑紫光琼略显艰难地劈开了一头孽魔的身体，将其一分为二。可这头孽魔却化作雾气，很快又凝聚起来，只是它的眼睛中有了一丝惊恐和难以置信。

"怎么可能？"

"祖神怎么能伤我？"

"小小祖神，怎么这么强？"密室内的其他孽魔也震惊了。

"围攻！"

"他就一个，我们围攻，杀了他，杀了他！"随着一头孽魔的尖叫，密室内的九头孽魔顿时发出了刺耳的叫声。岩石巨人咆哮着："愚蠢的孽魔们，碎吧！"它肆意地挥舞着大巴掌。它很少能够这么惬意地厮杀，因为和世界境交手，它空有强大的力量速度，却很难真正爆发出来。

岩石巨人横冲直撞。

孽魔们一次次避让开它，围杀向纪宁。

"斩！斩！"

纪宁接连劈出了九剑，接连九次将孽魔一分为二。

可纪宁依旧被阻挡在密室门旁，没法前进。这些孽魔即便被劈开也是丝毫无损，而且前赴后继，让纪宁没法前进。

"它们本就是无形之物，劈开也无用。"纪宁目光落在了远处那插着的布幡上，"只要炼化了那布幡，这九头孽魔就不再是威胁了。"

"石头。"纪宁传音道。

"主人。"岩石巨人应道。

"将布幡拿来！"纪宁吩咐。每头孽魔的力量都和他相当，且前赴后继地围攻自己，自己还真的难以靠近那布幡。

"遵命！"

岩石巨人大步朝布幡冲去。

"挡住它！"

"挡住它！"九头孽魔都急了，原本它们还避让那岩石傀儡，现在却不再避让。一头头孽魔疯狂地冲向岩石巨人，一时间两方硬碰硬，岩石巴掌和孽魔的利爪、头颅碰撞，孽魔们即便一次次碎裂，可瞬间又凝聚起来继续攻击。

每头孽魔的力量，都和纪宁相当。

足足八头孽魔同时联手，才拦下岩石巨人傀儡。

"哼。"纪宁却迅速朝那布幡飞去，虽然有一头孽魔抵挡纪宁，可面对纪宁的剑法，孽魔完全是被践踏的，根本没法阻拦纪宁。

九头孽魔实在没办法，拦住了岩石巨人，就拦不住纪宁；拦住纪宁，拦不住岩石巨人。

至于那杆布幡，它们九个孽魔自身是没法去抓的，一旦碰触到了，它们就直接被吸进去了。

"呼。"纪宁微笑着伸手抓住了布幡，法力涌动立即将这杆布幡炼化。

"不——"九大孽魔虽然不甘，可一个个依旧化作雾气，被吸进了布幡内。

"这种大罪孽宝物，修炼起来没难度，代价又不高，威力又大。难怪不少修行者会走上这条邪路。"纪宁暗叹，如果想要炼制傀儡，首先在阵法上境界必须高，且耗费大量珍贵材料。炼制出一具强大的傀儡，难度太高，代价也大。

这种孽魔呢？太简单了！材料本身也很便宜，经过无尽罪孽的孕育自然会变强，就像罪孽神兵一样变强。

至于孽魔？主人只管吞噬无尽的罪孽，也会不断地变强，主人需要做的就是不断地屠戮，好搜集足够的罪孽。

"呼。"收了布幡，纪宁目光落在了一旁的黑衣人尸体以及远处墙壁上挂着的那剑气画卷上。

"收！"纪宁一挥手，黑衣人尸体和剑气画卷都被收了起来。

"石头，好好搜搜，看这仙府宫殿还有什么宝贝。"纪宁吩咐。

"是，主人。"

这一主一仆从地下密室开始，将整个洞府法宝都搜了一通，堪称挖地三尺，最后才离开了仙府宫殿。

岛屿的一座小山上。

纪宁悠闲地坐下，轻声笑道："这岛屿上的宝物一扫而空，这次可真是赚了。若非这次有大哥帮忙，真不知道多久才能攒下这么多宝贝。"

纪随即宁也开始探查起了洞鸣世界神遗留的宝物。


纪宁探查一遍后，有些惊喜，同时也带着一丝失望。

惊喜的是这洞鸣世界神不愧是溯风道君的亲传弟子，除了剑气画卷外的其他宝物加起来足以超过一千方混沌灵液。可让纪宁略有些失望的是，这洞鸣世界神的那些法宝，除了常雪幡对自己略有些用途外，其他的自己都用不到。

如洞鸣世界神的那最珍贵的由六柄道之神兵极品弯刀组成的一套法宝，价值足以超过五百方，可惜纪宁是用剑的。

至于甲衣，也同样是道之神兵上品，和之前的血泽仙人一样。纪宁有了一件，这第二件暂时也就没用了。

"等出去后，尽皆卖掉。"

纪宁不再多想，一翻手，手中出现了一幅画卷。

这才是整个岛屿上最珍贵的宝物，价值绝不亚于一件永恒神兵宝物。

"这画卷，到底有什么秘密？"纪宁双手拉开画卷，仔细盯着看，因为已经炼化，剑气画卷如今剑气内敛，乍一看普普通通。

"又没任何神纹。"

"也没驱使之法。"

"就一幅图……"纪宁疑惑地看着剑气画卷。

剑气画卷上有着非常普通的山水图，有群山、有瀑布、有溪流，甚至这画的技巧都只能算一般，纪宁自己画也差不了多少。可是这看似普通的山水图，略一体会，却有着让纪宁心惊的剑意。那高高在上的剑意，不亚于神剑紫光琼的神剑本源。

"画这幅画的，应该是一个极可怕的剑道大能。"纪宁思索着，"可这又怎么样，神剑本源，我好歹能够通过意识渗透去体会。可是这幅画，我只能看而已！"

一幅剑意极高的画卷。

对自己有什么用？

论剑意，神剑紫光琼的神剑本源同样境界极高，且还能用来征战厮杀！

"不是说这幅画不亚于一件永恒神兵吗？"

"嗯，对了！溯风道君让洞鸣世界神悟透这幅画，洞鸣世界神临死也没悟透，看来是我境界太低，没发现这剑气画卷的真正奥秘。"纪宁只能这么安慰自己，可他还是不甘心地仔细看了许久，他有一种感觉……

这幅画隐隐有着特殊的秘密，可就是有一层隔膜，让自己怎么都无法真正窥伺。

"到底有什么？"

纪宁不甘心地看了足足三个多时辰，只能无奈地暂时收起这剑气画卷。

"主人。"一旁的岩石巨人好奇道，"你怎么来到这儿的？听说，只有生死道君才能穿过溯风百流阵的。"

"当然是跟随大哥来的。"纪宁一笑。

"主人的大哥？"岩石巨人好奇，那深黄色的眼睛都是一亮，"主人大哥是道君吗？道君在哪儿？"

"去中央那座岛屿了。"纪宁指向那座中央岛屿，"慢慢等吧，等大哥他出来，我们就可以离开溯风遗迹了。"

天一道君不出来，纪宁靠自己可没法出去。

"那可是溯风道君居住的地方，最危险了。"岩石巨人说道。

远处核心的那座大岛忽然朝四面八方迸发出一阵金色波动。可怕的波动瞬间扫过各个方向，纪宁吓得脸色瞬间白了。看到那金色光芒的一瞬间，纪宁就明白，只要碰触到自己，自己必死无疑，纪宁都没来得及躲闪。

那金色光芒就弥漫过了整个核心区域，不过却避让开了一座座岛屿。

"怎么回事？"纪宁感到有些发慌。

"可能触发了什么禁制了吧。"岩石巨人也道。

"我知道是触发禁制，可是之前那么久都没触发。"纪宁有些担心了。之前他坐在这看剑气画卷三个多时辰，都没什么动静，现在突然有动静，这让纪宁觉得有些不妙。

中央岛屿内。

破烂衣袍赤脚老头儿呼了一口气，他周围的建筑早就是一片废墟，只有远处整个岛屿的最核心还有着一座巍峨主殿。

"这溯风死了就死了，还留下这么多阵法禁制。"天一道君低声咒骂，"唯恐后来者不知道你有多厉害吗？"

他早猜到这次不会太轻松，可进入岛屿几个时辰了，还没能将宝贝弄到手。这里的危机重重，让天一道君火大。

"没谁能阻我的道！"

"别说你死了，你活着也拦不住我！"

天一道君没有平常的随意，眼神中有着可怕的锋芒。

"哗！"天一道君忽然一分为二，跟着又分为四道身影，又分为八道身影……几乎眨眼工夫，就变成了足足上万身影。上万个天一道君从不同的角度继续朝岛屿最中央那座还完好的主殿走去。主殿周围无数神纹，形成巨大的保护圈，不断流动着。

"噗！噗！噗！噗！噗！噗！"

上万的天一道君在前进，有些遭到攻击直接如同泡影般碎裂，可跟着又凝结完好，令整个大阵产生波动。循着波动，立即有一些天一道君身影步入了阵法内。

上万天一道君就这么看似轻松漫步前进，穿过了那无数神纹形成的保护圈。

"如果是溯风百流大阵完全爆发，我还头疼。"

"至于这些阵法，根本拦不住我。"

"如幻。"

"如影。"

"时空。"

"唯我。"

上万的天一道君身影尽皆消散，只剩下站在主殿门前的那道身影。

天一道君站在主殿门槛前，看着主殿内那盘膝坐着的银发身影。这银发男子面容颇为俊美，一身宽松白袍，面带微笑，全身散发光芒，笑道："不知哪位道友到来？辛辛苦苦破了我岛上十三重大阵，想必也是为了那一枚永恒信符。这永恒信符就在我这儿，当初我也是合道前拼了命才得到这枚永恒信符，只要道友向我跪拜磕上三个响头，这永恒信符便拿去吧。可若是想要强夺，哼哼……"

"让我跪拜磕头？"天一道君瞪眼。

"你都死了还要我？老头子我就是合道失败，也不可能给你磕头。"天一道君怒极。

他一眼就看出这是溯风道君死后留下的影像。

"溯风百流大阵范围太大，也没法瞬间激发。除了溯风百流大阵，我看你还有什么手段……"天一道君冷笑，"你活着我都不怕你，死了怕你个鬼！"

说着天一道君一伸手。

"哗——"巨大的手掌虚影显现，直接一巴掌抓住了那大殿中央的衣袍法宝等物。溯风道君是合道失败身死的，合道失败后最终身死，身体就会完全崩解，连真灵都会崩解得丝毫不剩，只留下一些法宝衣袍等物。

"哗！"大手虚影一把抓住了那些衣袍法宝。虽然其中也有永恒法宝，可天一道君不在乎，他最关心的就是那枚永恒信符。

"我辛苦得到永恒信符，道友就想这么取之？哈哈哈……"

主殿内忽然回荡起了冷笑。

"轰——"整个主殿的每处表面都浮现了无数神纹，光芒夺目耀眼。几乎一瞬间，整个主殿就爆炸了。可怕的冲击力瞬间扫荡过主殿，让天一道君脸色大变，来不及怒骂，只能仓皇逃命。轰隆隆——整个核心岛屿都崩裂开来。

狂猛的威能，扫向四面八方。


纪宁和岩石巨人原本在等待着天一道君到来，忽然看到远处的巨大岛屿整个碎裂了，同时比之前强烈不知多少的威能疯狂辐散向四面八方。

"主人小心！"岩石巨人瞬间体型暴涨，同时仿佛巨大的圆球包裹住了纪宁。

"嘭——"纪宁所在的这座岛屿也猛地震颤，跟着轰隆声响，完全崩裂碎裂。岛屿的碎片开始沉入湖水中，原本岛屿上的那座仙府宫殿都被冲击得翻滚着飞了起来，瞬间就飞过了数千里范围，飞入了远处的灰色狂风中。

那化作巨大岩石包裹着纪宁的岩石巨人在那威能的冲击下，也飞了起来，被席卷进了远处的灰色狂风中，瞬间就消失不见了。

# 莽荒纪

## 第二十章
## 雪鉴帝君

片刻后。

深渊窟窿中，一个岩石巨人正抓着深渊岩壁的裂缝，正是被狂风席卷进深渊窟窿的岩石傀儡。

"主人，这里风小多了。"岩石巨人传音道。

"嗯。"纪宁也松了口气。

太危险了！

幸亏自己收了这岩石傀儡为仆，否则的话，刚才那波冲击自己恐怕就要丢掉小命了。

"也不知道大哥他现在怎么样。"纪宁暗暗道，"那威能太强了。我虽然有岩石傀儡保护，可经过岩石傀儡削弱九成以上的冲击力后，我依旧都震得吐血，神力消耗颇大。如果没有岩石傀儡，我肯定必死无疑了。"

那禁制是溯风道君要灭杀同层次的道君的，威能当然强得离谱。虽然只是辐散开的威能，稚嫩些的生死道君，也可能直接被灭杀！纪宁算是走运了！

因为那十二座岛屿本身防御就极强，撕裂了那座小岛的防御后，再冲击在岩石傀儡身上。岩石傀儡还保护着纪宁，纪宁这才捡了一条命。

"主人，我们现在怎么办？"岩石傀儡传音道。

"等。"纪宁传音道，"我们就在这儿慢慢等，等我大哥来。"

"这里应该是溯风百流阵。"岩石傀儡传音道，"我听说溯风百流阵中有大量的风兽，每个都有世界境的威能，一旦数量多了，我们也危险。"

"我知道。"纪宁点头，他可是和风兽交手过的。

"别担心……我们就安静地待在这儿，风兽很难发现我们。"纪宁传音道。

"嗯。"岩石傀儡应道。

时间一分一秒地过去。

纪宁在深渊洞窟中等待着："我有接引令在身，大哥他完全能感应到我的位置，可怎么到现在还没来？"

"难道，大哥他……"

纪宁心中浮现一个念头——天一道君死了？

纪宁不愿相信，天一道君那么厉害！

可是理智地想，那最后爆发的威能太强了，连余波都强成那样，那核心岛屿内的威能爆发可想而知。天一道君死在那样的威能下，也很有可能。

"不可能。"

"没那么容易死的。"纪宁不愿相信，他默默地等待。

一个时辰。

两个时辰。

纪宁心中越加焦急，他依旧默默地在那里等待。

"大哥……"纪宁不愿相信。

"轰——"忽然深渊洞窟下方隐隐传来波动。

"石头，小心点。"纪宁俯瞰向下方，"可能是风兽。"

"风兽？"岩石巨人一惊。

纪宁也头疼了，他并不惧怕单独的风兽，可就怕一群风兽围攻。

"是风兽！"纪宁低喝道。只见下方深渊的最底部隐隐出现了三头风兽的蓝白色身影，这让纪宁瞬间警惕。可跟着他疑惑了，为什么这三头风兽是翻滚着前进的。

"翻滚着？"纪宁惊愕。

"呼！"一道熟悉的身影从深渊底部冲出，还伴随着其他两头翻滚的风兽，那些风兽们个个露出惊恐。

"哈哈哈，纪宁兄弟，总算找到你了，可找苦老头子我了。"那身影一阵模糊，待得清晰起来，就已经到了纪宁身前，正是一身破破烂烂，光着大脚丫的天一道君。

"大哥！"纪宁惊喜。

"你没事就好！"天一道君松了口气，"这溯风百流阵弯弯绕绕的，实在太麻烦了。我明明感应到你离我不是太远，可是穿行在那一条条溯风百流通道内，弯来弯去，反而离你越来越远。我还花费点心思稍微参悟了一番，这才找到正确的通道。"

"这弯弯绕绕真是让我火大啊！我真的想直接毁掉这溯风百流阵，可想了想，还是忍住了。"天一道君脸色有些苍白，朝旁边岩壁一挥手。

"哗！"大手虚影直接一把抓在岩壁上，抓出了一个洞穴。

"受了点伤，先休息下，等会儿再离开。"天一道君说道。

"好，不急。"纪宁道。他也明白了，天一道君恐怕是受伤后顾不得休养，就来找自己。

"那溯风道君真是个蠢货，死了也要拖人下水。"天一道君进入洞穴后，有些羞恼地一屁股坐下，"幸亏老头子我实力了得，否则怕真是把小命丢在那儿了。"

"大哥还是赶紧恢复吧！"纪宁连道。

"嗯。"天一道君点头，而后闭上眼。

"嗡嗡嗡！"天一道君周围开始出现了一圈圈的虚影，时空都开始扭曲。这洞穴内的时间流速开始迅速变快，洞穴内和外界的时间流速怕是有百倍差距。同时一阵阵浓郁的仿佛实质的混沌之力环绕着天一道君。天一道君整个人就好像一个黑洞，吞噬一切混沌之力。

"这吞吸混沌之力的速度，比我用混沌晶石还要快。"纪宁看得暗暗咋舌。

过了近一年时间，才一切停歇。

混沌之力消散，洞穴内时空恢复正常。天一道君睁开眼。洞穴内过去近一年时间，外界也才三天而已。

"没事了。"天一道君起身，面带自得之色，"那溯风蠢货为了布置那阴招，怕是花费了不少心思。可惜啊，老头子我三天时间就完全恢复了。"

"恭喜大哥。"纪宁也说道。

"哈哈，是值得恭喜。这次来溯风遗迹，也算功成了。"天一道君看着纪宁，"你怎么样？得到那画卷了？"

"嗯，得到剑气画卷了。"纪宁点头，"可是我根本看不出这画卷有什么奥妙。"

"哈哈，这你就不懂了。拿来给我，我帮你瞧瞧。"天一道君道。

纪宁一翻手，手中便出现了那画卷。

天一道君接过后打开一看，微微点头，指着那山水图道："这画的山水真够拙劣的。这雪鉴帝君明明不擅长画画，可偏偏非常喜欢画。如果他稍微花费点心思参悟书画之道，便能立即在书画上达到极高层次。可他就不是参悟，还硬是喜欢画。"

纪宁道："这就是爱好吧，如果当成修炼，可能就没意思了。"

"嗯。"天一道君点头，"你说得也对。这画再拙劣，这画卷的珍贵也是不亚于一件永恒神兵的。毕竟雪鉴帝君是合道成功，得成永恒的古老存在。"

"合道成功，得成永恒？"纪宁一惊。

"对，永恒。"天一道君轻声自语，眼神缥缈，"真正的永恒，一切时空维度中绝对的永恒。无尽多么漫长，他们就永恒不灭。老头子我就差这一步，也是最难的一步。"

"不说了。"天一道君看着纪宁，"总之，老头子我曾经有机会见过雪鉴帝君，不过雪鉴帝君在一千多个混沌纪之前，已经离开了，继续闯荡去了。毕竟无尽的混沌太广阔了……雪鉴帝君作为永恒存在，自然会不断地流浪漂泊。"

"他性情飘忽，所以没耐心教徒，在离开的时候，他炼制了四十幅剑气图卷。"天一道君道。

"四十幅？"纪宁惊讶。这么多？

"嗯。"天一道君点头，"每四幅图算是一套，一共是十套。"

"只要搜集一套图卷，并且通过雪鉴帝君在图卷内的考验，就能够得到雪鉴帝君的传承，成为雪鉴帝君的亲传弟子。"天一道君道，"每一套图卷只能培养出一名亲传弟子，所以理论上最多能有十名亲传弟子。"

"当然，这四十幅图被雪鉴帝君扔在了诸多疆域。"天一道君笑道，"要搜集一套还是很难的。你这一幅图，是一套图中的第三幅图。"

纪宁问道："我没发现有什么考验？"

"哈哈，每一个雪鉴图卷其实都是一个洞天空间。"天一道君道，"进入其中，通过了考验，悟出了剑术，就算成功。"

"洞天空间？"纪宁惊愕，自己都已经炼化了图卷，也没发现这图卷内蕴含什么洞天空间。

天一道君见纪宁模样，笑了起来："这你就有所不知了。雪鉴帝君留下十套图卷，为的是收徒，而以一名合道成功得成永恒的帝君来说，他当然希望他的弟子足够强大，好歹也能成为一名生死道君。所以怎么可能收一个祖神祖仙为徒？祖神祖仙实力太低，甚至有些都可能活了超过一个混沌纪，都没希望成世界境。如果收了这样的弟子，不就等于浪费了一个传承？"

"所以这雪鉴图卷，必须达到世界境后，你才能发现它的真正奥妙，才能进入其中接受考验。"天一道君说道。

"必须达到世界境？"纪宁轻轻点头。

"也只能是世界境。"天一道君道，"如果是生死道君，也没法进去。因为生死道君实力太强，很容易通过他的考验。可是生死道君都是已经寻找到自己的路，悟出属于自己的道了。这时候接受传承，根本没用了。"

"必须是世界境，也只能是世界境，收了这样的弟子才好培养。"天一道君道，"雪鉴帝君走的正是剑道，对你倒是适合，所以刚才我同意你去那座岛屿。"

"哦……"纪宁点头。

难怪。

难怪溯风道君让他的弟子洞鸣世界神去参悟这雪鉴图卷，也算对洞鸣世界神不错了。可惜这毕竟是一名合道成功的永恒帝君留下的考验，必须通过一套共四幅图卷的考验才能成为他的弟子。这洞鸣世界神连其中一幅图卷的考验都没通过，如果他能通过，溯风道君就会另眼相看，让他活着出去了。

"我仅仅就这么一幅图卷，一共才十套，而且还被雪鉴帝君扔在了诸多疆域中。"纪宁担心道，"大哥，我如何才能凑齐？"

"十套，四十幅图。"天一道君笑眯眯地道，"第一幅图、第二幅图、第三幅图、第四幅图，都有十件。所以要凑齐，也不是不可能。"

纪宁仔细听着。

"虽然说应该让你们自己去闯荡磨炼，我应该少掺和，不过之前是老头子我莽撞才让你陷入危险。"天一道君道，"所以我送你些好处也只是弥补，也算不得什么了。"

"喏。"天一道君拿出了一卷玉简递给纪宁。

纪宁接下。

"记下。"天一道君吩咐。

"是。"纪宁立即法力渗透，开始查看这一卷玉简。

立即一道信息涌入记忆中。

"我以我之生命起誓……"

纪宁立即就发现了一道本命誓言，必须立下这本命誓言才能得知内容。纪宁查看了下本命誓言的内容，简单说就是这玉简中的情报消息绝对不能泄露，如果从外界得知相同的情报，也仅仅只能将从外界得到的情报告诉他人。

誓言不算苛刻，纪宁也就立下了誓言，跟着大量信息涌入记忆。

"雪鉴帝君共留十套图卷，第一幅图卷无主的，已经查出踪迹的有六份，分别在虚蓝域的迷失塔城内的第三层世界……"

"第二幅图卷无主的，已经查出踪迹的有五份，分别在霏明域……"

"第三幅图卷无主的，已经查出踪迹的有七份……"

"第四幅图卷无主的，已经查出踪迹的有三份……"

纪宁目瞪口呆。

这雪鉴图卷一共才四十份，这里有详细踪迹记载的竟然就有二十一份。而且分布在诸多疆域，在大莫域的仅仅只有两份。

　　一份是第三幅图，在溯风遗迹的核心区域，当年被溯风道君得到。核心区域极度危险，是溯风道君死时所在区域，宝物无数，危机重重，世界境擅闯十死无生。

　　一份是第一幅图，在万神府的内域，当年被万神道君得到，虽然仅仅只是在内域，危险程度不高。可整个万神府，进去容易，出来难。

　　对这两幅图的踪迹，甚至连溯风遗迹和万神府内的许多危险都有详细记载。

　　"大哥，这……"纪宁很吃惊，这么重要的消息，且分布在诸多疆域，大哥竟然有这么详细的情报。纪宁觉得这样重要的情报价值，完全不亚于一件永恒神兵。毕竟没这情报，自己根本连去哪里找都不知道。

　　"记住。"天一道君肃然道，"不得对外说。"

　　"是。"纪宁应道。

　　"以后有实力，就按照这踪迹去寻找吧。"天一道君道，"不过都比较难，最简单的早就被取走了。"

　　"那万神府，如果将来你要去闯，务必小心。"天一道君郑重道，"万神道君活着的时候，是一位非常可怕的道君，即便是你大哥我，都不如他的。"

　　纪宁一惊。

　　这么厉害？

　　万神府，自己也听说过这个地方，是大莫域内的一个古老遗迹，危险程度的确比溯风遗迹要高。可是祖神祖仙们去闯，大概有三成机会能活着出来。

　　"他的实力非常可怕，比溯风道君都强得多。即便是道君，一般也不愿去闯万神府！"天一道君感慨，"走吧，我信符已经到手，随我去大莫院，见见大莫道君。"

　　"大哥，去见大莫道君？"纪宁疑惑。

　　"我说过，我来到大莫域，要去两个地方。"天一道君道，"第一个地方是溯风遗迹，而第二个地方，就需要大莫道君帮忙了。"

　　纪宁轻轻点头。

　　大莫道君，整个大莫域无可争议的第一修行者，实力高深莫测。

　　天一道君带着纪宁，轻松离开了溯风遗迹，赶往七水星，而后花费一百瓶混沌灵液，直接前往大莫永恒界。

　　"呼！"风在呼啸。

　　天一道君带着纪宁，脚下是一云团，正在高速飞行。

"飞……"纪宁到现在还没反应过来，"大哥，你能在大莫永恒界内飞行？"

"这永恒界的确有禁空的法则。"天一道君微笑着，"这法则是当初创造这永恒界的古老大能定的。不过既然能定下法则，自然就能抵挡。老头子我离合道也只差一步，若是那位古老大能亲自来，还能压下我。他都走了不知多久了，空留下法则，是压不住我的。"

纪宁点头。

"老头子我能飞，弱小些的道君却没法飞。"天一道君颇为得意。

"到了。"天一道君指着前方。

前方是一片巨大的足有百万里方圆的湖泊，对凡人而言这足以算是海洋。可对修行者而言，这的确仅仅只是一个内陆湖泊，那湖心岛屿上则有着一个很大的院落，有着不少建筑，整个大院的外面有着一个巨大的碑石。

碑石高千丈，上有两个大字——大莫。

气势雄浑，辐散着一阵阵波动，撼动天地。

"大莫院。"纪宁轻声低语。

传说中的大莫院。其实在易波城内也有个大莫分院，不过这里才是根基，大莫道君也是住在这儿的。

"大莫！"天一道君带着纪宁驾着云头，直接飞到了湖心岛屿，声音更是回荡在天地间，"老头子我来你这儿，要来吃你的喝你的了。"

下方的大莫院中不少身影都抬头看去，看着高空中在云头上的破烂衣袍老头儿以及身旁跟随的白衣少年，个个都咋舌。

"飞行？"

"能在永恒界飞行？"

这些修行者傲气得很，在大莫域横行惯了的大莫院的一众世界神和混沌仙人个个心中惊颤。他们很清楚，在永恒界内飞行意味着什么，个个看向高空的目光都变得友善得多了。

"哈哈哈，天一大哥来此吃垮我，我也高兴啊。"伴随着爽朗的笑声，一位青袍男子带着一位美妇人，一道并肩从一屋内走出，同样踏着虚空，一步步走到高空中去。

下方大莫院的一众修行者看得都自豪得很。看到了吗？我们大莫院的大莫道君在永恒界内一样能飞行。

"大莫道君！真不愧是大莫道君！"纪宁站在一旁看着这一幕，也暗暗惊叹。之前天一大哥已经说了，弱些的道君在永恒界内是没法飞行的，能执掌一方疆域，大莫道君果真了不得。

"哦？"天一道君惊讶地看向那美妇人："嫣儿妹妹也跨入道君境界了？大莫，恭喜！恭喜啊！你们这一对道侣，可是让不知多少老友为之羡慕啊！"

"刚突破也没多久。"那美妇人微笑着，"也仅仅踏出第一步而已，什么时候能赶上天一大哥的一星半点，我就满足了。"

"嫣儿她也就是折腾折腾，能跨入道君境界就不容易了。"青袍男子笑着看向了站在天一道君旁边的纪宁，笑道，"这是你们天苍宫的？"

"嗯，是我天苍宫兄弟。"天一道君点头。

"纪宁见过两位道君。"纪宁恭敬道。

整个大莫域只道大莫院有个大莫道君，没想到大莫道君的道侣都已经踏入了道君之境。

唉，道侣……

如果自己能和余薇师姐一起在修行路上闯荡，那该多好啊。天一大哥说得没错，真不知道多少修行者，羡慕大莫道君这对道侣。

"天苍宫兄弟？"大莫道君看了纪宁一眼，旁边那美妇人也看了纪宁一眼，都觉得这个叫纪宁的还真有运气。要知道在无尽疆域中闯荡，有个靠山是很重要的，一般敌人听到天苍宫兄弟这身份就会吓得不敢动手。

天苍宫不分高低，皆是兄弟。由此可见团结的程度。

所以没疯魔到一定程度，是不敢对天苍宫下手的。那乌蛟三神兽是真的太贪婪，才决定下手，还是因为北休世界神没有分身。若是北休世界神有个分身留在天苍宫，借乌蛟三神兽十个胆子他们也不敢动手。

天苍宫兄弟这个身份，可比大莫院弟子的身份要更管用。

大莫院弟子，在大莫域内绝对是横行的。就算是黑莲神帝、雾岩星主他们也不敢去对付大莫院弟子。可是在无尽疆域中，大莫院的威慑力相对就差多了。

一来大莫院的弟子阶级分明。祖神祖仙的命，自然及不上世界境的命。天苍宫却是一视同仁，任何一个兄弟的命都珍贵得很。要进天苍宫非常难，可一旦进了，那就等于有了巨大的护身符。

二来，大莫院的整体实力也比天苍宫弱些。天苍宫的天一道君那是已经摸到合道边缘，而且御斗道君也同样是实力和天一道君接近的，如今又诞生了第三位道君。整个天苍宫实力更强了。

而大莫院，唯一算得上了不起的，也就大莫道君一位。

"我这次来，吃喝是小事，还真有一件事要麻烦大莫你。"天一道君略显郑重地说道。

"哦？走走走，我们坐下慢慢说。"大莫道君道。

"呼！呼！"

天一道君带着纪宁，大莫道君带着妻子，一道飞入了大莫院的一座幽静住处。整个大莫院也有近十万里方圆，内有山脉处处，大莫院的弟子也各有住处。大莫道君则是住在整个大莫院最幽静处。

在一座草屋外有着一张长木桌。

大莫道君和妻子都是盘膝坐在一边，天一道君带着纪宁则是盘膝坐在另一边。

大莫道君亲手倒了散发着灵气的酒水。

"天一大哥来我这儿，不知何事需我帮忙？只要我能做的，我自然竭力。"大莫道君说道。

"御斗他如今足以撑住天苍宫的局面，而且覆周兄弟如今也突破到生死道君境界。我也算没太大大牵挂，能够一心去合道了。"天一道君缓缓地道，"不过我至今也没合道的十足把握，这次来你们大莫域，主要是为了易波界。"

纪宁在一旁听明白了。

易波界？

整个大莫域最危险最神秘的地方，就是易波界了。大莫域内的许多危险之地，有些是混沌中自然形成，有些则是生死道君身死道消时留下的遗迹。

而易波界，却是创造大莫永恒界的那位古老大能当初的洞府，危机重重，宝物无数。

祖神祖仙进入，必死无疑。

世界境进入，九死一生。

"你得到信符了？"大莫道君询问。

"去了溯风遗迹，拿到了信符。"天一道君道。

"哦？"大莫道君惊诧道，"我当初也进去了。不过我演算了一番，发现如果硬闯有生死危险，所以我退了。"

"哈哈哈，不愧是大莫。论演算，道君中能排前三的大莫啊。连我御斗兄弟比你都还差了些。"天一道君感慨道，"你算得非常准。那溯风道君死了，都不让后来者好过。最后的爆发毁灭手段……幸亏老头子我最擅长保命，否则即便是和我同一层次的，若是保命方面差些的，都可能丢掉性命。"

"嗯。"大莫道君点头，"我演算的结果，也是我硬闯，九死一生。"

天一道君的名气非常大，天苍宫的威势主要是靠天一道君撑起来的，他最难缠的地方就是非常难杀。杀不死他，那么就要被他报复，所以其他一些古老大能没几个愿意和天一道君对上的。这是天一道君敢硬闯溯风遗迹的自信所在。

“有了永恒信符，天一大哥你倒是可以去易波界内了。”大莫道君点头。

“我对那儿不熟悉。论对易波界熟悉，恐怕没有谁及得上大莫你，所以这次希望大莫你帮忙。”天一道君道，“派遣一法体，陪我一道前往易波界，我自然也不会白请大莫你帮忙。”

说着天一道君拿出了一个储物洞天递了过去。

大莫道君接过后查看了下，思忖着点头道：“好。我的法体便和天一大哥你一道前往易波界。不过我需要准备下，给我三年时间。”

“不急不急！”天一道君见大莫道君答应，也松了口气，一尊法体对道君而言也是极重要的。大莫道君的法体跟着他去易波界，能活着回来的可能性很低很低，所以他也是付出足够的代价，这还要看大莫道君给不给面子。

幸亏二人原本就有交情在。

这事他也没法强迫。一来大莫道君实力同样极高，和他相差不大，二来大莫如果不是真心帮忙，在易波界内算计他，以大莫在演算算计方面的精通，他恐怕也要吃大亏。

“离我这不远的水连居，如今也没谁居住。天一大哥和纪宁小兄弟，便暂时居住在那儿吧。”大莫道君说道。

“好好好！大莫，你就不必送了，我们直接过去就行了。”天一道君当即带着纪宁，很快就离开了。

大莫道君和美妇人依旧盘膝坐在那儿。

“夫君。”美妇人有些担心，“那易波界危机重重，而且你也知道，那天一道君要去的地方，已经勉强算是核心之地了。”

“我知道。”大莫道君点头，“一具法体虽然炼制不易，不过三年时间，借助时光宝物，我也能再炼制出一具稍微弱些的法体。而且我本尊也在此慢慢孕育，那弱小的法体也能提升起来。天一大哥给的那些宝物，足够我炼制两个法体有余了。”

“嗯。”美妇人点了点头，依旧有些不悦。

一具强大法体，对大莫道君，对整个大莫院而言，都是极重要的。

大莫院的水连居占地过百里，雅致幽静，处处楼台榭宇，是大莫院中专门让客人居住的排在首位的地方。

水连居。

花园、殿厅、书房皆是漂浮在水面上的建筑，由一条条浮木桥相连。这时候，一位破烂衣袍老者和一位白衣少年正并肩行走在浮木桥上。

“呼！”天一道君松了一口气，脸上满是感慨，“我知道大莫他会帮我，可是当他真的答应，老头子我还是心中惭愧啊。亏欠老友的感觉真不好。"

"大哥，一具法体而已，又并非本尊亲自前往，就算损失了也应该短时间能再修炼出来吧？"纪宁疑惑道，他有些不解。

天一道君看了看纪宁："短时间？一名道君的法体，你知道是怎么修炼出来吗？"

纪宁一怔，轻轻摇头。

"世界境寻找到自己的道，要突破成为生死道君，首先身体魂魄需要绝对的圆满。"天一道君说道。

"绝对的圆满？"纪宁喃喃自语。

"绝对的圆满是说，所有分身，尽皆合一。"天一道君道，"不管你之前修炼什么分身术，都必须完全合一。当然有一种情况例外，就是在凡俗的时候就修炼出第二元神，且都经过天劫考验，第二元神和本尊是没法合一的。"

纪宁点头。

像自己，第二元神是炼气流。

而本尊是神魔炼体兼修，本尊原本的十八分身可以轻易合一，因为彼此一模一样。可是第二元神和本尊差别很大，根本没法完全合一。

"所以从凡俗中崛起的修行者，有了第二条命。"天一道君笑道，"不过修行者中虽然有过半都是从凡俗中一步步崛起的，可不少没有第二元神。就算有，有些也在修行的漫长岁月中死去了。在生死道君中，超过九成都是没有第二元神的。"

纪宁轻轻点头。

"像我身为道君，离天苍宫又无比遥远，为何依旧能和天苍宫传递信息？凭借的就是法体。"天一道君看着纪宁。

"法体，是法宝之身！"天一道君道，"就好像傀儡法宝一样，我们给自己修炼出了一具可提升的法宝傀儡，而后以自己的一丝魂魄成为这傀儡的主宰。说起来简单，实际上要让法宝之身能够和魂魄完美结合，甚至可以不断地孕养提升，每一具法体，要炼成的代价是十件永恒神兵也及不上的。"

纪宁暗暗咋舌。

"我给大莫的那些宝物，足够炼制出最好最完美的两具法体。"天一道君感慨，"可是一具法体要达到巅峰，除了外在的材料，还需要道君们用心去孕养。这是一个非常漫长的过程。

"而一位道君也只能全身心孕养一具法体，毕竟法体内只有极少许魂魄，一旦失去孕养，法体实力就会逐渐下滑，一般道君大多都只有一具法体。"天一道君道，"我也仅仅只有一具法体，法体因为是法宝之身，所以和天苍宫的镇守大阵能完美结合。在结合大阵之下，法体威能完全能媲美我的本尊，自然可以很好地保护天苍宫。

"并且镇守大阵有法体为核心，整个镇守大阵威能都极强。"

"这是镇守一方势力的核心。"天一道君看着纪宁，"大莫道君的法体，应该也是和大莫院的镇守大阵完美结合的。我现在让他的法体和我前往易波界，等于让他的大莫院的防御力量大减。"

纪宁有些明白了。

"他要准备三年时间，就是要再炼制出一具弱小些的法体，并且他的本尊也会坐镇大莫院！"天一道君道，"一旦他的那具强大法体死在易波界中，他就会全力以赴孕养弱小法体了。"

"他做好了法体死的准备？"纪宁一怔。

"嗯。"天一道君点头，"和我去易波界，他法体死的可能超过九成。无尽岁月孕养的最完美的一具法体，就这么葬送，可不是简单的宝物能弥补。我欠大莫一个人情！如果我合道失败，在身死道消前，我也会补偿的。现在一切为了合道……也顾不得那么多了。"

纪宁轻轻点头。

他原本以为法体是像三界中佛祖如来的法体，是些神通秘术之类的，可现在听起来，其实更像是傀儡法宝。名字一样，可实际上是完全不同的。


木屋花园漂浮在水面上。

纪宁和天一道君都已经坐下。

"这次一切都和我计划的一样，我得到了永恒信符，大莫的法体也会和我一道前往易波界。"天一道君看着纪宁，"唯有你，算是意料之外。我暂时没法带你去天苍宫，如果这次前往易波界一切非常顺利，没被耽搁，三五年内我就能出来。如果困在易波界的某处，那就难说了，短则上亿年，长则十个百个混沌纪出不来，也很正常。"天一道君看着纪宁，"如果我长时间出不来，你就只能自己去天苍宫了。"

"放心吧，大哥。"纪宁颇有信心。

"你突破到世界境不难，一旦成了世界境，前往天苍宫的旅程就相对安全多了。"天一道君说着一挥手，在半空中出现了一卷泛着金光的卷轴，"这星图内有着从大莫域到天苍域的详细路线，你速速记下。"

纪宁一喜，一丝心识渗透迅速记忆了起来。这一看纪宁就吓了一大跳。

太远了！

大莫域和天苍域太遥远了，仅仅是最简单的路线，都需要经历一百二十一个疆域才最终抵达。不少路线区域都记载了诸多危险处，要知道像雾岩星主他们漂泊流浪也就在周边几个疆域闯荡而已，如果没有星图，盲目漂泊流浪，稍微走偏了，恐怕就去了一些陌生的疆域。

　　"我给你的星图上，仅仅约三百疆域。"天一道君看着纪宁，郑重嘱托，"还有许多陌生疆域我未曾记载，就是担心你乱跑……无尽疆域中危险太多，一位世界境不适合跑太远。而且你必须按照路线走，这样也可以将危险降到最低。即便这样，你也必须成为世界境才能出发。"

　　"我明白。"纪宁点头。

　　混沌中从来不是安全的，蕴含了无尽的神秘和未知。

　　那些路线图，都是无数修行者用生命验证了，是安全的路线图。而路线图之外盲目乱闯，很容易陷入到一些可怕的险地绝境中去。

　　而大莫域和天苍域太遥远，天一道君提供的一条路线图，有些地方是绝对安全，有些也只是相对安全，实力够强才能闯荡抵达最终目的地。

　　"我也赐予你些法门……"天一道君一挥手，纪宁身前的长桌上出现了一卷卷竹简，"其实你加入天苍宫后，自然可以学到大量的法门秘术。不过入门仪式必须你去了天苍宫才能举行，到那时你才是真正的天苍宫一员。

　　"你有接引令，我提前赐予你些法门，也不算什么。

　　"学了这些法门，尽早踏入世界境。我如果短时间不能回来，就只能靠你自己了。"天一道君嘱托道。

　　"是，大哥。"纪宁还是颇为感激的，天一道君为自己考虑得已经算周到了，总不能让天一道君像保姆一样带着自己穿梭一百多个疆域，要知道许多地方都是需要慢慢飞行的，甚至有些还有危险麻烦，等等。

　　接下来的三年，纪宁便生活在了大莫院，他也让追随者火仙子苏尤姬以及野狗祖神从洞天法宝中出来，和他都暂居在水连居。

　　三年中，天一道君偶尔指点纪宁，甚至还指点了火仙子苏尤姬，至于野狗祖神，悟性太差，天一道君懒得指点。

　　一晃，三年之期已经满了。

（未完待续）